— *Faz três d[...]*
Maccon está [...]

— Minha nossa! Eu nem sabia que lobisomens *podiam* ficar ébrios. — A curiosidade científica da francesa fora atiçada.

— Requer grande esforço e alocação de recursos.

— O que foi que ele andou tomando?

— Formol. Só hoje de manhã descobri qual era a sua fonte. E me aborreci muito. Ele usou todas as minhas reservas e, em seguida, destruiu metade da minha coleção de espécimes, antes de eu perceber o que andava aprontando. Mantenho um laboratório nas dependências do Castelo de Woolsey, numa cabana de guarda de caça adaptada.

— Quer dizer que é *de fato* professor? — Madame Lefoux inclinou a cabeça, estreitando os olhos com novo respeito.

— Não chego a tanto. Sou um ruminantologista amador, para ser mais exato.

— Oh.

O professor Lyall se mostrou orgulhoso, sem perder a modéstia.

— Sou considerado um especialista nos métodos de procriação das espécies *Ovis orientalis aries*.

— Ovelhas?

— Ovelhas.

— Ovelhas! — A voz de Madame Lefoux ficou mais aguda, como se ela estivesse tentando conter o riso.

— Sim, as que fazem *méée*. — O professor Lyall franziu o cenho. Os ovinos eram um assunto sério, e ele não entendia o motivo da ironia.

— Deixe-me ver se entendi direito: o senhor é um *lobisomem* com profundo interesse pela *reprodução de ovelhas*? — O sotaque francês foi transparecendo aos poucos, em meio ao seu divertimento.

O professor Lyall prosseguiu corajosamente, ignorando a petulância:

— Guardo embriões inviáveis em formol, para futuros estudos. Lorde Maccon vem consumindo as minhas amostras. Quando o pressionei, ele admitiu gostar tanto da bebida refrescante quanto do "tira-gosto crocante em conserva". Não fiquei nem um pouco satisfeito.

GAIL CARRIGER
Inocência?

Um romance sobre vampiros, lobisomens e surpresas

O PROTETORADO DA SOMBRINHA 3

Tradução
Flávia Carneiro Anderson

valentina

Rio de Janeiro, 2015
1ª Edição

Copyright © 2010 by Tofa Borregaard
Publicado mediante contrato com Little, Brown and Company, Nova York.

TÍTULO ORIGINAL
Blameless

ADAPTAÇÃO DE CAPA
Diana Cordeiro

FOTO DE CAPA
Tiny Dragon Productions

FOTO DA AUTORA
Vanessa Applegate

Foto da modelo gentilmente cedida por
DONNA RICCI, CLOCKWORK COUTURE

DIAGRAMAÇÃO
editoriârte

Impresso no Brasil
Printed in Brazil
2015

CIP-BRASIL. CATALOGAÇÃO NA FONTE
SINDICATO NACIONAL DOS EDITORES DE LIVROS, RJ

C312i

Carriger, Gail
    Inocência?: um romance sobre vampiros, lobisomens e surpresas / Gail Carriger; tradução de Flávia Carneiro Anderson. - 1. ed. – Rio de Janeiro: Valentina, 2015.
    304p.: 23 cm. (O protetorado da sombrinha; 3)

Tradução de: Blameless
Sequência de: Metamorfose?

ISBN 978-85-65859-55-4

1. Ficção fantástica inglesa. I. Anderson, Flávia Carneiro. II. Título. III. Série.

15-19479	CDD: 823
	CDU: 821.111-3

Todos os livros da Editora Valentina estão em conformidade com
o novo Acordo Ortográfico da Língua Portuguesa.

Todos os direitos desta edição reservados à

EDITORA VALENTINA
Rua Santa Clara 50/1107 – Copacabana
Rio de Janeiro – 22041-012
Tel/Fax: (21) 3208-8777
www.editoravalentina.com.br

Agradecimentos

Este livro não teria sido escrito sem a ajuda de Kristin, Devi e Francesca. Falando sério, sem elas, você estaria lendo um monte de folhas em branco. Obrigada, queridas, devo muitos queijos e vinhos a vocês! Muitos queijos mesmo. E um milhão de abraços para J. Daniel Sawyer, que me ajudou bem mais do que imagina.

Inocência?

Capítulo 1

Em que as senhoritas Loontwill enfrentam um escândalo no seio da família

— Por quanto tempo mais, mamãe, vamos ter que suportar essa tremenda humilhação?

Lady Alexia Maccon parou, prestes a entrar na copa. A voz estridente da irmã sobressaía em meio ao tinir de xícaras de chá e do mastigar de torradas. Em um previsível dueto matinal de lamúrias bem ensaiadas, Felicity se fez ouvir logo após Evylin:

— Sim, mãezinha querida, um escândalo desses, bem debaixo do nosso teto. Não se pode esperar que o suportemos nem mais um segundo.

Felicity voltou a defender sua causa:

— Está arruinando as nossas chances — *croc, croc* —, de um jeito irreversível. Não podemos tolerar isso. Simplesmente não podemos.

Alexia fingia observar a sua aparência no espelho do corredor, na esperança de entreouvir mais. Ficou desconcertada quando o novo mordomo dos Loontwill, Swilkins, apareceu com uma bandeja de arenque defumado. Ele lhe lançou um olhar desaprovador, deixando bem claro o que pensava de uma jovem escutando a conversa da família às escondidas. Por uma questão de direito, essa era uma forma de arte reservada aos mordomos.

— Bom dia, Lady Maccon — saudou ele em voz alta o bastante para que a família toda ouvisse, apesar da conversa e do tilintar da louça —, a senhora recebeu várias mensagens ontem. — O mordomo lhe entregou duas cartas dobradas e seladas e, em seguida, aguardou ostensivamente que ela entrasse na copa antes dele.

— Ontem! Ontem! E pode me explicar por que não as *entregou* ontem?

Swilkins não respondeu.

Sujeitinho antipático e irritante, esse novo mordomo. Lady Maccon começava a se dar conta de que havia poucas coisas na vida piores que um clima de hostilidade criado por um serviçal.

Entrou na copa em passos duros, dirigindo a ira aos que estavam sentados à sua frente.

— Bom dia, querida família.

Enquanto sentava na única cadeira vazia, quatro pares de olhos azuis a acompanharam com ar de censura. Bom, na verdade, três — o excelentíssimo sr. Loontwill estava totalmente concentrado na quebra correta do ovo quente, o que requeria o uso de um aparelhinho engenhoso, semelhante a uma guilhotina lateral portátil, que cortava a ponta do ovo, formando um círculo perfeito, sem lascas. Assim absorto, com ar satisfeito, ele nem se deu ao trabalho de prestar atenção à chegada da enteada.

Lady Maccon serviu-se de um copo de orchata e pegou uma torrada, sem passar manteiga, tentando ignorar o cheiro dos defumados do café da manhã, sua refeição favorita de outrora, que agora fazia seu estômago se revirar. Até aquele momento, o bebê-inconveniente — tal como passara a chamar sua gravidez — vinha se revelando mais cansativo do que imaginava, considerando-se que faltavam anos para que falasse ou entrasse em ação.

A sra. Loontwill observou com evidente aprovação a frugal escolha da filha.

— Eu me sinto reconfortada — comentou com a família — ao ver que a nossa pobre Alexia está praticamente definhando em sua ânsia pela afeição do marido. Isso demonstra uma nobre sentimentalidade. — Era óbvio que considerava as táticas da filha de passar fome no café da manhã como sendo sintomas de um período de profunda depressão.

Lady Maccon lançou um olhar aborrecido para a mãe e descontou parte de sua ira cravando a faca de manteiga na torrada. Como o bebê-inconveniente acrescentara certo peso à sua figura já curvilínea, ela estava a muitos e muitos quilos de "definhar". Tampouco era do tipo que se deprimia. Além do mais, a preternatural se ressentia com a mãe por achar que Lorde Maccon tinha algo a ver com o fato — afora o óbvio, ainda ignorado pela família — de ela não estar conseguindo comer bem. Chegou a abrir a boca para corrigir a mãe, mas Felicity a interrompeu:

— Ah, mamãe, não acho que Alexia seja do tipo que morre por causa de um coração partido.

— Tampouco é do tipo propenso à escassez gastronômica — retrucou a sra. Loontwill.

— Já eu — intrometeu-se Evylin, enchendo o prato de arenques defumados — poderia bater as botas pelos dois motivos.

— Veja como fala, Evy querida. — A sra. Loontwill partiu a torrada ao meio, desgostosa.

A srta. Loontwill mais nova se dirigiu a Alexia, apontando o garfo com um pedaço de ovo de forma acusadora:

— O capitão Featherstonehaugh terminou comigo! O que me diz disso? E só recebemos a mensagem hoje de manhã.

— O capitão Featherstonehaugh? — repetiu Lady Maccon, para si. — Achei que ele estava noivo de Ivy Hisselpenny e que você estava namorando outro homem. Que confusão!

— Não, não, Evy é que é a noiva dele, agora. Quer dizer, era. Há quanto tempo você está aqui conosco? Quase duas semanas? Alexia, querida, preste atenção! — repreendeu-a a sra. Loontwill.

Evylin deixou escapar um suspiro dramático.

— E já tínhamos até comprado o vestido. Agora, vou precisar remodelá-lo.

— Ele tinha mesmo umas sobrancelhas belíssimas... — consolou-a a sra. Loontwill.

— É verdade — concordou Evylin, orgulhosa. — Onde é que vou encontrar outras como aquelas? Estou arrasada, Alexia, totalmente arrasada. E tudo por *sua* culpa.

A bem da verdade, Evylin não parecia nem um pouco abalada, como deveria estar uma moça que acabara de perder o noivo, ainda mais em se tratando de um espécime com sobrancelhas tão notáveis. Ela levou o garfo à boca e se pôs a mastigar metodicamente. Nos últimos tempos, metera na cabeça a ideia de que mastigar cada porção de comida vinte vezes ajudaria a mantê-la magra. O que acabou fazendo foi mantê-la à mesa por mais tempo do que o resto da família.

— Ele mencionou diferenças filosóficas, mas sabemos muito bem por que ele terminou tudo. — Felicity agitou o papel de bordas douradas diante de Lady Maccon: uma mensagem que obviamente transmitia o mais profundo pesar do bom capitão, e que, a julgar pelas marcas por toda parte, fora alvo das atenções de todos à mesa do café da manhã, inclusive dos arenques.

— Concordo. — Lady Maccon sorveu com calma a orchata. — Diferenças filosóficas? Impossível. Você não tem filosofias sobre nada, tem, Evylin, querida?

— Quer dizer que reconhece a sua responsabilidade? — Evylin acabou engolindo antes do previsto para atacar a irmã. Jogou para trás os cachos louros, pouco mais claros do que o ovo que comia.

— De jeito nenhum. Nem o conheci.

— Ainda assim, a culpa é *sua*. Abandonar o marido desse jeito, ficar conosco, em vez de ficar com ele. É ultrajante! As pessoas. Estão. Falando. — Evylin enfatizou as palavras, cravando o garfo rudemente numa linguiça.

— Elas sempre falam. Ainda é uma das melhores formas de comunicação.

— Ah, por que você tem que ser sempre tão impossível? Mamãe, faça alguma coisa. — Evylin desistiu da linguiça e se concentrou em um segundo ovo frito.

— Você nem parece estar muito triste com o fim do noivado. — Lady Maccon observou a irmã mastigar.

— Ah, mas posso garantir a você que a pobre Evy está destrinchada. Com os nervos em frangalhos — comentou a sra. Loontwill.

— Quer dizer des*membrada*? — Alexia não resistia a soltar suas farpas quando estava em família.

Inocência?   O Terceiro Livro

À cabeceira da mesa, o sr. Loontwill, o único capaz de entender um comentário irônico, deixou escapar uma risadinha.

— Herbert — repreendeu-o a esposa, na mesma hora —, não encoraje Alexia a ser atrevida, a qualidade menos atraente possível numa senhora casada. — Virou-se para Lady Maccon. Seu rosto, o de uma mulher bonita que envelhecera sem perceber, contorceu-se em uma careta, que a filha supôs ser uma tentativa de simular consternação maternal. Em vez disso, a matrona mais pareceu um pequinês constipado. — Foi por isso que se afastou *dele*, querida? Não tentou bancar a... sabichona... com *ele*, tentou? — A sra. Loontwill evitava se referir a Lorde Maccon pelo nome desde que Alexia se casara, como se, ao fazer isso, tentasse se concentrar apenas no fato de que a filha *realmente* contraíra matrimônio... uma condição que muitos acreditavam bastante improvável, até o momento do evento fatídico... sem ter de se lembrar com *o que* se unira. Era verdade que se tratava de um membro da nobreza britânica, e um dos melhores de Sua Majestade, mas também um lobisomem. Não ajudara o fato de ele odiar a sogra e não se importar em deixar isso bastante claro, inclusive para ela própria. *Ora,* lembrou Lady Maccon, *certa vez, ele até...* Mas recusou-se a continuar pensando no marido, reprimindo a lembrança sem a menor piedade. Infelizmente, deu-se conta de que seus pensamentos agitados resultaram numa torrada mutilada, sem a menor chance de ser consumida. Com um suspiro, pegou outra.

— Acho que ficou bem claro — disse Felicity, com uma expressão inflexível — que sua presença aqui, Alexia, provocou uma reviravolta no noivado da Evy. Nem mesmo você pode negar isso, querida irmã.

Felicity e Evylin eram as meias-irmãs mais novas de Lady Maccon, mas não tinham a menor relação, quando se levavam em conta outros fatores. As duas podiam ser descritas como baixinhas, louras e delgadas, ao passo que Alexia era alta, morena e, a bem da verdade, nem um pouco magra. A mais velha se tornara famosa em toda Londres pela perspicácia, pelo apoio à comunidade científica e o humor cáustico; as duas menores, pelas mangas bufantes. O mundo, portanto, podia ser considerado bem mais tranquilo quando as três não se encontravam sob o mesmo teto.

— E nós sabemos como suas opiniões são ponderadas e imparciais, Felicity. — O tom de voz de Lady Maccon não se alterou.

Felicity pegou a seção de escândalos do *Lady's Daily Chirrup*, deixando claro que não queria mais participar da conversa.

A sra. Loontwill aventurou-se corajosamente:

— Mas, Alexia, querida, será que não chegou a hora de você voltar a Woolsey? Já está conosco há uma semana, e é claro que adoramos recebê-la, mas dizem que *ele* já voltou da Escócia.

— Bom para *ele*.

— Alexia! Que comentário mais chocante!

Evylin se intrometeu:

— Ninguém o viu na cidade, claro, mas dizem que voltou para Woolsey ontem.

— Qual é o sujeito de "dizem"?

Felicity amassou a coluna de fofocas do jornal, a título de explicação.

— Não é *um* sujeito, são *muitos*.

— Ele deve estar morrendo de saudades, minha querida. — A sra. Loontwill voltou ao ataque. — Ansiando por você, sentindo falta da sua... — Fez um gesto enfático.

— Sentindo falta do *que*, mãe?

— Ah, da sua companhia brilhante.

Lady Maccon deu um risinho debochado. Conall podia até ter apreciado sua franqueza em algumas raras ocasiões, mas, se sentia falta de algo, ela duvidava de que sua sagacidade estivesse no topo da lista. Lorde Maccon era um lobisomem de, no mínimo, excelente apetite, em vários âmbitos. Devia estar com saudades, sobretudo, de algo muito abaixo da língua da esposa. Uma imagem do rosto do marido abalou sua determinação por um instante. O olhar dele da última vez em que se viram — o de quem se sentia traído. Mas o que achara que a esposa havia feito e o fato de duvidar dela daquele modo eram injustificáveis. Como ousara abandoná-la com aquele semblante de filhotinho perdido só para inspirar sua compaixão! Recordou-se do que ele lhe dissera naquele dia. *Jamais* voltaria para aquele — tentou encontrar uma descrição — para aquele mentecapto desconfiado!

Lady Alexia Maccon era o tipo de mulher que, se jogada em uma mata espinhosa, começaria a limpá-la, aparando todos os espinhos. Ao longo das últimas semanas, durante a viagem imperdoavelmente desagradável de trem da Escócia à Inglaterra, acreditara já ter se resignado com a rejeição de Conall a ela e ao bebê. No entanto, vinha percebendo que, em alguns raros e inusitados momentos, não era o que ocorria. O sentimento de traição, que irrompia como uma contração logo abaixo das costelas, a corroía por dentro, para então deixá-la cada vez mais magoada e, sem o menor aviso, furiosíssima. A sensação era idêntica a uma súbita e aguda indigestão — só que envolvendo sentimentos mais delicados. Em seus momentos mais lúcidos, ela concluía que se sentia assim por causa da injustiça de tudo aquilo. Estava acostumada a se defender por ter feito algo inadequado, mas fazê-lo por ser totalmente inocente tornava a experiência inédita, e muito mais frustrante. Nem mesmo o melhor Darjeeling, da Bogglington, conseguia aplacar seu mau humor. E se o chá não dava jeito, o que uma *dama* haveria de fazer? Não que ainda amasse o sujeito — não, em hipótese alguma. Seria absolutamente ilógico. Mas não restavam dúvidas de que as arestas do temperamento forte de Lady Maccon haviam se suavizado. Sua família deveria ter reconhecido os sinais.

Felicity fechou o jornal de repente, a face subitamente rubra.

— Valha-me Deus! — A sra. Loontwill se abanou com uma toalhinha de renda manchada. — O que foi *desta vez*?

O sr. Loontwill deu uma olhada e, em seguida, refugiou-se no exame minucioso de seu ovo.

— Nada, não. — Felicity tentou enfiar o jornal debaixo do prato.

Evylin não aceitou que a irmã fugisse do assunto. Pegou o jornal e começou a lê-lo, procurando pela fofoca picante que perturbara a irmã.

Felicity mordeu um bolinho, olhando com ar culpado para Alexia.

Lady Maccon teve um péssimo pressentimento. Terminou a orchata com dificuldade e se recostou na cadeira.

— Ó céus! — Pelo visto, Evylin encontrara o trecho preocupante, que logo tratou de ler em voz alta: — "Toda a Londres ficou pasma na semana passada quando este repórter soube que Lady Maccon, *née* Alexia Tarabotti, filha da sra. Loontwill, irmã de Felicity e Evylin, e enteada do excelentíssimo sr. Loontwill, abandonou a residência do marido, voltando da Escócia sem ele. As especulações quanto ao motivo variam, e vão de suspeitas relacionadas à íntima relação de Lady Maccon com o vampiro errante Lorde Akeldama às supostas desavenças familiares insinuadas pelas srtas. Loontwill..." Ah, olhe só, Felicity, eles mencionaram a gente duas vezes! "... e certas amizades de classe social mais baixa. Lady Maccon causou sensação na sociedade londrina após o casamento..." Blá-blá-blá... Ah! E aqui diz: "... porém, fontes próximas ao nobre casal revelaram que Lady Maccon está, na verdade, em estado deveras delicado. Considerando a idade de Lorde Maccon, sua predisposição sobrenatural e seu estado pós-necrose legalmente reconhecido, supõe-se que Lady Maccon tenha sido *indiscreta*. Enquanto se aguarda a confirmação física todos os indícios apontam para O Escândalo do Século".

Os presentes olharam para Alexia e começaram a falar ao mesmo tempo.

Evylin fechou e dobrou ruidosamente o jornal, calando a família com o farfalhar.

— Bem, isso explica *tudo*! O capitão Featherstonehaugh deve ter lido esse artigo. E por isso rompeu o nosso noivado agora de manhã. Felicity tinha razão! É mesmo culpa sua! Como pôde ser tão inconsequente, Alexia?

— Não é à toa que ela está sem apetite — comentou o sr. Loontwill, desastrosamente.

A sra. Loontwill fez frente à situação.

— É demais para o coração de uma mãe! Simplesmente demais! Alexia, como pôde estragar tudo desse jeito? Não a criei para que se tornasse uma moça de bem, que se desse ao respeito? Ah, nem sei o que dizer! — Ficou sem palavras. Felizmente, não tentou bater na filha. Fizera-o uma vez, e o resultado não fora bom para ninguém: Alexia acabara se casando.

Lady Maccon se levantou. Zangada outra vez. *Ultimamente, passo boa parte do tempo aborrecida*, pensou. Somente quatro indivíduos sabiam de seu estado inconveniente. Três deles jamais cogitariam de falar com a imprensa. O que só deixava uma opção, que naquele momento estava sentada do

outro lado da mesa, com um deplorável vestido de renda azul e as faces enrubescidas de forma suspeita.

— Não fui eu! — Felicity se pôs na defensiva na mesma hora. — Deve ter sido Madame Lefoux. Sabe como são essas francesas! Falam de tudo em troca de um pouco de fama e dinheiro.

— Felicity, você sabia da gravidez de Alexia e não me contou? — A sra. Loontwill se recuperou do choque para, então, tornar a se chocar. Já seria de esperar que Alexia guardasse o segredo e não o contasse à mãe, mas Felicity devia estar do seu lado. A petulante já fora subornada com muitos sapatos, ao longo dos anos.

Lady Maccon deu um soco na mesa, levando as xícaras de chá a tinirem ameaçadoramente, e se inclinou na direção da irmã. Tratava-se do uso inconsciente de uma tática de intimidação aprendida ao longo dos vários meses que passara convivendo com uma alcateia de lobisomens. Não dispunha da pelagem que conferia eficiência máxima ao gesto, mas, ainda assim, conseguiu executá-lo de forma impecável.

— Madame Lefoux jamais faria *esse tipo de coisa*. Tenho certeza absoluta de que ela é superdiscreta. Só uma pessoa falaria, e não é francesa. Você me prometeu, Felicity. Eu lhe dei meu colar de ametistas favorito para que não abrisse a boca.

— Quer dizer que foi assim que o conseguiu? — Evylin ficou com inveja.

— Quem é o pai, então? — perguntou o sr. Loontwill, pelo visto sentindo que devia tentar conduzir a conversa para um lado mais produtivo. As mulheres, movimentando-se agitadas à mesa, ignoraram-no por completo, como de costume. Ele deu um muxoxo, resignado, e voltou a se concentrar no café da manhã.

Felicity passou da defesa à irritação.

— Só contei para a srta. Wibbley e a srta. Twittergaddle. Como podia adivinhar que elas iriam correndo contar para a imprensa?

— O pai da srta. Twittergaddle é o dono do *Chirrup*. E você sabe muito bem disso! — Mas, então, a raiva de Alexia diminuiu um pouco. O fato de Felicity não ter revelado nada durante várias semanas era um milagre da terceira era da humanidade. Sem sombra de dúvida, a irmã contara às duas amigas para chamar atenção, mas, na certa, devia saber que aquela fofoca arruinaria o noivado de Evylin e a vida de Alexia. Algum tempo após o casamento da irmã mais velha, Felicity passara de frívola a vingativa, o que, somado ao cérebro do tamanho de uma groselha, resultara em um ser humano totalmente desastroso.

— Depois de tudo o que esta família fez por você, Alexia! — A sra. Loontwill continuou a recriminar a filha. — Depois de Herbert tê-la acolhido na segurança do seu seio familiar! — O sr. Loontwill ergueu os olhos ante aquela expressão e, em seguida, fitou o próprio físico corpulento, com incredulidade. — Depois de todos os sacrifícios que fiz para que tivesse um casamento apropriado. Ultrapassar todos os limites da decência, como uma prostituta comum. É simplesmente inadmissível.

— Exatamente o que pensei — concordou Felicity, com ar presunçoso.

Levada ao auge do exaspero, Alexia pegou a bandeja de arenques defumados e, após a devida reflexão de três segundos, virou-a em cima da cabeça da irmã.

Felicity soltou gritos histéricos.

— Mas — sussurrou Alexia em meio ao escarcéu da irmã — *o bebê é dele*.

— O que foi que disse? — Dessa vez, o sr. Loontwill bateu a mão com força na mesa.

— O bebê é dele, que diabo! Eu *não* estive com mais ninguém! — Alexia gritou mais alto do que as lamúrias da irmã.

— Alexia! Não seja grosseira. Não precisa entrar em detalhes. Todo mundo sabe que isso é impossível. Seu marido é basicamente um morto, ou era basicamente um morto, e agora é essencialmente um morto. — A sra. Loontwill pareceu se confundir. Balançou a cabeça como um poodle molhado e continuou a diatribe, com estoicismo. — Seja lá como for, um lobisomem se tornar pai de uma criança seria o mesmo que um vampiro ou um fantasma terem filhos: totalmente ridículo.

— Esta família não é menos ridícula, e todos vocês parecem viver de acordo com a ordem natural.

— Como é...?

— Neste caso, a definição de "ridículo" precisa ser revista e ampliada.

— *Que este bebê vá para o quinto dos infernos*, pensou Alexia.

— Estão vendo só como ela é? — intrometeu-se Felicity, espanejando arenques das roupas, o olhar furioso. — Está sempre dizendo coisas assim. Nunca admite ter feito nada de errado. Ele rompeu com ela, sabiam? Alexia não vai voltar para o Castelo de Woolsey porque não pode. Lorde Maccon a expulsou. Foi por isso que saímos da Escócia.

— Ó céus, Herbert! Herbert, ouviu isso? — perguntou a sra. Loontwill, dando a impressão de estar prestes a ter um chilique.

Alexia não sabia ao certo se a reação era um desgosto fingido por Conall ter dado um chute no seu traseiro ou verdadeiro pavor ante a perspectiva de ter de hospedar a filha mais velha em caráter permanente no futuro próximo.

— Herbert, faça alguma coisa! — choramingou a sra. Loontwill.

— Eu já morri e fui parar no mundo dos romances de quinta categoria — foi a resposta do sr. Loontwill. — Não tenho condições de lidar com esse tipo de situação. Leticia, minha querida, deixo tudo em suas mãos competentes.

Não podia ter usado uma frase mais inadequada para a esposa, cujas mãos não eram capazes de nada mais complexo além de bordados ocasionais e, por sinal, altamente enervantes. A sra. Loontwill ergueu as ditas mãos para o céu e soltou o corpo na cadeira, em um desmaio parcial.

— Nada disso, pai — disse Felicity, endurecendo o tom de voz. — Sinto muito por ser autoritária, mas a presença prolongada de Alexia debaixo do nosso teto é totalmente inadmissível. Um escândalo desses vai arruinar as nossas chances de casamento, mesmo sem a presença dela. O senhor tem de mandá-la embora e proibi-la de entrar em contato com a família. Recomendo que saiamos de Londres imediatamente. Que tal fazermos uma viagem pela Europa continental?

Evylin bateu palmas, e Alexia ficou se perguntando se Felicity planejara aquela pequena traição. Fitou o rosto inesperadamente impiedoso da irmã. *Tolinha traiçoeira! Devia tê-la atingido com algo mais pesado do que arenque defumado.*

O sr. Loontwill ficou perplexo com as palavras categóricas de Felicity, mas, como se tratava de um homem que sempre respeitava a lei do menor esforço, analisou a esposa desfalecida, em seguida a filha de semblante agressivo, e por fim tocou a campainha para chamar o mordomo.

— Swilkins, suba imediatamente e faça as malas de Lady Maccon.

O mordomo ficou imóvel, paralisado pela surpresa.

— Ande logo, homem! — ordenou Felicity, irritada.

Swilkins se retirou.

Alexia deixou escapar um suspiro exasperado. Que esperassem só até ela contar a Conall o mais novo disparate familiar. Ora, ele ia... *Ah, melhor deixar pra lá.* Sua raiva mais uma vez se dissipou, dando lugar à dor provocada por um vazio do tamanho de um lobisomem. Tentando preencher o vácuo com algo, pegou uma colher cheia de geleia e, não tendo mais nada a perder, meteu-a na boca sem a menor cerimônia.

Com isso, a sra. Loontwill de fato desmaiou.

O sr. Loontwill fitou a figura flácida da esposa por um longo tempo e, em seguida, com a devida ponderação, saiu dali e se dirigiu à sala de fumantes.

Alexia se lembrou da correspondência e, como precisava se distrair e preferia fazer qualquer coisa a conversar com as irmãs, pegou a primeira carta e rompeu o selo. Até aquele momento, achara que a situação não podia piorar.

O selo na carta era inconfundível: um leão e um unicórnio, com uma coroa no meio. A mensagem que continha também fora direta. A presença de Lady Maccon não era mais bem-vinda no Palácio de Buckingham. Dali em diante, a Rainha da Inglaterra já não poderia recebê-la. As obrigações da preternatural como integrante do Conselho Paralelo estavam suspensas até segunda ordem. Já não gozava da confiança de Sua Majestade nem do poder que esta lhe conferira. O cargo de muhjah se encontrava disponível novamente. Agradeceram a Lady Maccon gentilmente pelos serviços prestados e lhe desejaram um bom-dia.

Lady Maccon se levantou com determinação, deixou a copa e rumou direto para a cozinha, ignorando o espanto dos criados. Quase sem parar, foi até o imenso fogão à lenha, que dominava o ambiente, e ali meteu a missiva oficial. Esta pegou fogo de imediato e queimou na hora. Ansiando por solidão, dirigiu-se à sala de estar dos fundos, em vez de voltar à copa.

Queria ir para o próprio quarto, enfiar-se debaixo das cobertas e se encolher toda, até ficar do tamanho de uma azeitona — quer dizer, de uma melancia. Mas já estava vestida, e era preciso seguir a etiqueta mesmo nos piores momentos.

Não devia ter se surpreendido. Apesar de sua política progressista, a Rainha Vitória era moralmente conservadora. Continuava a guardar luto pelo marido, que já falecera e se tornara fantasma há mais de uma década. E se havia alguém que não ficava bem de preto, era a Rainha Vitória. Ela não permitiria em hipótese alguma que Lady Maccon continuasse desempenhando o papel clandestino de conselheira preternatural e agente de campo, embora ainda fosse uma função secreta e confidencial. Lady Maccon não podia ter qualquer tipo de associação com a Rainha, não naquele momento, em que se tornara uma pária. A notícia matinal na certa já era do conhecimento de todos.

Lady Maccon suspirou. O potentado e o primeiro-ministro regional, seus colegas no Conselho Paralelo, ficariam felizes com a sua saída. Ela não facilitara muito a vida deles. O que fora mais um dos ossos daquele ofício. A preternatural sentiu um calafrio de apreensão. Sem Conall e a Alcateia de Woolsey para protegê-la, haveria muita gente que faria de tudo para vê-la morta. Tocou a campainha para chamar uma das criadas e mandá-la pegar sua sombrinha-arma antes que o mordomo a colocasse na bagagem. Pouco depois a criada voltou, e Lady Maccon se sentiu mais tranquila com seu acessório favorito à mão.

Seus pensamentos voltaram espontaneamente ao marido, que fizera a gentileza de presenteá-la com o objeto mortal. *Maldito Conall*. Por que não acreditara nela? E daí se toda a história conhecida a contradizia? Qualquer um sabia que o processo histórico deixava muito a desejar em termos de exatidão, mesmo nas circunstâncias mais favoráveis. Tampouco existiam muitos preternaturais. Cientificamente, ninguém entendia por que Alexia era daquele jeito e conseguia fazer o que fazia, nem mesmo naquele período, com toda a tão propalada tecnologia britânica. E daí se ele estava essencialmente morto? O toque dela não o tornava mortal, por acaso? Por que não haveria de torná-lo humano o bastante para lhe fazer um filho? Era tão impossível assim de acreditar? *Que sujeito terrível*. Bem típico de um lobisomem se deixar levar pelas emoções e fazer uma tempestade em copo d'água.

Pensar em Lorde Maccon foi o bastante para deixá-la triste. Aborrecida com a própria fraqueza, Lady Maccon enxugou as lágrimas e observou sua próxima mensagem, já esperando outra má notícia. Entretanto, a letra daquela, em negrito e altamente floreada, levou-a a esboçar um sorriso. A preternatural enviara-lhe um cartão assim que voltara a Londres. Não teria cometido a gafe de pedir, mas indicara sua incômoda situação doméstica, e ele, evidentemente, já devia estar a par do que acontecera. *Ele* sempre estava a par de tudo o que acontecia.

"Minha *querida* Flor de Camomila!", escreveu o amigo. "Recebi seu cartão e, considerando as informações secretas mais recentes, ocorreu-me que deveria estar precisando muito de uma acomodação, mas seria por demais educada para requisitá-la abertamente. Permita-me fazer a mais humilde oferta à *única pessoa* em *toda* a Inglaterra considerada, agora, *mais* escandalosa do que eu. Você seria muito bem-vinda caso quisesse compartilhar meu *singelo* domicílio e desfrutar de minha parca hospitalidade. *Atenciosamente*, Lorde Akeldama."

Lady Maccon abriu um largo sorriso. Viera torcendo que ele percebesse seu apelo nas entrelinhas da mensagem formal. Embora o cartão tivesse sido escrito antes de seu estado se tornar conhecido, suspeitava que mesmo assim o amigo vampiro não se oporia a uma estada prolongada e já estava ciente da gravidez. Lorde Akeldama era um errante de hábitos e trajes sempre tão extravagantes, que hospedar a agora arruinada Lady Maccon só o tornaria ainda mais famoso. Além disso, ela estaria à disposição e à mercê dele, que então poderia arrancar verdades da amiga *ad nauseam*. É óbvio que pretendia aceitar sua oferta, esperando que não fosse tarde demais, uma vez que o convite fora feito no dia anterior — maldito Swilkins peçonhento. A preternatural, na verdade, aguardava ansiosamente a experiência. A moradia e as refeições do vampiro nada tinham de humildes, e ele contava com a companhia de um grupo de tamanhos expoentes da janotice, que tornaria qualquer temporada em sua companhia um infindável deleite visual. Aliviada por não estar mais desabrigada, Lady Maccon escreveu uma mensagem para resolver o assunto, e fez

questão de escolher o lacaio mais bem-apessoado dos Loontwill para levá-la.

Talvez Lorde Akeldama soubesse de algo que explicasse a presença daquele embrião parasítico no seu ventre. Era um vampiro muito velho, e talvez conseguisse provar a Conall que ela mantinha íntegra a virtude. A comicidade daquele pensamento — Lorde Akeldama e virtude na mesma frase — fez com que ela sorrisse.

Com a bagagem pronta e o chapéu e a capa a postos, Lady Maccon se preparava para sair da residência da família, provavelmente pela última vez, quando chegou outra correspondência dirigida a ela. Tratava-se de um pacote suspeito, junto com uma mensagem. Daquela vez ela o interceptou antes que Swilkins pusesse as mãos nele.

O pacote continha um chapéu tão nauseabundo, que ela não teve dúvidas de sua origem. Era um toque de feltro amarelo-claro, enfeitado com groselhas pretas artificiais, um laço de veludo e um par de penas verdes que lembravam as antenas de alguma desventurada criatura marinha. A mensagem que o acompanhava fora escrita em tom incrivelmente bombástico, e numa caligrafia que conseguia a proeza de ser ainda mais floreada que a de Lorde Akeldama. A bem da verdade, um texto de leitura um tanto traumática.

"Alexia Tarabotti Maccon, como pôde se comportar tão *maldosamente*! Acabei de ler o jornal matinal. Você fez o meu coração ir parar no peito, isso sim! Claro que eu nunca teria acreditado numa coisa dessas, em toda a minha vida! Nunquinha! Na verdade, não acredito numa só palavra nem mesmo agora. Você deve saber que nós — Tunny e eu — *gostaríamos muito* que se hospedasse conosco, mas, como as circunstâncias são, como dizem, indefensáveis (ou indeferíveis?), não podemos convidá-la. Entende? Tenho certeza que sim, não é mesmo? Mas pensei que talvez precisasse de um consolo e lembrei como ficou olhando fixamente para este lindo chapéu, da última vez que fomos fazer compras juntas — ah, tantos meses atrás, na nossa saudável juventude (ou seria saudosa?), por isso comprei-o para você na Chapeau de Poupée. Minha intenção era dá-lo de presente de Natal, mas diante dessa tremenda crise emocional que está enfrentando, acho que agora é um *momento bem mais importante para os chapéus.* Não é verdade? Com muitíssimo carinho, Ivy."

Alexia compreendeu perfeitamente tudo o que Ivy não escrevera, se é que era possível, considerando o tamanho da missiva. Ivy e o novo marido eram atores profissionais e, francamente, não podiam se dar ao luxo de perder patrocínios pela associação com a agora decaída Lady Maccon. A preternatural sentiu-se aliviada por não ter de recusar o convite deles. O casal morava no tugúrio mais abominável que se podia imaginar, no West End. Só tinham, por exemplo, uma sala de estar. Lady Maccon sentiu um leve calafrio.

A preternatural pôs o chapéu repulsivo debaixo do braço, pegou sua fiel sombrinha e dirigiu-se à carruagem, que já a aguardava. Olhou para Swilkins com desdém enquanto ele a ajudava a subir e mandava o cocheiro seguir para a residência urbana de Lorde Akeldama.

Capítulo 2

No qual Lorde Maccon se torna um pepino

A casa de Lorde Akeldama ficava em uma das áreas mais chiques de Londres. Uma região que, na certa, tornara-se famosa por ter a sorte de contar com a dita residência. O vampiro fazia *tudo* com estilo, às vezes em detrimento de pequenos detalhes, como, por exemplo, o bom-senso. Se começasse a praticar luta livre dentro de barris contendo uma geleia de enguias, na certa o esporte viraria uma coqueluche em duas semanas. A fachada da casa fora redecorada havia pouco segundo os ditames da última moda, para a reverente aprovação da alta sociedade. Fora pintada de um tom de alfazema e adornada com arabescos dourados em volta de cada janela e entrada. Uma cerca viva de lilases, girassóis e amores-perfeitos fora plantada como complemento, criando um agradável efeito em três níveis conforme os visitantes se aproximavam da escadaria, mesmo no inverno. A casa se destacava como um solitário baluarte de exuberância, contrastando destemidamente com o céu londrino, que adotara seu costumeiro tom de cinza, entre a névoa banal e a garoa fina.

Ninguém atendeu quando Lady Maccon bateu, nem quando puxou o cordão da campainha, mas a porta dourada fora deixada aberta. Fazendo um gesto para que o cocheiro esperasse, ela entrou com cautela, a sombrinha erguida, de prontidão. As salas mantinham seu esplendor despudorado — tapetes felpudos retratando pastores propensos ao romance, tetos abobadados com querubins igualmente libertinos pintados *a la Roma*.

— Olá! Ô de casa?

O lugar fora totalmente abandonado, evidentemente às pressas. Não havia sinal nem de Lorde Akeldama nem de Biffy ou qualquer outro zangão. A residência do vampiro costumava ser um festival de deleites: cartolas jogadas, pilhas de programas teatrais, aroma de charutos caros e perfumes franceses, sempre tendo um burburinho de vozes e risos ao fundo. O silêncio e a inatividade se destacavam tanto mais pelo contraste.

Lady Maccon foi passando devagar pelos ambientes vazios, como se fosse uma arqueóloga visitando uma tumba. Tudo que encontrou foram indícios de partida, com itens importantes retirados de seus lugares de destaque. Não viu, por exemplo, o tubo dourado que normalmente ficava em cima da lareira na sala de estar, mais parecendo um pedaço de cano com pretensões ornamentais, mas que ela sabia por experiência própria — na verdade escondia duas lâminas curvas. O fato de Lorde Akeldama considerar apropriado levar *aquele* item específico não era um bom indício do motivo que o fizera se ausentar tão apressadamente.

Pelo visto, o único outro ser com vida no recinto, afora a preternatural, era o gato. Tratava-se de um felino rechonchudo e malhado, com a disposição de quem sofria de uma imperturbável narcolepsia e só se levantava de vez em quando para se vingar enérgica e brutalmente da almofada com borlas. Naquele momento, o bichano estava esparramado em um pufe, com os restos de três borlas decapitadas perto do queixo. Gatos, de modo geral, eram as únicas criaturas que toleravam os vampiros. A maioria dos outros animais apresentava o que os cientistas chamavam de aguçado mecanismo de defesa. Aquele, porém, era tão indiferente a qualquer criatura que não fosse uma borla, que provavelmente teria conseguido conviver com uma alcateia de lobisomens.

— Onde foi que o seu dono se meteu, Gorducho? — perguntou ela ao bichano.

O gato, na verdade uma gata, pelo que Lady Maccon constatou, não tinha uma resposta definitiva, mas deixou que ela a afagasse debaixo do queixo. Usava uma coleira de metal bastante peculiar, e a preternatural se

inclinara para examiná-la melhor quando ouviu o som abafado de passos atrás de si.

Lorde Conall Maccon estava ébrio.

Não ligeiramente, como teria acontecido com a maioria das criaturas sobrenaturais, para quem seis litros de cerveja amarga podiam, no máximo, fazer o mundo girar um pouco. Não, Lorde Maccon estava numa bebedeira histórica, homérica, mais bêbado do que o próprio Baco.

Era preciso uma quantidade colossal de álcool para que um lobisomem se embriagasse. E, pensou o professor Lyall enquanto ajudava seu Alfa a se desviar de um inconveniente galpão no jardim, era um feito igualmente prodigioso que ele tivesse obtido tal quantidade para ingerir. Como teria conseguido? Como tivera acesso a tantas bebidas, de forma sistemática, nos últimos três dias, sem ir a Londres nem recorrer à bem abastecida adega do Castelo de Woolsey? *Francamente,* refletiu o Beta, aborrecido, *conseguir se embriagar desse jeito já é, por si só, algo quase sobrenatural.*

Lorde Maccon pendeu pesadamente para a lateral do galpão. O ombro esquerdo e a parte superior do braço bateram na parede de carvalho, fazendo a construção inteira trepidar até os alicerces.

— Sinto muito — lamentou o conde, com um leve soluço. — Não vi você aí.

— Com mil diabos, Conall — comentou o Beta, seu tom de voz deixando claro que se sentia profundamente explorado. — Como conseguiu ficar tão bêbado? — Afastou o Alfa do galpão agredido.

— Bêbado, não — protestou Lorde Maccon, passando o braço volumoso pelos ombros do professor Lyall e apoiando-se nele. — Só estou um bocadinho, um tiquinho, uma coisica de nada alegre. — Seu sotaque escocês se acentuava ainda mais nos momentos de extrema tensão, emoções fortes e, pelo visto, sob o efeito de grandes quantidades de substâncias inebriantes.

Eles deixaram a segurança do galpão do jardim.

De súbito, o conde se inclinou para frente, só conseguindo continuar de pé por estar apoiado ao Beta.

— Opa! Cuidado com essa grama aqui, por favor! Traiçoeira, traiçoeira, pula em cima da gente.

— Onde foi que conseguiu a bebida? — perguntou outra vez o professor Lyall, esforçando-se para que o Alfa retomasse o caminho pelo amplo gramado do vasto terreno de Woolsey, em direção ao castelo. Mas era como tentar conduzir um barco a vapor por uma tempestade de melado numa banheira. Um ser humano normal já teria desistido, mas o professor tinha a sorte de poder contar com sua força sobrenatural nos períodos de grande dificuldade. Lorde Maccon não apenas era enorme, como também ultrassólido, como uma fortificação romana que caminhava e conversava. — E como veio parar aqui? Lembro-me bem de tê-lo acomodado na cama antes de sair do seu quarto, ontem à noite. — O professor Lyall falava clara e precisamente, sem saber ao certo o quanto penetrava na cabeça dura do Alfa.

Lorde Maccon meneava a cabeça de leve, tentando acompanhar as palavras do professor Lyall.

— Fui dar uma corridinha à noite. Precisava de paz e tranquilidade. Sentir o ar fresco no pelo. Os campos debaixo das patas. Precisava... Ah, nem sei, *hic*, explicar... precisava da companhia dos porcos-espinhos.

— E encontrou?

— Encontrei o quê? Não, nenhum porco-espinho. Bicho idiota. — O Alfa tropeçou em um arbusto de lauréolas, um dos inúmeros que ladeavam o caminho rumo à entrada lateral do castelo. — Maldição, quem foi que colocou isso aí?

— Paz, encontrou paz?

Lorde Maccon parou e se empertigou, aprumando a coluna e endireitando os ombros. Fora um reflexo dos tempos de serviço militar. O que o fez ficar bem mais alto do que o segundo em comando. Apesar da coluna rígida, começou a oscilar, como se o barco a vapor navegando por melado agora enfrentasse um violento maremoto.

— Por acaso tenho *cara* — perguntou devagar — de quem encontrou paz?

O Beta não respondeu.

— Exatamente! — Lorde Maccon fez um gesto amplo. — Ela está embrenhada... — apontou dois dedos grossos para a cabeça, formando um revólver — ... aqui. — Em seguida, levou-os ao peito. — E aqui.

Eu não consigo soltá-la. É mais grudenta que... — seu raciocínio metafórico pareceu abandoná-lo — ... mais grudenta que mingau de aveia gelado quando encaroça na tigela! — concluiu, por fim, em tom triunfal.

O professor Lyall se perguntou o que Lady Maccon diria ao ser comparada a um alimento tão prosaico. Na certa compararia o marido a algo ainda menos aprazível, como haggis, o prato típico escocês com miúdos de carneiro.

Lorde Maccon observou o Beta com os olhos grandes e expressivos, que mudavam de cor segundo seu estado de ânimo. Naquele momento, apresentavam um tênue tom de caramelo, totalmente esgazeados.

— Como ela pôde fazer uma coisa dessas?

— Não creio que tenha feito. — O professor Lyall vinha querendo tratar do assunto com o Alfa fazia algum tempo, mas esperara que ele viesse à baila durante um dos raros momentos de sobriedade do conde.

— Bom, então, por que ela mentiu a respeito?

— Não, eu quis dizer que não acredito que estivesse mentindo. — O professor manteve-se firme. A principal função de um Beta na alcateia de lobisomens era apoiar o Alfa em todos os sentidos na esfera pública e questioná-lo ao máximo na esfera privada.

Lorde Maccon pigarreou e observou o Beta com míope seriedade, sob as sobrancelhas marcantes.

— Randolph, talvez isso o surpreenda, mas eu *sou* um lobisomem.

— Certo, milorde.

— De duzentos e um anos.

— Certo, milorde.

— A gravidez, sob essas circunstâncias, como deve saber, é impossível.

— Seguramente não para o *senhor*, milorde.

— Obrigado, Randolph, isso ajuda muitíssimo.

O professor Lyall achou graça, embora não tivesse muito senso de humor.

— Milorde, sabemos muito pouco sobre o estado preternatural. E os vampiros jamais gostaram da ideia de o senhor se casar com ela. Será que sabiam de algo?

— Eles sempre sabem de *algo*.

— Sobre o que poderia acontecer. Sobre a possibilidade de um bebê, para ser mais específico.

— Balela! Os uivadores teriam me dito alguma coisa logo no início.

— Eles não se lembram de tudo o tempo todo, lembram-se? Nem se recordam do que aconteceu no Egito, só para citar um exemplo.

— A Peste Antidivindade? Está dizendo que Alexia engravidou da Peste?

O Beta nem se dignou a responder. A Peste Antidivindade era o apelido dos lobisomens para a praga que assolara o Egito, tornando nulas as capacidades sobrenaturais. Não podia, de forma alguma, exercer o papel de agente paterno.

Por fim, os dois chegaram ao castelo, e Lorde Maccon se distraiu momentaneamente com a tarefa monumental de tentar subir a escada.

— Sabe — prosseguiu, em tom de mágoa revoltada, assim que pôs os pés no patamar —, eu rastejava aos pés daquela mulher. Eu! — Fuzilou com os olhos o professor Lyall. — E *você* me disse para fazer isso!

O Beta inflou as bochechas, exasperado. Tentar conversar com Conall era como manusear um sanduíche frágil com um recheio escorregadio. Toda vez que o pressionava, o pão esfarelava ou o recheio espirrava no chão. Se ao menos pudesse fazê-lo parar de encher a cara, talvez caísse em si. O Alfa era muito emotivo e tosco nesses assuntos, propenso a perder as estribeiras, mas, em geral, dava para fazê-lo usar a cabeça, mais cedo ou mais tarde. Não podia ser considerado de *todo* estúpido.

O professor Lyall conhecia o caráter de Lady Maccon; ela poderia até ter traído o marido, mas, se tivesse feito isso, não hesitaria em admitir. Portanto, pela lógica, estava dizendo a verdade. O Beta tinha uma mente bastante científica para concluir que a atual verdade incontestável, segundo a qual as criaturas sobrenaturais não podiam engravidar mulheres mortais, só podia estar errada. Até mesmo Lorde Maccon, teimoso e magoado, precisava ser convencido dessa possibilidade. Afinal de contas, o conde não devia *querer* acreditar que Alexia fora capaz de ser infiel. Naquele momento, estava apenas deprimido.

— Não acha que está na hora de ficar sóbrio?

— Espere, preciso pensar. — Lorde Maccon fez uma pausa, como se refletisse sobre o assunto. — Não.

Entraram no Castelo de Woolsey, que na verdade não era um castelo, mas um solar com delírio de grandeza. Circulavam boatos, nos quais ninguém chegava a acreditar, sobre o dono anterior, mas uma coisa era certa: o sujeito tinha uma fixação doentia em arcobotantes.

O professor Lyall ficou satisfeito por sair do sol. Tinha idade e vigor o bastante para não se incomodar com a luz solar durante curtos períodos, mas isso não significava que gostasse da sensação. Sentia um zumbido formigante sob a pele, muito desagradável. Lorde Maccon, claro, nunca parecia notar os raios solares, mesmo quando não estava embriagado — *Alfas*!

— Então, onde é que *está conseguindo* bebidas alcoólicas, milorde?

— Não tomei, *hic*, nenhuma. — O conde piscou para o beta e deu-lhe um tapinha afetuoso no ombro, como se estivessem compartilhando um grande segredo.

O professor Lyall não acreditou.

— Ora, vamos, milorde, deve ter conseguido algumas.

— Não.

Um louro alto e atraente, com a eterna trança atrás da cabeça e os lábios torcidos, passou pelo canto do corredor, parando ao vê-los.

— Ele está bêbado de novo?

— Se quis dizer *continua* bêbado, continua.

— Onde, por Júpiter, está conseguindo o vinho barato?

— Não acha que já tentei descobrir? Não fique aí parado. Venha me ajudar.

O major Channing Channing, dos Channings de Chesterfield, abaixou-se com relutância para apoiar o líder da alcateia do outro lado. Juntos, o Gama e o Beta conduziram o Alfa pelo corredor até a escada central, subiram diversos andares e mais os últimos degraus rumo ao quarto do conde, situado na torre. Eles o fizeram com apenas três perdas: a dignidade de Lorde Maccon (que já estava para lá de perdida àquela altura), o cotovelo do major Channing (que bateu em um remate de mogno) e um inocente vaso etrusco (que se estraçalhou para que Lorde Maccon pudesse cambalear exageradamente).

Durante o percurso, o Alfa começou a cantar. Era alguma balada escocesa desconhecida, ou talvez uma composição mais moderna sobre gatos morrendo — difícil dizer quando se tratava de Lorde Maccon. Antes de sua metamorfose, ele fora um cantor de ópera bem-afamado, ou assim diziam os boatos, mas o que restara de sua afinação se perdera irreversivelmente durante a transmutação para o estado sobrenatural. Sua habilidade como cantor se esvaíra junto com boa parte de sua alma, deixando um homem capaz de causar grande sofrimento físico até com a mais inofensiva cantiga. *A metamorfose*, pensou o professor Lyall, com uma expressão de desagrado, *é melhor para uns do que para outros*.

— Não quero — protestou o conde à entrada do quarto. — Faz com que eu lembre.

Nada restara de Lady Maccon no aposento. Ela levara todos os seus objetos pessoais quando partira da Escócia. Mas os três sujeitos à porta eram lobisomens, e bastou que farejassem para sentir o cheiro — baunilha, com toques de canela.

— A semana promete ser longa — observou o major Channing, exasperado.

— Ajude-me a colocá-lo na cama.

Os dois lobisomens conseguiram, depois de muita persuasão e força bruta, levar Lorde Maccon à enorme cama de quatro colunas. Uma vez ali, ele caiu pesadamente de bruços e quase no mesmo instante começou a roncar.

— Temos de tomar alguma providência para que pare de fazer isso. — O sotaque do major Channing era o da elite privilegiada. Irritava o professor Lyall que nunca tivesse se dado ao trabalho de mudá-lo ao longo das décadas. Nos tempos modernos, somente viúvas nobres, com ricas dentaduras, ainda falavam daquele jeito.

O Beta se abstraiu de fazer comentários.

— E se tivermos um desafiador ou um pedido de metamorfose? É provável que eles apareçam mais, agora que ele conseguiu transformar uma *mulher* em lobisomem. Não podemos manter Lady Kingair em segredo na Escócia para sempre. — O tom do major Channing se mostrava a um só tempo orgulhoso e irritado. — Já temos muito mais petições de

zeladores; o nosso *Alfa* deveria estar lidando com elas, não passando os dias caindo de bêbado. Seu comportamento está enfraquecendo a alcateia.

— Posso conter os desafiadores — afirmou o professor Lyall, sem a menor timidez, modéstia ou vanglória. Podia não ter o porte ou a masculinidade agressiva da maioria dos lobisomens, mas conquistara o direito de se tornar o Beta da alcateia mais poderosa de Londres. Fizera-o tantas vezes e de tantas maneiras, que poucos chegavam a questionar seu posto.

— Mas não consegue passar para a Forma de Anúbis. Não pode dar cobertura para o Alfa em *todos* os sentidos.

— Cuide de suas responsabilidades de Gama, Channing, que eu me encarrego das demais.

O major Channing olhou com indignação para Lorde Maccon e o professor Lyall e, em seguida, saiu a passos largos do quarto, a ponta da longa trança loura oscilando, em sinal de aborrecimento.

O Beta pretendia fazer o mesmo, sem o detalhe da longa trança loura, mas um sussurro lhe chegou da enorme cama, chamando seu nome. Ele se aproximou do monumental colchão de penas, sobre o qual os olhos castanho-amarelados estavam novamente bem abertos e esgazeados.

— Sim, milorde?

— Se... — o conde engoliu em seco, nervoso — ... se eu *estiver* errado, e não estou dizendo que esteja, mas se estiver, bem, vou ter que rastejar de novo, não é?

O professor Lyall vira a expressão de Lady Maccon ao voltar para fazer as malas e sair do Castelo de Woolsey. A preternatural não era do tipo que chorava — tratava-se de uma mulher pragmática, forte e controlada, mesmo nos piores momentos, como a maior parte dos preternaturais —, o que não significava que não tivesse ficado arrasada com a rejeição do marido. O Beta vira algumas coisas na vida que esperava não ver de novo: aquela expressão de desesperança nos olhos escuros de Lady Maccon com certeza se incluía entre elas.

— Não creio que rastejar seja suficiente desta vez, milorde. — Não estava disposto a dar trégua ao Alfa.

— Bah. Tolice!!! — exclamou o conde, veementemente.

— E isso é o de menos. Se eu estiver correto, ela corre grave perigo. Muito grave.

Mas ele já voltara a dormir.

O professor Lyall foi tentar descobrir a fonte da embriaguez do conde. Para seu pesar, encontrou-a. Lorde Maccon não mentira. Não era, de fato, álcool.

A sombrinha de Lady Maccon fora projetada a um custo bastante alto, com considerável imaginação e atenção aos detalhes. Nela havia dardos que podiam ser lançados com soníferos; um pino de madeira para vampiros e um de prata para lobisomens; um campo de interferência magnética; dois tipos de vapores tóxicos; e, obviamente, inúmeros bolsinhos secretos. Fazia pouco fora inspecionada e restaurada com nova munição, o que, infelizmente, não ajudara a melhorar sua aparência. Não se tratava de um acessório bonito, apesar de muito útil, por exibir tanto um desenho ultra-bizarro quanto um formato ordinário. Tinha um monótono tom cinza-escuro com debrum pregueado creme e um cabo ao novo estilo Antigo Egito, que mais parecia um abacaxi alongado.

Apesar dos inúmeros dispositivos, Lady Maccon usava mais a sombrinha para bater com força na cabeça do adversário. Era um modus operandi rudimentar e talvez pouco decoroso, porém tinha dado tão certo no passado, que ela relutava em recorrer aos modernos artefatos incluídos no objeto.

Deixou a gorducha gata malhada recostada em tranquila indolência e foi depressa até o lado da porta, sombrinha a postos. Era uma série estranha de coincidências, mas sempre que entrava na sala de estar de Lorde Akeldama algo insólito acontecia. Talvez não fosse tanto de surpreender, quando se conhecia bem esse vampiro.

Alguém de cartola deu uma espiada na sala e entrou, com suas vistosas polainas de couro e sobrecasaca de veludo em tom verde-floresta. Por um instante, Lady Maccon quase baixou a guarda, pensando se tratar de Biffy, o favorito de Lorde Akeldama, que gostava de usar roupas tais como sobrecasacas de veludo. Mas, então, o rapaz deu uma olhada no esconderijo dela — um rosto redondo, com costeletas e uma expressão surpresa. Não

era Biffy, que abominava aquele estilo de barba. A sombrinha foi arremessada na direção do infeliz cavalheiro.

Plaft!

O jovem protegeu a cabeça com o antebraço, que suportou o impacto do golpe e, em seguida, desviou o corpo, pondo-se a salvo do artefato.

— Minha nossa — exclamou ele, recuando com cautela, massageando o braço. — Vamos com *calma*, madame! Que atitude deplorável, atacar um cavalheiro com esse seu acessório sem nem ao menos pedir licença!

Lady Maccon não queria saber de conversa.

— Quem é o senhor? — indagou a preternatural, mudando de tática e pressionando uma das pétalas de lótus no cabo da sombrinha, armando a ponta com o dardo entorpecente. Essa nova posição não parecia tão ameaçadora, pois ela aparentava estar prestes a dar uma espetada e não um golpe.

O rapaz, porém, continuou respeitosamente desconfiado. Pigarreou.

— Boots, Lady Maccon. Emmet Wilberforce Bootbottle-Fipps, mas todos me chamam de Boots. Como vai a senhora?

Bom, não havia motivo para ser grosseira.

— Como vai, sr. Bootbottle-Fipps?

O autointitulado Boots prosseguiu:

— Lamento muito não ser alguém mais importante, mas não precisava agir de forma tão drástica. — Observou a sombrinha com grande desconfiança.

Lady Maccon a abaixou.

— O *que* o senhor é, então?

— Ah, ninguém importante, milady. Apenas um dos... — fez um gesto, indicando o grande esplendor da residência — ... rapazes mais novos de Lorde Akeldama. — O jovem fez uma pausa e franziu o cenho, concentrado, acariciando uma das costeletas. — Ele pediu que eu ficasse aqui para lhe transmitir uma espécie de mensagem secreta. — Boots piscou com ar cúmplice e, em seguida, deu a impressão de pensar melhor sobre o flerte quando a sombrinha foi erguida outra vez. — Acho que está codificada. — Entrelaçou as mãos às costas e se empertigou, como se estivesse prestes a recitar um longo poema de Byron. — Hum, o que foi mesmo...? Achei que a senhora chegaria mais cedo, e minha memória não é muito... Ah, sim, *examine a gata*.

— Era tudo o que ele tinha a me dizer?

O rapaz encolheu os ombros envoltos em verde.

— Receio que sim.

Os dois passaram vários segundos se entreolhando, em silêncio.

Por fim, Boots pigarreou levemente.

— Pois bem, Lady Maccon. Se não há mais nada que possa fazer para ajudá-la... — E, sem esperar pela resposta, virou-se para sair da sala. — Até loguinho. A senhora entende, preciso ir embora. Tenha uma ótima manhã!

A preternatural o seguiu para fora da sala.

— Mas para onde é que foram todos?

— Não posso lhe contar, infelizmente, Lady Maccon. Entendo que não é seguro. Nem um pouco.

O aturdimento dela se transformou em preocupação.

— Não é seguro para quem? Para o senhor, para mim ou para Lorde Akeldama? — Notou que ele não admitira conhecer o paradeiro de seu amo.

Boots parou à porta, olhando para trás.

— Hum, não se preocupe, vai dar tudo certo. Lorde Akeldama vai se encarregar disso. É o que sempre faz.

— Onde é que ele está?

— Ora, com os outros, claro. Onde mais haveria de ser? Circulando por aí, sabe como é. Um grupo de caça considerável foi ao campo para *rastrear*, por assim dizer. Foram buscar... — Interrompeu-se. — Opa. Não importa, Lady Maccon. Concentre-se no que Sua Senhoria disse sobre a gata. Até mais! — E, com isso, fez uma leve e bizarra mesura e se retirou.

Intrigada, a preternatural voltou para a sala em que estava o bichano malhado. A única coisa estranha na gata, afora as tendências assassinas contra borlas, era a coleira de metal no pescoço. Lady Maccon tirou-a e levou-a até a janela, para examiná-la melhor à luz do sol. Tratava-se de uma peça fina o bastante para ser desenrolada de modo a virar uma fita plana, e nela havia uma série de perfurações que formavam pontilhados, pelo visto distribuídos de forma aleatória — o que levou a preternatural a

se lembrar de algo. Passou a ponta do dedo enluvado pelas reentrâncias, tentando se recordar do que seria.

Ah, sim. Lembravam os pontos protuberantes que alimentavam os instrumentos musicais mecânicos, criando aquelas melodiazinhas repetitivas, ao estilo dos carrilhões, que tanto encantavam as crianças quanto irritavam os adultos. Se aquela fita produzisse algum tipo de som, Lady Maccon precisaria encontrar uma forma de ouvi-la. Em vez de vasculhar a casa inteira de Lorde Akeldama sem saber ao certo por qual dispositivo buscava, ciente de que ele não seria irresponsável a ponto de deixá-lo ali, pensou na única pessoa que poderia ajudá-la a resolver a questão — Madame Lefoux. A preternatural saiu rumo à carruagem.

Capítulo 3

Alexia lida com entomologia

Alguém devia estar tentando assassinar Lady Alexia Maccon. Algo deveras inconveniente, uma vez que ela estava morrendo de pressa.

Dada sua experiência em escapar da morte por um triz e a relativa frequência com que isso acontecera à sua gentil pessoa, a preternatural deveria ter dado alguns minutos de desconto para o previsível contratempo. Acontece que, naquele caso específico, o evento desagradável ocorreu em plena luz do dia, quando ela passava pela Oxford Street — nem o horário, nem o local esperado para tal ocorrência.

E ela nem estava em uma carruagem de aluguel. Já percebera que os ataques tendiam a ocorrer quando alugava uma e, daquela vez, andava em transporte privado, tendo usurpado a carruagem do sr. Loontwill. Como o querido padrasto a dispensara sem a menor cerimônia, Lady Maccon concluiu que ele não se importaria se colocasse todos os seus pertences na sua carruagem pessoal e a roubasse por um dia. No fim das contas, ele se importou muitíssimo, mas a enteada não estava lá para testemunhar seu aborrecimento. O sr. Loontwill acabara tendo de sair com o pequeno cabriolé da esposa, uma geringonça puxada por um pônei e decorada com tule amarelo e pompons cor-de-rosa, o que fora bastante penoso tanto para sua dignidade quanto para sua barriga.

Pelo visto, os atacantes de Lady Maccon não estavam mais dispostos a seguir os padrões homicidas anteriores. Por um lado, não eram sobrenaturais.

Por outro, faziam tique-taque — bem alto, na verdade. E, por fim, também *se moviam com agilidade*. E estavam tiquetaqueando porque, até onde a preternatural podia ver, preferindo não se aproximar demais, funcionavam como relógios ou algum tipo de mecanismo de corda. E voavam com rapidez por se tratar de joaninhas — besouros grandes, de tom vermelho vivo, com bolinhas pretas e olhos de cristal multifacetado, bem como seringas de aspecto pavoroso, que apontavam para frente, no lugar de antenas.

Joaninhas invadiam sua carruagem, uma miríade delas.

Cada uma era do tamanho da mão de Lady Maccon. Elas rastejavam por todo o veículo, tentando entrar. Infelizmente, não precisaram se esforçar muito, pois a janela sobre a porta estava aberta o suficiente para qualquer joaninha assassina penetrar.

Lady Maccon se levantou às pressas, achatando seu chapéu no teto da cabine, e tentou fechar a janela, mas não foi rápida o bastante. As joaninhas eram incrivelmente ágeis para criaturinhas tão rechonchudas. Um exame mais atento das antenas revelou gotículas úmidas saindo das pontas — na certa, algum tipo de veneno. A preternatural reformulou sua avaliação das atacantes: joaninhas assassinas mecânico-gotejantes — *eca*.

Pegando a fiel sombrinha, golpeou a primeira joaninha com a ponteira pesada. O besouro bateu no outro lado da cabine, caiu no assento de frente para a preternatural e tornou a avançar para ela. Outra joaninha mecânica rastejou pela parede em direção a Lady Maccon, e uma terceira jogou-se do caixilho da janela no seu ombro.

A preternatural soltou um grito estridente, entre o pavor e a irritação, e começou a golpear as criaturas o mais forte e rápido que podia dentro da carruagem, ao mesmo tempo que tentava imaginar qual armamento da sombrinha poderia ajudá-la naquela situação. Por algum motivo, Madame Lefoux não chegara a incluir medidas de proteção contra joaninhas em sua artroscopia. O vapor tóxico não cobriria uma área grande o bastante para atingir todas, e não havia garantia de que os borrifos com as substâncias lapis solaris ou lapis lunearis surtiriam efeito sobre as criaturas. Essas soluções haviam sido preparadas para eliminar matéria orgânica, não metálica, e o casco vermelho com círculos pretos aparentava ser algum tipo de proteção esmaltada ou laqueada.

Ela continuou a atacar, golpeando mais três joaninhas que passaram a rastejar no piso da cabine, segurando a sombrinha pela ponta e usando-a como se fosse um taco de croqué. As criaturinhas pareciam ter tomado conta da carruagem, todas tentando cravar as seringas gotejantes em alguma parte da anatomia de Lady Maccon. Uma delas se aproximou perigosamente, até ser afastada com um soco. Outra chegou a subir até a barriga da preternatural e atacar, para então ser impedida pelo cinto de couro de seu vestido de viagem.

Lady Maccon gritou por socorro, esperando que todas as pancadas desferidas convencessem o cocheiro a parar e vir ajudá-la, mas o sujeito continuava alheio ao que ocorria. Ela reconsiderou as opções da sombrinha. O dardo com sonífero era inútil, bem como os pinos de prata e de madeira. Foi então que se lembrou de que a sombrinha vinha equipada com um emissor de interferência magnética. Desesperada, recolocou o acessório na posição normal e tateou o cabo em busca da pétala de lótus cinzelada que se destacava um pouco mais do que as outras. Puxando-a com a unha do polegar, ativou o emissor.

Pelo visto, as joaninhas letais tinham partes de ferro, pois o campo de interferência magnética atuou conforme o esperado e paralisou seus componentes magnéticos. Seguindo as próprias naturezas, viraram de barriga para cima e encolheram as perninhas mecânicas, exatamente como insetos fariam. Agradecida a Madame Lefoux por sua previdência ao incluir o emissor, Lady Maccon se apressou a recolher as joaninhas e a jogá-las pela janela da carruagem, antes que o campo de interferência magnética diminuísse, tomando o cuidado de não tocar nas antenas pegajosas e gotejantes.

O cocheiro, finalmente notando que havia algo errado com a passageira, parou a carruagem, saltou da boleia e foi à porta, bem a tempo de ser atingido na cabeça por uma joaninha descartada.

— Está tudo bem, Lady Maccon? — perguntou, observando-a com uma careta de dor e esfregando a testa.

— Não fique aí parado sem fazer nada! — protestou Sua Senhoria, como se não estivesse desferindo golpes no interior da carruagem, parando apenas para atirar enormes joaninhas vermelhas pela janela. — Continue a conduzir, seu tolo! Ande logo!

É melhor eu ir a algum lugar público, pensou, *até ter certeza de que estarei fora de perigo. Além do mais, preciso de um momento para acalmar os nervos.*

O cocheiro se virou para seguir sua ordem, só para ser impedido por sua voz:

— Espere! Mudei de ideia. Quero que me leve à casa de chá mais próxima.

O sujeito voltou à boleia com uma expressão que dizia tudo sobre o que achava da extrema decadência da aristocracia. Estalou a língua para que os cavalos começassem a trotar e direcionou a carruagem de volta ao tráfego londrino.

Demonstrando pensar no futuro mesmo em circunstâncias tão adversas, Lady Maccon resolveu capturar uma das joaninhas em uma grande caixa de chapéu cor-de-rosa, amarrando-a com força. Em sua agitação, jogou sem pensar pela janela o conteúdo prévio (uma bela cartola de montaria em veludo, com fitas cor de vinho). Aquelas medidas de precaução foram tomadas bem a tempo, pois quase de imediato a caixa de chapéu começou a se agitar violentamente. A joaninha não era sofisticada a ponto de fugir, mas não pararia de se debater dentro da nova prisão.

Só para se certificar, Lady Maccon meteu a cabeça para fora da janela, a fim de olhar para trás e averiguar se as joaninhas continuavam a persegui-la. Elas estavam andando em movimentos circulares e confusos, no meio da rua. Sua cartola de veludo, com as fitas cor de vinho esvoaçando para trás, fazia o mesmo, na certa por ter caído em cima de um dos besouros mecânicos. A preternatural soltou um suspiro de alívio, recostou-se e pousou a mão com firmeza em cima da caixa de chapéu.

A Casa de Chá Lottapiggle, em Cavendish Square, era um local popular entre as requintadas, e o meio da manhã, um horário popular para as damas serem vistas ali. Lady Maccon saiu da carruagem parada no meio-fio, mandou o cocheiro se encontrar com ela na Chapeau de Poupée dentro de duas horas, e apressou-se a entrar. Como as ruas ainda estavam um tanto desertas, teria de passar um tempo ali, antes de começar o horário mais movimentado das compras.

A casa de chá, porém, estava tão cheia quanto a preternatural queria. Ninguém ousaria atacá-la no seu interior. Infelizmente, embora houvesse se esquecido por um instante de sua reputação arruinada, ninguém mais em Londres o fizera, e as joaninhas não eram o único tipo de praga natural com instintos agressivos que existia.

Lady Maccon entrou, sentou-se e foi servida, mas a agitação dos chapéus e a conversa animada cessaram bruscamente assim que as clientes a viram. Os pescoços se esticaram, frenéticos, e o burburinho deu lugar a cochichos e olhares de soslaio. Algumas matronas, acompanhadas das filhas jovens e impressionáveis, levantaram-se e saíram murmurando entre si, a dignidade profundamente ofendida. A maioria, no entanto, mostrava-se extremamente curiosa para ver Lady Maccon, e exultante por se encontrar em sua execrada presença. As mulheres desfrutavam do choque encantador de ver o último e maior escândalo da sociedade tomando chá e comendo torradas entre elas.

Claro que tamanha atenção também podia se dever ao fato de a referida senhora levar consigo uma caixa de chapéu que, tiquetaqueando e tremulando, fora colocada na cadeira ao lado e, em seguida, amarrada ao encosto com o auxílio de sua bolsa reticulada, para maior segurança — como se a caixa fosse tentar fugir. Diante daquela cena, a expressão unânime das bebedoras de chá deixava claro que achavam que Lady Maccon perdera a cabeça junto com a reputação.

A preternatural ignorou-as por completo, aproveitando aqueles momentos para pôr suas delicadas emoções em ordem e apaziguar os nervos deixados em frangalhos pelas joaninhas, com a imprescindível ajuda de uma bebida quente. Analisando melhor a situação, tomou várias decisões imediatas, que acabaram levando-a a pedir papel e caneta à proprietária da casa de chá. Escreveu três bilhetes rápidos e, então, relaxou, aproveitando a parte mais tranquila da manhã. Várias horas passaram-se agradavelmente, sem qualquer contratempo, além de uma ocasional sacudidela da caixa de chapéu para perturbar seus devaneios.

★ ★ ★

Ao entrar na Chapeau de Poupée, o professor Lyall pensou que a dona parecia um tanto cansada e bem mais velha do que da última vez que a vira. O que era peculiar, uma vez que em todos os seus encontros anteriores, a inventora transmitia aquele infatigável ar francês de eterna juventude. Do tipo, claro, que não provinha do fato de ser eterna. A dona envergava o estranho traje de praxe — ou seja, roupas masculinas. A maioria das pessoas considerava-o escandalosamente inapropriado, mas algumas tinham passado a esperar tais excentricidades da parte de artistas, autores e, agora, modistas de chapéus. Dito isso, podia ser que Madame Lefoux se vestisse como homem, mas isso não a impedia de fazê-lo com estilo, corte impecável e tons discretos de cinza e azul. O professor Lyall aprovava.

A francesa ergueu os olhos, deixando de se concentrar nas rosas de cetim com que debruava uma touca de seda verde-esmeralda.

— Ah, ela quis vê-lo também? Muito bem. Sensato da parte dela.

Na loja não restavam clientes, apesar da excelente coleção de produtos, provavelmente por causa da plaquinha colocada na porta, indicando que estava fechada naquele momento. Os chapéus tinham sido organizados com grande harmonia, expostos não apenas em balcões como também pendurados em correntes douradas fixadas no teto abobadado, em diversas alturas, para que as clientes esbarrassem neles ao passar. Eles oscilaram ligeiramente quando o professor Lyall caminhou por ali, lembrando uma agradável vegetação submarina.

O Beta tirou o chapéu e fez uma reverência.

— Recebi uma mensagem há algumas horas. Ela tem seus momentos, nossa Lady Maccon.

— E o senhor trouxe o bibliotecário de Woolsey? — As sobrancelhas bem cuidadas da francesa ergueram-se, em sinal de surpresa. — Que insólito.

Floote, que seguira o professor Lyall, inclinou o chapéu para ela de modo levemente desaprovador, o que o Beta supôs se dever ao fato de ele não aprovar as roupas da francesa nem naquele, nem em nenhum outro momento.

— A mensagem de Lady Maccon deixou claro que a presença dele seria aceitável. — Ele colocou o chapéu com cuidado perto da beira do balcão, para que não fosse confundido com o estoque. Era o seu favorito.

— Sabe que ele foi o criado pessoal do pai dela? Se vamos discutir o que creio que vamos discutir, as informações dele poderão ser inestimáveis.

— Foi mesmo? Obviamente, sabia que fora o mordomo dos Loontwill antes do casamento de Alexia. Não me lembro de ela ter me contado mais do que isso. — Madame Lefoux olhou com renovado interesse para Floote, que continuou impassível durante o intenso exame.

— Tudo o que aconteceu, até certo ponto, provavelmente tem a ver com Alessandro Tarabotti. — O professor Lyall voltou a atrair a atenção para si.

— Acha mesmo? Inclusive este encontro clandestino improvisado de Alexia?

— Não é assim que as coisas funcionam com os preternaturais? Não seria melhor irmos a um lugar mais reservado? — O ambiente espaçoso da chapelaria, com suas longas vitrines frontais, dava ao Beta a incômoda sensação de estar exposto. Ele se sentiria mais à vontade sob a loja, na câmara de invenções subterrânea.

A francesa largou o que fazia no balcão.

— Seria. Alexia vai saber onde nos encontrar. Se quiser...

Madame Lefoux foi interrompida por uma batida na porta da chapelaria. Um som encantador de sinos se fez ouvir quando esta foi aberta. Um jovem ruivo de ar animado entrou sem a menor cerimônia, com uma cartola bege, um calção xadrez vermelho justo e um par de perneiras, além de um largo sorriso que era a marca registrada da classe teatral.

— Ah, Tunstell, claro. — O professor Lyall não se surpreendeu com aquele acréscimo à reunião de Lady Maccon.

Floote acenou com a cabeça para o ex-zelador de Lorde Maccon. Em seguida, passou por ele para fechar a porta e verificar a plaquinha de FECHADA. Ele se tornara secretário pessoal e bibliotecário da preternatural havia pouco; antes disso, fora um mordomo *muito* bom. Às vezes é difícil extirpar os reflexos servis de um sujeito, sobretudo no que diz respeito a portas.

— Que surpresa, professor. A mensagem de Lady Maccon não dizia que estaria aqui. Que grande prazer. Como está o velho lobo? — Tunstell tirou o chapéu e fez uma ampla reverência para o grupo, abrindo um sorriso ainda mais largo.

— Abatido.

— Não me diga. Pelo que li no jornal hoje de manhã, imaginei que estaria causando estragos lá no campo, ameaçando arrancar pedacinhos das pessoas. Por que... — Tunstell, que começava a se empolgar com o tema, adotara uma movimentação sentimental, andando de um lado para outro, agitando os braços, esbarrando nos chapéus. Havia pouco ganhara a reputação de ator de certo prestígio, mas, mesmo antes da fama, seus trejeitos já tendiam bastante para o dramático.

Um sorrisinho melancólico perpassou os lábios de Madame Lefoux, que interrompeu a gesticulação do ex-zelador.

— O seu Alfa não está lidando bem com a separação? Fico feliz em ouvir isso. — Não era exatamente grosseiro de sua parte interromper Tunstell. Embora o ruivo fosse bem-intencionado, com uma disposição sempre jovial e inegável carisma, era preciso admitir que tinha uma certa tendência ao exagero.

O professor Lyall deixou escapar um longo suspiro.

— Faz três dias que Lorde Maccon está *embriagado*.

— Minha nossa! Eu nem sabia que lobisomens *podiam* ficar ébrios. — A curiosidade científica da francesa fora atiçada.

— Requer grande esforço e alocação de recursos.

— O que foi que ele andou tomando?

— Formol. Só hoje de manhã descobri qual era a sua fonte. E me aborreci muito. Ele usou todas as minhas reservas e, em seguida, destruiu metade da minha coleção de espécimes, antes de eu perceber o que andava aprontando. Mantenho um laboratório nas dependências do Castelo de Woolsey, numa cabana de guarda de caça adaptada.

— Quer dizer que é *de fato* professor? — Madame Lefoux inclinou a cabeça, estreitando os olhos com novo respeito.

— Não chego a tanto. Apenas um ruminantologista amador, para ser mais exato.

— Oh.

O professor Lyall se mostrou orgulhoso, sem perder a modéstia.

— Sou considerado um especialista nos métodos de procriação das espécies *Ovis orientalis aries*.

— Ovelhas?

— Ovelhas.

— Ovelhas! — A voz de Madame Lefoux ficou mais aguda, como se ela estivesse tentando conter o riso.

— Sim, as que fazem *mééé*. — O professor Lyall franziu o cenho. Os ovinos eram um assunto sério, e ele não entendia o motivo da ironia.

— Deixe-me ver se entendi direito: o senhor é um *lobisomem* com profundo interesse pela *reprodução de ovelhas*? — O sotaque francês foi transparecendo aos poucos, em meio ao seu divertimento.

O professor Lyall prosseguiu corajosamente, ignorando a petulância:

— Guardo embriões inviáveis em formol, para futuros estudos. Lorde Maccon vem consumindo as minhas amostras. Quando o pressionei, ele admitiu gostar tanto da bebida refrescante quanto do "tira-gosto crocante em conserva". Não fiquei nem um pouco satisfeito. — Dito isso, concluiu que não lhe cabia dizer mais nada em relação àquele assunto. — Vamos?

Entendendo a indireta, Madame Lefoux se dirigiu aos fundos da chapelaria. No canto mais distante, havia uma mesa com tampo de mármore e um atraente mostruário de luvas. Ela levantou uma das caixinhas de luvas, revelando uma alavanca. A francesa a pressionou com força para baixo, e uma porta se abriu à sua frente.

— Puxa vida! — Tunstell ficou impressionado, pois nunca fora ao laboratório de Madame Lefoux. Floote, por outro lado, permaneceu impassível ante o surgimento mágico da entrada. Quase nada parecia abalar o imperturbável bibliotecário.

A passagem secreta não dava acesso a uma sala ou corredor, mas a uma geringonça, que lembrava uma gaiola grande. Eles entraram, e Tunstell expressou seu receio em alto e bom tom:

— Não sei não, cavalheiros. Mais parece uma daquelas armadilhas para capturar animais, usadas pelo meu amigo Yardley. Conhecem Winston Yardley? É um explorador de certo renome. Passou por um rio cheio, o Burhidihing, acho, e voltou com um barco cheio de gaiolas

como esta, repletas de animais imundos. Não sei se gosto da ideia de entrar em uma.

— É uma cabine de ascensão — explicou Madame Lefoux para o preocupado ruivo.

Floote pressionou uma alavanca, que fechou a porta de acesso à loja e, em seguida, a portinhola de metal gradeada na lateral aberta da gaiola.

— Cabos e trilhos de guia permitem que a cabine suba e desça, assim. — A francesa puxou uma corda na lateral. Então, continuou a dar explicações a Tunstell, enquanto a geringonça se movia para baixo, falando mais alto por causa do estrondo que acompanhava o movimento. — Acima de nós há um sarilho movido a vapor. Não se preocupem: pode aguentar sem problemas nosso peso e nos levar em velocidade razoável.

E assim foi, pois, depois de muitas lufadas de vapor dentro da gaiola e alguns rangidos e chiados que fizeram Tunstell se sobressaltar, eles desceram. No entanto, a definição de Madame Lefoux do que fosse uma velocidade razoável podia ser questionada, uma vez que a cabine despencou depressa, chegando ao piso inferior com um solavanco e levando todos a se inclinarem violentamente para o lado.

— Qualquer hora dessas vou ter de reservar um tempo para dar um jeito nisso. — A francesa deu um sorrisinho constrangido, mostrando suas covinhas. Ajeitando o plastrom e a cartola, ela saiu, seguida pelos três homens. A passagem em que estavam não era iluminada nem por candeeiros nem velas, mas por um gás de matiz alaranjado, que brilhava tenuemente ao passar por tubos de vidro fixados na lateral do teto, conduzido por algum tipo de corrente de ar. O gás rodopiava o tempo todo, dando lugar a uma iluminação irregular, que cintilava em tom laranja.

— Oooh — exclamou Tunstell, para então perguntar, inseguro —, o que é isso?

— Correntes eteromagnéticas com matéria cristalina iluminatória eletromagnética, em estado gasoso e em suspensão. Eu tinha pensado, até pouco tempo atrás, em criar uma versão portátil, só que, se não for bem regulado, esse gás tende a, hum, explodir.

Tunstell não perdeu tempo.

— Ah, acho que perdi uma boa oportunidade de ficar calado, não? — Observou a tubulação com desconfiança e passou a andar do outro lado da passagem.

— Teria sido sensato — concordou o professor Lyall.

Madame Lefoux deu de ombros.

— Mas o senhor *fez* a pergunta, não é mesmo?

Ela os fez passar por uma porta no final da passagem, rumo à câmara de invenções.

O professor Lyall sentiu que havia algo diferente ali. Não soube determinar exatamente o quê. Tinha familiaridade com o laboratório, pois já estivera ali inúmeras vezes para adquirir diversos aparelhos, dispositivos e instrumentos para a alcateia, o DAS e o seu uso pessoal, ocasionalmente. Madame Lefoux era considerada a mais promissora jovem integrante do grupo de cientistas loucos. Tinha fama de ser boa profissional, trabalhar duro e oferecer bons preços, sendo sua única idiossincrasia significativa o jeito de vestir. Todos os integrantes da Ordem do Polvo de Cobre eram famosos por suas excentricidades, e a francesa ficava em um nível relativamente baixo na escala de extravagância. Claro que sempre havia a possibilidade de ela desenvolver inclinações ofensivas mais tarde. Circulavam boatos nesse sentido, mas, até aquele momento, o Beta não tivera motivos para reclamar. O laboratório englobava tudo o que se podia esperar de uma inventora de sua personalidade e reputação — era enorme, caótico e interessantíssimo.

— Onde está o seu filho? — perguntou o professor Lyall com educação, procurando ao redor o rostinho sapeca de Quesnel Lefoux.

— No internato. — A inventora demonstrou sua decepção com o filho, balançando de leve a cabeça. — Sua presença aqui estava se tornando arriscada, e, depois do problema com Angelique no mês passado, a opção mais lógica foi mandá-lo para a escola. Já prevejo sua expulsão em breve.

O Beta anuiu. Angelique, a mãe biológica de Quesnel e ex-criada de Lady Maccon, trabalhava como agente secreta para uma colmeia de vampiros quando caíra da janela em um castelo obscuro na Escócia e morrera. Não que essa informação fosse de conhecimento público, nem deveria ser, porém as colmeias não estavam acima de recriminação. Angelique falhara na missão confiada pelos amos e levara Madame Lefoux a se envolver

desnecessariamente na questão. Talvez fosse mais seguro para Quesnel manter-se fora da cidade e longe da sociedade, mas o professor Lyall nutria certo carinho pelo capetinha e sentiria falta de vê-lo perambulando por ali.

— Outrora Lefoux deve estar com saudades dele.

A francesa mostrou as covinhas.

— Ah, duvido. Minha tia jamais gostou muito de crianças, mesmo quando era uma.

A fantasma em questão, tia e companheira inventora de Madame Lefoux, morava na câmara de invenções e se responsabilizara, até recentemente, pela educação de Quesnel — embora não durante o dia, claro.

Floote ficou ali parado, em silêncio, enquanto o Beta e a francesa conversavam polidamente. Já Tunstell, não. Começou a vasculhar o ambiente ultrabagunçado, pegando recipientes e sacudindo-os, examinando o conteúdo de grandes ampolas de vidro vazias e mexendo em conjuntos de engrenagens. Havia cordas e arames sobre cabides de chapéu para investigar, válvulas a vácuo colocadas em porta guarda-chuvas para virar e grandes peças de maquinaria para golpear experimentalmente.

— Acha que devo pedir que ele pare? Algumas delas são bem voláteis. — Madame Lefoux cruzou os braços, não muito preocupada.

O professor Lyall revirou os olhos.

— Filhote traquinas.

Floote seguiu o curioso Tunstell e começou a tomar seu lugar nas distrações mais perigosas.

— Entendo por que Lorde Maccon nunca o mordeu para que passasse pela metamorfose. — A inventora observou a permuta com satisfação.

— Afora o fato de ele ter fugido, contraído matrimônio e largado a alcateia?

— Sim, afora isso.

Tunstell parou para colocar um par de lunóticos. Desde que Madame Lefoux entrara no mercado londrino, os aparelhos de auxílio à visão tinham se tornado comuns. Eram usados como instrumentos ópticos, mas pareciam os rebentos malformados do cruzamento entre um binóculo e vários óculos de ópera. Eram mais propriamente chamados de "lentes monoculares de ampliação cruzada com dispositivo modificador de espectro", mas Lady

Maccon denominara-os "lunóticos", e o professor Lyall admitia com constrangimento que até ele começara a se referir a eles desse jeito. Tunstell pestanejou para eles, um dos olhos aumentado terrivelmente pelo instrumento.

— Muito elegante — comentou o Beta, que tinha vários pares e era visto com frequência usando-os em público.

Floote lançou um olhar de desaprovação para o professor Lyall, tirou os lunóticos de Tunstell e levou-os até onde a francesa se apoiara em uma parede, de braços e tornozelos cruzados. Enormes diagramas traçados com lápis preto em papel amarelo rígido haviam sido pendurados aqui e acolá, atrás dela.

O Beta se deu conta, por fim, do que mudara tanto na câmara de invenções desde sua última visita: ela estava silenciosa. Geralmente no laboratório reinavam os ruídos dos dispositivos em movimento, vapores saindo de inúmeros orifícios com chiados e assobios, rangidos de engrenagens, tinidos de correntes metálicas. Naquele dia, porém, não havia barulho algum. Além disso, apesar da bagunça, tinha-se a sensação de que o lugar fora deixado de lado.

— Está planejando viajar, Madame Lefoux?

A francesa olhou para o Beta de Woolsey.

— Isso vai depender do motivo que levou Alexia a nos reunir aqui.

— Mas é possível?

Ela anuiu.

— Uma possibilidade na atual conjuntura, se bem conheço Alexia.

— Mais um motivo para pôr Quesnel no internato.

— Exatamente.

— Conhece bem a personalidade de Lady Maccon, apesar de só tê-la conhecido há pouco.

— O senhor não esteve conosco na Escócia, professor; a viagem permitiu que ficássemos mais íntimas. Além disso, ela se tornou meu projeto de pesquisa favorito.

— Ah, sim?

— Antes que Alexia chegue: creio que todos leram os jornais matinais, não é mesmo? — A francesa mudou de assunto, endireitando-se, ficando rente à parede e adotando uma postura particularmente

masculina: pernas abertas, como um boxeador na White's, esperando o primeiro golpe.

Os homens ao seu redor assentiram.

— Receio que não estejam mentindo, pelo menos não desta vez. Alexia vem dando sinais de estar engordando, e devemos supor que um médico corroborou meu diagnóstico inicial. De outro modo, ela estaria no Castelo de Woolsey, dando uma bela bronca em Lorde Maccon.

— Nunca notei esses sinais que mencionou — protestou Tunstell, que também viajara ao norte com Madame Lefoux e Lady Maccon.

— E por acaso tende a observar tais sinais?

Tunstell enrubesceu.

— Não. A senhora tem toda razão, claro que não.

— Então, todos concordamos que o filho é de Lorde Maccon? — Era óbvio que a francesa queria descobrir o que cada um pensava a respeito do assunto.

Ninguém disse nada. O olhar dela foi de um ao outro. Primeiro Floote, em seguida Tunstell e, depois, o professor Lyall anuíram.

— Suponho que sim, ou nenhum dos senhores teria aceitado o convite dela para participar deste encontro secreto, por mais desesperadora que fosse a situação. Contudo, é interessante que ninguém tenha duvidado dela. — Madame Lefoux lançou um olhar penetrante ao professor. — Tenho consciência dos meus motivos, mas o senhor, professor Lyall, é o Beta de Lorde Maccon. Ainda assim, acredita ser possível que um lobisomem tenha filhos?

O Beta sabia que aquele momento chegaria.

— Não que eu saiba explicar como, mas simplesmente conheço alguém que acredita nessa possibilidade. Vários indivíduos, na verdade. E eles costumam ter razão nesses casos.

— Eles? Eles quem?

— Os vampiros. — Sempre pouco à vontade quando se tornava o centro das atenções, o professor Lyall tentou se explicar, com todos os olhares concentrados em si. — Antes de ela ir para a Escócia, dois vampiros tentaram raptá-la. Quando estava no dirigível, sua agenda foi roubada e alguém tentou envenená-la. No caso da maioria dos demais incidentes no norte, depois disso, pode-se culpar Angelique. — O Beta balançou a cabeça para a francesa. — Porém, esses três casos não podem ser atribuídos a ela. Creio que a Colmeia de Westminster foi a responsável pela tentativa de rapto e pelo roubo da agenda, provavelmente por ordem de Lorde Ambrose. Parece bem típico dele, que sempre foi um desastre em suas espionagens. Os raptores que interceptei afirmaram ter recebido ordens de não machucar Lady Maccon, mas apenas *examiná-la*, na certa em busca de sinais de gravidez. Tenho a impressão de que roubaram a agenda pelo mesmo motivo: averiguar se ela estava anotando algo relacionado ao seu estado. Evidentemente, como a própria Lady Maccon não tinha se dado conta, não puderam descobrir nada. Já o envenenamento... — O professor Lyall olhou para Tunstell, que se tornara, sem querer, a vítima daquela tentativa de assassinato frustrada e, em seguida, prosseguiu: — Westminster aguardaria uma confirmação antes de tomar uma atitude tão drástica, sobretudo no caso da esposa de um lobisomem Alfa. Mas os que não se enquadram na colmeia não hesitam muito.

— Há pouquíssimos vampiros errantes com a irreverência social e o respaldo político necessários para matar a esposa de um lobisomem Alfa — disse Madame Lefoux em voz baixa, franzindo o cenho, preocupada.

— Um deles é Lorde Akeldama — sugeriu o professor Lyall.

— Ele não faria isso, faria? — Tunstell pareceu menos ator e mais o zelador semirresponsável que sempre fora.

O Beta inclinou a cabeça, evasivo.

— Os senhores lembram? A Coroa recebeu queixas quando o noivado da srta. Alexia Tarabotti foi divulgado nos jornais. Nós as desconsideramos na época, julgando se tratar de etiqueta vampiresca, mas estou começando a achar que algum vampiro suspeitava de que algo assim ocorreria.

— E com os jornais de quinta categoria publicando hoje de manhã o que publicaram... — Tunstell demonstrou estar ainda mais consternado.

— Exato — concordou o professor Lyall. — Os piores temores dos vampiros se confirmaram: Lady Maccon *está* grávida. E, embora todo mundo considere tal fato uma prova de infidelidade, os sanguessugas parecem acreditar nela.

Madame Lefoux enrugou a fronte, preocupada.

— Então as colmeias, em geral avessas à violência, confirmaram seus receios, e Alexia perdeu a proteção da Alcateia de Woolsey.

O rosto normalmente impassível de Floote demonstrou sua inquietação.

O professor Lyall assentiu.

— Agora, todos os vampiros a querem morta.

Capítulo 4

Chá e insultos

Lady Maccon já estava na terceira torrada e no quarto bule de chá, divertindo-se em fuzilar com os olhos várias moçoilas presentes, só para avaliar o tom do rubor provocado por sua atitude. Ainda não fazia a menor ideia de quem poderia querê-la morta — havia muitas possibilidades —, mas tomara decisões concretas sobre seu futuro próximo. Uma das principais era que, sem Lorde Akeldama, sua estratégia mais segura seria partir de Londres. Só precisava decidir: para onde? E será que tinha recursos suficientes para fazê-lo?

— Lady Maccon?

A preternatural pestanejou. Alguém estava mesmo falando com ela? Ergueu os olhos.

Lady Blingchester, uma matrona de rosto masculino, do tipo quadrado e robusto, com cachos grisalhos e dentes grandes demais, estava diante de sua mesa, franzindo o cenho para ela. Viera junto com a filha, que compartilhava boa parte da expressão e dos dentes maternos. Ambas eram conhecidas por terem opiniões inflexíveis em relação à moralidade.

— Lady Maccon, como ousa vir aqui? Tomar chá sem o menor pudor — ela fez uma pausa —, em companhia de uma caixa de chapéu que não para quieta. Em uma casa de chá digna de respeito, frequentada por mulheres honestas e decentes, de boa índole e posição social. Ora, deveria ter vergonha! Vergonha até de caminhar entre nós.

Lady Maccon olhou para si mesma.

— Creio que estou *sentada* entre as senhoras.

— Pois deveria estar em casa, rastejando aos pés do seu marido, implorando que a aceite de volta.

— Ora, Lady Blingchester, o que sabe sobre os pés do meu marido?

A matrona não queria ser interrompida.

— Ou deveria ter escondido seu comportamento vergonhoso do mundo. Imagine só, macular a reputação de sua pobre família também. Aquelas adoráveis jovens Loontwill. Tão sensatas, cheias de potencial e de partidos; mas, agora, seu comportamento arruinou as chances delas, bem como a sua própria vida!

— Não estaria se referindo às minhas irmãs, estaria? Já foram acusadas de muitas coisas, menos de serem sensatas. São capazes de achar isso um verdadeiro insulto.

Lady Blingchester se inclinou, sussurrando no seu ouvido:

— Talvez lhes tivesse feito um grande favor se tivesse se jogado no Tâmisa.

Lady Maccon respondeu no mesmo tom, como se fosse um terrível segredo:

— Eu sei nadar, Lady Blingchester. Muito bem, aliás.

Como essa última revelação deve ter sido chocante demais para ser tolerada, Lady Blingchester começou a gaguejar, profundamente indignada.

A preternatural mordiscou a torrada.

— Ah, dê o fora, Lady Bling. Eu estava aqui pensando em coisas importantes, até a senhora me interromper.

A caixa de chapéu, que ao longo da conversa chacoalhara de leve contra suas fitas aprisionadoras, deu um súbito salto. Lady Blingchester gritou de susto, pelo visto considerando aquilo a gota d'água. Saiu da casa de chá a passos furiosos, seguida pela filha, mas parou e fez alguns comentários ríspidos para a proprietária do estabelecimento antes de se retirar.

— Maldição! — praguejou a preternatural para a caixa de chapéu quando a proprietária, com expressão determinada, avançou em sua direção.

Para piorar ainda mais as coisas, a caixa de chapéu começou a tiquetaquear.

— Lady Maccon?

Ela soltou um suspiro.

— Compreende que preciso pedir que se retire?

— Compreendo. Mas me diga uma coisa, há alguma casa de penhores por aqui?

A mulher enrubesceu.

— Há, milady, mais à frente na Oxford Circus, depois do Banco Marlborough.

— Ah, ótimo. — A preternatural se levantou, desatou a caixa de chapéu e a pegou juntamente com a bolsa reticulada e a sombrinha. O burburinho cessou, pois mais uma vez ela se tornara o centro das atenções. — Senhoras — cumprimentou as que ali estavam. Em seguida dirigiu-se ao balcão, com a maior seriedade possível para alguém que abraçava uma caixa de chapéu epiléptica, e pagou a conta. A porta não fechou rápido o bastante para abafar os gritinhos entusiasmados e o alvoroço provocados por sua partida.

Àquela altura, a rua estava cheia o bastante para que Lady Maccon se sentisse segura; ainda assim, ela caminhou com rapidez imprópria pela Regent Street até uma pequena casa de penhores. Lá, vendeu todas as joias que usava a um preço absurdamente baixo, o que, não obstante, rendeu-lhe uma quantia absurdamente alta. Conall podia ser um mentecapto desconfiado, escocês e lobisomem, mas algo sabia sobre adornos femininos. Ciente de sua situação, sozinha na cidade, a preternatural guardou o ganho nos diversos bolsinhos escondidos da sombrinha e prosseguiu furtivamente.

O professor Lyall lançou um olhar penetrante à francesa.

— Por que Lady Maccon a está envolvendo neste assunto, Madame Lefoux?

— Alexia é minha amiga.

— Isso não explica *sua* ânsia de ajudar.

— O senhor não é um homem de muitos amigos, é, professor Lyall?

O lobisomem arreganhou o lábio.

— Tem certeza de que amizade é tudo o que quer dela?

A francesa se irritou um pouco.

— Esse é um golpe baixo. Não creio que os meus motivos sejam de sua conta.

Algo bastante incomum ocorreu com o professor Lyall. Ele corou ligeiramente.

— Não pretendi insinuar... quer dizer, não foi minha intenção sugerir... — O Beta parou de falar e, em seguida, pigarreou. — Eu me referia ao seu envolvimento com a Ordem do Polvo de Cobre.

Madame Lefoux esfregou a nuca, num gesto inconsciente. Escondida sob seus cabelos escuros e curtos, havia uma pequena tatuagem de polvo.

— Ah. Mas, pelo que sei, a Ordem não está diretamente envolvida.

As implicações da frase não passaram despercebidas ao professor Lyall. Talvez a francesa não pudesse revelar os interesses da OPC, se tivesse recebido instruções de não fazê-lo.

— Mas está, sem dúvida alguma, intrigada cientificamente com Lady Maccon? — O Beta a pressionou.

— Claro que sim! Ela é a única preternatural do sexo feminino no nosso meio, desde o início da Ordem.

— Mas o Clube Hypocras...

— O Clube Hypocras não passava de uma mera filial, e suas ações se tornaram lamentavelmente públicas. Bastante constrangedor, no fim das contas.

— E por que a senhora se tornou uma amiga tão dedicada?

— Não posso negar que sinto certo fascínio por Alexia enquanto raridade científica, mas minhas pesquisas, como o senhor bem sabe, tendem a ser mais teóricas do que biológicas.

— Quer dizer que quase acertei sem querer? — O professor Lyall observou a francesa com um olhar profundamente perspicaz.

Madame Lefoux fez um beicinho, mas não negou a insinuação romântica.

— Então, acreditará que, se meus motivos não são cem por cento puros, ao menos minhas intenções são as melhores possíveis? Certamente me importo mais com o bem-estar de Alexia do que aquele marido de meia-tigela.

O professor Lyall anuiu.

— Por enquanto. — Ele fez uma pausa e, em seguida, acrescentou: — Temos de convencê-la a sair de Londres.

Momento em que Lady Maccon em pessoa entrou alvoroçada no laboratório.

— Ah, não vai ser preciso me convencer, posso lhes garantir, meus caros. As joaninhas já fizeram isso. Na verdade, foi por isso que os convoquei. Bom, não por causa das joaninhas, mas de minha partida. — Era evidente que estava um tanto agitada. Ainda assim, sempre eficiente, tirou as luvas e as jogou em uma bancada, junto com a bolsa, a sombrinha e a caixa de chapéu giratória. — Já estava na hora de eu visitar a Europa continental, não acham? — Deu um sorriso tímido a todos e, então, lembrou-se das boas maneiras. — Como vai, Tunstell? Bom dia, Genevieve. Floote. Professor Lyall. Muito obrigada por terem vindo. Sinto muito pelo atraso. Primeiro foram as joaninhas e, depois, precisei tomar um chazinho.

— Alexia. — Madame Lefoux se mostrou bastante preocupada. Os cabelos da preternatural estavam desgrenhados e parecia haver alguns rasgões na bainha de seu vestido. A inventora segurou a mão de Lady Maccon entre as suas. — Você está bem?

Ao mesmo tempo, o professor Lyall perguntou:

— Joaninhas? Como assim, joaninhas?

— Ah, olá, Lady Maccon. — Tunstell abriu um largo sorriso e fez uma reverência. — Vai mesmo partir? Que pena! A minha esposa vai ficar triste.

Floote não disse nada.

O Beta observou a intimidade com que a francesa segurava a mão da preternatural.

— Pretende se candidatar como companheira voluntária, Madame Lefoux? — Pautava-se no fato de que todas as máquinas na câmara de invenções haviam sido desligadas e arrumadas.

Lady Maccon aprovou.

— Ótimo. Esperava que concordasse em me acompanhar, Genevieve. Tem os contatos necessários na Europa continental, não é mesmo?

A inventora assentiu:

— Já pensei nas rotas de fuga possíveis. — Tornou a se concentrar no professor Lyall. — Acha que pode deixar a Alcateia de Woolsey por tanto tempo?

— Já estamos acostumados a nos separar. Somos uma das poucas alcateias que o fazem com frequência, para cumprir tanto as obrigações militares quanto as do DAS. Mas não, tem razão. Não posso sair neste momento crítico. A situação é por demais delicada.

A francesa levou a mão ao rosto e fingiu tossir, porém não conseguiu esconder de todo a risadinha.

— Evidentemente, não pode abandonar Lorde Maccon em sua... crise atual.

— Crise? Meu abominável marido está em "crise"? Ótimo! É para estar, mesmo.

O professor Lyall sentiu que de certa forma estava traindo o Alfa, mas acabou admitindo:

— Está praticamente inalando formol para se inebriar.

A expressão da preternatural passou de petulante a assustada.

— Não precisa ficar preocupada — o Beta apressou-se em assegurar. — Não faz mal a ele, ao menos não muito, mas, sem dúvida alguma, está surtindo o belo efeito de mantê-lo totalmente incapacitado.

— Preocupada? — Lady Maccon virou-se e mexeu na caixa de chapéu, que avançava até a beirada da mesa. — Quem está preocupada?

O professor Lyall se apressou em continuar:

— Ele não está, enfim, atuando como Alfa. É difícil controlar a Alcateia de Woolsey até nos bons tempos, com seus integrantes irrequietos, e seu grande poder político pode se tornar um alvo tentador para lobos solitários. Terei de ficar aqui para defender os interesses do conde.

Lady Maccon anuiu.

— Claro que deve ficar. Tenho certeza que Genevieve e eu podemos nos arranjar sozinhas.

A inventora lançou um olhar esperançoso para o professor Lyall.

— Eu ficaria honrada se encontrasse tempo para tomar conta do meu laboratório, enquanto eu estiver fora.

O Beta sentiu-se lisonjeado com o convite.

— Será um prazer.

— Pode passar por aqui uma noite dessas para ver se não há intrusos e verificar se as máquinas mais delicadas estão bem lubrificadas e funcionando normalmente? Vou lhe dar uma lista.

Nesse momento, Tunstell se animou:

— Tenho certeza que a minha esposa adoraria supervisionar as atividades diárias da chapelaria, se quiser, Madame Lefoux.

A francesa fez uma expressão horrorizada.

O professor Lyall bem podia imaginar Ivy encarregada de uma chapelaria inteira — uma receita infalível para o desastre e o caos: seria como deixar um gato cuidando de uma gaiola cheia de pombos — um gato de brocado azul-turquesa, com ideias bastante inusitadas sobre decoração e arranjos de plumas.

Lady Maccon esfregou as mãos.

— Esse foi um dos motivos que me levaram a convidá-lo, Tunstell.

A francesa lançou um olhar bastante significativo para a preternatural:

— Acho que seria bom manter certa aparência de normalidade, enquanto eu estiver fora. É melhor que os vampiros não saibam *quem* são seus amigos. — Virou-se para Tunstell. — Acha que a sua esposa está à altura da tarefa?

— Ivy vai ficar empolgadíssima. — O ruivo voltou a abrir um largo sorriso.

— Receava um pouco que dissesse isso — comentou Madame Lefoux, dando um sorrisinho triste.

Pobre Madame Lefoux, pensou o professor Lyall. Era grande a possibilidade de não ter mais uma chapelaria quando voltasse.

— Vampiros? Você disse vampiros? — Lady Maccon se deu conta do que a francesa dissera.

O Beta anuiu.

— Acreditamos que, agora que sua condição delicada é do conhecimento público, os vampiros vão tentar matá-la.

A preternatural arqueou a sobrancelha.

— Por meio do uso engenhoso de joaninhas malignas, talvez?

— Perdão?

— Joaninhas? — Tunstell se entusiasmou. — Adoro esses bichinhos. São tão hemisféricos.

— Destas aqui você não gostaria. — Lady Maccon descreveu como fora seu encontro recente com elas e como escapara por pouco de levar uma espetada. — Meu dia não tem sido muito agradável, considerando tudo o que aconteceu.

— Conseguiu capturar uma para que a examinássemos? — quis saber Madame Lefoux.

— O que acha que está na caixa de chapéu?

Os olhos da francesa brilharam.

— *Fantastique!*

Afastou-se depressa e pôs-se a vasculhar a câmara de invenções por um tempo, para então voltar com lunóticos e luvas de couro enormes, protegidas com cota de malhas de ferro.

O professor Lyall, sendo o único imortal presente, assumiu a responsabilidade de abrir a caixa.

Madame Lefoux enfiou as mãos no seu interior e ergueu o grande inseto tiquetaqueante, que agitava as perninhas, em protesto. Examinou-o com interesse, usando as lentes de aumento.

— Incrível habilidade artesanal! Belo trabalho. Vejamos se há alguma marca do fabricante. — Virou a joaninha.

A criatura emitiu um zumbido estridente.

— *Merde!* — exclamou a francesa, atirando a joaninha para o alto.

Ela explodiu com estrondo, lançando em cima deles uma chuva de laca vermelha e fragmentos de relojoaria.

Lady Maccon se sobressaltou um pouco, mas se recuperou depressa. Depois daquela manhã, que diferença fazia uma explosãozinha a mais? Observou com desdém o caos resultante.

O professor Lyall espirrou quando uma nuvem de matéria granulosa e oleosa irritou seu nariz sensível de lobisomem.

— Trabalho de vampiros, senhores. O que não conseguem sugar até a última gota eles explodem.

Floote começou a limpar a sujeira.

— Uma pena — comentou Madame Lefoux.

O professor Lyall olhou com desconfiança para a francesa, que ergueu ambas as mãos, na defensiva.

— Não é obra minha, posso garantir. Não lido com — um repentino sorriso mostrou suas covinhas — coccinelídeos.

— Acho bom que explique por que está culpando os vampiros, professor Lyall. — Lady Maccon retomou o assunto, lançando-lhe um olhar severo.

E foi o que o Beta fez, começando com as deduções sobre o envenenamento, a agenda desaparecida e a tentativa de rapto, passando, em seguida, para a sua crença de que, como a gravidez da preternatural já fora divulgada em jornal e ela não estava mais sob a proteção da Alcateia de Woolsey, tais incidentes deveriam ocorrer cada vez com mais frequência e brutalidade.

Que maravilha. O que virá a seguir? Bandos de besouros de bronze brutais?

— Por que querem me matar? Além, claro, dos motivos de praxe.

— Achamos que tem a ver com o bebê. — Madame Lefoux segurou com delicadeza o braço de Alexia, tentando conduzi-la em direção a um barril emborcado.

Lady Maccon resistiu, virando-se para o professor Lyall, a voz embargada de emoção.

— Então, acredita em mim? Acha que este bebê-inconveniente é de Conall?

O Beta anuiu.

— Bebê-inconveniente? — sussurrou Tunstell para Floote, que continuou impassível.

— Sabe de algo que Conall não saiba? — O coração dela acelerou ante a possibilidade de absolvição.

Infelizmente, o professor Lyall meneou a cabeça.

A esperança se esvaiu.

— Engraçado, você confiar mais em mim do que o meu próprio marido. — A preternatural sentou pesadamente no barril e esfregou os olhos com os nós dos dedos.

— Ele nunca agiu com muito bom-senso em relação à senhora.

Lady Maccon assentiu, os lábios comprimidos.

— O que não serve de desculpa para o seu comportamento. — Seu rosto parecia rígido, como se feito de cera. Uma imagem que lhe trouxe lembranças bastante desagradáveis.

— Não, não serve — concordou o Beta.

A preternatural preferia que ele não fosse tão amável — acabaria por fazê-la chorar.

— E o único vampiro que provavelmente me apoiaria é Lorde Akeldama, mas ele desapareceu.

— *Desapareceu?* — repetiram Madame Lefoux e o professor Lyall ao mesmo tempo.

Lady Maccon anuiu.

— Passei na casa dele, horas atrás. Abandonada. E isso depois de ele ter me convidado para me hospedar lá.

— Coincidência? — Tunstell deu a impressão de já saber a resposta.

— O que me faz lembrar de um velho ditado do sr. Tarabotti — observou Floote, falando pela primeira vez. — Ele dizia: "Floote, não existe destino, apenas lobisomens, nem coincidência, apenas vampiros. Tudo o mais é passível de interpretação."

Lady Maccon lhe lançou um olhar severo.

— Falando do meu pai...

Floote meneou a cabeça, olhando de soslaio para o professor Lyall e, em seguida, disse:

— Informações sigilosas, madame. Sinto muito.

— Não sabia que era agente, sr. Floote. — Madame Lefoux pareceu intrigada.

Floote desviou os olhos.

— Não exatamente, madame.

Lady Maccon o conhecia havia muito tempo. Ele não diria uma palavra sobre seu pai. Era um hábito irritante do criado normalmente irrepreensível da família.

— Vamos à Europa continental, então. — Lady Maccon ponderara sobre o assunto quando estava na casa de chá. Os Estados Unidos estavam fora de questão, e a situação dos vampiros era muito mais vulnerável na Europa continental, onde poucos países tinham seguido o exemplo do Rei Henrique de incorporar legalmente os sobrenaturais ao governo inglês. Talvez não fossem tão letais. Ou, ao menos, não tivessem acesso a joaninhas.

— Não quero ser grosseiro — disse o professor Lyall, empregando a frase que as pessoas mais usam quando estão prestes a cometer uma grosseria —, mas precisam viajar de imediato. Seria bom sair de Londres antes da próxima lua cheia, Lady Maccon.

Madame Lefoux consultou um calendário lunar pendurado na parede, ao lado de vários diagramas.

— Daqui a três noites?

O Beta assentiu.

— Se possível, antes. Posso usar agentes do DAS para protegê-las até lá, Lady Maccon, mas na lua cheia todos os meus lobisomens ficam inativos e minhas fontes secundárias, ocupadas, pois não posso contar com os agentes vampiros. Eles desobedecerão às ordens do DAS se estiverem sob a influência de uma rainha.

— Pode guardar os seus pertences aqui, enquanto estivermos fora — sugeriu Madame Lefoux.

— Bom, já é alguma coisa. Ao menos as minhas roupas vão estar seguras. — A preternatural ergueu as mãos, aborrecida. — Eu sabia que tinha sido uma péssima ideia levantar da cama hoje.

— E Ivy, tenho certeza, ficará feliz em lhe mandar notícias frequentes com as novidades de Londres. — Tunstell ofereceu sua forma de encorajamento, acompanhada por uma previsível exibição dos persuasivos dentes brancos. Lady Maccon pensou que fora bom Conall não ter transformado Tunstell em lobisomem. O ruivo sorria demais. A maioria dos lobisomens não sabia sorrir muito bem, e o resultado era sinistro.

Nem Lady Maccon nem Madame Lefoux quiseram explicar que seria muito difícil que qualquer correspondência chegasse a elas.

— Então, aonde vamos? — A francesa olhou para a preternatural, interessada.

Lady Maccon também pensara nisso durante o chá com torradas. Se tinha de ir, buscaria informações. Se tinha de fugir, melhor fazê-lo de forma a provar sua inocência. Somente um país demonstrava ter conhecimentos significativos sobre preternaturais.

— Ouvi dizer que a Itália é uma beleza nesta época do ano.

Capítulo 5

Em que Ivy Hisselpenny e o professor Lyall têm ao seu encargo excessivas responsabilidades

Itália?

— Um antro de aversão aos sobrenaturais — retrucou o Beta.
— Um foco de fanatismo religioso — acrescentou Tunstell.
— Os templários. — Essa última informação foi sussurrada por Floote.
— Creio que é uma ótima ideia — disse Lady Maccon, sem se abalar.

Madame Lefoux examinou o rosto de Alexia, compreensivamente.

— Acha que os templários podem explicar como Lorde Maccon conseguiu engravidá-la?

— O que é que acha? Você me disse, certa vez, que conseguiu ler uma parte da Norma Revista dos Templários.

— Conseguiu *o quê*? — O professor Lyall ficou impressionado.

Floote observou a francesa com renovada desconfiança.

— Eles devem saber de *alguma coisa* sobre este troço. — A preternatural cutucou a barriga ainda esbelta com um dedo acusador.

Madame Lefoux ficou pensativa, mas era óbvio que não queria que Lady Maccon alimentasse falsas esperanças.

— Acho que ficarão tão intrigados ao conhecer uma preternatural, que vão baixar a guarda. Sobretudo se descobrirem que está grávida. Mas são guerreiros, não intelectuais. Não creio que possam lhe oferecer o que *realmente* quer.

— Ah, e o que é?

— O apreço de seu marido.

Alexia fuzilou com os olhos a francesa. *Que ideia!* Ela não queria que aquela bola de pelos desleal voltasse a se apaixonar por ela. Queria apenas que o professor Lyall provasse que estava errado.

— Creio — começou a opinar o Beta, antes que Lady Maccon desse início a uma invectiva — que está cutucando um ninho de marimbondos.

— Desde que não seja um enxame de joaninhas, vou ficar bem.

— Acho que eu deveria ir com as senhoras — sugeriu Floote.

Nenhuma das duas objetou.

Lady Maccon ergueu o dedo.

— Eu posso recomendar que combinemos um horário para as nossas transmissões etereográficas, professor Lyall? Embora isso exija que encontremos um transmissor disponível ao público.

— Eles vêm se tornando bastante populares nos últimos tempos. — Era evidente que Madame Lefoux aprovara a sugestão.

O Beta anuiu.

— Reservar um horário na sede do DAS é uma excelente ideia. Eu vou lhe dar uma lista com os nomes e endereços de transmissores para os quais temos válvulas frequensoras cristalinas e podemos transmitir. Se bem me lembro, há um muito bom em Florença. Mas sabe que o nosso equipamento não é tão sofisticado quanto o de Lorde Akeldama, não sabe?

A preternatural assentiu. O vampiro acabara de comprar o que havia de mais novo e moderno em termos de transmissores etereográficos, mas o do DAS era velho e antiquado.

— Vou precisar de uma válvula para o seu transmissor também, para o lado italiano do serviço.

— Claro. Vou enviar um agente imediatamente. Vamos deixar marcado para logo após o pôr do sol? Vou pedir a meus agentes que programem o nosso para receber de Florença e que aguardem informações suas naquela frequência. Só assim saberei que está viva.

— Ah, quanto otimismo da sua parte — respondeu Lady Maccon, fingindo-se ofendida.

O Beta não se desculpou.

— Então, vai ser a Itália? — Madame Lefoux esfregou as mãos, como alguém prestes a iniciar uma aventura.

A preternatural olhou para os quatro ao seu redor.

— É preciso voltar às origens ao menos uma vez na vida, não acham? Creio que a carruagem com meus pertences já deve ter chegado. — Virou-se para ir embora. Os outros a seguiram. — Vou precisar refazer as malas. Melhor cuidar disso logo, antes que algo mais dê errado hoje.

A francesa tocou em seu braço antes que saísse.

— O que aconteceu com você hoje de manhã?

— Afora a divulgação da minha gravidez constrangedora nos jornais públicos e o ataque das joaninhas letais? Bom, a Rainha Vitória me dispensou do Conselho Paralelo, minha família me expulsou de casa e Lorde Akeldama desapareceu, deixando apenas uma mensagem bastante concisa sobre uma gata. O que me faz recordar de algo. — Lady Maccon tirou a coleira de metal misteriosa da bolsa reticulada e a exibiu para a francesa. — O que acha que é isto?

— Uma fita de ressonância auditivo-magnética.

— Achei que fosse algo assim.

O professor Lyall observou-a com interesse.

— Tem algum dispositivo de decodificação de ressonância?

Madame Lefoux anuiu.

— Claro, aqui, em algum lugar. — Desapareceu detrás de uma enorme pilha de peças, em que pareciam estar os componentes desmontados de um motor a vapor de dirigível junto com meia dúzia de colheronas. Voltou carregando um objeto que lembrava uma cartola sem aba, montado em um descanso de bule de chá com uma manivela acoplada e uma trombeta saindo da parte inferior.

Lady Maccon ficou sem palavras ao ver o aparelho de aspecto tão bizarro. Entregou à francesa a fita metálica em meio a um silêncio perplexo.

A inventora pôs a fita em uma abertura na parte inferior da cartola e, em seguida, girou a manivela para ativar o dispositivo. Quando o fez, um tinido ressoou, semelhante ao que um piano faria depois de inalar hélio. Madame Lefoux movimentou a manivela cada vez mais rápido. Os tinidos começaram a se unir, até surgir uma voz aguda.

— Saia da Inglaterra — avisou, em tom metálico e mecânico. — E cuidado com os italianos que bordam.

— Útil! — Foi o comentário da francesa.

— Como diabos ele sabia que eu escolheria a Itália? — Por incrível que parecesse, Lorde Akeldama ainda conseguia surpreender Lady Maccon. Ela apertou os lábios. — Bordados? — O vampiro não era do tipo que daria prioridade a um fator vital, como assassinato, em detrimento da moda. — Estou preocupada com Lorde Akeldama. É seguro para ele ficar longe de casa? Ou seja, entendo que o fato de ser errante o desliga da colmeia, mas achei que eles também se tornavam parte de um lugar. Que ficavam acorrentados, um pouco como fantasmas.

O professor Lyall puxou o lóbulo da orelha, pensativo.

— Eu não me preocuparia muito com isso, milady. Os errantes têm muito mais capacidade de circular do que os vampiros ligados a colmeias. Para começar, é necessária grande força de espírito para romper a dependência da rainha e, quanto mais velho o errante, maior sua mobilidade. É sua própria capacidade de movimento que os leva a serem estimados pela colmeia local. São pouco confiáveis, mas úteis. E, como precisam da rainha para converter seus zangões, têm interesse na sobrevivência um do outro. Já viu o arquivo de Lorde Akeldama no DAS?

Lady Maccon deu de ombros, evasiva. Ela até podia bisbilhotar no escritório do marido, mas não achava que o Beta devesse saber desse detalhezinho.

— Bem, é enorme. Não temos registro de sua colmeia original, o que significa que deve ser errante há muito tempo. Creio que pode viajar para fora dos limites de Londres, talvez até Oxford, com poucas consequências psicológicas ou fisiológicas. Na certa não é móvel a ponto de conseguir viajar de dirigível no éter ou cruzar os mares fora da Inglaterra, mas sem dúvida alguma pode se tornar difícil de encontrar.

— Difícil de encontrar? Estamos nos referindo ao mesmo Lorde Akeldama?

O vampiro em questão era dono de ótimas qualidades — gosto admirável em matéria de coletes e um espírito mordaz, só para citar algumas —, mas a sutileza não se encontrava entre elas.

O professor Lyall abriu um largo sorriso.

— Eu ficaria tranquilo, se fosse a senhora, Lady Maccon. Lorde Akeldama sabe se cuidar.

— Por algum motivo, não acho muito encorajadoras as palavras reconfortantes de um lobisomem em favor de um vampiro.

— Não deveria estar se preocupando com seus próprios problemas?

— E que graça isso tem? Os das outras pessoas são muito mais fascinantes.

Com isso, Lady Maccon liderou o caminho rumo ao corredor, à cabine de ascensão, à chapelaria e à rua. Lá, supervisionou a retirada de sua bagagem e dispensou o cocheiro, que se mostrou muito satisfeito por voltar à relativa sanidade da residência dos Loontwill, onde os volúveis membros da aristocracia não atiravam joaninhas mecânicas em cima dele.

O professor Lyall chamou um cabriolé e foi até a sede do DAS, para dar continuidade àquele dia, que parecia tão difícil. Floote usou a carruagem de Woolsey para voltar ao castelo e buscar seus escassos pertences. Marcou um encontro com as damas na Chapeau de Poupée dali a menos de quatro horas. Os três concordaram que deviam partir o mais breve possível, para viajar na relativa proteção da luz do dia. Madame Lefoux, evidentemente, já fizera as malas.

Lady Maccon pôs-se de imediato a colocar as malas na vertical, com a ajuda de Tunstell, em meio à floresta de chapéus. Elas tinham sido feitas às pressas e de má vontade pelo petulante Swilkins, e a preternatural não conseguiu encontrar nada do que precisaria para ir à Itália. Atenta à mensagem de Lorde Akeldama, tirou todas as peças de vestuário acometidas pela presença de bordados.

Madame Lefoux contentou-se em se ocupar dos chapéus e colocá-los em ordem na expectativa de seu abandono. Estavam os três ocupados, quando uma entusiasmada batida à porta interrompeu-os. Lady Maccon

ergueu os olhos e viu Ivy Tunstell, os cachos negros balançando com ansiedade, acenando freneticamente do outro lado da vitrine.

A francesa foi abrir a porta.

Ivy se adaptara inesperadamente bem à vida de casada e à queda considerável de sua posição social. Aparentava desfrutar do novo papel de esposa de um ator de reputação medíocre e morador de — pasme-se — um apartamento *alugado* no Soho. Contava com orgulho como estava sempre recebendo poetas. Sim, poetas, por incrível que parecesse! Chegou mesmo a confidenciar que talvez começasse a declamar. Alexia achava que seria uma boa ideia, pois Ivy tinha o tipo certo de rosto agradável e vivaz, bem como um temperamento excessivamente melodramático, adequados à vida de poetiza. Sem sombra de dúvida não precisava de muita ajuda em termos de guarda-roupa. Ivy sempre fora chegada a um chapéu espalhafatoso quando solteira e, assim que se libertara das rédeas da mãe, seu gosto se estendera a toda a sua indumentária. A oferenda daquele dia era um vestido listrado nos tons de verde-claro, rosa e branco, com um chapéu combinando, no qual se viam penas tão longas, que ela teve de se abaixar um pouco para entrar na chapelaria.

— Aí está você, seu desgraçado — disse com carinho ao marido.

— Olá, gralha — cumprimentou ele, igualmente caloroso.

— Na minha chapelaria favorita. — Ivy deu umas batidinhas no braço de Tunstell com o leque. — Eu me pergunto o que o trouxe *aqui*.

O marido deu um olhar de desespero para Lady Maccon, que apenas deixou escapar um risinho.

— Bom — ele pigarreou —, pensei que talvez você quisesse escolher algum arrebique novo, por conta do nosso... — Tunstell agitou os braços a esmo — ... aniversário de casamento mensal? — A preternatural meneou de leve a cabeça, e o rapaz deixou escapar um suspiro de alívio.

Típico de Ivy prestar atenção apenas nos chapéus e não notar a enorme bagagem de Lady Maccon espalhada pela chapelaria e, por alguns instantes, nem a própria amiga. Quando por fim a viu, fez uma pergunta bem direta:

— Valha-me Deus, Alexia! O que está fazendo *aqui*?

A amiga a fitou.

— Ah, olá, Ivy. Tudo bem? Muito obrigada pelo chapéu que mandou esta manhã. Foi bastante, hã, inspirador.

— Bom, nem se preocupe com isso agora. Mas me conte, o que é que está fazendo?

— Deveria ser bem óbvio, até para você, minha querida. Estou fazendo as malas.

Ivy balançou a cabeça, a plumagem oscilando de um lado para outro.

— No meio de uma chapelaria? Tem alguma coisa esquisita nesta história.

— Pura necessidade, Ivy. Pura necessidade.

— Sim, *isso* deu para notar, mas o que quero saber é, *por quê*?

— Creio que isso também deveria ser óbvio. Estou prestes a viajar.

— Não por causa daquele assunto desconcertante dos jornais matinais?

— Exatamente por isso. — Lady Maccon achou que aquela era a melhor desculpa. Ia contra sua natureza ser vista fugindo de Londres por ter sido considerada adúltera, mas assim não precisaria divulgar o verdadeiro motivo. Imagine o que os fofoqueiros diriam se soubessem que os vampiros queriam matá-la — que constrangimento! *Olhem só para ela*, diriam. *Enfrentando várias tentativas de assassinato — é o cúmulo! Quem ela pensa que é, a Rainha de Sabá?*

E, francamente, não era isso o que todas as mulheres mal-afamadas acabavam fazendo — fugir para a Europa continental?

Ivy não sabia de nada a respeito da condição de Alexia não ter alma. Não sabia nem o que *preternatural* queria dizer. A natureza de Lady Maccon era um segredo-não-muito-bem-guardado, por causa do DAS e dos lobisomens, fantasmas e vampiros da região que estavam cientes dele, mas a maioria dos mortais ignorava o fato de haver uma preternatural morando em Londres. A opinião geral — de Alexia e de seu círculo de amigos — era a de que, se Ivy soubesse, todas as tentativas de anonimato seriam inúteis dentro de poucas horas. Não restavam dúvidas de que se tratava de uma amiga querida, leal e divertida, mas a circunspecção não se incluía entre suas qualidades mais admiráveis. Até mesmo Tunstell tinha ciência dessa falha na personalidade da

esposa e evitara informar à nova sra. Tunstell sobre a verdadeira excentricidade da amiga.

— Ah, sim, acho que entendo sua necessidade de sair da cidade. Mas para onde está indo, Alexia? Para o campo?

— Madame Lefoux e eu vamos para a Itália, por causa de meu abatimento moral, entende?

— Ó céus, mas, Alexia, você sabe — começou a sussurrar — que a Itália é o lugar onde ficam os *italianos*. Tem certeza de que está preparada para enfrentá-los?

Lady Maccon conteve um sorriso.

— Acho que vou conseguir dar um jeito.

— Tenho certeza que escutei algo terrível sobre a Itália recentemente. Agora não lembro direito o que foi, mas não pode ser, de modo algum, um lugar saudável para se visitar, Alexia. Sei que é de lá que vêm todos os legumes, daquele clima. E os legumes são péssimos para a digestão.

Sem conseguir pensar em nada para responder a esse comentário, Lady Maccon continuou a fazer as malas.

Ivy pôs-se a examinar os chapéus, por fim escolhendo um ao estilo vaso de plantas, de tweed preto com listras roxas, decorado com pompons igualmente roxos, plumas de avestruz cinza e um pufe emplumado, na extremidade de um longo pedaço de arame que saía da copa. Quando colocou a peça, toda orgulhosa, parecia estar sendo atacada por uma medusa apaixonada.

— Vou mandar fazer um novo vestido de carruagem para combinar — anunciou com satisfação, enquanto o coitado do Tunstell pagava pela atrocidade.

A preternatural sussurrou:

— Não seria mais sensato simplesmente se jogar de um dirigível?

Ivy fingiu não escutar, mas o marido abriu um largo sorriso para a amiga da esposa.

A francesa pigarreou e ergueu os olhos após o pagamento.

— Será que poderia me fazer um grande favor, sra. Tunstell?

A esposa de Tunstell jamais deixaria uma amiga na mão.

— Com prazer, Madame Lefoux. Em que posso ajudar?

— Bom, como já deve ter imaginado — nunca uma frase adequada, em se tratando de Ivy —, vou acompanhar Lady Maccon à Itália.

— Ah, é mesmo? Quanta gentileza da sua parte. Mas creio que é francesa, o que não deve ser *muito* diferente de ser italiana.

Madame Lefoux ficou pasma, antes de recobrar a fala. Pigarreou de novo.

— Certo, mas eu me perguntava se aceitaria supervisionar as atividades cotidianas da chapelaria, enquanto eu estiver fora.

— *Eu?* Lidar com *negócios*? Puxa, não sei. — Ela observou os chapéus pendurados, indiscutivelmente tentadores, em todo o seu florido e emplumado esplendor. Não obstante, não fora criada para trabalhar no comércio.

— A senhora poderia, evidentemente, pegar emprestado os produtos do estoque quando bem entendesse e julgasse apropriado.

Os olhos da sra. Tunstell adquiriram um brilho claramente cobiçoso.

— Bom, nesse caso, Madame Lefoux, como poderia recusar? Seria um prazer cuidar disso. Do que preciso saber? Ah, espere um pouco, antes de começarmos, por favor. Ormond. — Ivy chamou o marido, com um aceno de mão.

Tunstell aproximou-se, obedientemente, e Ivy lhe sussurrou instruções. Em instantes, ele cumprimentou as senhoras, tirando o chapéu, e se dirigiu à rua para cuidar da missão requisitada pela esposa.

Lady Maccon aprovou. Pelo menos, a amiga o treinara bem.

Madame Lefoux levou a sra. Tunstell até a parte de trás do pequeno balcão e passou a meia hora seguinte mostrando-lhe como cuidar da contabilidade.

— Não precisa fazer novos pedidos, nem abrir a chapelaria com tanta frequência, enquanto eu estiver fora. Coloquei aqui uma lista dos compromissos mais importantes. Sei que é uma dama ocupada.

Ivy demonstrou surpreendente talento para lidar com contabilidade. Sempre fora boa com somas e números, e era evidente que podia agir com seriedade, ao menos no tocante a chapéus. Quando estavam terminando, Tunstell voltou, segurando um pacotinho de papel pardo.

Lady Maccon se uniu a elas para se despedir. Um pouco antes de saírem, Ivy entregou a Alexia o pacotinho trazido pelo marido.

— Para você, minha querida amiga.

Curiosa, a preternatural observou-o por todos os ângulos, antes de abri-lo com cuidado. Era meio quilo de chá, dentro de uma charmosa caixinha de madeira.

— Eu me lembrei de um detalhe terrível que escutei sobre a Itália. — Ivy usou o lenço para enxugar o canto do olho, emocionadíssima. — O que ouvi... ah, não consigo nem falar... o que ouvi foi que lá eles tomam — fez uma pausa — *café*. — A amiga estremeceu de leve. — É péssimo para a digestão. — Ivy pressionou com firmeza a mão de Alexia entre as suas e o lenço úmido. — Boa sorte.

— Muito obrigada, Ivy, Tunstell, foi muita gentileza e consideração da sua parte!

Era um chá preto de boa qualidade — Assam de folhas grandes —, um dos seus favoritos. Alexia colocou-o com cuidado em sua pasta, para levá-lo a bordo do dirigível, que cruzaria o Canal. Como já não era mais muhjah e a pasta não podia mais servir ao propósito de carregar documentos secretos e de grande importância, além de dispositivos pertencentes à Rainha e ao país, melhor usá-la para levar algo de igual valor e importância.

Ivy podia agir de forma absurda às vezes, mas era uma amiga amável e atenciosa. Para surpresa de todos, Alexia deu um beijo no seu rosto, agradecida. Os olhos de Ivy ficaram marejados.

Tunstell lhes deu outro largo e animado sorriso e se retirou da loja com a esposa ainda emocionada. Madame Lefoux teve de correr atrás deles para entregar a Ivy a chave extra e lhe dar as últimas instruções.

O professor Lyall enfrentara um dia longo e cansativo. Normalmente, conseguia lidar com tais atribulações, por ser um cavalheiro seguro de si, dono de uma mente sagaz e um corpo hábil, bem como de agilidade mental para tomar rápido as decisões mais adequadas a cada situação. Naquela tarde, entretanto, com a lua cheia se aproximando, o Alfa inativo e Lady Maccon viajando para a Itália, era preciso reconhecer que em duas ocasiões ele *quase* perdera a calma. Os zangões de vampiros não vinham cooperando, reconhecendo apenas o fato de que seus respectivos mestres "talvez não estivessem disponíveis" para o DAS naquela noite. Havia três vampiros nos quadros do departamento, que não estava preparado para lidar com a perda repentina desses agentes sobrenaturais de uma só vez. Sobretudo quando os quatro lobisomens integrantes do DAS ainda eram jovens o bastante para ficarem inativos em seu ritual mensal de quebra-ossos. Para piorar ainda mais o problema dos funcionários, alguns suprimentos ainda não haviam chegado como programado, e um exorcismo ainda precisava ser feito após o pôr do sol. Enquanto lidava com tudo isso, o professor Lyall teve de despistar oito jornalistas, que esperavam entrevistar Lorde Maccon, supostamente sobre dirigíveis, mas sem dúvida a respeito de Lady Maccon. Desnecessário dizer que o Beta não estava no estado de ânimo para encontrar, um pouco antes do crepúsculo, o Alfa cantando ópera — ou o que poderia ser considerado como tal por uma tribo de orangotangos sem ouvido musical — na banheira.

— Conseguiu invadir o laboratório com a minha coleção de espécimes, não é? Francamente, milorde, aqueles eram os meus últimos exemplares!

— Chenchachional, eche chal formol.

— Pensei ter deixado o major Channing de olho no senhor. Ele não foi dormir, foi? Deveria ter conseguido aguentar as pontas por um dia inteiro. Ele consegue receber a luz do sol diretamente, já o vi fazendo isso, e o senhor não é difícil de rastrear, ao menos não nestas condições. — O Beta olhou ao redor do banheiro com desconfiança, como se o Gama de Woolsey fosse surgir de trás do cabideiro.

— Ele não poge fager icho.

— Ah, não? E por que não? — O professor Lyall testou a água na qual Lorde Maccon se agitava e chafurdava como um búfalo da Índia desnorteado. Estava gelada. Com um suspiro, pegou o roupão do Alfa. — Vamos, milorde. Está na hora de sair daqui, está bem?

Lorde Maccon agarrou sua toalha de banho e começou a reger a sequência de abertura de *A Grã-Duquesa de Gerolstein*, espalhando água por todo o banheiro.

Inocência?   O Terceiro Livro

— "Dongelash, não vosh preocupeish" — cantava — "por rodopiarmosh chem parar."

— Então, aonde foi o major Channing? — O professor Lyall estava irritado, o que não deixou transparecer no tom de voz. Era como se tivesse passado a vida inteira aborrecido com o major e, considerando o dia que vinha tendo, já devesse esperar por tudo aquilo. — Eu lhe dei uma ordem direta. Nada deveria ter prioridade sobre ela. Ainda sou o Beta desta alcateia, e ele continua sob o meu comando.

— Primeiro chob o meu — protestou com suavidade o lobisomem. Em seguida, pôs-se a cantar: — "Poish aqui ficáreish, chãsh e chalvash."

O Beta tentou erguer o Alfa da banheira, mas não conseguiu segurá-lo, o que levou o conde a escorregar e cair de volta, levantando um verdadeiro maremoto na água. A enorme banheira, com seu pequeno aquecedor anexo, fora muito bem construída e importada dos Estados Unidos a um alto custo, porque eles *lidavam* com aço. Ainda assim, ela oscilou perigosamente sobre os quatro pés em forma de garra, sob o peso de Lorde Maccon.

— "Che a bala achertar o alvo, cairásh" — cantou o lobisomem ensopado, tendo pulado várias palavras.

— Deu uma ordem direta a Channing? Nesse estado? — O Beta tentou tirar o Alfa da banheira outra vez. — E ele obedeceu ao senhor?

Por um breve instante, os olhos de Lorde Maccon se aguçaram, e ele pareceu bastante sóbrio.

— Ainda chou o Alfa: é melhor o major obedecher à minha ordem.

Por fim, o professor Lyall conseguiu tirá-lo da banheira e vestir o seu roupão, desajeitadamente. O tecido fino grudou de forma indecente em algumas partes, mas, o conde, que nunca fora tímido em circunstância alguma, não deu a mínima para essa folha de parreira acidental.

O Beta já estava acostumado.

Lorde Maccon começou a oscilar para frente e para trás, no ritmo da canção.

— "Pega e enche teu cáliche. Com toda a gente põe-che a beber e rir!"

— Aonde o enviou? — O professor Lyall, aguentando o peso do conde, sentiu-se grato pela própria força sobrenatural, que tornava o homenzarrão apenas desajeitado e não impossível de manejar. Lorde Maccon era como uma latrina de tijolos, com opiniões duplamente estacionárias e geralmente cheias de bosta.

— Ah-ha, icho é o que goshtaria de chaber! — As evasivas não eram o forte do Alfa, e o professor Lyall não estava achando graça da falta de uma resposta direta.

— Mandou-o atrás de Lorde Akeldama?

Lorde Maccon respondeu de um jeito mais sóbrio, de novo.

— Aquele maricash. Chumiu do mapa, né? Ótimo. Ele pareche um recheio de torta molengo, cremojo gemaish e chem croshta. Nunca vou entender o que Alexchia viu naquele palhacho de caninosh pontudosh Minha própria espoja! Chacharicando com um vampiro chem croshta. Pelo menosh, chei *quem* não é o pai. — O conde semicerrou os olhos de tom amarelado, como se não quisesse mais pensar no assunto.

De repente, despencou pesadamente, escorregando das mãos do professor Lyall, o corpanzil assentando de pernas cruzadas no meio do piso. Os olhos começavam a ficar totalmente amarelos, e o conde mostrava-se peludo demais para o gosto do Beta. Só faltavam algumas noites para a lua cheia, e Lorde Maccon, por força e direito de Alfa, deveria resistir à transformação com facilidade. Ao que tudo indicava, porém, não estava nem se dando ao trabalho de tentar.

O conde continuou a cantar até mesmo quando a pronúncia indistinta por causa da bebedeira deu lugar à fala confusa por causa do rompimento e da reconstituição dos ossos para a formação do focinho de lobo.

— "Bebe e entoa uma canchiga, geshpege-te do pachado; que grange pena cherá, se eches forem nochos úlchimos cálichesh!"

O professor Lyall era o Beta da Alcateia de Woolsey por diversos motivos, sendo um deles a capacidade de saber quando necessitava de ajuda. Uma rápida corrida até a porta e um berro trouxe quatro dos zeladores mais fortes do castelo para ajudá-lo a conduzir o conde, agora um lobisomem bastante inebriado, até as celas do calabouço. As quatro patas só fizeram agravar os cambaleios. O conde, simplesmente, se deixou levar com alguns uivos desolados. Pelo visto, o dia extenuante se transformava numa noite extenuante. Com o major Channing desaparecido, só restava uma opção ao Beta: convocar uma reunião da alcateia.

Capítulo 6

Usando o sobrenome Tarabotti

Era o final da tardinha, o sol acabava de se pôr, quando três companheiros de aspecto insólito embarcaram no último dirigível, atracado no alto dos picos nevados de Dover, rumo a Calais. Nenhum jornalista chegou a notar a partida da famosa Lady Maccon. O que talvez se devesse à rapidez de sua resposta à publicação de sua suposta indiscrição, ou ao fato de seu disfarce de viagem ser espantoso de um modo totalmente novo. Em vez da vestimenta em geral elegante, porém bastante prática, a preternatural usava um vestido preto solto com babados em chiffon, fitas amarelas de recato pendendo sobre a saia, e um medonho chapéu da mesma cor. Lembrava, vagamente, um marimbondo altivo. Tratava-se, sem dúvida alguma, de um disfarce bastante criativo, pois fazia a nobre Lady Maccon parecer e agir mais como uma cantora de ópera velhusca do que uma grande dama da sociedade. Um jovem bem-vestido e seu criado pessoal a acompanhavam. Só uma conclusão podia ser tirada de tal grupo — ali ocorria algo impróprio.

Madame Lefoux se dedicou com entusiasmo à tarefa de se passar por um amante, agindo em várias ocasiões com exagerada solicitude. Colocara um bigode de aspecto incrivelmente realista — longo, preto e parafinado, com pontas retorcidas, logo abaixo das covinhas. Conseguira ocultar boa parte da feminilidade de seu rosto só pelo tamanho, sendo seu único efeito colateral o de provocar ataques de riso em Lady Maccon sempre que esta a observava. Floote não tivera dificuldade, pois voltara a exercer o antigo papel de criado pessoal, arrastando atrás de si as malas de alcatifa da francesa e a sua própria, surrada, que parecia tão velha quanto ele, sendo que bem mais gasta.

O grupo foi recebido com indisfarçado menosprezo pelos tripulantes do dirigível e escandalizada reserva pelos demais passageiros. Era só o que faltava, tal relação exibida abertamente a bordo! Que absurdo! O subsequente isolamento era conveniente para Lady Maccon. Por sugestão de Floote, ela comprara a passagem com o sobrenome de solteira, Tarabotti, pois não tivera tempo de mudar seus documentos de viagem após o casamento.

Madame Lefoux protestara, a princípio.

— Crê que é uma boa alternativa, considerando a reputação de seu pai?

— Acho que é melhor que viajar com o nome de Lady Maccon. Quem quer ser associado a Conall? — Na segurança da cabine, tirou o chapéu de marimbondo e jogou-o no outro lado do aposento, como se fosse uma cobra venenosa.

Enquanto Floote caminhava de um lado para outro, desfazendo as malas, Madame Lefoux se aproximou e acariciou os cabelos da preternatural, àquela altura soltos, como se ela fosse um animal arisco.

— O sobrenome Tarabotti só é conhecido nos círculos sobrenaturais. Alguns poderão estabelecer a conexão a certa altura, claro. Espero que consigamos viajar mais depressa pela França do que as fofocas.

Alexia não protestou contra o afago — era reconfortante. Supôs que a francesa simplesmente estivesse entrando no espírito do seu papel. Sem dúvida alguma os franceses atuavam com muito empenho nessas situações.

O grupo fez uma refeição em seus aposentos, evitando se unir aos demais passageiros. A julgar pelo rápido surgimento e o frescor da comida, os tripulantes aprovaram tal decisão. A maioria dos alimentos fora cozinhada na própria máquina a vapor — um método inovador, embora insípido.

Após o jantar, eles saíram das cabines e foram até o Convés da Vozinha Fina, para tomar um pouco de ar. Lady Maccon se divertiu ao perceber que os que já relaxavam em meio às brisas noturnas do éter se retiraram apressadamente, assim que os três chegaram.

— Esnobes.

Madame Lefoux deu um leve sorriso por trás do bigode ridículo e se inclinou na direção da preternatural, pois ambas apoiavam os cotovelos na balaustrada, contemplando as águas escuras do canal abaixo.

Floote as observava. Lady Maccon se perguntou se o fiel criado de seu pai desconfiava de Madame Lefoux por ela ser francesa, por ser uma cientista ou por se vestir o tempo todo de forma inadequada. Em se tratando dele, todas as três características podiam levantar suspeitas.

Já a preternatural não tinha tais reservas. Genevieve Lefoux demonstrara ser uma amiga leal no último mês, talvez um pouco reservada nas questões sentimentais, mas sabia dizer palavras amáveis e, sobretudo, agir com perspicácia.

— Sente falta dele? — A francesa não precisava dar mais explicações.

Lady Maccon estendeu a mão enluvada, deixando-a ao sabor das correntes do éter.

— Não quero sentir. Estou tão furiosa com ele. E completamente entorpecida. O que me faz sentir lerda e idiota. — Ela olhou de soslaio para a inventora. Genevieve também enfrentara uma perda. — Melhora com o tempo?

Madame Lefoux fechou os olhos por um longo tempo. Na certa, pensava em Angelique.

— Muda.

A preternatural observou a lua quase cheia, ainda não alta o bastante para desaparecer por trás da gigantesca área atrás do balão.

— Já está mudando. Esta noite — Lady Maccon fez um leve gesto de indiferença — dói de outra forma. Agora estou pensando na lua cheia. Era a noite em que ficávamos juntos, tocando-nos, madrugada adentro. Em outras ocasiões, eu tentava evitar tocá-lo por muito tempo. Ele nunca se importou, mas eu não achava que valia a pena correr o risco de mantê-lo mortal por mais tempo que o necessário.

— Receava envelhecê-lo?

— Receava que algum lobo solitário com olhar enlouquecido o atacasse brutalmente antes que eu o soltasse.

Fez-se silêncio por um instante.

Lady Maccon tirou a mão do vento e acomodou-a sob o queixo. Estava dormente. *Uma sensação familiar.*

— Eu sinto falta dele, sim.

— Mesmo depois do que ele fez?

Sem se dar conta, a preternatural levou a outra mão à barriga.

— Conall sempre foi meio tolo. Se fosse esperto, não teria se casado comigo.

— Bom — a francesa tentou diminuir a tensão mudando de assunto —, ao menos, a Itália vai ser muito interessante.

Lady Maccon olhou-a com desconfiança.

— Tem certeza absoluta que entende o significado dessa palavra? Sei que o inglês não é sua língua materna, mas francamente...

O bigode falso da inventora oscilava perigosamente em meio à brisa. Ela levou o dedo fino ao rosto para mantê-lo no lugar.

— Vai ter a possibilidade de descobrir como engravidou. Não é interessante?

A preternatural arregalou os olhos escuros.

— Sei perfeitamente bem *como* aconteceu. O que vou ter é a possibilidade de obrigar Conall a se retratar das acusações. Algo mais útil do que interessante.

— Sabe o que eu quis dizer.

Lady Maccon olhou para o céu noturno.

— Depois de me casar com ele, supus que não poderíamos ter filhos. Agora é como se eu estivesse com uma doença exótica. Não consigo me envaidecer disso. Gostaria de saber como, cientificamente, essa gravidez ocorreu. Mas pensar no bebê também me assusta.

— Talvez não queira se apegar a ele.

A preternatural franziu o cenho. Tentar entender as próprias emoções era uma tarefa extenuante. Genevieve Lefoux criara o filho de outra mulher como se fosse seu. Devia ter vivido o tempo todo receando que Angelique aparecesse e simplesmente lhe tomasse Quesnel.

— Pode ser que eu esteja fazendo isso sem querer. Acredita-se que os preternaturais se repelem, mas geram filhos com suas próprias características. Pela lógica, devo ser alérgica ao meu próprio bebê, não podendo nem ficar no mesmo ambiente que ele.

— Acha que vai abortar?

— Acho que, se não perder o bebê, posso ser obrigada a me livrar dele por minhas próprias mãos, ou enlouquecer. Mesmo que, por algum milagre, eu consiga dar à luz, nunca poderei respirar o mesmo ar que meu próprio filho, muito menos tocá-lo. E estou furiosa pelo bronco, pelo tosco do meu marido me deixar enfrentar isso sozinha. Não poderia, sei lá, *ter conversado* comigo a respeito? E ainda fica se fazendo de vítima e se embriagando. Ao passo que eu... — Lady Maccon se interrompeu. — É uma ótima ideia! Eu deveria fazer algo igualmente afrontoso.

Após essa afirmação, a francesa se inclinou e a beijou, com muita suavidade, na boca.

Não foi de todo desagradável, mas tampouco podia ser considerado o que se fazia na alta sociedade, mesmo entre amigas. Às vezes, a preternatural sentia que Madame Lefoux levava aquele lado francês de sua personalidade um pouco longe demais.

— Não era exatamente o que eu tinha em mente. Tem uma garrafa de conhaque?

A inventora sorriu.

— Acho que, talvez, esteja na hora de irmos dormir.

Lady Maccon se sentiu muito desgastada, como um tapete velho.

— Falar sobre os próprios sentimentos é exaustivo. Não sei se gosto de fazer isso.

— Sim, mas ajudou?

— Ainda odeio Conall e continuo querendo provar que está errado. Então, não, não creio que tenha ajudado.

— Mas sempre sentiu isso pelo seu marido, minha cara.

— É verdade. Tem certeza de que não tem conhaque?

★ ★ ★

Na manhã seguinte, o dirigível aterrissou na França sem maiores incidentes, por incrível que parecesse. Madame Lefoux animou-se bastante assim que o fizeram. Caminhou em passos leves e animados quando passaram pela prancha de desembarque, deixando para trás o dirigível, que oscilava contra as amarras. Os franceses, além da notável preferência pelos bigodes ridículos, tendiam a usar engenhocas bastante avançadas e estavam preparados para receber grande quantidade de bagagem. Colocaram as malas de La Diva Tarabotti e de Floote, bem como a bagagem de Madame Lefoux, em uma espécie de plataforma flutuante, mantida no alto por quatro balões enchidos com éter e puxados por um carregador desanimado. A francesa se envolveu em discussões intermináveis com diversos tripulantes, discussões essas que mais pareciam ser o método comum de conversa do que o efeito de uma genuína altercação. Pelo que Lady Maccon conseguiu entender, o que não foi muito, dada a rapidez do idioma, havia algumas complicações em relação à conta, às gorjetas e à complexidade de se solicitar um transporte àquela hora da manhã.

A francesa reconhecia que se tratava de um horário bastante inconveniente, mas não toleraria atraso algum em sua viagem. Conseguiu contratar um cocheiro jovem, de bigode especialmente prodigioso, que se aproximou dos três esfregando os olhos sonolentos. Com a bagagem no lugar e Lady Maccon, Madame Lefoux e Floote abrigados em segurança, o rapaz percorreu os cerca de vinte quilômetros até a estação, onde o grupo pegou o trem-correio para fazer a viagem de seis horas até Paris, passando por Amiens. A inventora prometeu, em um sussurro, que haveria alimentos a bordo. Infelizmente, as provisões deixaram muito a desejar. A preternatural se decepcionou; sempre ouvira falar tão bem da culinária francesa!

O grupo chegou ao final da tarde, e Lady Maccon, que nunca pisara em terra estrangeira, ficou desnorteada ao constatar como Paris parecia tão suja e apinhada de gente quanto Londres, sendo que repleta de construções mais impactantes e cavalheiros mais bigodudos. Os três não foram direto para a cidade. Apesar da necessidade premente de chá, pareceu-lhes mais importante lidar com a possibilidade de terem sido seguidos. Dirigiram-se à principal estação ferroviária da cidade, onde Floote fingiu comprar passagens. Depois, os três simularam pegar o próximo trem rumo a Madri. Entraram com estardalhaço de um lado do veículo, levando toda a bagagem, e então saíram em silêncio do outro lado, para pesar do resignado carregador, que foi amplamente recompensado pelo penoso trabalho. Em seguida, saíram pelos fundos da estação e entraram em uma carruagem grande, porém velha. Madame Lefoux mandou o cocheiro se dirigir a uma decadente e pequena relojoaria ao lado de uma padaria, no que aparentava ser, algo em si já chocante, o bairro dos comerciantes de Paris.

Ciente de que era uma fugitiva e não podia ser exigente, a preternatural seguiu a francesa rumo à lojinha. Ao observar o polvo de cobre acima da porta, não pôde deixar de titubear, apreensiva. Uma vez lá dentro, a curiosidade logo dissipou seus temores. Havia relógios, bem como dispositivos do gênero, de todos os tipos e tamanhos, espalhados pelo aposento. Infelizmente, Madame Lefoux passou depressa por ali, dirigindo-se a uma área nos fundos, onde subiu a escada que conduzia ao segundo andar. Assim chegaram, com pouquíssima pompa e circunstância, à pequena antessala do apartamento residencial que se situava sobre a loja.

Lady Maccon se viu cercada por um ambiente de decoração e personalidade tão inusitadas, que foi como se levasse um berro de um pudim de ameixa. Todos os móveis pareciam confortáveis e gastos, e os quadros nas paredes e as mesinhas eram de tons chamativos e alegres. Até mesmo o papel de parede era agradável. Ao contrário da Inglaterra — onde a cortesia para com o círculo de sobrenaturais prevalecia, dando lugar a decorações escuras, com cortinas pesadas —, aquele aposento era claro e bem iluminado. As janelas, com vista para a rua abaixo, foram deixadas abertas, para que os raios de sol penetrassem. O que mais pareceu acolhedor para Lady Maccon, porém, foi a miríade de engenhocas e dispositivos mecânicos espalhados pelo aposento. Ao contrário da câmara de invenções de Madame Lefoux, que não tinha outro objetivo além da produção, aquele lugar podia ser considerado um apartamento que também era usado como oficina. Havia instrumentos empilhados em cima de trabalhos de tricô inacabados e manivelas ligadas a recipientes de carvão. Era uma união entre a domesticidade e a tecnologia que a preternatural jamais vira.

Madame Lefoux deu um gritinho estranho, mas não saiu à procura dos moradores do lugar. Com a atitude de uma frequentadora assídua, ela se acomodou tranquilamente em um canapé macio. Lady Maccon, considerando fora do comum aquele comportamento de total familiaridade com o lugar, não se uniu a ela no início, mas, por causa do cansaço da longa viagem, acabou percebendo que não aguentaria fazer cerimônia por muito mais tempo. Floote, que jamais parecia se cansar, entrelaçou os dedos às costas e adotou sua pose favorita de mordomo, ao lado da porta.

— Puxa, Genevieve, minha querida, mas que prazer inesperado! — O senhor que entrou na sala combinava perfeitamente com o apartamento: melífluo, acolhedor e cheio de engenhocas. Usava um avental de couro cheio de bolsos, uns óculos verdes no nariz, lunóticos de metal dourado em cima da cabeça e um monóculo pendurado no pescoço. O relojoeiro, sem dúvida. Falava francês, mas felizmente bem mais devagar do que os compatriotas com os quais a preternatural lidara até aquele momento, permitindo que ela conseguisse acompanhar a conversa. — Está um pouco diferente? — O cavalheiro ajustou os óculos e observou Madame Lefoux por um instante. Pelo visto sem culpar o enorme bigode sobre o lábio superior da francesa, ele acrescentou: — Esse chapéu é novo?

— Gustave, você nunca muda, não é? Espero que não se importe com esta visita inesperada. — Madame Lefoux falou em inglês com o anfitrião do grupo, em consideração à presença de Lady Maccon e de Floote.

O senhor em questão começou a falar na língua pátria da preternatural com a familiaridade de quem fala a própria língua. Naquele instante, pareceu notar a presença de Lady Maccon e de Floote pela primeira vez.

— De forma alguma, de forma alguma, posso lhe assegurar. Adoro companhia. É sempre bem-vinda. — O tom de sua voz e o brilho em seus olhos sugeriam sua sinceridade no que tangia às sutilezas sociais. — E trouxe convidados! Que maravilha. Estou encantado, simplesmente encantado.

Madame Lefoux apresentou-os:

— Monsieur Floote e Madame Tarabotti, este é meu querido primo, Monsieur Trouvé.

O relojoeiro observou Floote com atenção e fez uma leve reverência, que o inglês retribuiu. Depois dele, a preternatural se tornou o alvo do exame de seus óculos.

— O Tarabotti em que estou pensando?

Lady Maccon não chegaria ao ponto de dizer que Monsieur Trouvé estava chocado, mas se mostrava mais do que complacente. Era difícil avaliar a verdadeira natureza de sua expressão, pois, além do bigode onipresente, exibia uma barba castanho-dourada de proporções tão épicas, que faria uma amoreira parecer pequena ao seu lado. Era como se o bigode tivesse se entusiasmado demais e, tomado por um espírito aventureiro, decidido conquistar as regiões meridionais do rosto com fúria de desbravador.

— A filha dele — respondeu Madame Lefoux.

— Sério? — O francês olhou para Floote, em busca de confirmação.

O inglês anuiu secamente — uma vez apenas.

— É tão ruim assim ser filha do meu pai? — perguntou-se Lady Maccon.

Monsieur Trouvé ergueu as sobrancelhas grossas, sorrindo. Um sorriso leve e tímido, quase invisível em meio à moita de sua barba.

— Suponho que não tenha conhecido seu pai? Não, claro, não poderia, certo? Impossível. Não se *é* a filha dele. — O relojoeiro fitou a francesa. — Ela é mesmo?

Madame Lefoux sorriu, mostrando as covinhas.

— Sem sombra de dúvida.

Monsieur Trouvé ergueu o monóculo e espiou a preternatural através dele e dos óculos.

— Extraordinário. Uma preternatural do sexo feminino. Nunca imaginei que veria isso. É uma honra recebê-la, Madame Tarabotti. Genevieve, você sempre me traz surpresas incríveis. E, junto com elas, confusões, mas, evidentemente, não vamos falar nisso agora, certo?

— Melhor que isso, primo. Ela está grávida. E o pai é um lobisomem. Que *tal*?

Lady Maccon lançou um olhar penetrante para a francesa. Elas não tinham tratado da questão de revelar detalhes pessoais, inclusive sobre seu estado constrangedor, a um relojoeiro francês!

— Preciso me sentar. — Monsieur Trouvé tateou às suas costas em busca de uma poltrona, e deixou-se cair nela. Respirou fundo e, em seguida, examinou a preternatural com mais interesse ainda. Ela se perguntou se ele colocaria os lunóticos, além dos óculos e do monóculo.

— Tem certeza?

Lady Maccon se irritou.

— Posso lhe assegurar. Certeza absoluta.

— Impressionante — disse o relojoeiro, ao que tudo indica, recobrando a compostura. — Não quis ofender, de forma alguma. A senhora é, como deve saber, uma maravilha da era moderna. — O monóculo foi erguido outra vez. — Embora não muito *parecida* com seu querido pai.

A preternatural deu um olhar de soslaio para Floote e, então, perguntou a Monsieur Trouvé:

— Há alguém que *não* tenha conhecido o meu pai?

— Ah, a maioria das pessoas não o conheceu. Ele achava melhor assim. Mas participava superficialmente do meu círculo, ou, melhor dizendo, do de meu pai. Estive com ele apenas uma vez, quando tinha seis anos. Lembro-me bem da ocasião, na verdade. — O relojoeiro voltou a sorrir. — Devo dizer que seu pai costumava causar impressão.

Lady Maccon ficou sem saber se aquele comentário continha ou não algum significado desagradável. Então, deu-se conta de que deveria ter. Considerando o pouco que sabia sobre o pai, uma questão mais adequada seria: a que aspecto desagradável ele estaria se referindo? Não obstante, ela estava morrendo de curiosidade.

— Círculo?

— A Ordem.

— O meu pai era inventor? — Aquilo surpreendeu Lady Maccon. Nunca tinha ouvido *nada parecido* sobre Alessandro Tarabotti. Todas as entradas no diário dele indicavam que era mais um destruidor que um criador. Além do mais, pelo que se sabia, os preternaturais não podiam inventar nada. Não tinham a imaginação e a alma imprescindíveis.

— Não, não. — Monsieur Trouvé acariciou a barba com dois dedos, pensativo. — Mais propriamente um cliente esporádico. Costumava fazer os pedidos mais estranhos. Eu lembro que o meu tio comentou uma vez que ele chegou a pedir um... — O relojoeiro olhou para a porta, ao que tudo indicava notando algo que o fez parar. — Ah, bom, não importa.

Lady Maccon deu uma olhada para averiguar o que levara aquele sujeito sociável a se calar. Porém, não havia nada ali, exceto Floote, impassível como sempre, mãos entrelaçadas às costas.

A preternatural olhou para Madame Lefoux, em um apelo mudo.

A francesa não a ajudou. Em vez disso, pediu licença para se retirar.

— Primo, que tal se eu fosse chamar Cansuse, para tomarmos chá?

— Chá? — O francês se mostrou surpreso. — Bom, se realmente desejam... Estou achando que passou tempo demais na Inglaterra, minha querida Genevieve. Diria que uma ocasião como esta pede vinho. Ou talvez conhaque. — Virou-se para Lady Maccon. — Melhor eu pegar o conhaque. Parece estar precisando de um estimulante, minha cara senhora.

— Não, obrigada. Chá está ótimo. — Na verdade, achara a ideia maravilhosa. Eles tinham perdido mais de uma hora encenando o falso embarque no trem e, embora a preternatural soubesse que valera a pena, seu estômago protestava por princípio. Desde o bebê-inconveniente, a comida se tornara uma preocupação ainda mais premente, de um jeito ou de outro. Ela sempre ponderara a respeito da alimentação por causa das medidas de sua cintura, mas, naqueles dias, boa parte de sua atenção se concentrava em onde havia, quando poderia consegui-la e, em ocasiões mais constrangedoras, se continuaria no seu estômago ou não. Outro detalhe pelo qual culpar Conall. *Quem diria que algo afetaria meus hábitos alimentares?*

Madame Lefoux se retirou. Fez-se um silêncio constrangedor, durante o qual o relojoeiro continuou a fitar Lady Maccon.

— Então — começou ela, com a voz hesitante —, seu parentesco com Genevieve vem de que lado da família?

— Ah, na verdade, não somos parentes. Ela e eu estudamos juntos na École des Arts et Métiers. Já ouviu falar? Claro que sim. Evidentemente, na época, *ela era ele*; a nossa Genevieve sempre preferiu se portar como um homem. — Houve uma pausa e as sobrancelhas grossas se abaixaram, enquanto ele pensava. — Ah-ha, eis aí a diferença! Ela está usando aquele

ridículo bigode postiço de novo. Fazia muito tempo. Devem estar viajando secretamente. Que divertido!

A preternatural se mostrou um tanto alarmada, sem saber se deveria contar àquele sujeito simpático sobre os perigos de um grupo vampiresco, que podia estar indo atrás deles.

— Não se preocupe, eu não ousaria me meter. Seja como for, ensinei a Genevieve tudo o que ela sabe a respeito de mecanismos de relógio. E de manutenção de bigodes, por sinal. E outras coisas importantes. — O relojoeiro torceu o próprio bigode monumental entre o indicador e o polegar.

Lady Maccon não entendeu bem o que ele quisera dizer. Mas foi salva por Madame Lefoux, que regressou naquele momento.

— Onde está a sua esposa? — perguntou a francesa ao anfitrião.

— Ah, sim, Hortense. Ela, hã, faleceu *de repente* no ano passado.

— Oh. — Madame Lefoux não se mostrou especialmente perturbada com a notícia, apenas surpresa. — Sinto muito.

Monsieur Trouvé deu de ombros.

— Hortense não era de fazer alarde. Pegou um resfriado discreto na Riviera e, quando dei por mim, tinha morrido.

Lady Maccon ficou sem saber o que pensar diante de tamanha indiferença.

— Minha esposa era um pouco parecida com um nabo.

A preternatural decidiu achar uma certa graça da sua falta de emoção.

— Como assim, um nabo?

O relojoeiro sorriu de novo. Ao que tudo indicava, já esperava a pergunta.

— Insípida, boa como acompanhamento, mas apetecível somente quando não havia nada melhor à disposição.

— Gustave, francamente! — Madame Lefoux fingiu estar chocada.

— Mas já chega de falar de mim. Conte-me mais sobre a senhora, Madame Tarabotti. — Ele mudou depressa de assunto, concentrando-se nela.

— O que mais gostaria de saber? — A preternatural queria lhe fazer mais perguntas sobre o pai, mas sentiu que a oportunidade passara.

— Tem o mesmo poder de um preternatural do sexo masculino? Consegue também anular o sobrenatural?

— Como nunca me encontrei com outro, sempre supus que sim.

— Então, diria que o toque físico ou a grande proximidade provoca uma reação imediata por parte da vítima?

Lady Maccon não gostou do termo "vítima", mas, como a descrição de suas habilidades fora bastante precisa, anuiu.

— O senhor nos estuda, Monsieur Trouvé? — Talvez pudesse ajudá-la com a complicada gravidez.

Ele meneou a cabeça, os olhos se enrugando em sinal de divertimento. A preternatural se deu conta de que não se importava com a abundância dos pelos no seu rosto, pois as expressões do relojoeiro concentravam-se em seu olhar.

— Oh, não, não. Estão muito fora da minha área de interesse.

Madame Lefoux lançou um olhar avaliador ao ex-colega de escola.

— Não, Gustave, as ciências etéreas nunca foram seu forte; não requerem parafernálias o bastante.

— Eu sou alvo de uma ciência etérea? — Lady Maccon ficou intrigada. Sua experiência de intelectual lhe dizia que o objeto de tais estudos eram as sutilezas da eteronáutica e das viagens supraoxigênicas, não os preternaturais.

Uma criada pequenina e tímida levou o chá, ou o que a inglesa supunha que se considerasse como sendo chá na França. Atrás dela vinha uma bandeja baixa, de rodinhas, com comida, que parecia, de algum modo, segui-la pelo apartamento. Um som familiar de perninhas mecânicas se fez ouvir. Quando a criada se inclinou para levantar a bandeja e colocá-la na mesa, a preternatural deixou escapar um grito involuntário de pavor. Inconsciente de suas habilidades atléticas até aquele momento, ela deu um salto, pulando sobre o sofá e escondendo-se atrás dele.

No papel de lacaia na farsa francesa desta noite, pensou Lady Maccon, mantendo o humor, apesar do sobressalto, *temos uma joaninha mecânica homicida*.

— Valha-me Deus, Madame Tarabotti, está bem?

— Joaninha! — conseguiu bradar ela.

— Ah, sim, um protótipo de uma encomenda recente.
— Quer dizer que ela não está tentando me matar?
— Madame Tarabotti, posso lhe assegurar que, em minha própria casa, eu não seria tão grosseiro a ponto de assassinar alguém com uma joaninha.

A preternatural saiu de trás do sofá, cautelosa, e se aproximou, observando atentamente o besouro mecânico, que, totalmente alheio ao palpitar de seu coração, avançava atrás da criada, rumo ao corredor.

— Obra sua, suponho?
— Sim. — O francês observou com orgulho o besouro em retirada.
— Eu já tive de enfrentar uma dessas.

Madame Lefoux lançou um olhar acusador a Monsieur Trouvé.

— Primo, achei que preferia não projetar armas!
— E prefiro! Devo dizer que a insinuação me ofende.
— Bom, os vampiros as transformaram em armas — explicou Lady Maccon. — Tive de combater um enxame inteiro de joaninhas assassinas, enviadas para me espetar em uma carruagem. As antenas que a sua usava para carregar a bandeja foram substituídas por seringas.
— E uma delas explodiu quando tentei examiná-la — acrescentou Madame Lefoux.
— Que horror! — Monsieur Trouvé franziu o cenho. — Modificações engenhosas, claro, mas não minhas, posso lhes garantir. Sinto muito, madame. Parece que esse tipo de coisa sempre acontece quando se lida com vampiros. Embora seja difícil recusar clientes tão regulares e bons pagadores.
— Pode revelar o nome de seu cliente, primo?

Ele franziu as sobrancelhas de novo.

— Um sujeito norte-americano. Sr. Beauregard. Já ouviu falar nele?
— Parece um pseudônimo — sugeriu Lady Maccon.

Madame Lefoux assentiu.

— Infelizmente, o uso de representantes nesta parte do mundo é bastante comum. Ele deve ter apagado todas as pistas, a esta altura.

A preternatural deixou escapar um suspiro abatido.

— Ah, joaninhas letais são coisas da vida, Monsieur Trouvé. Eu entendo. Pode ajudar a acalmar meus nervos com chá, talvez?

— Pois não, Madame Tarabotti. Certamente.

Apesar de realmente haver chá, de qualidade medíocre, a atenção da preternatural se concentrou na comida oferecida. Havia porções de verduras cruas — cruas! — e uma espécie de carne gelatinosa prensada com biscoitinhos integrais, que pareciam nozes. Não havia nada doce. Lady Maccon observou desconfiada toda aquela seleção. Não obstante, quando pegou uma pequena porção para provar, achou tudo muito gostoso, exceto o chá, que estava tão insípido quanto aparentara no início.

O relojoeiro beliscou a comida, sem fazer libações, e comentou que o chá seria mais gostoso se fosse servido frio, com gelo. Se algum dia deixasse de ser tão caro, evidentemente. Após tal declaração, a preternatural perdeu as esperanças em relação a Monsieur Trouvé e sua integridade moral.

O francês continuou a conversar com Madame Lefoux, como se nunca tivessem sido interrompidos.

— Muito pelo contrário, minha cara Genevieve, o meu interesse pelo fenômeno etéreo é tal, que acompanho as publicações italianas atuais acerca do assunto. Diferentemente das teorias norte-americanas e inglesas sobre as naturezas morais volúveis, os transtornos sanguíneos e os temperamentos agitados, as sociedades de pesquisa italianas consideram agora que as almas estão conectadas ao processamento dermatológico correto de éter ambiente.

— Ah, francamente, que absurdo! — Lady Maccon não se impressionou. Pelo visto, o bebê-inconveniente tampouco se impressionara muito com as verduras cruas. Ela parou de comer e pôs a mão na barriga. Maldito troço importuno! Não podia deixá-la em paz sequer por uma refeição?

Floote, antes concentrado na própria alimentação, foi até ela, preocupado. Lady Maccon balançou a cabeça para ele.

— Ah, aprecia literatura científica, Madame Tarabotti?

A preternatural inclinou a cabeça.

— Bom — prosseguiu o inventor —, pode lhe parecer absurdo, mas acredito que algumas ideias têm o seu mérito. Uma das mais importantes sendo que esta teoria específica interrompeu as vivissecções de cobaias sobrenaturais por parte dos templários.

— O senhor é progressista? — Lady Maccon se mostrou surpresa.

— Tento não me meter em política. Não obstante, creio que a Inglaterra fez bem ao aceitar abertamente os sobrenaturais. Isso não quer dizer que eu aprove. Mas fazer com que eles se escondam tem suas desvantagens. Adoraria ter acesso às investigações científicas dos vampiros, por exemplo, e ao que sabem sobre relógios! Tampouco acredito que devam ser caçados e tratados como animais, à maneira italiana.

A salinha em que estavam adquiriu um belo tom dourado, conforme o sol se punha sobre os telhados parisienses.

O relojoeiro fez uma pausa, ao notar a mudança.

— Ora, ora, estamos conversando há bastante tempo. Devem estar exaustos. Vão pernoitar aqui, naturalmente?

— Se não for incômodo, primo.

— De modo algum. Desde que perdoem as acomodações, pois serão bem apertadas. Receio que as senhoras tenham de dormir num beliche.

Lady Maccon lançou um olhar avaliador a Madame Lefoux. A francesa deixara suas preferências e seu interesse bem claros.

— Creio que minha virtude estará segura.

A expressão de Floote deixou transparecer sua vontade de protestar.

A preternatural observou-o com curiosidade. Não era possível que o ex-criado pessoal do pai fosse tão puritano em relação às questões do corpo. Era? Ele tinha ideias bastante rigorosas quanto ao comportamento em público e à discrição no trajar, porém jamais criticara o comportamento privado inadequado da incontrolável alcateia de lobisomens do Castelo de Woolsey. Por outro lado, jamais fora muito chegado a Lorde Akeldama. Lady Maccon franziu levemente o cenho, olhando para Floote, que a fitou de forma inexpressiva.

Será que ainda desconfiava de Madame Lefoux, por algum outro motivo?

Como ficar ponderando a respeito não resolveria nada, e conversar com Floote — ou, mais precisamente, *dizer algo a* ele — nunca fazia diferença, a preternatural passou depressa pelo criado e seguiu Monsieur Trouvé pelo corredor, rumo a um quarto minúsculo.

Lady Maccon trocara de roupa e colocara um vestido de visita em tafetá vinho. Estava tirando uma soneca antes do jantar, quando foi acordada por uma tremenda barulheira. Parecia vir da relojoaria, no térreo.

— Ah, com mil diabos, o que será agora?

Pegando a sombrinha e a pasta, ela irrompeu no corredor. Estava bastante escuro, pois as luzes do apartamento ainda não haviam sido acesas. Um brilho aconchegante vinha da lojinha no andar de baixo.

A preternatural esbarrou em Floote perto da escada.

— Madame Lefoux e Monsieur Trouvé ficaram conversando sobre relógios, enquanto a senhora descansava — informou-lhe em voz baixa.

— Não é possível que *isso* explique tamanha comoção.

Um barulho de algo quebrado ressoou na porta da frente. Ao contrário de Londres, as lojas parisienses não ficavam abertas até tarde, para atender aos lobisomens e aos vampiros. Fechavam antes do pôr do sol, e eram trancafiadas para evitar quaisquer clientes sobrenaturais.

Lady Maccon e Floote desceram a escada saltando degraus — ao menos, o tanto quanto uma grávida e um sujeito com aspecto de mordomo distinto podiam *saltar*. Assim que ela entrou na relojoaria, quatro vampiros enormes fizeram o mesmo, pela porta agora quebrada. Estavam com as presas à mostra, e não pareciam dispostos a se apresentar formalmente.

Capítulo 7

O problema com os vampiros

O problema com os vampiros, pensou o professor Lyall, limpando os lunóticos com o lenço, era serem obcecados por detalhes. Gostavam de manipular as situações, e, quando as coisas não saíam conforme o planejado, perdiam todo o refinamento e não sabiam se adaptar ao caos resultante. Em consequência, entravam em pânico e recorriam a uma linha de ação que nunca terminava com a elegância esperada no início.

— Onde está o nosso ilustre Alfa? — perguntou Hemming, sentando-se à mesa e se servindo de um arenque defumado e várias fatias de presunto. Era hora do jantar para a maioria das pessoas, mas, para os lobisomens, do café da manhã. E, como não se serviam cavalheiros pela manhã, os criados simplesmente disponibilizavam pilhas de carne e deixavam os integrantes da alcateia e os zeladores se servirem.

— Na cela, onde passou o dia inteiro, ficando sóbrio. Encheu tanto a cara ontem à noite que se transformou em lobisomem. O calabouço pareceu o melhor lugar para ele.

— Arre!

— É isso que as mulheres fazem com os homens. Melhor evitá-las, se quer saber minha opinião. — Adelphus Bluebutton entrou, seguido um pouco depois por Rafe e Phelan, dois dos integrantes mais jovens da alcateia.

Ulric, que mastigava ruidosamente uma costeleta do outro lado da mesa, ergueu os olhos.

— Ninguém lhe perguntou. Ninguém tem dúvidas quanto às suas preferências.

— Alguns de nós somos menos bitolados do que outros.

— Mais oportunistas, quer dizer.

— Eu me entedio com facilidade.

Todo mundo estava de mau humor — era aquela época do mês.

O professor Lyall terminou calmamente de limpar os lunóticos e colocou-os. Olhou para a alcateia com as lentes de aumento.

— Senhores, posso sugerir que deixem o debate sobre preferências para sua própria turma? Certamente não foi por isso que convoquei uma reunião esta noite.

— Sim, senhor.

— Repararam que os zeladores não foram convidados?

Ao seu redor, todos os cavalheiros imortais anuíram. Sabiam que aquilo significava que o professor Lyall queria tratar de um assunto importante apenas com a alcateia. Em geral, os zeladores participavam de tudo. Viver com várias dezenas de, em sua maioria, atores desempregados, fazia isso com a vida privada do sujeito: tornava-a consideravelmente menos privada.

Todos os lobisomens sentados à enorme mesa de jantar inclinaram as cabeças, para expor os pescoços ao Beta.

O professor Lyall, vendo que contava com a total atenção de todos, deu início à reunião.

— Considerando que o nosso Alfa iniciou uma nova e ilustre carreira como besta quadrada, precisamos nos preparar para o pior. Quero que dois de vocês deixem de lado suas tarefas militares para nos ajudar a lidar com o volume de trabalho extra no DAS.

Ninguém questionou o direito do professor Lyall de mudar o *status quo*. Em algum momento, todos os integrantes da Alcateia de Woolsey tinham desafiado Randolph Lyall. E descoberto os danos inerentes a tal empreitada. Haviam-se, portanto, aquietado, cientes de que um bom Beta era tão valioso quanto um bom Alfa, e era melhor se darem por satisfeitos por contarem com ambos. Embora, claro, naquele momento Lorde Maccon tivesse perdido a cabeça. E a reputação da alcateia, a principal da Inglaterra, precisava ser defendida o tempo todo.

O professor Lyall prosseguiu:

— Ulric e Phelan, melhor que sejam vocês dois. Já lidaram antes com os procedimentos operacionais e a documentação do DAS. Adelphus, você ficará a cargo das negociações militares e tomará as devidas providências para compensar a ausência de Channing.

— Ele está embriagado, também? — quis saber um dos mais jovens.

— Hum. Não. Desaparecido. Channing não chegou a revelar a nenhum de *vocês* aonde ia, chegou?

Fez-se silêncio, interrompido apenas pelo ruído da mastigação.

O professor Lyall ajeitou os lunóticos no alto do nariz e olhou para sua xícara de chá.

— Não. Eu já imaginava. Pois bem. Adelphus, comunique-se com o regimento e convença-os a ceder a patente de Channing temporariamente ao oficial mais qualificado. Na certa, terá de ser um mortal. — Ele observou Adelphus, um tenente tão vaidoso das próprias habilidades quanto desdenhoso em relação às dos outros. Na verdade, tinha cinquenta anos de experiência a mais que a maioria, porém o protocolo militar precisava ser seguido. — Vocês continuarão a obedecer às ordens dele como fariam com relação a qualquer oficial superior sobrenatural. Estamos entendidos? Se houver qualquer problema por uso inadequado das habilidades da alcateia ou risco excessivo devido a preconceito contra imortais, devem vir falar direto comigo. Nada de duelos, Adelphus, nem mesmo sob as circunstâncias mais difíceis. Isso vale para todos vocês, também.

O Beta tirou os lunóticos e lançou aos presentes um olhar penetrante.

— Duelos demais acabam destruindo a reputação de uma alcateia. Alguma pergunta?

Ninguém tinha. O próprio professor Lyall era tenente-coronel da Guarda Coldsteam, porém, nos últimos cinquenta anos, quase não tivera oportunidades de servir. Começava a se arrepender de não manter uma presença mais marcante no regimento e de deixar suas obrigações no DAS suplantarem as militares. Mas mesmo ele, um sujeito muito prudente, não se preparara para a eventualidade de o regimento estar ali e tanto Lorde Maccon quanto o major Channing, a rigor, *não*.

Ele permitiu que a alcateia terminasse a refeição sem ser interrompida. Eles estavam nervosos e um tanto inquietos. Somente com sua presença, Lorde Maccon os mantinha dóceis. O professor Lyall podia lutar contra cada um deles individualmente, porém não tinha carisma para controlá-los em massa, e, se o Alfa continuasse ébrio, poderiam facilmente surgir problemas tanto dentro quanto fora da alcateia. Ou isso, ou o formol da Inglaterra iria se esgotar.

Quando os cavalheiros terminavam de comer, uma batida leve ressoou na porta fechada. O professor Lyall franziu o cenho: deixara ordens específicas para que não fossem interrompidos.

— Sim?

A porta se abriu, rangendo, e um Rumpet de semblante apreensivíssimo entrou, com uma bandeja de metal e um cartão em cima dela.

— Perdão, professor Lyall — apressou-se em dizer o mordomo. — Sei que disse apenas em caso de emergência, mas os zeladores não sabem o que fazer, e os criados estão alvoroçados.

O Beta pegou o cartão e leu-o.

Sandalius Ulf, advogado. Doutores Ulf, Ulf, Wrendofflip & Ulf. Topsham, Devonshire. Abaixo, em letras diminutas, havia duas palavras adicionais impressas: *Lobo solitário*.

O Beta virou o cartão. Atrás haviam escrito com o meio apropriado — sangue — a frase fatídica: *Indique seu padrinho*.

— Ah, era só o que faltava! — O professor Lyall revirou os olhos. E tinha tomado um imenso cuidado com o traje da noite. — Diabos.

O Beta passara boa parte de sua vida de lobisomem evitando se tornar Alfa. Não apenas seu temperamento não era adequado à posição, como também não tinha vontade de lidar com aquela responsabilidade física, além do fato de não ser capaz de adotar a Forma de Anúbis. Os Alfas tinham, conforme ele observara ao longo dos séculos, uma vida bastante curta, para imortais. A atitude cautelosa do professor Lyall em relação às brigas lhe fora muito útil. O problema com a sua atual situação era que, mesmo sem querer, gostava bastante daquele Alfa e não se sujeitaria a uma mudança de comando. O que significava que, quando lobos solitários pretensiosos vinham a Woolsey para lutar pelo direito de liderar a alcateia

mais poderosa da Inglaterra porque, segundo os boatos, o Alfa estava incapacitado, o professor Lyall só tinha uma coisa a fazer — lutar por Lorde Maccon.

— Tenente Bluebutton, pode me acompanhar?

Um dos integrantes mais fortes e experientes da alcateia protestou:

— *Eu* não deveria ser o Gama, no lugar de Channing?

— Considerando que o regimento continua aqui, é melhor que seja alguém com posto oficial.

O Beta precisava manter o apoio militar e, com o sumiço do Gama, isso poderia acabar sendo difícil. O major Channing podia ser um pé nas proverbiais partes baixas como companheiro de alcateia, mas era um ótimo oficial, com reputação de briguento, respeitado tanto pelos soldados quanto pelos demais colegas de alta patente. Sem ele como padrinho, o professor Lyall precisaria que outro oficial exercesse o papel para que a alcateia mostrasse estar unida ao regimento, caso ele precisasse levar soldados para apoiar Woolsey, como último recurso. Era, de fato, uma péssima ideia usar as Forças Armadas de Sua Majestade para evitar que um golpe depusesse o Alfa. Os lobisomens tinham cumprido os contratos militares com dedicação desde que a Rainha Elizabeth os integrara, mas sempre se esforçavam para manter à parte o protocolo da alcateia. Não obstante, o professor Lyall era um sujeito engenhoso e convocaria a Guarda Coldsteam caso fosse necessário.

Como Hemming não era Beta, continuou a protestar:

— Sim, mas...

— Já está decidido. — O professor Lyall arrematou o seu chá, levantou-se, mandou que Adelphus o acompanhasse e foi até o vestiário.

Lá, ambos os cavalheiros se despiram e colocaram longos sobretudos de lã antes de sair pela porta da frente, onde uma empolgada multidão de zeladores e criados aguardava no frio da noite.

O professor Lyall farejou o lobo solitário antes mesmo de vê-lo. O cheiro do desafiador era diferente da Alcateia de Woolsey e não apresentava nem uma relação distante. Não se notava sua linhagem, o que levou o Beta a torcer o nariz.

O segundo no comando de Woolsey foi saudá-lo.

— Sr. Ulf? Como vai?

O lobisomem olhou para o Beta com desconfiança.

— Lorde Maccon?

— Professor Lyall — informou ele. E, em seguida, para deixar tudo claro desde o início: — Esse será meu padrinho, o tenente Bluebutton.

O lobo solitário pareceu ofendido. No entanto, o Beta notou, pelo cheiro do sujeito, que era pura encenação. O desconhecido não estava nem aborrecido nem nervoso por ter de enfrentar o professor Lyall, em vez de Lorde Maccon. Não esperara que o conde pudesse aceitar seu desafio. Já sabia de seu atual estado.

O professor Lyall torceu os lábios. Odiava advogados.

— O Alfa nem mesmo acusará o recebimento de meu desafio? — A pergunta do sr. Ulf era arguta. — Conheço o senhor por causa de sua reputação, professor Lyall, mas por que o próprio Lorde Maccon não veio me receber?

O Beta nem se deu ao trabalho de responder.

— Vamos continuar?

Ele levou o desafiador aos fundos do castelo, ao vasto alpendre de pedra em que a alcateia costumava treinar suas lutas. Havia uma grande quantidade de barracas de lona branca, das Forças Armadas, espalhadas pelo amplo gramado inclinado do jardim bem cuidado de Woolsey, naquele momento claramente visíveis sob a lua quase cheia. O regimento costumava acampar na parte da frente de Woolsey, porém Lady Maccon se enervara com sua presença e insistira que fossem para os fundos. Eles deviam partir para o aquartelamento de inverno dentro de uma semana mais ou menos, depois de acampar no castelo apenas em prol da unidade da alcateia. Tendo trocado as amabilidades de praxe, quase todos estavam prontos para seguir adiante.

O restante da Alcateia de Woolsey foi atrás dos três sujeitos, seguidos por uma meia dúzia de zeladores. Rafe e Phelan pareciam exaustos, e o Beta suspeitava que teria de insistir para que fossem se trancar no calabouço em breve, antes do início do pandemônio provocado pela lua. Curiosos, alguns dos oficiais deixaram suas fogueiras de acampamento, pegaram lampiões e se aproximaram para ver o que a alcateia aprontava.

O professor Lyall e o sr. Ulf tiraram as roupas e ficaram nus, diante de todos. Os presentes se mantiveram quietos, exceto por uma vaia e alguns assobios. Os militares estavam acostumados com as transformações de lobisomens e a indecência que as precedia.

O Beta era mais velho do que gostava de admitir e, se não ficava à vontade com a mudança de forma, ao menos aprendera a controlar o bastante sua própria sensibilidade a ponto de não demonstrar o quão doloroso era o processo. E *sempre* era doloroso. Os ruídos da transmutação de homem a lobisomem viravam os de ossos se quebrando, músculos se dilacerando, carne se transformando em um fluido viscoso, e, infelizmente, isso também era o que se sentia. Os lobisomens chamavam seu tipo específico de imortalidade de maldição. Toda vez que se transformava, o professor Lyall se perguntava se não era verdade e se os vampiros não desfrutavam de uma opção melhor. É verdade que podiam ser mortos pela luz do sol e que precisavam ir de um lado para outro atrás do sangue das pessoas, mas o faziam com conforto e estilo. No fundo, ser lobisomem, com as questões da nudez e da tirania da lua, era algo essencialmente humilhante. E o Beta apreciava bastante a sua dignidade.

Se indagado, o grupo ao redor reconheceria que, se havia alguém a se transmutar de homem a lobisomem com dignidade, era o professor Lyall. Ele deixava o regimento orgulhoso e todos sabiam disso. Os militares tinham visto seus colegas de Alcateia de Woolsey se transformarem tanto dentro quanto fora do campo de batalha, porém nenhum o fazia com a agilidade e tranquilidade do Beta. Todos começaram a aplaudir espontaneamente quando ele terminou.

O lobo menor, cor de areia e quase vulpino, agora parado no ponto onde estivera o professor Lyall, meneou de leve a cabeça, em um agradecimento constrangido pelos aplausos.

A transmutação do desafiador não fora nem de longe tão elegante. Ocorreu com muita lamúria e vários gemidos de dor; porém, quando terminada, o lobisomem negro que surgiu era bem maior que o professor Lyall. O Beta da Alcateia de Woolsey nem se preocupou com a diferença de tamanho. A *maioria* dos lobisomens era bem maior que ele.

Quando o desafiador atacou, o professor Lyall já se movia, girando para sair do caminho e avançar depressa para a garganta do outro. Havia muito o que fazer no DAS, e ele queria acabar logo com aquela luta.

Acontece que o lobo solitário era um lutador esperto, ágil e competente. Evitou o contra-ataque do Beta, e ambos se rodearam com cautela, percebendo que talvez tivessem subestimado um ao outro.

Os homens ao redor se aproximaram, formando um círculo de corpos em torno dos dois. Os soldados insultavam o desafiador, os oficiais o vaiavam e a alcateia se mantinha calada, observando com atenção, de olhos arregalados.

O lobo solitário atacou o professor Lyall, tentando abocanhá-lo. O Beta se esquivou. O desafiador escorregou de leve nas pedras do calçamento, as garras provocaram um som arranhado medonho enquanto ele tentava parar. Tirando proveito da deslizada, o professor Lyall saltou em cima dele, atingindo-o no flanco com força o bastante para jogá-lo de lado. Os dois lobisomens rolaram juntos, esbarrando nas canelas dos que os instigavam. O Beta sentiu as garras do outro lobisomem dilacerarem seu baixo-ventre, conforme mordia com violência o pescoço do advogado.

Era aquilo que ele detestava com relação às lutas. Fazia uma sujeira tremenda. O professor Lyall não se importava com a dor, pois tudo cicatrizaria depressa. Mas sangrava por todo o pelo impecável, e o sangue do desafiador escorria por seu focinho, manchando a faixa de pelos brancos de seu pescoço. Mesmo quando transformado em lobisomem, o Beta não gostava de ficar emporcalhado.

O sangue continuava a escorrer, e pedaços de pelo voavam das pernas traseiras do desafiador em tufos brancos; os rosnados ecoavam intensamente. O cheiro úmido e forte de sangue jorrando fez os integrantes da alcateia franzirem os focinhos, com interesse. O professor Lyall não gostava de jogar sujo, mas, naquela situação, pensou em atacar o globo ocular do oponente. Então, deu-se conta de que algo perturbava a multidão.

O círculo apertado de corpos começara a se ondular e, então, dois integrantes da alcateia foram jogados com violência para o lado, e Lorde Maccon apareceu.

Estava nu, como estivera o dia inteiro, mas, sob a luz do luar, parecia desgrenhado e feroz. A julgar pelo seu leve cambaleio, ou um dia passado a seco no calabouço não eliminara de todo o formol de seu organismo, ou ele conseguira mais. O Beta teria de dar uma palavrinha com o zelador que fora convencido a deixar o conde sair da cela.

Apesar da presença de seu amo e senhor, o professor Lyall estava no meio de uma luta e não se deixou distrair.

— Randolph! — vociferou o Alfa. — O que está fazendo? Odeia lutar. Pare já com isso.

O Beta ignorou-o.

Até Lorde Maccon se transformar.

O conde era grandalhão e, quando se transmutava, ficava enorme até para um lobisomem, e o fazia ruidosamente. Não que demonstrasse sua dor — era orgulhoso demais para tanto —, mas, de tão hercúleos, seus ossos se partiam de forma barulhenta. Ele surgiu após a transformação como um lobisomem de pelagem castanho-escura, rajada de negro, dourado e creme, e olhos amarelo-claros. Lorde Maccon saltou até a área em que o Beta continuava a se engalfinhar com o desafiador; em seguida, cravou a bocarra no pescoço do professor Lyall e o puxou, jogando-o para o lado num gesto de desdém.

O professor Lyall sabia o que era bom para si e se meteu no meio da multidão, deixando-se cair de barriga ensanguentada para baixo e com a língua de fora, ofegante. Se um Alfa queria fazer papel de idiota, a certa altura nem o melhor Beta podia impedi-lo. Mas o professor Lyall se manteve na forma de lobisomem, por via das dúvidas. Disfarçadamente, lambeu o contorno branco do pescoço, como um gato, para limpar o sangue.

Lorde Maccon se lançou contra o lobo solitário, abrindo e fechando os maxilares gigantescos.

O desafiador esquivou-se, com um brilho de pânico nos olhos amarelados. Ele achara que não teria de lutar com o conde; aquele não fora seu plano.

O professor Lyall podia farejar o pavor do advogado.

Lorde Maccon se virou e foi atrás do desafiador de novo, mas, então, tropeçou no próprio pé, cambaleou para um lado e caiu com toda força em cima de um dos ombros.

Sem dúvida alguma ainda está bêbado, pensou o professor Lyall, resignado.

O lobo solitário aproveitou a oportunidade e se lançou sobre o pescoço do conde. Naquele mesmo instante, o Alfa sacudiu a cabeça violentamente, como que para clarear as ideias. Os crânios enormes de ambos se chocaram.

O advogado recuou, atordoado.

Lorde Maccon, ainda desnorteado, não se deu conta da topada e cambaleou em direção ao inimigo com muita determinação. Em geral um lutador rápido e eficiente, ele andou tranquilamente em direção ao adversário confuso e esperou um longo segundo antes de abaixar os olhos para fitá-lo, como se tentasse lembrar o quê, exatamente, estava acontecendo. Então, avançou e mordeu o focinho do desafiador.

O lobo caído gritou de dor.

O conde soltou-o, surpreso e confuso, como se chocado por ver sua refeição berrando. O advogado levantou-se, trôpego.

Lorde Maccon balançou a cabeça de um lado para outro, uma atitude que o desafiador achou desconcertante. O adversário se sentou, mantendo as patas dianteiras estendidas à sua frente. O professor Lyall não sabia ao certo se estava fazendo uma reverência ou se pretendia dar o bote. O lobo solitário não teve chance de optar nem por uma nem por outra, pois o conde cambaleou de novo e, na tentativa de recuperar o equilíbrio, deu um salto à frente, vindo a cair solidamente em cima do desafiador, com um baque surdo.

Quase como se fosse uma ideia tardia, Lorde Maccon ergueu o pescoço e cravou os dentes ultralongos e ultraletais no alto da cabeça do lobo solitário — atingindo, por conveniência, um dos olhos e ambas as orelhas.

Como os lobisomens eram imortais e difíceis de matar, as lutas resultantes de desafios podiam durar dias. Mas se costumava considerar uma mordida nos olhos uma vitória incontestável. Ela levaria no mínimo quarenta e oito horas para cicatrizar de forma adequada, e um lobisomem cego, imortal ou não, *podia* ser morto nesse ínterim, simplesmente por estar em tamanha desvantagem.

Assim que os dentes atingiram o alvo, o lobo solitário ganiu de dor, retorcendo-se até ficar de costas e mostrar a barriga para o conde, em sinal de submissão. Lorde Maccon, com o corpo ainda sobre metade do corpo do infeliz sujeito, saiu cambaleante de cima dele, cuspindo e espirrando por causa do sabor viscoso do olho e da cera de ouvido. Os lobisomens gostavam de carne fresca — precisavam dela, na verdade, para sobreviver —, mas a de sua própria raça não tinha gosto agradável. Podia não ter um sabor tão pútrido quanto a dos vampiros, mas, ainda assim, parecia rançosa e passada.

O professor Lyall se levantou e se alongou, a ponta do rabo tremulando. Talvez, pensou ele, ao trotar rumo ao vestiário, essa luta tivesse um efeito positivo: deixar claro publicamente que Lorde Maccon ainda podia derrotar um desafiador, mesmo embriagado. O restante da alcateia podia se encarregar de limpar a sujeira. Agora que a questão fora resolvida, o Beta precisava resolver alguns assuntos. Ele parou no vestiário. Talvez fosse melhor ir correndo para Londres na forma de lobisomem, já que estava com a pelagem e sua vestimenta para aquela noite fora amassada irremediavelmente. O professor Lyall *tinha de* fazer o Alfa voltar ao bom caminho — o comportamento dele já afetava seus próprios trajes. O Beta compreendia que ele estava com o coração partido, porém isso não era motivo para que suas camisas impecáveis ficassem amassadas.

O problema com os vampiros, pensou Alexia Tarabotti, *era serem rápidos e fortes*. Não tão poderosos quanto os lobisomens; porém, naquele caso específico, ela não contava com os lupinos lutando ao seu lado — *que Conall explodisse nos ares das três atmosferas* —, o que dava grande vantagem aos sanguessugas.

— Tudo porque o meu marido é um energúmeno completo — queixou-se a preternatural. — Eu não estaria nesta situação se não fosse por ele.

Floote lançou-lhe um olhar irritado, parecendo achar que aquele não era o momento para queixas conjugais.

Lady Maccon entendeu perfeitamente.

Monsieur Trouvé e Madame Lefoux, interrompidos durante uma discussão minuciosa sobre cucos acionados por mola, contornavam um pequeno balcão de trabalho. A francesa tirou um alfinete de madeira afiado do plastrom com uma das mãos e apontou a outra, em punho, para os invasores. No pulso desta havia um relógio enorme, que na certa não era um. O relojoeiro, à falta de uma arma mais adequada, pegou um cuco embutido numa caixa de mogno e madrepérola e a brandiu de forma ameaçadora.

— *Cu-cô!* — Foi o som que saiu do relógio. A preternatural ficou impressionada por até mesmo um artefato diminuto como aquele soar inexplicavelmente francês, naquele país.

Lady Maccon pressionou a pétala de lótus apropriada, e a ponta da sombrinha se abriu, deixando à mostra o lançador de dardos. Infelizmente, Madame Lefoux o projetara para fazer apenas três lançamentos, e havia quatro vampiros. Além disso, a preternatural não lembrava se a inventora lhe dissera que o sonífero surtia efeito nos sobrenaturais. Mas era o único projétil de seu arsenal, e ela concluiu que todas as grandes batalhas começavam com um ataque aéreo.

Madame Lefoux e Monsieur Trouvé se uniram a Lady Maccon e Floote ao pé da escada e confrontaram os vampiros, que tinham desacelerado o ataque frenético e avançavam em passos ameaçadores, como gatos seguindo barbantes puxados.

— Como conseguiram me encontrar tão depressa? — A preternatural apontou o lançador.

— Então estão atrás da *senhora*? Bom, não chega a surpreender. — O relojoeiro olhou de relance para Lady Maccon.

— Estão. Muito inconveniente da parte deles.

Monsieur Trouvé deixou escapar uma sonora gargalhada.

— Bem que eu disse que você sempre me trazia surpresas agradáveis e, junto com elas, confusões, não foi mesmo, Genevieve? *Em qual* me meteu desta vez?

Madame Lefoux explicou:

— Sinto muito, Gustave. Devíamos ter lhe contado antes. Os vampiros londrinos querem assassinar Alexia e, pelo visto, transmitiram essa vontade para as colmeias parisienses.

— Imagine só! Que divertido. — O relojoeiro não pareceu aborrecido, comportando-se mais como um homem prestes a cair na farra.

Os vampiros se aproximaram mais.

— Com licença, será que não podemos conversar sobre isto como seres civilizados? — Lady Maccon, adepta às formalidades e cortesias, apoiava as negociações, sempre que possível.

Nenhum dos vampiros atendeu ao seu pedido.

Madame Lefoux tentou fazer a mesma pergunta em francês.

Inutilmente.

Aquela atitude lhe pareceu extremamente grosseira. O mínimo que podiam fazer era responder com um "Não, agora só queremos cometer assassinatos, mas muito obrigado pela oferta". Lady Maccon compensara, até certo ponto, a ausência de alma por meio do uso abundante de boas maneiras. Era como usar um traje composto apenas de acessórios, mas ela acreditava que a conduta adequada nunca fazia mal. E aqueles vampiros se comportavam de forma *totalmente* inadequada.

Havia inúmeros balcões e vitrines na relojoaria entre os vampiros e o trio de defensores da preternatural. A maior parte das superfícies estava coberta de relógios desmontados de um estilo ou outro. Assim sendo, seria de esperar que um dos recém-chegados, na certa intencionalmente — dada a graça e elegância da espécie —, derrubasse uma pilha no chão.

Monsieur Trouvé teve uma reação inesperada a tal ocorrência.

Ele rosnou de raiva e atirou o cuco que segurava em cima do vampiro.

— *Cu-cô!* — trinou o relógio, em pleno voo.

Então, o relojoeiro pôs-se a gritar.

— Aquele era um protótipo de relógio atmos com condutor duplo de éter regulador! Uma invenção pioneira e totalmente insubstituível!

O cuco atingiu o vampiro transversalmente, assustando-o de forma considerável. O estrago foi mínimo, e o aparelho caiu no chão com um triste "*Cu-côôôôô!*".

Lady Maccon concluiu que era um bom momento para começar a atirar. E foi o que fez.

O dardo envenenado sibilou durante o voo, atingindo um dos vampiros no meio do peito, e ali ficou. Ele olhou para o objeto, em seguida para a preternatural com uma expressão profundamente ofendida e, então, caiu inerte no chão, como um fio de macarrão cozido demais.

— Boa pontaria, mas isso não vai contê-lo por muito tempo — disse Madame Lefoux, que devia saber. — Os sobrenaturais conseguem processar o sonífero mais rápido que os mortais.

Lady Maccon armou a sombrinha, para lançar mais um dardo. Outro vampiro desfaleceu, mas o primeiro já começava a tentar se levantar, meio zonzo.

Então, os dois restantes os alcançaram.

Madame Lefoux atirou em um deles um dardo de madeira do relógio de pulso, mas não acertou o peito e sim a parte carnuda do braço esquerdo. *Ah-ha*, pensou a preternatural. *Eu sabia que não era um relógio comum!* Em seguida, a francesa golpeou o mesmo vampiro com o alfinete de madeira do plastrom. Ele começou a sangrar em duas partes, no braço e na maçã do rosto, e recuou, cauteloso.

— Não estamos interessados em você, cientistazinha. Dê-nos a sugadora de almas e iremos embora.

— *Agora* é que o senhor resolve travar uma conversa? — Lady Maccon se aborreceu.

O último vampiro investiu contra ela, obviamente tentando arrastá-la dali. Uma de suas mãos já a cingia, quando ele se deu conta de que cometera um equívoco.

Assim que entraram em contato com ela, as presas dele desapareceram, junto com toda a sua força descomunal. A tez pálida adquiriu um chamativo tom de pêssego, com sardas. Sardas! O vampiro já não podia arrastá-la; no entanto, por mais que a preternatural o empurrasse, não conseguia se soltar. Ele devia ter sido um homem muito forte, antes da transformação. Lady Maccon começou a atacar a criatura não mais sobrenatural com a sombrinha, mas o sujeito não a soltava, apesar de ela o estar machucando. Ao que tudo indicava, o vampiro recuperava os poderes de dedução e percebia que teria de recorrer a uma manobra. Então, mudou de posição, preparando-se para erguer Lady Maccon e carregá-la em um dos ombros.

Um disparo ressoou na relojoaria e, antes que o vampiro pudesse levar seus planos adiante, caiu para trás, soltando a preternatural para segurar um dos lados do corpo. Lady Maccon olhou de relance para a esquerda e ficou impressionada ao ver o imperturbável Floote colocando no bolso

uma pistola derringer de disparo único, com cabo de marfim. Sem dúvida alguma, a menor arma de fogo que ela já vira. Do mesmo bolso, ele tirou uma segunda pistola, um pouco maior. Ambas eram bastante antigas, obsoletas havia mais de trinta anos, porém ainda eficazes. O vampiro atingido por Floote continuou no chão, contorcendo-se de dor. A menos que Lady Maccon estivesse enganada, o projétil devia ser de alguma madeira reforçada, pois parecia continuar a lhe causar dano. Havia uma boa chance, deu-se conta a preternatural, apavorada, de um vampiro morrer de um disparo daqueles. Ela mal podia tolerar a ideia de matar um imortal. Todo aquele conhecimento perdido em um piscar de olhos.

Por um momento, Monsieur Trouvé pareceu encantado.

— É uma arma contra notívagos, não é mesmo, sr. Floote?

Ele não respondeu. Havia uma acusação implícita no termo, pois "notívago" implicava autorização oficial do governo de Sua Majestade para exterminar os sobrenaturais. Nenhum cavalheiro inglês sem tal autorização carregaria essa arma.

— Desde quando conhece alguma coisa sobre material bélico, Gustave? — Madame Lefoux observou o amigo com a sobrancelha arqueada.

— Comecei a me interessar muito por pólvora recentemente. Faz uma sujeira danada, mas é bastante útil para um impulso mecânico dirigido.

— Eu que o diga — observou Lady Maccon, reajustando a sombrinha para lançar o último dardo.

— Agora já desperdiçou todos — acusou-a Madame Lefoux, disparando o seu próprio, de madeira e mais eficaz, no vampiro ainda zonzo pelo disparo da preternatural. Atingiu-o no olho direito. Um sangue negro começou a escorrer lentamente ao redor dele. A preternatural se sentiu mal.

— Francamente, Genevieve, precisava atingir o olho? Que vista terrível. — Monsieur Trouvé, ao que tudo indicava, concordava com o asco de Lady Maccon.

— Só não atinjo o esquerdo se você prometer não fazer outro jogo de palavras como esse.

Desse modo, dois dos vampiros estavam incapacitados. Os outros dois tinham retrocedido para se reagrupar, pois, evidentemente, não haviam previsto tal resistência.

Madame Lefoux deu um olhar irritado para Lady Maccon.

— Não fique aí parada, use o lapis solaris.

— Tem certeza que é absolutamente necessário, Genevieve? Parece tão descortês. Eu poderia matar um deles sem querer com essa substância. Já tivemos de recorrer demais a essas tolices. — Ela apontou o queixo para o vampiro atingido por Floote; ele continuava deitado, numa imobilidade sinistra. Os vampiros eram escassos e, em geral, bem velhos. Assassinar um, mesmo em legítima defesa, equivalia a destruir sem pensar um queijo curado raríssimo. É verdade, um queijo curado raríssimo com presas e instintos assassinos, mas ainda assim...

A inventora olhou para ela com incredulidade.

— Sim, matar era a ideia, quando a confeccionei.

Um dos vampiros arremeteu novamente contra Lady Maccon. Empunhava uma faca de aspecto apavorante. Era evidente que se adaptara melhor à habilidade preternatural dela que seus companheiros momentaneamente inativos.

Floote disparou a outra arma.

Daquela vez, a bala atingiu o peito do vampiro. Este caiu para trás, bateu em uma vitrine cheia de produtos e se estatelou no chão, produzindo o mesmo som de um tapete sendo batido para tirar a poeira.

O vampiro restante se mostrou a um só tempo irritado e confuso. Não levara armas com projéteis. A criatura atingida no olho por Madame Lefoux arrancou a pavorosa aberração óptica e se levantou, cambaleante, o sangue enegrecido e viscoso escorrendo da órbita. Os dois se uniram para atacar de novo.

Madame Lefoux golpeou com o alfinete, e Monsieur Trouvé, por fim compreendendo a gravidade da situação, tirou um ajustador de molas do suporte na parede. Como era de metal, não devia causar danos graves, mas poderia retardar até mesmo vampiros, se aplicado de forma adequada. Uma faca de madeira afiada surgira na mão de Floote — como ambas as armas anteriores eram de disparo único, já estavam sem munição. *Um homem tão competente, Floote*, pensou Lady Maccon, orgulhosa.

— Bem, se preciso fazer isso, assim seja. Vou ficar de olho na retirada — informou a preternatural. — Ganhem tempo para nós.

— Como, numa relojoaria? — Pelo visto, Madame Lefoux não resistira ao gracejo.

Lady Maccon lançou-lhe um olhar fulminante. Em seguida, abriu e virou a sombrinha, com um gesto experiente, para segurá-la pela ponta em vez do cabo. Havia um pequeno botão em uma esfera, logo acima do emissor de interferência magnética. A preternatural deu um passo à frente, ciente de que poderia machucar os amigos juntamente com os vampiros, com aquela arma. Em seguida, clicou no botão duas vezes, e três varetas da sombrinha começaram a expelir um vapor suave de lapis solaris diluído em ácido sulfúrico.

A princípio, os vampiros que atacavam não entenderam direito o que ocorria, mas, quando a mistura começou a queimá-los gravemente, recuaram, ficando fora de alcance.

— Subam a escada, agora! — gritou Lady Maccon.

Todos começaram a retroceder em direção à pequena escada, sob a proteção da preternatural, que apontava a sombrinha, borrifando a substância. O cheiro de ácido queimando em tapete e madeira empesteava o ar. Algumas gotas caíram nas suas saias cor de vinho. *Bem*, pensou, resignada, *eis um vestido que não vou poder usar de novo*.

Os vampiros estavam apenas um pouco fora de alcance. Quando Lady Maccon chegou ao alto da escada — subir de costas com ambas as mãos ocupadas não era um feito insignificante, considerando as anquinhas e as saias longas —, seu grupo já havia reunido uma série de objetos grandes e pesados, para fazer uma barricada. A sombrinha da preternatural soltou um estalo e, em seguida, deixou escapar um sibilo fraco e parou de borrifar, tendo esgotado todo o estoque de lapis solaris.

Os atacantes tornaram a avançar. Lady Maccon encontrava-se sozinha no alto da escada. Porém, Madame Lefoux estava preparada para eles e começou a atirar inúmeras engenhocas de aspecto interessante até, no último minuto, a preternatural conseguir se esgueirar por trás da pilha cada vez maior de móveis e baús que Floote e Monsieur Trouvé haviam juntado no alto da escada.

Enquanto Lady Maccon recobrava o fôlego e a calma, os outros continuaram a se dedicar ao baluarte improvisado, escorando e empilhando uma montanha de móveis em declive, contando com a gravidade e o peso como assistentes.

— Alguém tem um plano? — A preternatural olhou ao redor, esperançosa.

A francesa lhe deu um largo sorriso.

— Gustave e eu estávamos conversando horas atrás. Ele contou que ainda tem o ornitóptero que projetamos na universidade.

Monsieur Trouvé franziu o cenho.

— Bom, tenho, mas não foi certificado pelo Ministério da Eteronáutica para voar no eteroespaço. Não achei que pretendia de fato usá-lo. Não sei se os estabilizadores estão funcionando direito.

— Não se preocupe com isso. Ele está no telhado?

— Está, mas...

Madame Lefoux pegou Lady Maccon pelo braço e começou a puxá-la pelo corredor, rumo aos fundos do apartamento.

A preternatural fez uma careta, mas se deixou conduzir.

— Bom, então, vamos para o telhado! Opa, espere, a minha pasta.

Floote se inclinou para pegar a preciosa valise da patroa.

— Não dá tempo! Não dá tempo! — insistiu a francesa, conforme os vampiros, já tendo chegado ao topo da escada, tentavam abrir caminho no patamar por uso da força física. *Que vulgaridade!*

— Tem chá aí — explicou a preternatural quando Floote voltou com a pasta.

Então, eles ouviram o som horrível de um rosnado forte e carne sendo triturada entre garras enormes e implacáveis. As pancadas na barricada pararam, enquanto algo feroz, de dentes afiados, distraía os atacantes. Um novo ruído de luta começou, quando os vampiros enfrentaram o que quer que *os* atacasse.

O grupo de fugitivos chegou ao final do corredor. Madame Lefoux deu um salto e pegou o que aparentava ser um lampião, mas que era, na

verdade, uma alavanca que ativava uma pequena bomba hidráulica. Uma parte do teto se abriu para baixo, e uma escada frágil, claramente acionada por mola, estendeu-se rumo ao piso do corredor, atingindo-o com um baque.

Madame Lefoux subiu depressa. Com grande dificuldade, estorvada pelo vestido e pela sombrinha, Lady Maccon foi em seguida, saindo em um sótão cheio de tralhas, atapetado de poeira e aranhas mortas. Os cavalheiros as seguiram, e Floote ajudou Monsieur Trouvé a recolher a escada, ocultando seu refúgio. Com sorte, os vampiros ficariam perdidos, sem saber onde e como sua caça conseguira acessar o telhado.

A preternatural se perguntou o que teria atacado os vampiros na escada: um protetor ou um novo tipo de monstro, que a queria só para si? Mas não pôde refletir por muito tempo. Os dois inventores remexiam em uma espécie de máquina, correndo de um lado para outro a fim de soltar amarras, verificar componentes de segurança, apertar parafusos e lubrificar dentes de engrenagem. O que parecia requerer grande quantidade de pancadas e imprecações.

O ornitóptero, pois era o que devia ser aquilo, aparentava ser um meio de transporte ultraincômodo. Os passageiros — havia lugar para três, além do piloto — eram suspensos em assentos de couro, que lembravam fraldas, amarrados com fitas na cintura.

Lady Maccon se dirigiu apressada ao veículo, tropeçando em uma gárgula colocada em lugar inapropriado.

Monsieur Trouvé ligou um motorzinho a vapor. A embarcação subiu um pouco, oscilante, e em seguida inclinou-se para o lado, estalando e engasgando.

— Eu falei para você: estabilizadores! — disse à francesa.

— Não posso acreditar que não tenha um rolo de arame à mão, Gustave. Que tipo de inventor é você?

— Não viu a placa na entrada da loja, minha querida? Relógios! Relógios são a minha especialidade. Eu não preciso de estabilizadores.

Lady Maccon se intrometeu.

— Arame, é só disso que precisa?

A francesa exibiu dois dedos um pouco distantes um do outro.

— Isso mesmo, mais ou menos desta grossura.

Antes que pudesse ficar chocada com a própria ousadia, a preternatural levantou as saias e soltou as fitas das anquinhas. O acessório caiu no chão, e ela o chutou na direção de Madame Lefoux.

— Estes servem?

— Perfeitos! — exultou a francesa, rasgando a lona e tirando a armação de metal, que passou a Monsieur Trouvé.

Enquanto o relojoeiro se punha a trabalhar, passando o arame por uma espécie de tubulação na ponta da engenhoca, Lady Maccon entrou. Apenas para descobrir, para seu terrível constrangimento, que, do jeito que o assento-fralda fora projetado, as saias subiam até as axilas da pessoa e as pernas ficavam dependuradas abaixo das gigantescas asas da aeronave, expondo a roupa íntima para o mundo inteiro. A preternatural usava seus melhores calções, de flanela vermelha, com três camadas de renda na bainha; ainda assim, não era o tipo de vestimenta que uma dama deveria mostrar a todos, exceto à criada ou ao marido, maldito fosse.

Floote se acomodou confortavelmente atrás dela, e Madame Lefoux se encaixou na fralda do piloto. Monsieur Trouvé foi até o motor, situado atrás de Floote, debaixo da cauda da aeronave, e acionou a manivela de novo. O ornitóptero se sacudiu, mas, em seguida, manteve-se firme e estável. *Vitória das anquinhas*, pensou Alexia.

O relojoeiro deu um passo atrás, parecendo satisfeito consigo mesmo.

— Não vem conosco? — Lady Maccon sentiu um estranho pânico.

Gustave Trouvé meneou a cabeça.

— Plane o máximo que puder, Genevieve, e chegará a Nice. — Ele precisou gritar para ser ouvido em meio ao ronco do motor. Entregou à francesa um par de óculos de aumento e um longo lenço de pescoço, que ela usou para envolver a face, o pescoço e a cartola.

A preternatural, apertando a sombrinha e a pasta contra os seios volumosos, preparou-se para o pior.

— Tão longe assim? — Madame Lefoux não ergueu a cabeça, ocupada em examinar uma série de mostradores e válvulas com ponteiros tremulantes. — Você fez modificações, Gustave.

O relojoeiro piscou um olho.

Madame Lefoux olhou para ele, desconfiada e, em seguida, meneou de leve a cabeça.

Monsieur Trouvé foi até a parte de trás do ornitóptero e girou uma hélice-guia, ligada ao motor a vapor.

A francesa apertou um botão e, com um imponente som de vendaval, as asas da embarcação começaram a bater para cima e para baixo, com incrível força.

— Você *fez* modificações!

O ornitóptero deu um solavanco e começou a subir, após a liberação de energia.

— Eu não falei? — Monsieur Trouvé sorria como um garotinho. Como tinha bons pulmões sob aquele peito amplo, continuou a gritar: — Substituí o nosso modelo original por um dos tubos de bourdon de Eugène, ativado por cargas de pólvora. Cheguei a comentar que tinha começado a me interessar por isso recentemente.

— O quê? Cargas de pólvora?!

O relojoeiro acenou com animação para eles, enquanto a aeronave batia as asas para o alto e para frente, naquele momento a alguns metros do telhado. Lady Maccon pôde ver boa parte de Paris espalhada sob suas botas de pelica, que se agitavam freneticamente.

Monsieur Trouvé pôs as mãos em concha ao redor da boca.

— Vou mandar seus pertences para a estação de dirigível de Florença!

Um estrépito ressoou, e dois dos vampiros irromperam pelo telhado.

O sorriso do relojoeiro desapareceu em meio à barba imponente, e ele se virou para enfrentar a ameaça sobrenatural.

Um dos vampiros saltou em direção a eles, as mãos esticadas para agarrar. Aproximou-se o bastante para Lady Maccon ver que apresentava uma coleção impressionante de mordidas irregulares na cabeça e no pescoço. A mão dele deixou escapar por pouco o tornozelo da preternatural. Um grande animal branco surgiu atrás do atacante. Mancando e sangrando, a criatura arremeteu contra o vampiro no ar, pegando-o pelo tendão e trazendo-o de volta para o telhado, com um baque.

Monsieur Trouvé gritou de medo.

Madame Lefoux mexeu em algo na direção, e o ornitóptero deu duas batidas de asa poderosas e subiu de forma abrupta. Em seguida, deu uma guinada para o lado, em uma rajada de vento, e se inclinou precariamente. A preternatural não pôde acompanhar a ação no telhado, pois uma das asas ficou à sua frente. Não faria diferença, de qualquer forma, pois o ornitóptero atingiu uma altitude ainda maior, e Paris se perdeu sob uma camada de nuvens.

— *Magnifique!* — bradou Madame Lefoux, ao vento.

Mais rápido do que Lady Maccon achava possível, chegaram à primeira das camadas atmosféricas do éter, a brisa ali estava gelada e um tanto pinicante nas pernas imperdoavelmente indecentes da preternatural. O ornitóptero pegou uma das correntes em direção ao sudeste e começou a flutuar nela, felizmente, planando com suavidade e batendo menos as asas.

O professor Lyall tinha muito que fazer naquela noite: investigações do DAS, negócios da alcateia e a câmara de invenções de Madame Lefoux para vistoriar. Evidentemente, não fez nada daquilo. Porque o que de fato queria era descobrir onde estava Lorde Akeldama — vampiro, símbolo da moda e uma pedra de strass no sapato de muita gente.

A questão com Lorde Akeldama era que — e, pela experiência do professor Lyall, sempre havia uma *questão* —, embora ele não fosse um *habitué* da sociedade, seus zangões o eram. Apesar da rapidez sobrenatural e do gosto impecável em acessórios para o pescoço, o vampiro não podia comparecer a cada evento social importante todas as noites. Mas parecia contar com uma coleção de zangões e assistentes de zangões que podiam e iam. A *questão* que incomodava o Beta naquele momento consistia justamente no fato de não estarem fazendo isso. Não apenas Lorde Akeldama havia desaparecido, como também todos os seus zangões, diversos bajuladores e gigolôs. Em geral, podia-se contar que qualquer evento social de maior porte em Londres abrigaria em caráter temporário um jovem janota, com as pontas do colarinho altas demais, maneirismos demasiado elegantes e excessivo interesse em complementar de forma adequada sua aparência, de resto, frívola.

Independentemente do quanto esses rapazes onipresentes agissem de forma tola, se dedicassem a jogos de azar e se embriagassem com champanhe da melhor qualidade, faziam relatórios ao mestre com tamanha quantidade de informações, que punham no chinelo as operações de espionagem de Sua Majestade.

E todos eles tinham sumido.

O professor Lyall não podia identificar o rosto nem o nome da maioria deles, porém, conforme circulava pelas inúmeras reuniões, festas de jogo e clubes de cavalheiros naquela noite, foi se dando conta de que realmente tinham sumido. Ele próprio era bem-vindo na maior parte dos estabelecimentos, porém não esperado, por ser considerado bastante tímido. Não obstante, tinha familiaridade o bastante com a alta sociedade para sentir a diferença acarretada pelo desaparecimento do vampiro. Suas cuidadosas e amáveis indagações não lhe revelaram o destino nem lhe ofereceram explicações. Assim sendo, ele terminou por deixar os salões dos ricos e rumou à zona portuária e aos bordéis de sangue.

— É novo por estas bandas, comandante? Quer tomar um traguinho? Só um tostão. — O jovem apoiado às sombras de um muro caindo aos pedaços tinha o rosto pálido e encovado. O lenço sujo ao redor do pescoço sem sombra de dúvida já cobria uma quantidade considerável de marcas de mordidas.

— Parece que já forneceu o suficiente.

— De jeito nenhum. — O rosto imundo do prostituto de sangue se abriu em um súbito sorriso amarronzado, cheio de dentes podres. Era do tipo a que os vampiros se referiam, cruelmente, como mordida tira-gosto.

O Beta arreganhou os próprios dentes para o rapaz, mostrando-lhe que não tinha, na verdade, as presas necessárias à função.

— Ah, tá bom, então, comandante. Não me leva a mal não.

— Não vou. Posso lhe dar um tostão, de qualquer forma, se me der algumas informações.

A face pálida do jovem ficou imóvel e contraída.

— Eu não sou dedo-duro, comandante.

— Não preciso dos nomes de sua clientela. Estou procurando um sujeito, um vampiro chamado Akeldama.

O prostituto de sangue se endireitou e desencostou do muro.

— Num vai encontrar o sujeito aqui não, comandante. Ele tem as própria fonte pra beber.

— Sim, estou a par disso. Mas será que sabe onde ele está agora?

O sujeito mordeu o lábio.

O professor Lyall lhe deu um tostão. Não havia muitos vampiros em Londres, e os prostitutos de sangue, que ganhavam a vida servindo-os, costumavam saber bastante sobre as colmeias locais e os errantes, por questão de sobrevivência.

Ele tornou a morder o lábio.

O Beta lhe deu outro tostão.

— O boato que tá correndo na rua é que ele se mandou da cidade.

— Prossiga.

— Bom, eu nunca pensei que um mestre podia se mover desse jeito.

O professor Lyall franziu o cenho.

— Tem ideia do lugar para onde foi?

Um meneio de cabeça em resposta.

— Sabe por quê?

Novo meneio de cabeça.

— Outro tostão se puder me indicar quem sabe.

— Num vai gostar da minha resposta não, comandante.

O professor Lyall lhe deu mais dinheiro.

O prostituto de sangue deu de ombros.

— Então, o comandante vai ter que procurar a outra rainha.

O Beta praguejou em pensamento. Claro que acabaria tendo a ver com questões políticas internas dos vampiros.

— A Condessa Nadasdy?

O jovem anuiu.

O professor agradeceu a ajuda do prostituto de sangue e fez sinal para um cabriolé surrado, mandando o cocheiro rumar para Westminster. No meio do caminho, ele mudou de ideia. Não seria conveniente que os vampiros soubessem tão rápido que a ausência de Lorde Akeldama era do interesse do DAS ou da Alcateia de Woolsey. Ele bateu no assento

do condutor e mandou que fosse ao Soho, com intenção de fazer uma visitinha a certo ruivo.

O Beta saltou do cabriolé em Piccadilly Circus, pagou o cocheiro e caminhou um quarteirão, rumo ao norte. Mesmo à meia-noite, era um recanto agradável da cidade, repleto de jovens com tendências artísticas, embora um tanto mal-ajambrados e vulgares. O professor Lyall tinha excelente memória, e se lembrava do surto de cólera de vinte anos atrás como se fosse ontem. Às vezes tinha a impressão de ainda sentir o cheiro da doença no ar. Por isso, o Soho sempre o fazia espirrar.

O apartamento, quando ele bateu à porta e foi devidamente recebido por uma jovem criada, revelou-se limpo e organizado, embora decorado com certo espalhafato. Ivy Tunstell se apressou em saudá-lo no corredor, os cachos escuros balançando sob um enorme chapéu de renda. Havia um buquê de rosas de seda azul em cima de sua orelha esquerda, o que lhe dava um ar estranhamente atrevido. Usava um vestido de passeio cor-de-rosa, e o Beta ficou feliz em saber que não a acordara.

— Sra. Tunstell, como vai? Sinto muito pela visita a esta hora da noite.

— Professor Lyall, seja bem-vindo. É um prazer vê-lo. Não tem problema. Nós recebemos após o anoitecer. Depois que meu querido Tunny deixou de trabalhar para os senhores, jamais conseguiu largar o hábito, que é adequado à profissão que escolheu.

— Ah, sim, e como ele está?

— Fazendo uma audição, neste momento. — Ivy levou o convidado até uma saleta minúscula, que mal tinha espaço suficiente para abrigar um divã, duas poltronas e uma mesinha de chá. A decoração parecia ter sido escolhida com apenas um tom em mente — o pastel. Tratava-se de uma coleção deslumbrante de rosa, amarelo-claro, azul-celeste e lilás.

O professor Lyall pendurou o chapéu e o sobretudo em um porta-chapéu longo e fino, entulhado atrás da porta, e se acomodou em uma das poltronas. Foi como se sentar numa tigela de ovos de Páscoa. Ivy se instalou no divã. A jovem criada, que os seguira, observou a ama com expressão curiosa.

— Chá, professor Lyall, ou preferiria algo mais, hã, sangrento?

— Chá seria ótimo, sra. Tunstell.

— Tem certeza? Tenho um excelente rim separado para a torta de amanhã, e a lua cheia está *quase* chegando.

O Beta sorriu.

— Seu marido andou lhe contando histórias sobre a convivência com lobisomens, não andou?

Ivy corou ligeiramente.

— Talvez algumas. Receio ter sido bastante enxerida. Espero que não me considere impertinente.

— De modo algum. Mas, sinceramente, um chá cairia muito bem.

A sra. Tunstell anuiu para a criada, que saiu depressa, claramente empolgada.

— Não costumamos receber visitantes importantes como o senhor — lamentou-se.

O professor Lyall era por demais cavalheiro para comentar que sua fuga para se casar e a consequente perda do pouco status que tinha a tornaram uma amiga não muito desejável para a maioria. Somente uma pessoa incomum, de alta posição social, como Lady Maccon, podia se dar ao luxo de continuar com a amizade. Agora que a preternatural caíra em desgraça, Ivy devia ser uma verdadeira pária social.

— Como anda a chapelaria?

Os enormes olhos castanho-claros da sra. Tunstell brilharam de prazer.

— Bom, só estive a cargo dela por um dia. Claro que a mantive aberta esta noite também. Sei que Madame Lefoux atende ao círculo sobrenatural, mas o senhor nem imagina o que se entreouve numa chapelaria. Esta tarde mesmo, descobri que a srta. Wibbley está noiva.

Antes de a sra. Tunstell se casar, o Beta sabia que ela contava apenas com Alexia, que na melhor das hipóteses era indiferente e, na pior, obtusa, para se manter a par das fofocas da alta sociedade. Consequentemente, Ivy andava num estado permanente de frustração.

— Então, está se divertindo?

— Muitíssimo. Nunca imaginei que o *comércio* podia ser tão interessante. Ora, esta noite, a srta. Mabel Dair veio nos visitar. A atriz, já ouviu falar nela? — Lançou-lhe um olhar inquiridor.

O lobisomem assentiu.

— Ela foi pegar uma encomenda especial para a própria Condessa Nadasdy. Eu nem imaginava que usasse chapéus. Quer dizer — Ivy fitou o professor Lyall com expressão confusa —, ela não chega a sair de casa, chega?

O Beta duvidava seriamente de que uma encomenda especial de Madame Lefoux para uma rainha vampiro tivesse qualquer semelhança com um chapéu, além de ser transportada em uma caixa apropriada para esse adorno. Mas se animou. Tinha pensado em pedir informações a Tunstell sobre o desaparecimento de Lorde Akeldama, dada a paixão do vampiro pelo teatro e o seu treino como investigador sob a instrução do professor Lyall, mas talvez a esposa dele pudesse fornecer alguns detalhes, sem querer. Afinal de contas, Mabel Dair era o zangão favorito da Condessa Nadasdy.

— E o que achou da srta. Dair? — perguntou ele, com cuidado.

A criada voltou, e Ivy se concentrou no carrinho de chá.

— Ah, *não parecia nada bem*. A querida srta. Dair e eu travamos certa amizade depois do meu casamento. Ela atuou junto com Tunny no palco. Estava bastante aborrecida com algo. Eu disse a ela, sabe, disse mesmo: "Minha querida srta. Dair, não está parecendo *nada* bem! Quer sentar, tomar um chazinho?" E acho que teria feito isso. — Ivy fez uma pausa e analisou o rosto cuidadosamente impassível do Beta. — O senhor sabe que ela é, meio assim, hum, nem gosto de dizer isso para um cavalheiro de sua importância, mas um, hã, zangão de vampiro. — A sra. Tunstell sussurrou a informação, como se não pudesse crer na própria ousadia de sequer cumprimentar com um aceno de cabeça tal criatura.

O professor Lyall deu um leve sorriso.

— Sra. Tunstell, esqueceu-se de que trabalho no Departamento de Arquivos Sobrenaturais? Estou ciente da condição dela.

— Ah, sim, claro que está. Que tolice a minha. — Ivy serviu o chá para disfarçar o constrangimento. — Leite?

— Por favor. E continue. A srta. Dair lhe contou por que estava aflita?

— Bom, não creio que ela quisesse que eu ouvisse. Estava discutindo algo com o acompanhante. Um senhor alto e bem-apessoado, que conheci no casamento da Alexia; Lorde Ambrusco, acho.

— Lorde Ambrose?

— Ah, sim! Um cavalheiro tão agradável.

O Beta evitou mencionar que Lorde Ambrose não era, na verdade, um vampiro tão afável assim.

— Bom, parece que a srta. Dair flagrou a condessa e um sujeito discutindo. *Um senhor potente*, repetiu várias vezes, seja lá o que isso signifique. Daí a srta. Dair disse que achou que a condessa acusava o tal homem de ter tirado alguma coisa de Lorde Akeldama. Impressionante. Por que um sujeito potente iria querer roubar aquele vampiro?

— Sra. Tunstell, Lorde Ambrose notou que a senhora os tinha escutado? — perguntou o professor Lyall pausada e cuidadosamente.

— Por quê? É importante? — Ivy levou uma pétala de rosa açucarada à boca e pestanejou para o convidado.

— É, sem sombra de dúvida, intrigante. — Ele tomou um gole do chá, com cautela. Estava ótimo.

— Detesto falar mal de um cavalheiro tão agradável, mas acho que ele não me reconheceu. Talvez tenha pensado que eu era uma *vendedora* de verdade. Revoltante, eu sei, mas, afinal, eu *estava* atrás do balcão, no momento. — Ela fez uma pausa para sorver o chá. — Achei que consideraria útil essa informação.

Naquele momento, o professor Lyall lançou um olhar penetrante para a sra. Tunstell. Perguntou-se pela primeira vez o quanto de Ivy realmente consistia em cachos escuros, olhos grandes e chapéus ridículos, e o quanto tudo isso era apenas fachada.

Ela retribuiu o olhar direto com um sorriso particularmente ingênuo.

— A grande vantagem de ser considerada ridícula é que as pessoas esquecem e começam a achar que eu também sou tola. Posso ser meio exagerada na minha forma de agir e de me vestir, mas não sou boba.

— Não, sra. Tunstell, dá para notar. — *E Lady Maccon*, pensou ele, *não seria tão sua amiga se fosse*.

— Acho que a srta. Dair estava transtornada, ou não teria sido tão indiscreta em público.

— Ah, e qual é a sua justificativa?

Ivy riu.

— Sei muito bem, professor, que minha querida Alexia não me conta tudo sobre certos aspectos da vida dela. A amizade com Lorde Akeldama, por exemplo, sempre foi um mistério para mim. Sabe, francamente, ele é *por demais* extravagante. Mas ela é sensata. Eu teria lhe contado o que ouvi, se estivesse aqui. Na atual situação, acho que o senhor será um substituto adequado. Meu marido o tem em alta conta. Além disso, não acho que seja certo. Senhores potentes não deveriam sair por aí roubando os pertences de Lorde Akeldama.

O professor Lyall sabia perfeitamente qual era a identidade do "senhor potente" de Ivy. Isso significava que o enigma começava a ficar mais grave e a envolver mais vampiros. O potentado era o errante chefe de governo de toda a Inglaterra, o principal estrategista da Rainha Vitória e seu conselheiro mais estimado. Ele participava do Conselho Paralelo junto com o primeiro-ministro regional, o lobo solitário e comandante em chefe da Guarda Real Lupina. Até pouco tempo, Lady Maccon fora a terceira integrante do Conselho. O potentado era um dos vampiros mais velhos da ilha. E roubara algo de Lorde Akeldama. O Beta seria capaz de apostar um bom dinheiro que fora em busca de tal objeto que o vampiro amigo da preternatural e todos os seus zangões haviam saído de Londres.

Isso está se tornando uma tremenda fria vampiresca, pensou.

Praticamente alheia à máquina a vapor explosiva que largara nas mãos do convidado, a sra. Tunstell agitou os cachos na direção do professor Lyall e lhe ofereceu outra xícara de chá. O Beta concluiu que a melhor estratégia naquele momento era voltar para o Castelo de Woolsey e ir dormir. Costumava ser mais fácil compreender os vampiros depois de um bom dia de sono.

Assim sendo, ele recusou o chá.

Capítulo 8

Exorcismo e julgamento por rapé e kinkan

As pernas de Lady Maccon estavam rígidas de frio, mas ao menos se encontravam decentemente cobertas pelas saias outra vez, embora estas estivessem, àquela altura, sujas de lama e com queimaduras de ácido. Ela soltou um suspiro. Devia parecer uma verdadeira cigana, com a pasta cheia de borrifos e os cabelos desgrenhados. Madame Lefoux também estava em péssimo estado, com salpicos de lama, os óculos pendurados no pescoço, cartola ainda presa na cabeça pelo lenço longo e o bigode totalmente torto. Só Floote conseguira de algum modo se manter impecável, enquanto os três se esgueiravam sorrateiramente — não havia outra palavra para aquilo — pelas ruelas transversais de Nice na calada da noite.

Nice era menor do que Paris, com um ambiente descontraído, de balneário litorâneo. Madame Lefoux, entretanto, insinuou misteriosamente que os "problemas italianos" de dez anos atrás continuavam ocultos, porém igualmente intensos, e que aquela situação perturbadora dava à cidade um clima de agitação, nem sempre sentido pelos estrangeiros.

— Imagine só! Tentar dizer que Nice é, na verdade, italiana. Bah. — Madame Lefoux agitou a mão, com desdém, e encarou Lady Maccon, como se ela fosse ficar do lado dos italianos naquela questão.

A preternatural tentou pensar em algo reconfortante a dizer.

— Tenho certeza que quase não tem macarrão na cidade. — Foi o melhor comentário que lhe veio à cabeça, em tão pouco tempo.

A francesa só começou a se esgueirar mais rápido, levando-os a contornar uma pilha de trapos descartados em um beco arruinado.

— Espero que o ornitóptero fique em segurança no local em que o deixamos. — Lady Maccon tentou mudar de assunto, enquanto seguia a amiga, erguendo as saias para protegê-las dos trapos. Não havia motivo para fazer tal esforço, àquela altura, mas o instinto lhe dizia para levantá-las.

— Deve ficar. Está sem carga de pólvora, e pouquíssimas pessoas, além de mim e de Gustave, saberiam como pilotá-lo. Vou mandar uma mensagem para ele, informando sua posição. Lamento muito a aterrissagem deplorável.

— Está se referindo àquela *queda* deplorável?

— Pelo menos, escolhi um local suave.

— Lagoas de patos costumam mesmo ser suaves. Sabia que ornitóptero quer dizer *ave*, não? Mas não precisa tratá-lo como tal.

— Pelo menos não explodiu.

A preternatural parou de se esgueirar.

— Ah, acha que deveria ter feito isso?

Madame Lefoux deu de ombros daquele jeito irritante típico dos franceses.

— Bom, acho que o seu ornitóptero acaba de ganhar um nome.

— Ah, é? — A inventora se mostrou resignada.

— É. Pato Barrento.

— *Le Canard Boueux?* Muito engraçado.

Floote deixou escapar uma risadinha. Lady Maccon lhe deu um olhar irritado. Como ele tinha conseguido evitar a lama por completo?

Madame Lefoux conduziu-os por uma portinha que, a certa altura, deveria ter sido azul, em seguida amarela e depois verde, uma história que a peça expunha com orgulho nas tiras descascadas de tinta que cobriam sua madeira. A francesa bateu com suavidade a princípio e, então, com mais e mais força, até fazê-lo com violência.

A única reação provocada pelo estardalhaço foi o início imediato de uma série de latidos histéricos de algum tipo de cachorrinho, que tomava conta do outro lado.

Floote meneou a cabeça, indicando a maçaneta. Lady Maccon examinou-a de perto, à luz bruxuleante de um archote; pelo visto, Nice não era sofisticada a ponto de contar com lampiões de gás nas ruas. Era de cobre e simples, não fosse pelo símbolo pouco perceptível gravado na superfície, quase polido por centenas de mãos — um polvinho rechonchudo.

Depois de boa quantidade de batidas e latidos, a porta foi entreaberta com cautela por um homenzinho de olhos vivos, usando um barrete e um camisolão de dormir listrado de branco e vermelho, e a expressão a um só tempo assustada e sonolenta. Um espanador sujo de quatro patas pulava freneticamente ao redor de seus tornozelos expostos. Para surpresa da preternatural, dada sua recente experiência com os franceses, o sujeito não tinha bigode. O espanador, sim. Talvez em Nice os bigodes fossem mais comuns em cães.

Já não ficou tão surpresa assim, porém, quando o homenzinho falou em alemão, não em francês.

Quando sua frase em *staccato* deparou com três semblantes inexpressivos, ele avaliou suas condutas e vestimentas e passou para o inglês, com forte sotaque.

— *Ya?*

O espanador arremeteu pela porta entreaberta e atacou Madame Lefoux, mordendo a bainha de sua calça. O que a excelente peça de lã fizera para merecer aquilo, Lady Maccon nem podia imaginar.

— Monsieur Lange-Wilsdorf? — A francesa sacudia o pé, tentando diplomaticamente livrar-se do animal.

— Quem deseja saber?

— Sou Lefoux. Nós nos correspondemos nos últimos meses. O sr. Algonquin Shrimpdittle recomendou que nos apresentássemos.

— Pensei que fosse, hã, de sexo feminino. — O homem franziu os olhos, fitando Madame Lefoux com desconfiança.

A francesa piscou para ele e cumprimentou-o, tirando a cartola.

— E sou.

— Saia daí, Poche! — ordenou o alemão ao cachorrinho.

— Monsieur Lange-Wilsdorf — começou a explicar Madame Lefoux para Lady Maccon e Floote — é um especialista de certo renome em

análise biológica. Seu tema de pesquisa é algo que talvez lhe pareça interessante, Alexia.

O alemão abriu mais a porta e esticou o pescoço para ver Lady Maccon, que tremia de frio atrás da francesa.

— Alexia? — Ele examinou seu rosto à luz fraca de archote. — Não *a* Alexia Tarabotti, o Espécime Fêmea?

— Seria bom ou ruim se fosse eu? — A dama em questão estava um pouco aflita com aquela conversa prolongada à porta, no frio da noite, com um sujeitinho de camisolão de flanela listrado de branco e vermelho.

A francesa respondeu, com um floreio:

— Sim, é *a* Alexia Tarabotti.

— Não posso acreditar! Espécime Fêmea à *minha* porta? Sério? — O homenzinho escancarou a dita porta, saiu depressa, contornou Madame Lefoux e pegou a mão da preternatural calorosamente, sacudindo-a para cima e para baixo com entusiasmo, no estilo norte-americano de cumprimentar. O cachorrinho, percebendo a nova ameaça, soltou a calça da francesa, recomeçou a latir e partiu para Lady Maccon.

A preternatural não sabia ao certo se gostara de ser chamada de espécime. E o alemão a olhava de um jeito quase esfomeado.

Lady Maccon deixou a sombrinha a postos, com a mão livre.

— Eu não faria isso se fosse você, meu jovem — disse ao cão. — As minhas saias já enfrentaram mais do que o suficiente por uma noite. — O animal pareceu desistir de atacá-la e se pôs a dar pulos no mesmo lugar, as quatro patas estranhamente retas.

— Entrem, entrem! Maior maravilha deste era, aqui, em entrada de minha casa. Isto é, como se diz?, fantástico, *ya*, fantástico! — A empolgação do homenzinho se esvaiu quando ele notou Floote pela primeira vez, calado e imóvel ao lado da porta.

— E quem é esse?

— Hã, é o sr. Floote, meu secretário pessoal. — A preternatural parou de encarar ameaçadoramente o cachorrinho para responder, de maneira que o companheiro não precisasse fazê-lo.

O sr. Lange-Wilsdorf soltou Lady Maccon e caminhou ao redor de Floote. Estava de camisolão em plena rua, mas nem pareceu reparar no deslize. A preternatural supôs que, como mostrara os próprios calções íntimos para metade da França, não tinha o direito de ficar escandalizada com o comportamento dele.

— Ele é *mesmo* seu secretário pessoal? Nada mais diabólico que isso? Não? Tem certeza? — Com o indicador, o homenzinho puxou o plastrom e a camisa de Floote para baixo, à cata de marcas no pescoço.

O cachorrinho rosnou, abocanhando a bota de Floote.

— *Importa-se*, senhor? — Floote pareceu extremamente aborrecido. Lady Maccon não soube dizer se fora o alemão ou o cachorro que mais o irritaram; Floote não suportava nem um colarinho amassado nem botas babadas.

Não encontrando nada de incriminador, o homenzinho parou de torturar o outro com seu comportamento vulgar. Pegou a mão da preternatural e levou-a para o interior de sua acanhada residência. Fez um gesto para que os demais o seguissem, olhando com desconfiança para Floote. O cachorrinho os acompanhou.

— Bom, como devem imaginar, em circunstâncias normais, eu não faria isso. Não com presença de um homem, tão tarde da noite. Nunca se sabe, com ingleses. Mas acho que só desta vez. Cheguei a escutar boatos terríveis, terríveis sobre a *senhora*. — O sr. Lange-Wilsdorf ergueu o queixo e tentou olhar de modo intimidante para Lady Maccon, como se fosse uma tia solteirona reprovando sua atitude. Foi um olhar particularmente malsucedido, pois, além de não ser sua tia, era no mínimo trinta centímetros mais baixo do que ela.

— Ouvi dizer que se casou com *lobisomem*. *Ya?* Que coisa mais desagradável para preternatural fazer. Uma escolha bastante infeliz, para Espécime Fêmea.

— É mesmo? — Lady Maccon conseguiu dizer essas duas palavras, antes que o sr. Lange-Wilsdorf prosseguisse sem, pelo visto, precisar fazer uma pausa nem respirar, levando-os a uma salinha bastante bagunçada.

— Sim, bom, todos cometemos erros.

— O senhor não faz nem ideia — sussurrou ela sentindo uma estranha pontada de mágoa.

Madame Lefoux começou a bisbilhotar pela sala com interesse. Floote, como sempre, postou-se ao lado da porta.

O cachorrinho, exausto pelo próprio frenesi, foi se deitar encolhido na frente da lareira gelada, uma postura que o deixou ainda mais parecido, se é que era possível, com um artigo de limpeza.

Havia um cordão de campainha perto da porta, e o homenzinho começou a puxá-lo, a princípio, com suavidade, em seguida, com tanto entusiasmo que quase se balançava junto.

— Deve estar louca para tomar chá, tenho certeza. Ingleses sempre querem fazer isso. Sentem-se, sentem-se.

Madame Lefoux e Alexia o fizeram; Floote, não.

O anfitrião caminhou com alvoroço até uma mesinha lateral e pegou uma caixinha na gaveta.

— Rapé? — Abriu a tampa e ofereceu-o.

Todos recusaram. Mas o alemão não quis aceitar a recusa de Floote.

— Não, não, eu insisto.

— Eu não quero, senhor — protestou Floote.

— Por favor, eu *insisto*. — Uma súbita dureza perpassou o olhar do sr. Lange-Wilsdorf.

Floote deu de ombros, pegou um punhadinho e inalou com discrição.

O alemão observou-o atentamente o tempo inteiro. Como Floote não demonstrou nenhuma reação incomum, o homenzinho anuiu para si e guardou o rapé.

Um criado de aparência desmazelada entrou na sala.

O cachorrinho acordou e, apesar do evidente convívio com os domésticos, lançou-se contra o rapaz, como se representasse uma grave ameaça à segurança do mundo.

— Mignon, temos convidados. Traga bule de chá e alguns croissants, agora mesmo. Veja bem, *Earl Grey*, e aquela cesta de kinkans. — Ele franziu os olhos ao fitar Floote, como quem diz: "Ainda não terminei com você, meu caro."

Floote, que era muito mais velho do que o alemão, continuou totalmente impassível.

— Que incrível isso, *ya*, incrível. Alexia Tarabotti aqui em *minha casa*. — Ele tirou o barrete e fez uma mesura nervosa para ela. A ação revelou um par de orelhas absurdamente grandes, que aparentavam pertencer a outra pessoa. — Jamais conheci seu pai, mas estudei bastante sua linhagem. Primeiro a procriar alguém sem alma de sexo feminino em sete gerações, *ya*. — O homenzinho meneou a cabeça para si mesmo. — Minha teoria é que foi consequência de cruzamento com fêmea reprodutora fora de Itália. Excelente escolha de seu pai, *ya*? Um pouco de sangue fresco inglês.

Lady Maccon mal pôde acreditar no que ouviu. Como se ela fosse o resultado de uma espécie de programa de equinocultura.

— Ora essa, eu...!

Nesse momento, Madame Lefoux a interrompeu:

— O sr. Lange-Wilsdorf vem estudando a condição preternatural há muitos anos.

— Tem sido difícil, dificílimo, *ya*, encontrar espécimes vivos. Problo minha meu com igreja, sabe.

— Como é que é? — Lady Maccon conteve a raiva, em favor da curiosidade. Ali estava um cientista que realmente deveria saber de algo.

O alemão enrubesceu e ficou remexendo no barrete de dormir com ambas as mãos.

— Hum, como é que se diz?, uma complicação. Tive que me mudar para França e deixar grande parte de pesquisa para trás. Um arremedo.

A preternatural olhou para Madame Lefoux, em busca de uma explicação.

— Ele foi excomungado — explicou ela, em tom grave e abafado.

O homenzinho corou ainda mais.

— Ah, ouviu falar?

A francesa deu de ombros.

— Sabe como a Ordem fofoca.

Ao ouvir isso, ele deixou escapar um suspiro.

— Bom, seja como for, madame me trouxe esse belo exemplar. Uma preternatural viva. Vai permitir que eu faça perguntas, jovem, *ya*? Talvez alguns exames?

O criado bateu à porta e, em seguida, entrou com a bandeja de chá.

O sr. Lange-Wilsdorf pegou-a e fez sinal para que ele se retirasse. O alemão serviu um chá forte, com aroma de bergamota. Lady Maccon não gostava muito do Earl Grey, que saíra de moda em Londres e nunca era servido nas casas que frequentava. Os vampiros não gostavam de produtos cítricos. Motivo pelo qual, percebeu ela, o homenzinho devia estar servindo chá e uma porção de kinkans para o austero Floote.

— O rapé!

Todos a fitaram.

— Ah, decidiu cheirar um pouco, *ya*, Espécime Fêmea?

— Não, não. Simplesmente me dei conta de algo. O senhor obrigou Floote a cheirar rapé para descobrir se era lobisomem. Eles odeiam isso. E, agora, está usando o Earl Grey e as kinkans para saber se é vampiro.

Floote arqueou a sobrancelha, pegou uma kinkan e meteu-a inteira na boca, mastigando de forma metódica.

— O senhor se dá conta, sr. Lange-Wilsdorf, de que os vampiros são perfeitamente capazes de consumir produtos cítricos? Só não gostam deles.

— Ah, sim, claro, sei disso. Mas é boa, como se diz?, sondagem inicial, até amanhecer.

Floote suspirou.

— Eu lhe asseguro, senhor, que não tenho tendências sobrenaturais.

Lady Maccon deu uma risadinha. O pobre Floote parecia tão injuriado. Pelo visto, o alemão não se convencia com meras garantias verbais. Continuou a fitar Floote com desconfiança e a vigiar obsessivamente a tigela de kinkans. Para uso futuro como projéteis, talvez?

— Claro que o senhor ainda poder ser zelador ou zangão.

Floote deixou escapar um bufo aborrecido.

— O senhor já verificou se ele tinha marcas de mordida — salientou Lady Maccon.

— Ausência de marcas não é prova absoluta, ainda mais se for zelador. A senhora *casou* com lobisomem, afinal de contas.

A expressão de Floote deixava claro que ele nunca se sentira mais insultado em toda a vida. A preternatural, ainda aborrecida com o apelido de "Espécime Fêmea", solidarizou-se com ele.

Em uma súbita mudança de humor, que parecia caracterizar a paranoia do alemão, ele fitou Lady Maccon com repentina desconfiança.

— Verificação — sussurrou para si. — Compreende, *ya*? Claro que sim. Preciso fazer verificação em senhora também. Ah, se ao menos tivesse meu contador. Estou com pequeno problema com abantesma. Talvez pudesse fazer exorcismo? Não deve ser difícil para Espécime Fêmea. — Olhou de relance para uma janelinha em um dos lados da sala, com as cortinas abertas para permitir que a luz do crepúsculo, que já iniciava, penetrasse. — Antes de amanhecer?

A preternatural suspirou.

— Não poderíamos esperar até amanhã? Viajamos durante quase a noite inteira. Acho que se pode chamar isso de viagem.

O homenzinho fez uma careta para ela, e não entendeu a indireta, como qualquer bom anfitrião faria.

— Francamente, sr. Lange-Wilsdorf, nós acabamos de chegar — protestou Madame Lefoux.

— Ah, está bem. — Lady Maccon colocou o chá na mesa, que nem estava muito bom mesmo, e metade de um croissant, esse sim, delicioso, com seu sabor de manteiga. Se era preciso que aquele homenzinho esquisito confiasse neles para que lhes desse respostas, ela o faria. Deixou escapar outro suspiro, novamente exasperada com a rejeição do marido. Ainda não sabia como, mas pretendia jogar a culpa daquele mais recente contratempo em Lorde Conall Maccon, junto com tudo o mais.

O cachorrinho, Poche, liderou o caminho por inúmeros lances de escada em direção a uma pequena adega, latindo com injustificável entusiasmo o tempo todo. Ao que tudo indicava, o sr. Lange-Wilsdorf nem reparava na barulheira. Lady Maccon se resignou com o fato de que era o modo de agir normal do cãozinho — quando os olhos dele se abriam, também o fazia sua boca.

— Deve achar que sou péssimo anfitrião, *ya*. — O alemão fez o comentário com ar de quem satisfazia as exigências da sociedade, não de quem lamentava o fato.

A preternatural não conseguiu pensar em nada a dizer, pois, até aquele momento, era a mais pura verdade. Qualquer anfitrião que se prezasse já os teria alojado àquela altura, sobrenaturais ou não. Nenhum cavalheiro insistiria que a convidada fizesse um exorcismo sem primeiro providenciar acomodações, sem falar numa refeição decente. Então, ela simplesmente pegou a sombrinha e seguiu o homenzinho e o espanador histérico até as entranhas daquela casa suja e apertada. Ao que tudo indicava, Madame Lefoux e Floote sentiram que sua presença não era necessária naquela empreitada e ficaram no andar de cima, sorvendo o chá abominável e, provavelmente, consumindo todos aqueles croissants deliciosos. *Traidores*.

A adega era sombria, tal como todas deviam ser, e incluía, conforme o alemão acabara de dizer, um fantasma na agonizante fase final de abantesma.

O lamento esporádico da segunda morte ressoava mais alto do que os latidos do cachorrinho. Como se isso já não fosse ruim o bastante, a assombração se despedaçara. Lady Maccon não suportava desordem e, como aquele fantasma perdera sua capacidade de coesão, encontrava-se em estado ultracaótico — esvoaçava de um lado para outro naquele ambiente escuro e bolorento como tiras descoradas de um corpo totalmente desmembrado: um cotovelo aqui, uma sobrancelha acolá. A preternatural soltou um gritinho ao deparar com um único globo ocular, de cujas profundezas toda inteligência fora retirada, fitando-a do alto de uma garrafeira de vinhos. A adega também fedia a formol e carne podre.

— Francamente, sr. Lange-Wilsdorf — disse Lady Maccon em frio tom de desaprovação. — O senhor deveria ter se encarregado dessa pobre alma há semanas e nunca tê-la deixado chegar a tão mau estado.

O homem revirou os olhos, sem lhe dar importância.

— Muito pelo contrário, Espécime Fêmea, aluguei este casa por causa do fantasma. Há muito tempo me interesso por registro de estágios exatos de desanimação do *homo animus*. E, desde que tive problema com Vaticano, mudei foco dos estudos para fantasmas. Já escrevi três tratados só sobre isso. Agora, sou obrigado a admitir, ela se esvaiu bastante. Criados não querem vir aqui. Tenho que vir eu mesmo pegar vinho.

Lady Maccon por pouco não atravessou uma orelha flutuante.

— O que deve ser muito importuno.

— Mas tem sido útil. Minha teoria é que animus restante é levado por redemoinhos etéricos quando a corrente enfraquece. Acredito que meu trabalho aqui comprovou essa hipótese.

— Quer dizer que a alma navega pela corrente etérica e, quando o corpo se decompõe, seu controle sobre a alma se desintegra? Como um torrão de açúcar no chá?

— *Ya*. O que mais explicaria flutuação de partes incorpóreas? Eu desenterrei cadáver, ali.

Com efeito, havia um buraco em um canto do piso da adega, dentro do qual estava o esqueleto bastante decomposto de uma garota.

— O que houve com a coitadinha?

— Nada significativo. Consegui obter várias informações importantes de menina antes que enlouquecesse. Pais não puderam pagar para enterro. — Ele deu um muxoxo e balançou a cabeça, compassivo. — Quando se constatou que jovem tinha excesso de alma e virado fantasma, família gostou de tê-la por perto. Infelizmente, todos morreram de cólera e deixaram menina aqui, para ser desfrutada por moradores seguintes. Foi assim até eu chegar.

A preternatural observou as tiras da jovem flutuando ao redor. Uma unha do dedo do pé foi oscilando na sua direção. Na verdade, todas as partes do corpo restantes começaram a flutuar suavemente em sua direção, como água escoando para um ralo — algo a um só tempo sinistro e perturbador. Ainda assim, Lady Maccon hesitou. Seu estômago, bem como o vizinho problemático, protestavam contra o cheiro de morte, já prevendo o que ela teria de fazer a seguir. Prendendo a respiração, a preternatural se agachou perto da cova. Esta fora cavada diretamente na terra da adega, sem que se tivesse feito nenhuma tentativa de preservar o corpo para a longevidade sobrenatural até a chegada do alemão. A criança não deve ter tido muito tempo de ser um fantasma adequado antes de a loucura em virtude da carne em decomposição começar a levá-la. Era um processo cruel.

O que restara fora um esqueletinho encorujado, quase totalmente consumido por larvas e mofo. Lady Maccon tirou com cuidado uma das luvas e estendeu a mão. Escolheu a que parecia ser a parte menos decomposta da cabeça da criança e tocou-a ali. A carne estava bastante esponjosa, e afundava com facilidade, como um pão de ló molhado.

— Eca. — A preternatural retirou a mão, com um gesto de nojo.

As tênues tiras luminescentes que flutuavam na adega desapareceram no mesmo instante, dissipando-se em meio à atmosfera bolorenta assim que o toque preternatural rompeu o último elo da alma acorrentada ao corpo.

O alemão olhou ao redor, meio boquiaberto. O cachorrinho, pelo menos daquela vez, parou de latir.

— Só isso?

Ela assentiu, esfregando o dedo na saia diversas vezes. Então, levantou-se.

— Mas eu ainda nem tinha pegado bloco das anotações! Que, como se diz?, desperdício de oportunidade.

— Missão cumprida.

— Extraordinário. Nunca tinha visto preternatural pôr fim em fantasma. Impressionante mesmo. Bom, assim confirma que é mesmo o que diz que é, Espécime Fêmea. Parabéns.

Como se eu tivesse ganhado algum tipo de prêmio. Lady Maccon ergueu as sobrancelhas ante tais comentários, mas o homenzinho não pareceu notar. Então, começou a subir a escada.

O alemão a seguiu.

— Sem sombra de dúvida, extraordinário. Exorcismo perfeito. Somente preternatural poderia fazer isso com apenas um toque. Eu tinha lido a respeito, claro, mas ver bem aqui, em minha frente... Acha que efeitos são mais rápidos para senhora que para machos de sua espécie?

— Não tenho como saber, pois nunca encontrei nenhum.

— Claro, claro. *Ya.* Não podem compartilhar mesmo ambiente os preternaturais.

Lady Maccon voltou à salinha, onde Madame Lefoux e Floote tinham lhe deixado um croissant. *Ainda bem.*

— Como é que foi? — quis saber a francesa, educada, porém um tanto friamente. O último fantasma exorcizado por ela fora uma grande amiga de Madame Lefoux.

— Esponjoso.

A inventora torceu o narizinho atrevido.

— Como se supõe que deva ser.

O alemão olhou pela janela, claramente aguardando o amanhecer. O sol começava a despontar sobre os telhados, e Lady Maccon ficou feliz ao constatar que Nice talvez fosse um pouco menos suja que Paris. O cachorrinho foi de um lado a outro na salinha, latindo para um visitante de cada vez, como se não se lembrasse de sua presença, o que poderia ser o caso, considerando sua aparente falta de massa cinzenta, até por fim ir se recostar, exausto, em um pufe sob o canapé.

A preternatural terminou o croissant, usando a mão não contaminada e, em seguida, ficou esperando que lhes oferecessem camas em breve, por mais improvável que parecesse. Tinha a sensação de que fazia séculos que não dormia. Estava começando a se sentir zonza de cansaço. Ao que tudo indicava, Madame Lefoux sentia o mesmo, pois cochilara, o queixo metido no laço do plastrom. A cartola, ainda parcialmente amarrada com o lenço de Monsieur Trouvé, tinha se inclinado para frente. Até mesmo os ombros de Floote se encurvavam um pouco.

Os primeiros raios de sol se insinuaram sobre o peitoril da janela e penetraram na sala. O sr. Lange-Wilsdorf observou com ansiedade a luz tocar a perna da calça de Floote. Quando ele se deu conta de que o convidado não pegara fogo nem saíra correndo aos berros da sala, o alemãozinho relaxou, ao que tudo indicava, pela primeira vez desde que bateram à sua porta.

Como o cientista continuava a não dar o menor sinal de que disponibilizaria quartos, a preternatural respirou fundo e olhou diretamente para ele.

— Sr. Lange-Wilsdorf, para que se dar ao trabalho de realizar tantos testes? É de fato um crente? Eu acharia estranho, para um integrante da Ordem do Polvo de Cobre.

Madame Lefoux abriu os olhos ante a conversa direta da amiga e colocou a cartola no lugar com o dedo fino. Observou o homenzinho com interesse.

— Talvez, talvez. Minha pesquisa é delicada e até mesmo perigosa. Para confiar em senhoras ou ajudá-las, é importante, fundamental, que ninguém seja, como posso dizer?, *morto-vivo*.

Lady Maccon fez uma careta. Madame Lefoux se endireitou bruscamente, parecendo mais alerta. "Morto-vivo" não era um termo usado na alta sociedade. Os lobisomens, os vampiros e até mesmo os fantasmas recém-criados consideravam desagradável que se referissem a eles nesses termos, o que era compreensível. Da mesma forma como a preternatural não gostava quando os vampiros a chamavam de sugadora de almas. Era, em suma, vulgar.

— Trata-se de um termo bastante grosseiro, sr. Lange-Wilsdorf, não acha?

— É? Ah, os ingleses e sua semântica.

— Mas "mortos-vivos", com certeza, não é apropriado.

O olhar do homenzinho se tornou duro e frio.

— Suponho que depende do que considera vivente. *Ya?* Considerando meus estudos atuais, "morto-vivo" é termo perfeitamente adequado.

A francesa abriu um largo sorriso. Lady Maccon não sabia como ela fazia, mas conseguia dar a suas covinhas um ar bastante matreiro.

— Não será adequado por muito tempo.

O sr. Lange-Wilsdorf inclinou a cabeça, intrigado.

— Sabe de algo relevante para minha pesquisa, Madame Lefoux?

— Está ciente de que Lady Maccon se casou com um lobisomem?

O homenzinho anuiu.

— Acho que deveria lhe contar o que aconteceu, Alexia.

Lady Maccon fez uma careta.

— Ele pode ajudar?

— É o mais próximo que temos de um especialista em preternaturais, na Ordem do Polvo de Cobre. Pode ser que os templários saibam mais, porém é difícil dizer.

A preternatural anuiu. Ponderou suas possibilidades e, por fim, concluiu que valia a pena correr o risco.

— Estou grávida, sr. Lange-Wilsdorf.

O alemão olhou para Lady Maccon com uma nítida expressão de cobiça.

— Meus parabéns e pêsames. Não vai conseguir, claro, como se diz?, completar gestação. Não há registro de nenhuma preternatural ter feito isso. Uma grande tristeza para templários e seu programa de reprodução, claro, mas... — Ele parou de falar ao notar que Madame Lefoux continuava a sorrir. — O que está querendo dizer? Não, não pode ser. Lobisomem *engravidou* Espécime Fêmea?

A francesa e a preternatural anuíram.

O alemão deu as costas para a janela e foi se sentar perto de Lady Maccon. Perto demais. E fixou um olhar duro e voraz em seu rosto.

— Não está tentando esconder, como ingleses diriam?, pequena indiscrição?

A preternatural já estava farta daqueles joguinhos. Fitou-o de um jeito que deixava claro que a próxima pessoa a sequer sugerir que ela fora infiel seria alvo do pior que sua sombrinha tinha a oferecer. Esperara que ele soubesse de algo que provocasse uma reação diferente.

— Que tal — começou a sugerir, em tom apressado e impaciente — o senhor supor que estou lhe dizendo a verdade, e nós o deixarmos a sós, para que elabore teorias a respeito, enquanto nos dedicamos a um descanso bastante necessário?

— Claro, claro! Está grávida, precisa dormir. Imagine só, preternatural engravidar de sobrenatural. Tenho que pesquisar. Será que já tentaram fazer isso antes? Templários não pensariam em fazer acasalamento de lobisomem com preternatural. Que ideia! *Ya*, impressionante. Os senhores são, afinal das contas, opostos científicos, contrário de cada um. Como fêmeas de ambas espécies são raras, entendo por que não há registros adequados. Mas, se está dizendo a verdade, que milagre, que incrível abominação!

Lady Maccon pigarreou alto, colocando uma das mãos na barriga, a outra na sombrinha. Podia achar o bebê inconveniente e até odiá-lo, às vezes, mas era só o que faltava aquele alemãozinho com péssimo gosto em matéria de animais de estimação descrevê-lo como *abominação*.

— Como é que é?

Madame Lefoux reconheceu *aquele* tom de voz da preternatural e se levantou de supetão. Segurando a mão da amiga, tentou puxá-la para fora da salinha.

O sr. Lange-Wilsdorf se apressara a pegar um bloco de anotações e, alheio à fúria de Lady Maccon, começara a escrevinhar, ao mesmo tempo que sussurrava algo para si.

— Vamos encontrar os nossos aposentos sozinhas, certo? — sugeriu a francesa, mais alto do que os resmungos furiosos da preternatural.

O alemão fez um gesto de desdém com a caneta-tinteiro, sem nem erguer os olhos, concentrado nas próprias reflexões.

Lady Maccon conseguiu falar.

— Não posso golpeá-lo só uma vez? Bem de leve, na cabeça? Ele nem ia notar.

Floote arqueou a sobrancelha e pegou o cotovelo de Alexia, ajudando Madame Lefoux a tirá-la dali.

— Creio que é hora de ir para a cama, madame.

— Ah, está bem — cedeu ela —, já que insistem. — A preternatural fuzilou com os olhos a francesa. — Mas é melhor que esteja certa a respeito do caráter desse sujeito.

— Oh — as covinhas tornaram a aparecer —, acho que ele pode surpreendê-la.

— Servindo sapo úmido com torradas?

— Ele pode provar que você tem razão. Que Lorde Maccon é o pai desse bebê.

— Só assim isto vai valer a pena. "Espécime Fêmea", francamente! Parece até que ele quer me dissecar com uma cureta.

Quando Lady Maccon por fim desceu para tomar café na manhã seguinte, já não era, na verdade, nem mais manhã, mas o início da tarde. Madame Lefoux e Floote se encontravam sentados à pequena mesa de jantar, tal como o cientista alemão. Ele estava totalmente absorto em uma pesquisa qualquer enquanto comia — *comportamento deplorável!* Sem dúvida alguma vibrava de entusiasmo, quase tanto quanto o cachorrinho espanador.

Como era dia, tanto o sr. Lange-Wilsdorf quanto o cãozinho estavam vestidos de um jeito um pouco mais formal. A preternatural se surpreendeu. Tinha esperado que ele ainda estivesse de camisolão listrado. Em vez disso, mostrava-se perfeitamente respeitável com um paletó de lã e calça marrom. Não usava plastrom, para o desgosto de Floote. Lady Maccon ficara, talvez, menos chocada com a ausência da gravata larga do que deveria. Afinal de contas, esperava-se uma forma de vestir excêntrica por parte dos estrangeiros que encaravam os acessórios de pescoço com desconfiança, por dificultarem a identificação de zangões. Poche também trajava lã, um pedaço desse tecido amarrado em um nó, caindo em cascata no pescoço. *Ah-ha*, pensou a preternatural, *o plastrom que faltava!* A criatura saudou Lady Maccon, quando ela chegou, com os costumeiros latidos histéricos.

A preternatural acomodou-se à mesa sem ser direcionada pelo anfitrião — pois ele não parecia se importar, de qualquer forma —, e começou a se servir do repasto. Naquele dia o bebê-inconveniente não objetava à comida. O danadinho não conseguia se decidir. Madame Lefoux saudou-a com um sorriso terno, e Floote, com um aceno de cabeça.

— Senhor — disse a recém-chegada ao anfitrião.

— Boa tarde, Espécime Fêmea. — O sr. Lange-Wilsdorf nem ergueu os olhos do livro aberto e do caderno de anotações ao lado, no qual rabiscava alguma fórmula complexa.

Lady Maccon franziu o cenho.

A despeito do que se pudesse dizer sobre o alemão — e depois que usara o termo "abominação", a preternatural seguramente podia pensar em poucas e boas a dizer a *seu* respeito —, ele oferecia uma refeição decente. A comida servida para o almoço era leve, porém saborosa: verduras de inverno assadas, aves frias, pães a um só tempo macios e crocantes, bem como uma seleção de tortas de massa folhada. Alexia tirara, das profundezas da pasta de couro, uma porção do precioso chá que Ivy lhe dera. Depois de ponderar por uns instantes, também colocara uma pequena quantidade nos bolsinhos da sombrinha, para o caso de uma emergência. Felizmente, o leite continuava a ser um produto presente em todos os grupos culturais, e o chá ficou tão delicioso quanto teria ficado na Inglaterra. O que lhe deu uma pontada tão forte de saudades de sua terra, que ela ficou alguns minutos sem conseguir falar, após o gole inicial.

Madame Lefoux se deu conta de seu silêncio atípico.

— Está se sentindo bem, minha querida? — A inventora pousou a mão suavemente no braço da amiga.

Lady Maccon se sobressaltou um pouco e sentiu que os olhos se enchiam de lágrimas inaceitáveis. Francamente, naquela idade! Parecia que fazia uma eternidade que alguém não a tocava com genuíno afeto. Beijos no ar e tapinhas de três dedos na cabeça abarcavam a maior parte das ações carinhosas na casa dos Loontwill, e isso desde que ela era pequena. Fora apenas quando Conall entrara em sua vida que Alexia começara a se acostumar com a intimidade física. Ele gostava muito disso e o fazia com ela sempre que possível. Madame Lefoux não podia ser considerada tão agressiva, mas era francesa, e parecia sentir que o consolo verbal devia ser acompanhado por uma carícia reconfortante. Lady Maccon se inclinou para o abraço. A mão em seu ombro não era enorme nem calosa, e a francesa cheirava a baunilha e óleo de máquina, não a campos frescos, mas a cavalo dado não se olha os dentes.

— Ah, não é nada não. Só me lembrei de casa, por um instante. — A preternatural tomou outro gole de chá.

O alemão observou-a com curiosidade.

— Ele não tratava bem Espécime Fêmea? Marido lobisomem?

— Não no final — tergiversou ela, que não gostava de conversar sobre sua vida pessoal com alemãezinhos estranhos.

— Lobisomens, *ya*. Criaturas difíceis. O que resta de alma é só violência e emoção. É um milagre ingleses terem conseguido integrar esses espécimes em sociedade.

Lady Maccon deu de ombros.

— Tenho a impressão de que é mais difícil lidar com vampiros.

— É mesmo?

A preternatural, sentindo ter sido traiçoeiramente indiscreta, buscou uma forma de se explicar melhor.

— Sabe como eles agem, sempre cheios de bazófia e jactando-se por serem mais velhos do que nós. — Ela fez uma pausa. — Ah, mas acho que, na verdade, o senhor não sabe como são, sabe?

— Hum. Pensei que lobisomens fossem mais complicados. Por andar em alcateias e se casar com seres humanos normais.

— Bom, o *meu* lobisomem específico acabou se revelando um pouco difícil. Mas, para ser sincera, ele foi perfeitamente adequado até o final. — Lady Maccon tinha plena consciência de que "perfeitamente adequado" era um eufemismo. Conall fora um marido exemplar, à sua maneira bastante rabugenta: carinhoso, exceto quando não era preciso e, em seguida, durão, até a gentileza se fazer necessária de novo. Ela estremeceu ligeiramente ao se recordar. Também fora rude, brusco e superprotetor, mas a adorara. Ela levara um bom tempo para acreditar que merecia todo o tremendo afeto que ele lhe dava. E tê-lo tirado injustamente fora ainda mais cruel.

— E não é o final que conta? — Madame Lefoux ergueu a cabeça. Começara a não gostar de Lorde Maccon quando ele expulsara a esposa.

Lady Maccon fez uma careta.

— Falou como uma verdadeira cientista.

— Não pode perdoá-lo pelo que fez, pode? — A francesa parecia disposta a repreender a amiga.

O sr. Lange-Wilsdorf ergueu os olhos da refeição.

— Ele expulsou Espécime Fêmea? Não crê que filho é dele?

— Os uivadores nunca cantaram nada sobre um filho de lobisomem. — A preternatural mal podia acreditar, mas estava mesmo defendendo o marido. — E me amar, pelo visto, não foi o suficiente para ele relevar esse detalhe. Ele nem me deu uma chance.

O alemão meneou a cabeça.

— Lobisomens. Emoção e violência, *ya*? — Em seguida, colocou a caneta-tinteiro de forma decidida na mesa e se inclinou sobre o livro e o bloco de anotações. — Passei manhã inteira pesquisando. Meus documentos parecem confirmar a avaliação dele. Embora ausência de casos corroborativos ou de outras informações não possa ser considerada prova definitiva. No entanto, existem registros mais antigos.

— Guardados pelos vampiros? — especulou Lady Maccon, pensando nos Estatutos deles.

— Guardados pelos templários.

Floote teve um leve sobressalto. A preternatural olhou de soslaio para ele, que mastigava a comida impassivelmente.

— Então, acha que os templários devem ter alguma pista sobre como *isto* é possível? — Lady Maccon fez um gesto delicado em direção à barriga.

— *Ya*. Se já houve alguma ocorrência desse tipo, devem ter registros dela.

A preternatural teve grandes visões românticas de sua entrada triunfal no gabinete de Conall e da prova de sua inocência plantada com força na mesa — fazendo-o engolir tudo que dissera.

— E quais são suas teorias, Monsieur Lange-Wilsdorf? — perguntou Madame Lefoux.

— Creio que, se eu abandonar conceito de morto-vivo e mantiver análise etérea de composição de alma, talvez possa explicar gravidez.

— Poderá sustentar os princípios de contato epidérmico?

O alemão se mostrou impressionado.

— Tem de fato familiaridade com meu trabalho, madame. Achei que fosse formada em engenharia?

A francesa mostrou as covinhas.

— Minha tia é fantasma, tal como minha avó foi. Eu me interesso muito em compreender o excesso de alma.

O cachorrinho danado se aproximou para latir aos tornozelos de Lady Maccon e, em seguida, não satisfeito, começou a morder um dos cadarços de sua bota. A preternatural tirou o guardanapo do colo e largou-o, disfarçadamente, na cabeça de Poche. O animal tentou sair de baixo dele, sem sucesso.

— Crê que talvez tenha excesso de alma? — Ao que tudo indicava, o alemão não se dera conta do apuro por que passava seu cãozinho.

Madame Lefoux anuiu.

— É bem provável.

Lady Maccon se perguntou como seria ter consciência de que se acabaria a vida como abantesma. Ela própria morreria sem possibilidade de salvação e imortalidade. Os preternaturais não tinham almas a salvar nem para Deus, nem para fantasmas.

— Então, por que não buscar imortalidade, agora que mora em Inglaterra, onde se encorajam abertamente essas atrocidades? — O sr. Lange-Wilsdorf torceu os lábios.

A francesa deu de ombros.

— Apesar de meu modo de vestir preferido, ainda sou mulher, e sei que as minhas chances de sobreviver a uma mordida de lobisomem, sem falar da iniciação de sangue dos vampiros, são mínimas. Além do mais, não quero perder minhas poucas habilidades como inventora, junto com boa parte de minha alma. E ficar totalmente dependente da boa vontade de uma alcateia ou colmeia? Não, obrigada. E só porque minhas parentas se tornaram fantasmas não quer dizer que eu também tenha excesso de alma. No fim das contas, não gosto muito de correr riscos.

O cachorrinho conseguiu contornar toda a mesa sem tirar o guardanapo desagradável. Lady Maccon tossiu e fez a louça tilintar para disfarçar os sons das esbarradas do animal em vários objetos da sala. Floote, agora ao alcance, inclinou-se e tirou o pano da cabeça do cãozinho, lançando um olhar reprovador para a preternatural.

Lady Maccon nunca pensara em perguntar, mas, pensando bem, era mesmo estranho uma inventora com tanto talento criativo, como Madame Lefoux, não ter um patrono sobrenatural. Ela mantinha boas relações de trabalho com a Colmeia de Westminster e a Alcateia de Woolsey, porém lidava também com lobos solitários, errantes e mortais. Lady Maccon pensara que a rejeição da francesa à metamorfose e ao patronato sobrenatural se devia a objeções pessoais, não práticas. Agora, ela se via obrigada a reconsiderar: se tivesse nascido com as opções de Madame Lefoux, teria escolhido o mesmo caminho?

O alemão não se mostrou impressionado.

— Preferiria que fosse manifestante religiosa a opositora em âmbito ético, Madame Lefoux.

— É melhor, então, Monsieur Lange-Wilsdorf, que eu aja de acordo com os meus interesses, não com os seus, não é mesmo?

— Desde que resultado final seja menos sobrenatural.

— Ah, francamente. Precisamos conversar sobre política enquanto comemos? — interveio Lady Maccon.

— Claro, Espécime Fêmea, vamos dirigir conversa de volta para senhora. — O homenzinho cravou um olhar bastante duro na preternatural, e ela se sobressaltou um pouco.

— Sua gravidez é extraordinária. Até ontem à noite, eu poderia ter jurado que vampiros e lobisomens só procriavam por metamorfose. *Ya?* Seu toque preternatural anula fato de criatura sobrenatural já estar

essencialmente morta. Ele a torna mortal, *ya*, mas não humana, com certeza não bastante para procriar da forma natural.

Lady Maccon mordiscou um pedaço de fruta.

— Evidentemente essa sua afirmação é equivocada, senhor.

— Evidentemente, Espécime Fêmea. Então eu, como se diz?, reconsiderei questão. Há uma linha de indícios científicos que apoia o que senhora disse. Ela reside em fato de que tanto vampiros quanto lobisomens ainda se dedicam a... — o sr. Lange-Wilsdorf fez uma pausa, um forte rubor colorindo sua tez pálida — ... bom, atividades de quarto.

— De caráter abundante e bastante experimental, a julgar pelos boatos. — Madame Lefoux meneou as sobrancelhas de um jeito insinuante. Típico da única francesa à mesa sentir-se à vontade com aquele tema de conversa. Lady Maccon, Floote e o sr. Lange-Wilsdorf se mostraram ultraconstrangidos e compartilharam um momento de incômoda solidariedade. Então, o homenzinho prosseguiu, com coragem:

— Deve haver uma razão para impulsos de procriação não se eliminarem após metamorfose. Não obstante, nenhum de meus livros abordou esse assunto de forma adequada. Se estivessem mesmo mortos-vivos, lobisomens já não teriam que satisfazer essa função *biológica* específica.

— Então, como exatamente isso tem a ver com a minha situação? — Lady Maccon parou de comer para escutar, com renovado interesse.

— Parece claro que capacidade de seu marido de continuar a, hum, desempenhar, mesmo como lobisomem, deve estar ligada a alguma necessidade instintiva de produzir rebentos de forma tradicional. Ciência moderna diz para nós que, assim, há possibilidade de filhos, ainda que infinitesimal. O problema é, claro, inevitável aborto.

A preternatural empalideceu.

— Lamento dizer que não haverá como evitar isso. Programa de reprodução de preternaturais de templários não chegou a comprovar nada, exceto que preternaturais sempre geram filhos com suas próprias características. Uma similaridade que indica que os dois não podem compartilhar mesma atmosfera. Na verdade, Espécime Fêmea tem intolerância ao próprio bebê.

Certa vez, Lady Maccon compartilhara um ambiente com uma múmia preternatural; conhecia muito bem a sensação de mal-estar e repulsa que acabaria sentindo caso se encontrasse com outra pessoa de sua condição. Porém, ainda não se sentira assim em relação ao embrião que trazia dentro de si.

— Eu e o bebê não estamos compartilhando a mesma atmosfera — protestou.

— Sabemos que habilidades de preternaturais dependem de contato físico. Nesse aspecto, registros de templários são bem claros, e me lembro deles muito bem. Todos Espécimes Fêmea testados durante séculos eram estéreis ou não conseguiram levar gravidez adiante. Não é questão de *se* vai perder embrião e sim de *quando*.

Lady Maccon respirou fundo. Sentiu-se subitamente magoada. Além da perda de uma criança, aquilo significava que toda a rejeição e os maus-tratos de Conall tinham sido em vão. Era algo estúpido e desesperador, e...

Madame Lefoux veio em seu socorro.

— Acontece que esse pode não ser um bebê preternatural comum. O senhor mesmo disse: geralmente resultavam de cruzamentos entre preternaturais e mortais. O filho de Alexia tem um pai lobisomem e, por mais que ela o tenha tornado mortal ao tocá-lo no momento da concepção, ele continuava não sendo humano. Não de todo, pois já perdera boa parte de sua alma. Esse bebê é *diferente*. Deve ser. — Ela se virou para fitar a amiga. — Com certeza os vampiros não estão tentando matar Alexia só porque está prestes a abortar um preternatural. Sobretudo não os vampiros ingleses.

Lady Maccon deixou escapar um suspiro.

— É nestes momentos que eu gostaria de poder falar com minha mãe.

— Minha nossa! Que diferença faria isso, madame? — Floote se vira compelido a falar por causa do comentário ultrajante da preternatural.

— Bom, seja lá o que ela dissesse, eu poderia adotar o ponto de vista oposto.

O sr. Lange-Wilsdorf não se deixou distrair pela história da família.

— Não sentiu náusea nem repugnância por espécime em barriga?
Ela negou com a cabeça.
O alemão começou a sussurrar para si mesmo.
— Deve haver algo errado com meus cálculos. Talvez transmissão de intercâmbio etérico entre mãe e filho seja limitada por retenção de alma. Mas por que, então, bebê não reteria parte de alma do pai mortal? Tipo de alma diferente, talvez? — Ele riscou as anotações cuidadosas com um gesto amplo da caneta-tinteiro, virou a página e pôs-se a escrevinhar de novo.

Todos os demais observavam, calados, Lady Maccon já praticamente sem apetite, até ele parar no meio de uma anotação.

O sr. Lange-Wilsdorf ergueu os olhos, arregalando-os quando a segunda metade das afirmações de Madame Lefoux finalmente chegou ao seu cérebro.

— Vampiros tentando matar Espécime Fêmea? A senhora disse que estavam tentando assassinar essa *criatura*? Essa sentada *aqui*, em *minha* casa!

Madame Lefoux deu de ombros.
— Bom, sim. Quem mais tentariam matar?
— Mas isso quer dizer que vão vir. Que vão seguir Espécime Fêmea. Até *aqui*! Vampiros. Eu *odeio* vampiros! — Deu uma cusparada ruidosa no chão. — Instrumentos do diabo repugnantes e hematófagos. Senhoras têm que ir embora, agora! Lamento muito mesmo, mas não posso hospedar ninguém nestas circunstâncias. Nem mesmo em nome de pesquisa científica.

— Sr. Lange-Wilsdorf, que forma de tratar uma colega integrante da Ordem do Polvo de Cobre! Seja razoável, já estamos na metade do dia!

— Nem mesmo pela Ordem! — O homenzinho se levantou, dando a impressão de estar prestes a ficar tão histérico quanto o cachorrinho. — Precisam ir embora! Vou dar mantimentos, dinheiro, contatos em Itália, mas têm que sair de minha casa agora. Vão visitar templários. Eles tomarão conta de senhora, mesmo que seja só porque vampiros querem vê-la morta. Eu não tenho condições. Não posso lidar com isso.

Quando Lady Maccon se levantou, deu-se conta de que Floote, sendo como era, percebera, a certa altura da conversa, que teriam de ir embora, e fora para seus aposentos. Ali, obviamente, arrumara a pasta dela, pegara a sombrinha e os casacos, indo esperar pacientemente à saída. Ele, ao menos, não parecia nem um pouco relutante em partir.

Capítulo 9

Como não atravessar um desfiladeiro alpino

Tendo refletido bastante, Lady Maccon concluiu que talvez fosse mais seguro ir de uma vez para a Itália durante o dia. Estava se tornando bastante óbvio que, se ela esperava quaisquer respostas em relação ao seu atual estado e condição, deveria extraí-las ou dos templários, ou dos vampiros. E, dos dois, somente um tinha mais chance de conversar com ela *antes* de matá-la.

Outro detalhe vinha transparecendo. Por mais que a preternatural quisesse provar que Conall se enganara redondamente, o destino do bebê-inconveniente estava em jogo. Podia ser que ela estivesse frustrada com o pequeno parasita, mas chegara à conclusão, depois de refletir, que não desejava que ele morresse. Já haviam passado por muita coisa juntos, àquela altura. *Deixe que eu coma com regularidade*, pediu a ele em silêncio, *e eu prometo tentar desenvolver o meu instinto maternal. Detalhe: não vai ser fácil. Eu não esperava jamais ter um. Mas vou tentar.*

Fugindo de bandos assassinos, despachada por um alemão excêntrico, Lady Maccon percebeu com indiferença que acabaram fazendo o que qualquer um teria feito em circunstâncias mais mundanas — pegaram um veículo de aluguel. E, no fim das contas, o transporte contratado na França mostrou-se parecido com o da Inglaterra, sendo que mais limitado. Madame Lefoux travou uma rápida, porém intensa, conversa com o cocheiro do cabriolé e, em seguida, uma boa soma de dinheiro trocou de mãos. Então, a inventora sentou perto de Floote, e o veículo partiu em alta velocidade rumo ao litoral pelas ruas de Nice, repleta de inválidos e turistas fugindo do tempo chuvoso. A preternatural supôs se tratar de um meio de transporte prático quando se estava em fuga, porém bastante apertado para três passageiros.

O cocheiro, sentado acima e atrás deles, encorajou o cavalo a trotar depressa com o chicote longo. O animal arrancou, fazendo curvas e descendo por aleias com estrépito, a uma velocidade vertiginosa.

Em um piscar de olhos deixaram Nice para trás e passaram pela estrada de terra batida que serpenteava ao longo dos despenhadeiros e das praias da Riviera. Um passeio que normalmente Lady Maccon teria apreciado. Era um ameno dia de inverno, o Mediterrâneo de um brilhante tom azul-turquesa à sua direita. Havia pouco tráfego, e o cocheiro se descontraiu, permitindo que o cavalo avançasse a meio-galope pelas longas curvas abertas e trechos em linha reta, com isso percorrendo uma longa distância em curto espaço de tempo.

— Ele disse que ia nos levar até a fronteira — informou Madame Lefoux, em meio ao vento. — Embora tenha me cobrado uma soma considerável pelo favor, *está fazendo* a viagem em um bom ritmo.

— E como! Acha que vamos chegar à Itália antes que escureça? — Lady Maccon ajeitou a pasta com mais firmeza sob as pernas e as saias e pôs a sombrinha no colo, tentando ficar mais confortável, espremida entre a francesa e Floote. O assento fora feito para apenas dois passageiros e, apesar de nenhum deles ser muito grande, a preternatural se sentia grata por não estar usando as onipresentes anquinhas. Estava longe de ser a acomodação ideal.

O cocheiro desacelerou.

Aproveitando o ritmo mais tranquilo, Lady Maccon se levantou e se virou com dificuldade para observar a estrada sobre a capota e o assento do condutor atrás deles. Quando voltou a sentar, estava de cenho franzido.

— O que foi? — perguntou Madame Lefoux.

— Não quero preocupá-los, mas acho que estamos sendo seguidos.

A francesa também se levantou, segurando com uma das mãos a cartola e agarrando a beira da capota do cabriolé com a outra. Quando tornou a sentar, sua fronte também exibia um vinco entre as sobrancelhas perfeitamente arqueadas.

A preternatural olhou para o criado pessoal.

— Floote, como está de munição?

Ele levou a mão ao bolso interno do sobretudo e mostrou as duas armas diminutas. Em seguida, abriu o tambor: ambas estavam carregadas. Era evidente que tinha reservado um tempo para recarregar as armas de tiro único, depois das dificuldades com os vampiros. Floote buscou ainda mais fundo no bolso e tirou uma pequena quantidade de pólvora em um papel dobrado e mais oito projéteis.

Madame Lefoux estendeu o braço na frente de Lady Maccon, pegou um deles e examinou com interesse. A preternatural também o observou. Tinha sido fabricado com algum tipo de madeira de lei, com chumbo por dentro e ponta de prata.

— Projéteis à moda antiga contra notívagos. Não que venham a ser necessários a esta hora do dia. Somente os zangões poderiam nos seguir agora. Seja como for, sr. Floote, o que faz com este material? Não pode ter autorização para eliminar sobrenaturais.

— Ah. — Ele tornou a guardar os projéteis no bolso do sobretudo. — Digamos que eu os herdei, madame.

— Do sr. Tarabotti? — A francesa anuiu. — Isso explica por que são tão antigas. Melhor o senhor adquirir uma daquelas pistolas Colt, mais modernas e bem mais eficazes.

Floote olhou com certa afeição para as duas minipistolas antes de guardá-las.

— Talvez.

Lady Maccon ficou intrigada.

— Papai era um notívago oficial, não era?

— Não exatamente, milady. — Floote era sempre discreto, mas chegava a níveis sem precedentes de sigilo toda vez que o assunto Alessandro Tarabotti vinha à baila. Em algumas ocasiões Lady Maccon achava que ele o fazia por obstinação, em outras, sentia que tentava protegê-la de algo.

Embora tivesse zangões de vampiros no seu encalço, ela mal podia imaginar contra que mais ainda precisava de proteção.

Madame Lefoux arregaçou as mangas do sobretudo e deu uma olhada no próprio relógio lançador de dardos.

— Só tenho mais três dardos. Alexia?

Lady Maccon balançou a cabeça.

— Usei todos os meus na relojoaria, está lembrada? E não tenho mais nada na sombrinha, exceto o vapor de lapis lunearis para lobisomens e o emissor de interferência magnética.

Madame Lefoux deu um muxoxo, frustrada.

— Sabia que devia ter inserido mais espaço para substâncias.

— Não havia muito mais que pudesse fazer — consolou-a Lady Maccon. — Este troço já pesa duas vezes mais que uma sombrinha normal.

Floote se levantou para ver se ainda estavam sendo seguidos.

— Será que eles vão nos alcançar antes que atravessemos a fronteira? — A preternatural não sabia direito qual era a distância entre Nice e a fronteira italiana.

— Creio que sim. — Madame Lefoux, no entanto, sabia.

Floote voltou a sentar, com uma expressão muito preocupada.

Eles passavam com estrépito por um pequeno vilarejo de pescadores e, no outro lado, o calçamento de melhor qualidade na estrada permitiu que avançassem com mais velocidade.

— Vamos ter de tentar despistá-los em Mônaco. — A francesa se levantou, inclinou-se na capota e pôs-se a conversar longamente com o cocheiro. O rápido palavreado em francês dispersou-se ao vento.

Adivinhando a essência do diálogo, Lady Maccon soltou o broche de ouro e rubi da gola do vestido de viagem e colocou-o na mãozinha da francesa.

— Veja se isso não o encoraja.

O broche sumiu na capota do cabriolé. Uma chicotada ressoou. O cavalo avançou. Pelo visto, o suborno funcionava em qualquer idioma.

Eles mantiveram uma boa marcha e distância dos que os seguiam até a cidade de Mônaco, um balneário de reputação duvidosa.

O cocheiro fez uma série de curvas e viradas impressionantes, saindo da estrada principal e despistando-os em meio a ruelas. Passaram depressa por um varal de roupas e levaram consigo uma calça e um peitilho de camisa de cavalheiro, além de diversas imprecações em francês. Finalizaram sua corrida de obstáculos passando com estrépito por uma área elevada da cidade, longe do oceano, rumo aos Alpes. O cavalo agitou a cabeça, com um bufo irritado, tentando se livrar do par de antolhos escarlates.

— Vamos conseguir atravessar a região montanhosa nesta época do ano? — A preternatural tinha dúvidas. Era inverno e, embora os Alpes italianos não tivessem a reputação dos enormes maciços continentais, eram gigantescos, com picos cobertos de neve.

— Acho que sim. Seja como for, é melhor ficarmos longe da estrada principal.

O caminho foi se estreitando conforme eles começavam a subir. O cavalo desacelerou e começou a andar, resfolegando. Fora providencial, pois logo adiante começaram a surgir árvores ao longo da trilha, com um aterro em uma encosta íngreme de um lado e um barranco traiçoeiro do outro. Passaram por um indiferente rebanho de cabras marrons, com grandes sinos no pescoço e uma pastorinha furiosa; pareciam ter conseguido despistar os perseguidores.

Do lado esquerdo da janela do cabriolé, Lady Maccon viu um aparato de aspecto peculiar, acima do aterro e das árvores. Ela puxou o braço de Madame Lefoux.

— O que é isso, Genevieve?

A francesa inclinou a cabeça.

— Ah, que bom. O sistema de trilhos suspensos. Esperava que estivesse funcionando.

— E?

— Ah, sim. É um novo meio de transporte de passageiros e carga. Dei uma mãozinha no desenvolvimento dos mecanismos de controle. Devemos vê-lo completo daqui a pouco, bem ali.

O cabriolé fez uma curva na estrada, que ficou ainda mais inclinada. Diante do grupo e mais ao alto, estava o aparato, em toda a sua glória.

Para Lady Maccon, pareciam dois varais pendurados paralelamente, em cima de postes. Foi ficando claro, porém, que os cabos eram mais como trilhos de trem suspensos. Pequenas cabines, cujo tamanho e formato lembravam diligências, estavam escarranchadas em cima deles, com rodas enormes encaixadas na superfície de rolamento, avançando em solavancos rítmicos, como insetos. Cada uma delas emitia nuvens de fumaça branca na parte inferior. Penduradas em longas cordas abaixo das cabines e dos cabos, havia redes de metal oscilantes, com carregamentos de madeira serrada. Como uma aranha com uma ooteca ou um trole com um trapézio.

— Minha nossa! — Lady Maccon ficou impressionada. — São unidirecionais?

— Bom, a maioria desce a montanha com carga, mas foi projetada para subir também. Ao contrário dos trens, essas cabines suspensas não requerem estradas em zigue-zague. Uma pode simplesmente passar por cima da outra, desde que não esteja carregando uma rede, claro. Vê como os cabos contornam as laterais do teto do veículo?

A preternatural se distraiu o bastante com a invenção para se esquecer do atual apuro. Nunca vira nem ouvira falar em nada parecido — uma estrada de ferro suspensa!

Floote ficava se levantando de repente, a fim de olhar para trás da capota do cabriolé, como um polichinelo saltando de uma caixa. Como Lady Maccon já se acostumara com o padrão daqueles movimentos, acabou notando quando, em determinado momento, ele continuou de pé e demorou mais do que o normal. Madame Lefoux levantou-se e se debruçou ao seu lado, para irritação do cocheiro. Receando desequilibrar o cabriolé, a preternatural permaneceu sentada, a visão repleta de pernas com calças.

Ela ouviu um grito indistinto atrás deles e supôs que estavam sendo seguidos por zangões. Na curva fechada seguinte, vislumbrou o inimigo. Pela janela direita do cabriolé, viu uma carruagem de quatro cavalos, repleta de jovens de expressão severa, perseguindo-os implacavelmente. Havia algum tipo de armamento em cima do teto do veículo deles.

Que maravilha, pensou Lady Maccon. *Eles têm uma arma enorme.*

Ela ouviu o estouro oriundo do disparo de uma das pistolas derringer e o sibilo agudo provocado pelo lançamento de um dos dardos de Madame Lefoux.

Floote se abaixou de novo para mudar de arma e recarregar.

— Madame, receio ter de lhe informar, mas eles têm uma Nordenfelt.

— Uma o quê?

A francesa se sentou para recarregar também, enquanto Floote se levantava e atirava outra vez.

— Não tenho a menor dúvida de que a veremos em ação em breve.

Eles chegaram à área com neve.

Uma rajada de balas incrivelmente grandes passou zunindo pelo cabriolé e foi atingir uma árvore inocente. Imagine só, uma arma que atirava mais de um projétil ao mesmo tempo!

Floote sentou-se depressa.

— A Nordenfelt, madame.

O cavalo relinchou, assustado, o cocheiro praguejou e eles pararam bruscamente.

Madame Lefoux nem tentou argumentar. Saltou do cabriolé, seguida por Floote e Lady Maccon. O criado agarrou a pasta da preternatural, que, por sua vez, agarrou sua sombrinha. Sem esperar para ver se a seguiriam, ela começou a subir pelo aterro, equilibrando-se com a sombrinha, passando com grande esforço pela neve, rumo aos cabos.

Outra rajada de balas agitou a neve logo atrás dos três. Lady Maccon deixou escapar um grito de susto deveras humilhante. O que Conall faria? A preternatural não estava nem um pouco acostumada àquele tipo de artilharia. Seu marido é que era o soldado treinado, não ela. Não obstante, ela se recuperou o bastante para gritar:

— Talvez seja melhor nos espalharmos e corrermos até aquele poste de apoio.

— Certo — disse Madame Lefoux.

A rajada seguinte não chegou tão perto quanto a outra.

Pouco depois, chegaram a um ponto alto demais para serem vistos da estrada abaixo, mesmo por aquela arma giratória mortal. Além disso, a carruagem de quatro cavalos era um veículo ainda menos apropriado para enfrentar aquele tipo de estrada. Ouviram-se gritos, na certa trocados entre os zangões e o cocheiro, mas Lady Maccon sabia que em breve os jovens deixariam a preciosa Nordenfelt para trás e sairiam correndo atrás deles. Momento em que ela estaria em grande desvantagem, com as saias pesadas e sem anquinhas se arrastando pela neve.

Conforme eles se aproximaram do trilho suspenso, um dos vagões com carregamento rumava para baixo, na direção deles. Claro que o maldito veículo ia na direção contrária, de volta para a França, mas ainda podia oferecer certa proteção. Os três chegaram, por fim, ao poste de apoio. Neste havia degraus de metal de aspecto frágil, ali instalados para saídas de emergência ou consertos.

Floote parecia avaliar a situação como um general romano ultraelegante.

— O lançador de dardos de Madame Lefoux é a arma mais rápida que temos, madame.

— É verdade, Floote. Genevieve, por favor, vigie a base enquanto eu e Floote subimos.

A francesa assentiu, com uma expressão ameaçadora.

Lady Maccon não queria deixá-la sozinha, mas não restava opção. Levantou as saias enlameadas e colocou-as em um dos braços. Bem, Paris já vira seus calções íntimos, então não faria diferença se toda a França os visse também.

Ela e Floote subiram no poste.

O criado parou em uma pequena plataforma no alto, colocou a pasta da preternatural ali e se agachou a fim de atirar para baixo com a derringer, recarregando cada arma e atirando com uma de cada vez, até ficar sem munição, enquanto a francesa subia atrás deles. Nesse ínterim, Lady Maccon apontou a sombrinha para a cabine que se aproximava. Podia ver o semblante pasmo do condutor, pela janela. Ela compreendia muito bem seu aturdimento. Sua figura era o retrato perfeito de uma louca varrida — uma italiana curvilínea, com um vestido no estilo inglês totalmente imundo, cabelos desgrenhados e chapéu torto, apontando uma sombrinha feia de forma ameaçadora para seu enorme meio de transporte mecânico.

Assim que a parte frontal da cabine ficou no nível da plataforma, Lady Maccon puxou uma das pétalas de lótus protuberantes, cinzelada no cabo da sombrinha. O emissor de interferência magnética enviou seu sinal silencioso, porém eficaz, e a cabine parou, com um movimento brusco.

Dentro do veículo, Lady Maccon viu o maquinista vociferando algo para ela, confuso. Atrás de si, na plataforma, ouviu a amiga praguejar em francês. Os zangões, que, àquela altura, já haviam começado a subir o poste de apoio no seu encalço, também gritavam.

Ela se virou para ver se poderia ajudar os amigos de alguma forma. O bebê-inconveniente deu um chute em protesto contra todos os recentes esforços, mas a preternatural o ignorou, pensando: *Pare agora, Protoestorvo, vai ter tempo de fazer isso depois.*

Nesse ínterim, um dos zangões conseguira agarrar a bota de Madame Lefoux. Ela o chutava, ao mesmo tempo que tentava cobrir os próximos dez centímetros para chegar à plataforma. Floote, já sem projéteis, puxava os ombros da francesa, tentando ajudar.

Lady Maccon, pensando rápido, abriu e virou a sombrinha. O mais depressa possível, girou o botão especial instalado na ponta, selecionando a posição alternativa. Segurando o para-sol bem abaixo da extremidade da plataforma, lançou a mistura de lapis lunearis e água nos jovens que subiam a escada atrás deles.

Nitrato de prata diluído fora desenvolvido para lobisomens, não para seres humanos e, em geral, seu efeito nos mortais se reduzia a uma descoloração capilar. Mas, como os cavalheiros em questão estavam olhando para cima, a substância teve o efeito benéfico de atingir seus globos oculares e fazer com que se soltassem. Os gritos subsequentes podem ter sido quer por estarem caindo, quer pela ardência causada pela substância química; fosse como fosse, como tudo acabou com os zangões se contorcendo na neve metros abaixo, a preternatural considerou a manobra um sucesso absoluto. Entre os contorcionistas estava o jovem que agarrara a bota de Madame Lefoux. Ele continuava segurando o sapato da francesa, mas esta chegou à plataforma com uma expressão de profundo alívio no rosto bonito.

Os três correram até a cabine. Floote calou os protestos do condutor, por causa de sua invasão, quebrando a janela frontal com a pasta de Lady Maccon, entrando e dando um soco no queixo do pobre homem, que caiu feito uma pedra; seu foguista, um rapaz alto e magro, com olhos grandes e ansiosos, sujeitou-se submissamente às suas necessidades.

Não havia mais ninguém a bordo.

Lady Maccon rasgou o rodado das anquinhas, fez umas faixas e entregou-as a Floote. Este, demonstrando ter incrível talento e agilidade para dar nós, amarrou com facilidade o rapaz e seu supervisor inconsciente.

— Faz isso com muita eficiência, não é mesmo, Floote? — comentou a preternatural.

— Bom, madame, ter sido criado pessoal do sr. Tarabotti teve lá suas vantagens.

— Genevieve, sabe dirigir esta geringonça? — perguntou Lady Maccon.

— Só trabalhei nos projetos iniciais, mas, se você puder alimentar a fornalha, acho que consigo dar um jeito.

— Combinado! — A preternatural supôs que atiçar o fogo não seria muito complicado.

Dali a pouco, os efeitos do emissor de interferência magnética passaram e a enorme máquina a vapor na parte central da cabine voltou a ribombar. A cabine fora projetada com áreas de pilotagem envidraçadas em ambas as extremidades, para que o veículo não tivesse de dar a volta. Em vez disso, o maquinista simplesmente mudava de posição para conduzir na direção contrária.

Após verificar os controles, Madame Lefoux puxou para baixo uma enorme alavanca em um dos lados da cabine sacolejante e correu para o outro, a fim de puxar outro aparato similar.

Uma buzina incrivelmente alta ressoou e a geringonça, juntamente com sua rede hercúlea cheia de madeira serrada, abaixo, começou a dar marcha a ré, movendo-se na direção em que tinha vindo, tornando a subir a montanha.

Lady Maccon deu um grito de encorajamento.

Floote terminou de amarrar os dois prisioneiros.

— Sinto muito, cavalheiros — disse ele em inglês, idioma que na certa não compreendiam.

A preternatural sorriu para si mesma e continuou a alimentar a fornalha. Coitado do Floote, aquela fuga estava muito aquém de sua dignidade.

Lidar com o forno era um trabalho quente, e Lady Maccon começava a sentir o esforço de ter atravessado correndo aquela formação escarpada e, depois, subido no poste. Ela era, como Ivy comentara ironicamente certa vez, uma jovem esportista, mas seria preciso ser uma verdadeira atleta olímpica para sobreviver aos últimos três dias sem sentir algum efeito físico. Supunha que o bebê-inconveniente talvez tivesse algo a ver com sua exaustão. Porém, como nunca tinha corrido grávida, não sabia bem a quem culpar — o embrião ou os vampiros.

Madame Lefoux corria de um lado para outro na cabine, puxando alavancas e girando botões desvairadamente, e a geringonça do trilho avançou aos solavancos, obedecendo aos seus comandos, passando de um rastejar monótono e regular a uma espécie de corrida bamboleante.

— Tem certeza de que este troço aguenta esta velocidade com carga? — perguntou a preternatural da autodesignada posição de foguista.

— Não! — bradou a francesa com animação. — Eu estou tentando descobrir como soltar as correias e a rede, mas pelo visto há um dispositivo de segurança que impede o lançamento em movimento. Espere um pouco.

Floote apontou para a janela da frente.

— Acho que não contamos com tudo isso, madame.

Tanto Lady Maccon quanto Madame Lefoux ergueram os olhos de suas tarefas.

A francesa praguejou.

Outra cabine com carregamento descia pelos cabos na direção deles. Vinha rastejando devagar, mas parecia se aproximar depressa. Embora uma cabine pudesse passar por cima da outra, não fora concebida para fazê-lo com uma rede repleta de madeira serrada.

— Agora seria um bom momento para descobrir como se livrar da carga — sugeriu Lady Maccon.

Madame Lefoux olhou freneticamente debaixo do painel de controle.

A preternatural pensou em uma tática diferente. Correu até o outro lado da cabine.

— Como posso soltar a carga? — perguntou em francês, inclinando-se para o foguista assustado. — Rápido!

O jovem apontou em amedrontado silêncio para uma alavanca na lateral do motor a vapor.

— Acho que consegui! — Lady Maccon deu um salto até ela.

Nesse ínterim, a francesa dava início a uma dança ainda mais frenética na área de pilotagem, dedicando-se a um processo complexo de regulagem de botões e puxadas em alavancas, que a preternatural só podia supor permitiria que sua cabine subisse em cima da que rumava na direção deles.

Eles estavam próximos o bastante, àquela altura, para ver os gestos frenéticos do outro condutor pela janela da outra cabine.

Lady Maccon começou a puxar com toda a força a alavanca que liberaria a carga.

Os dispositivos de segurança guincharam em protesto.

Floote foi ajudar a preternatural, e juntos conseguiram baixá-la à força.

Sua cabine deu uma sacolejada e, instantes depois, eles ouviram um estrondo e inúmeros baques, conforme a carga de madeira caía montanha abaixo. Alguns momentos depois, houve uma guinada à medida que ela subia como um inseto em cima da que se aproximava, oscilando de um jeito assustador de um lado para outro, e terminando a manobra com uma sacudida adicional assim que voltou ao trilho do outro lado.

Eles não tiveram muito tempo de apreciar a vitória, pois o som metálico de projéteis atingindo o veículo anunciou a volta de seus perseguidores.

Floote foi correndo dar uma olhada na janela lateral.

— Pistolas, madame. Estão nos perseguindo a pé.

— Este troço não anda mais rápido? — perguntou a preternatural à francesa.

— Não consigo acelerar mais. — Madame Lefoux deu um sorriso travesso para Lady Maccon, mostrando as covinhas. — Precisamos levar a cabine até onde ela for e, depois, ir correndo até a fronteira.

— Do jeito que fala, parece até que é simples.

O sorriso ficou ainda mais largo. A preternatural começava a suspeitar de que a amiga era uma jovem bastante inconsequente.

— A Itália é um refúgio deveras estranho, madame. — Floote pareceu quase filosófico. Começou a percorrer altivamente a cabine, procurando objetos soltos que servissem de armas a serem lançadas.

— Você não gosta da Itália, gosta, Floote?

— Belo país, madame.

— Ah?

— Foi bem difícil para o sr. Tarabotti se libertar de lá. Ele acabou tendo de se casar com uma inglesa.

— Minha mãe? Não posso pensar em destino pior.

— Exatamente, madame. — Ele usou uma chave inglesa para quebrar uma das janelas laterais e meter a cabeça para fora. Por pouco seu trabalho não foi recompensado por um projétil.

— Do que exatamente ele queria se libertar, Floote?

— Do passado. — Pegando uma espécie de ferramenta de metal enorme, ele a atirou pela janela, num laivo de otimismo. Ouviu-se um grito de susto abaixo, e os jovens recuaram um pouco, fora do alcance dos detritos.

— Pena nós não termos matado nenhum deles quando lançamos a madeira.

— É verdade, madame.

— Que passado, Floote? — pressionou Lady Maccon.

— Um não muito bom.

A preternatural bufou, frustrada.

— Alguém já lhe disse que é insuportável? — Ela foi colocar mais lenha na fornalha.

— O tempo todo, madame. — Floote esperou até que os jovens tomassem coragem e se aproximassem de novo; então, jogou outros itens pela janela. Ele e os zangões continuaram a agir assim durante a meia hora seguinte, enquanto o sol se punha aos poucos, transformando as árvores em sombras longilíneas e levando a neve a adquirir um tom acinzentado. Uma lua cheia surgiu sobre os picos das montanhas.

— O trilho acaba logo adiante. — Madame Lefoux fez um gesto breve com a mão, antes de voltar a segurar os controles.

A preternatural parou de alimentar a fornalha e foi até a parte da frente verificar como seria o desembarque.

A estação final consistia em uma série de plataformas formando um amplo U, sobre inúmeros postes, com cabos que iam até o solo, presumivelmente usados para a madeira serrada. Havia também uma espécie de área de desembarque, construída para acomodar os já previstos turistas. Tratava-se de um sistema de roldana simples, com alguns guinchos.

— Acha que vamos conseguir descer com isso?

Madame Lefoux olhou-a de soslaio.

— Vamos torcer que sim.

Lady Maccon anuiu e se pôs a arquitetar uma forma de amarrar a pasta e a sombrinha ao corpo; precisava ficar com as mãos livres.

A cabine parou com um movimento brusco, e os três saíram pela janela quebrada o mais rápido possível. A francesa foi primeiro, agarrando uma das correias da roldana e usando-a para descer sem pensar duas vezes. *Sem sombra de dúvida, inconsequente.*

Embora a roldana tivesse começado a tiquetaquear, o sistema a levou para baixo a uma velocidade apenas levemente perigosa. Madame Lefoux aterrissou rolando de modo gracioso, e saltou de pé sobre as meias com um gritinho de euforia.

Soltando um suspiro resignado, Lady Maccon a seguiu. Agarrou com ambas as mãos a grossa tira de couro e saiu devagar da plataforma, descendo bem mais rápido do que a francesa delgada. Aterrissou com um tremendo solavanco, sentindo o doloroso impacto nos tornozelos, e se esbarrondou numa posição nada graciosa, ainda por cima levando no ombro uma feia pancada da pasta de couro. Então, rolou para o lado e olhou para baixo: a sombrinha parecia estar em melhor estado do que ela.

Madame Lefoux a ajudou a se levantar e a sair do caminho, a tempo de Floote soltar a tira e pousar com graça, dobrando o joelho para frear o impulso do corpo e fazendo a manobra parecer uma reverência. *Exibicionista.*

Eles ouviram gritos às suas costas, vindos dos zangões, que se aproximavam.

Já escurecia, mas ainda dava para ver uma trilha, que ia montanha acima, rumo ao que esperavam ser a alfândega e a fronteira italiana.

Os três saíram correndo de novo.

Lady Maccon concluiu que os exercícios que fizera naquela tarde valeriam por toda a sua vida. Estava, inclusive, suando muito — quão inadequado.

Algo passou zunindo por seu ombro. Os zangões tinham começado a atirar de novo. Não acertavam, claro, por causa do ritmo acelerado e do terreno acidentado, mas estavam chegando perto.

Adiante, a preternatural vislumbrou uma estrutura quadrada — um abrigo, na verdade — em um dos lados da estrada, em meio às árvores escuras, mas havia uma placa do outro lado parecendo ter algo ameaçador escrito em italiano. Nem portões nem barreiras tinham sido colocados no caminho para indicar que estavam prestes a sair de um país e entrar no outro, somente um montículo de terra.

E foi assim que eles cruzaram a fronteira rumo à Itália.

Os zangões continuaram a segui-los.

— Que maravilha. E agora, o que vamos fazer? — perguntou Lady Maccon, ofegante. Por algum motivo pensara que quando entrassem em terras italianas tudo mudaria.

— Continue a correr — aconselhou Madame Lefoux, o que não ajudou.

Como se respondesse à sua pergunta, o caminho deserto, que levava ao outro lado da montanha, de repente não ficou tão vazio assim.

Das sombras das árvores, em ambos os lados, surgiu um bando de homens. A preternatural só teve tempo de perceber o quanto seus trajes eram absurdos, antes de ela, a francesa e Floote se verem cercados. Uma única palavra lírica e veloz revelou que aqueles eram, de fato, italianos.

Cada um deles usava roupas comuns de camponeses — chapéu-coco, gibão e calções — e, sobre o traje, o que aparentavam ser camisolas femininas, com uma enorme cruz vermelha bordada na frente. Lembrava muito uma que Conall comprara para Alexia logo após seu casamento. O efeito cômico daquela vestimenta fora mitigado pelo fato de todos usarem um cinturão com uma espada enorme, de aspecto medieval, bem como um revólver rotundo. Lady Maccon já vira aquele tipo de arma — um Tue Tue, da Galand —, na certa modelo dos notívagos. *Mas que mundo esquisito é este*, ponderou, *em que me vejo cercada de italianos de camisola, com armas francesas modificadas pelos ingleses para matar sobrenaturais?*

O grupo de indumentária excêntrica não pareceu se perturbar com os três recém-chegados, cercando-os de um jeito que conseguia ser a um só tempo protetor e ameaçador. Então, eles se viraram para o enxame de zangões esbaforidos, que pararam, surpresos, do outro lado da fronteira.

Um dos sujeitos de vestimenta branca falou em francês:

— Eu não entraria no nosso território se fosse os senhores. Na Itália, os zangões são considerados vampiros por escolha própria e tratados como tal.

— E como provaria que somos zangões? — gritou um dos jovens.

— Eu disse que precisávamos de provas? — Diversas espadas foram desembainhadas.

Lady Maccon deu uma espiada pela lateral do italiano grandalhão que lhe tapava a visão. Os zangões, cujos contornos se delineavam sob a lua nascente, tinham parado, aturdidos. Por fim deram a volta, de ombros encurvados, talvez pensando que o seguro morreu de velho, e se puseram a descer o lado francês da montanha.

O camisoleiro-chefe se virou para os três refugiados. Desconsiderou Madame Lefoux e Floote após um olhar de desdém e voltou o semblante de nariz aquilino para a preternatural, que teve uma desagradável vista das profundezas daquelas narinas.

Lady Maccon franziu de leve o cenho ao olhar para Floote. Ele estava com uma expressão irritada, os lábios brancos, parecendo mais aborrecido com sua atual posição estacionária do que quando corria em meio a uma rajada de tiros.

— O que foi, Floote? — perguntou ela.

Ele apenas balançou de leve a cabeça.

A preternatural deixou escapar um suspiro e dirigiu os grandes olhos meigos e ingênuos aos italianos.

O líder falou em inglês incrivelmente perfeito.

— Alexia Maccon, filha de Alessandro Tarabotti, que maravilha. Fazia tempo que esperávamos pelo seu retorno. — Com isso, ele acenou de leve com a cabeça, e ela sentiu uma pontada na lateral do pescoço.

Retorno?

A preternatural ouviu Floote gritar algo, mas ele o fez de um ponto muito longínquo e, então, a lua e as árvores sombreadas giraram e ela desfaleceu, caindo nos braços, que já a esperavam, da elite antissobrenatural mais sagrada do papa, os cavaleiros templários.

O professor Randolph Lyall costumava manter uma agenda noturna, mas passara a tarde anterior à lua cheia acordado, com o intuito de fazer algumas pesquisas de última hora. Infelizmente, o que Ivy Tunstell revelara só servira para complicar a situação. A grande quantidade de mistérios só fazia aumentar. Apesar de ter passado o dia entrando em contato com todas as suas fontes e investigando todos os documentos que o DAS poderia ter, Lorde Akeldama e seus zangões continuavam desaparecidos, a gravidez de Lady Maccon permanecia teoricamente impossível e Lorde Maccon seguia inativo. Era bem provável que o Alfa não estivesse mais ébrio, porém, com a chegada da lua cheia, o Beta achara melhor trancafiá-lo, deixando instruções rigorosas para que, daquela vez, *ninguém* o soltasse, sob pena de enfrentar consequências desagradáveis.

Ele próprio ficara tão concentrado em suas investigações, que se atrasara bastante para o próprio confinamento lunar. Seus zeladores pessoais — o criado pessoal e um dos lacaios — o aguardavam no vestiário de Woolsey com uma expressão de leve pânico. Estavam acostumados a ver o Beta do castelo, o mais manso e erudito de toda a alcateia, chegar horas antes do nascer da lua.

— Sinto muito, rapazes.

— Certo, senhor, mas entende que temos que tomar as devidas precauções.

O professor Lyall, que já sentia a pressão da lua, embora ela ainda não tivesse despontado, ergueu os pulsos, obediente.

O criado pessoal colocou as algemas de prata neles, com ar constrangido. Nunca, durante todos os anos de serviço, precisara fazer aquilo com o professor Lyall.

O Beta lhe deu um meio sorriso.

— Não se preocupe, meu caro rapaz. Acontece nas melhores famílias.

Então, ele seguiu docilmente ambos os jovens pela escada rumo ao calabouço, onde os demais já se encontravam atrás das grades. Não deixava transparecer o menor indício da disciplina necessária para se manter calmo. Por pura teimosia e orgulho, combatia a transformação o máximo possível. Muito tempo depois de os dois terem tirado suas algemas pela grade da cela trancada e de ele ter despido as elegantes roupas sob medida, o professor continuou a lutar contra ela. Fê-lo por causa dos zeladores, conforme iam ficando ao lado dos vigias do primeiro turno. Pobres coitados, compelidos a testemunhar homens poderosos se tornarem escravos de impulsos bestiais, forçados a entender o que seu desejo de imortalidade exigiria que se tornassem. O professor Lyall nunca sabia ao certo de quem tinha mais pena naquela época do mês, se de si mesmo ou deles. Era a velha questão: quem sofria mais, os cavalheiros de plastrom com nó mal dado ou os que cuidavam deles?

E tal foi o último pensamento do Beta antes de a dor, o barulho e a loucura da lua cheia se apoderarem dele.

O Beta acordou com os gritos de Lorde Maccon. Para o professor Lyall, algo tão comum que quase chegava a ser tranquilizador. O alvoroço tinha a monotonia agradável da cotidianidade e do hábito.

— E quem, devo perguntar, é o Alfa desta maldita alcateia? — O rugido passava até pelas pedras densas das paredes do calabouço.

— O senhor — respondeu uma voz tímida.

— E quem está lhe dando uma ordem direta para ser libertado desta maldita cela?

— O senhor.

— Não obstante, quem continua aqui dentro?

— O senhor.

— Ainda assim, não vê minha dificuldade.

— O professor Lyall disse...
— Ao diabo com o professor Lyall!
— Pois bem, senhor.

O Beta bocejou e se espreguiçou. A lua cheia sempre os deixava um tanto tensos, depois de toda a corrida pela cela, das estabacadas em objetos e dos uivos. Não ocorriam lesões permanentes, claro, mas restava certa memória muscular dos feitos e dos atos humilhantes realizados que não se apagava mesmo após um dia inteiro de sono. Não era diferente de acordar após uma longa noite de embriaguez.

Quando os zeladores notaram que o professor Lyall tinha acordado, abriram a cela de imediato e entraram. O criado levou uma deliciosa xícara de chá quente com leite e um prato de peixe cru com hortelã picada por cima. O gosto do professor Lyall em relação a peixe era pouco comum, mas os criados haviam aprendido a lidar com aquela excentricidade. A erva, evidentemente, ajudava a mitigar o forte mau hálito de lobo. O Beta foi comendo enquanto o criado pessoal o vestia: calça bonita e macia de lã, gole de chá, camisa branca recém-passada, mordida no peixe, colete marrom com brocado, mais chá e assim por diante.

Quando o professor Lyall terminou sua ablução, Lorde Maccon já quase convencera — mas não de todo — os próprios zeladores a soltá-lo. Os jovens, que pareciam cansados, concluíram ser seguro ao menos lhe entregar a roupa pela grade. O que o conde fez com os ditos trajes mal lembrava o ato de se vestir, mas, ao menos, ele parara de andar nu de um lado para outro, vociferando com eles.

O professor Lyall foi até a cela de sua senhoria ajeitando os punhos da camisa, com fisionomia imperturbável.

— Randolph — vociferou o conde —, solte-me agora mesmo.

O Beta ignorou-o. Pegou a chave e mandou os zeladores irem atender aos demais integrantes da alcateia, que começavam a acordar.

— Lembra-se, milorde, de como era a Alcateia de Woolsey quando o senhor veio desafiar o Alfa?

Lorde Maccon parou de gritar e de andar, erguendo os olhos, surpreso.

— Claro que sim. Afinal, não faz tanto tempo assim.

— O ex-Conde de Woolsey não era um sujeito agradável, era? Um excelente lutador, sem dúvida, mas estava com alguns parafusos a menos, pela quantidade excessiva de tira-gostos vivos. "Biscoitos", costumava chamá-los. — Ele balançou a cabeça. Odiava falar sobre o antigo Alfa. — Deveras constrangedor para um carnívoro ser comparado com um biscoito, não é mesmo, milorde?

— Vá direto ao ponto, Randolph. — Nenhuma surpresa conseguia conter a impaciência de Lorde Maccon por muito tempo.

— O senhor está se tornando, digamos assim, chegado a biscoitos, milorde.

O conde respirou fundo e, então, deu um muxoxo.

— Endoideci, é?

— Talvez só esteja um pouquinho fora dos eixos.

Lorde Maccon olhou para o chão da sala, envergonhado.

— Está na hora de enfrentar suas responsabilidades, milorde. Três semanas são mais do que suficientes para se lamuriar por seu erro colossal.

— Hein?

O Beta, que já se fartara do comportamento absurdo do Alfa, era mestre na arte de escolher o momento certo. A menos que estivesse enganado, o que raramente ocorria no que dizia respeito ao chefe, Lorde Maccon estava pronto para admitir a verdade. E mesmo se por um improvável acaso o professor Lyall estivesse equivocado, não se podia permitir que o Alfa desse continuidade àquele comportamento absurdo, por pura teimosia.

— O senhor não está enganando nenhum de nós dois.

Lorde Maccon evitava reconhecer a culpa, mesmo quando se esfarelava como um biscoito metafórico.

— Mas eu a expulsei.

— Fez isso, sim, e não foi uma atitude tola?

— Talvez.

— Por quê? — O professor Lyall cruzou os braços e agitou tentadoramente a chave da cela do Alfa, com a ponta do dedo.

— Porque ela nunca teria prevaricado com outro homem, não a *minha* Alexia.

— E...?

— E o filho deve ser meu. — Ele fez uma pausa. — Com mil diabos, já imaginou, eu me tornar pai, na minha idade? — Outra parada, ainda mais longa. — Ela nunca vai me perdoar por isso, vai?

O professor Lyall não teve piedade.

— Eu não perdoaria. Mas nunca cheguei a passar por uma situação dessas.

— Ainda bem que não, ou haveria um grande lado seu que eu não conhecia.

— Não é o momento para gracejos, milorde.

O conde ficou sério.

— Mulher insuportável. Não podia ao menos ter ficado por aqui e discutido mais sobre o assunto comigo? Precisava ter fugido daquele jeito?

— Lembra-se do que disse a ela? Do que a chamou?

O rosto largo e agradável de Lorde Maccon ficou bastante pálido e tenso, à medida que ele voltava mentalmente a certo castelo na Escócia.

— Prefiro não lembrar, obrigado.

— Vai se comportar, agora? — O professor Lyall continuou a agitar a chave. — Ficar longe do formol?

— Eu acho que preciso. Até porque já tomei tudo, mesmo.

O Beta deixou o Alfa sair da cela e passou alguns minutos ajeitando sua camisa e seu plastrom, arrumando o estrago que o conde fizera ao tentar se vestir sozinho.

Lorde Maccon suportou nobremente a arrumação, sabendo do que se tratava: a compaixão inconfessa do professor Lyall. Em seguida, deu uma piscada para o Beta, afastando-o. Afinal de contas, o conde era um lobo de ação.

— O que tenho que fazer para reconquistar Alexia? Como posso convencê-la a voltar para casa?

— Está se esquecendo de que, considerando a forma como a tratou, pode ser que ela nem *queira* voltar?

— Então, vou fazer com que ela me perdoe! — O tom de voz dele, embora autoritário, mostrava-se amargurado.

— Não creio que seja assim que o perdão funcione, milorde.

— E?

— Recorda-se daquela história de rastejar aos pés dela, da qual tratamos a certa altura, quando começou a cortejá-la?

— Não me venha com essa de novo.

— Hum, não exatamente. Andei pensando que, considerando a saída dela de Londres e a natureza geralmente difamatória das fofocas que se espalharam nos jornais da sociedade desde então, rastejar *em público* seria mais apropriado, nestas circunstâncias.

— O quê? De jeito nenhum, eu me recuso a fazer isso.

— Ah, não creio que tenha escolha, milorde. Uma carta para o *Morning Post* seria a melhor opção, uma espécie de retratação. Nela deve explicar que tudo não passou de um terrível engano. Chamar o bebê de um milagre moderno. Alegar que contou com a ajuda de um cientista qualquer na concepção. Que tal recorrer àquele sujeito, MacDougall? Ele nos deve um favor por causa daquele incidente com o autômato, não deve? E é norte-americano, não vai se queixar da atenção subsequente.

— Já ponderou muito a respeito disso, não é mesmo, Randolph?

— Alguém precisava fazê-lo. O senhor, pelo visto, não estava colocando os pensamentos no alto da sua lista de prioridades, nas últimas semanas.

— Já chega. Ainda sou o seu superior.

O professor Lyall pensou que talvez tivesse ido um pouco longe demais com suas últimas palavras, mas se manteve firme.

— Bom, onde está o meu sobretudo? E cadê Rumpet? — Ele atirou a cabeça para trás. — Rumpet! — bradou, subindo depressa a escada.

— Senhor? — O mordomo foi se encontrar com ele no alto da escada. — Chamou?

— Mande alguém à cidade comprar uma passagem para a próxima travessia do Canal. Provavelmente deve sair amanhã cedo. E, de lá, um trem da França à fronteira italiana. — Ele se virou para Lyall, que subira bem mais devagar a escada do calabouço. — É para *lá* que ela foi, não é?

— Sim, mas como...?

— Porque é para lá que eu teria ido. — Lorde Maccon se virou para o mordomo. — Vou levar um pouco mais de um dia para atravessar a

França. Vou correr até a fronteira amanhã, na forma de lobisomem, e para o inferno com as consequências. Ah, e...

Naquele momento, foi a vez de o professor Lyall interrompê-lo.

— Retransmita essa ordem, Rumpet.

— E agora, o quê? Vou passar pelo *Post* quando estiver saindo da cidade e fazer com que publiquem um pedido de desculpas. É bem provável que ela esteja correndo perigo, Randolph, sem falar na gravidez. Não posso reconquistá-la perdendo tempo em Londres.

O professor Lyall respirou fundo. Devia ter imaginado que, uma vez que o Alfa estivesse totalmente são, agiria irrefletidamente.

— Isso vai além dos jornais normais. Os vampiros andam difamando a sua esposa na imprensa popular, acusando-a de cometer todo tipo de indiscrições e, a menos que eu esteja enganado, tudo está relacionado à gravidez dela. Eles não estão nada satisfeitos com isso, milorde, nem um pouco.

— Sanguessugas sórdidos. Eu vou dar um jeito neles. Por que Lorde Akeldama e seus rapazes não conseguiram neutralizar a fofoca? E, aliás, por que ele não explicou a gravidez de minha esposa? Aposto que sabe. É um sabichãozinho. Talvez até seja guardião do Estatuto, se minha intuição estiver certa.

— Esse é o outro problema: ele desapareceu, junto com seus zangões. Ao que parece, estão procurando por algo que o potentado roubou. Venho tentando descobrir o que, como e por que, mas tenho andado ocupado nos últimos tempos. Tanto o DAS quanto a alcateia ficam se metendo. Sem falar no fato de que os vampiros não estão revelando nada interessante. Ora, se não fosse a sra. Tunstell e a chapelaria, eu nem saberia o pouco que sei.

— Chapelaria? A sra. Tunstell? — Lorde Maccon pestanejou ante aquele desabafo do normalmente competente e taciturno Beta. — Está se referindo a Ivy Hisselpenny? Àquela sra. Tunstell? E a que chapelaria?

Mas o professor Lyall não quis saber de interromper seu desabafo.

— Com o senhor sempre embriagado e Channing fora daqui, estou a ponto de enlouquecer. Sério. O senhor, milorde, não pode simplesmente ir correndo para a Itália. Tem responsabilidades *aqui*.

Lorde Maccon franziu o cenho.

— Ah, sim, Channing. Eu tinha me esquecido dele.

— É mesmo? Não imaginei que fosse possível. Algumas pessoas têm muita sorte.

O conde acabou cedendo. Na verdade, preocupava-o bastante ver o sempre imperturbável Randolph tão tenso.

— Ah, está bom então, vou lhe dar três noites para ajudá-lo a destrinchar esta confusão na qual *você* nos meteu e, então, vou embora.

O professor Lyall deixou escapar o suspiro dos eternos sofredores, mas, como sabia que era o mais perto que conseguiria chegar de uma vitória com Lorde Maccon, deu-se por satisfeito. Em seguida, de modo delicado, mas firme, pôs o Alfa para trabalhar.

— Rumpet — disse ao mordomo confuso e paralisado —, chame a carruagem. Vamos para cidade esta noite.

O conde se virou para o Beta, enquanto os dois caminhavam pelo corredor e pegavam os sobretudos.

— Mais alguma informação de que eu deva tomar conhecimento, Randolph?

O professor Lyall franziu o cenho.

— Só que a srta. Wibbley ficou noiva.

— E isso deveria ter algum significado para mim?

— Acho que o senhor chegou a gostar dela certa vez, milorde.

— Cheguei? — Testa franzida. — Quão surpreendente da minha parte. Ah, sim, aquela mulher esquelética? Você entendeu mal: eu só a estava usando para provocar Alexia, na época. Ficou noiva, é? Quem é o infeliz sujeito?

— O capitão Featherstonehaugh.

— Ah, esse sobrenome sim, parece familiar. Não servimos o Exército com um capitão Featherstonehaugh na nossa última turnê na Índia?

— Não, senhor, acho que aquele era o avô dele.

— É mesmo? Como o tempo voa. Coitado. Não vai encontrar muito o que apertar naquela lambisgoia. É disso que gosto na minha esposa: é carnuda.

O Beta se limitou a dizer:

— Certo, milorde. — Embora tivesse balançado a cabeça ante a obtusidade do Alfa, que, tendo decidido que tudo transcorreria de novo às

mil maravilhas no casamento, já se referia à Lady Maccon como sua novamente. A menos que o professor Lyall estivesse enganado e as circunstâncias já houvessem demonstrado como tal resultado era improvável, a preternatural não veria a situação à mesma luz.

Eles entraram com facilidade na carruagem que exibia o brasão da alcateia, puxada por duas parelhas, usada como o principal meio de transporte pelos lobisomens quando não estavam correndo.

— Bom, que história é essa da sra. Tunstell e da chapelaria? — quis saber Lorde Maccon, acrescentando, antes que o professor Lyall pudesse responder: — Por sinal, lamento muito ter consumido sua coleção de espécimes, Randolph. Não estava pensando direito.

O Beta resmungou.

— Vou escondê-la melhor, da próxima vez.

— Por favor.

Capítulo 10

Quando a preternatural se vê às voltas com italianos taciturnos

Lady Maccon só se deu conta de que se tratava dos templários quando acordou e, mesmo assim, após um longo período de adaptação. Passaram-se vários momentos até ela descobrir que não estava exatamente sendo tratada como uma prisioneira, mas como uma hóspede relaxando nos aposentos de uma residência luxuosa, situada, a julgar pela vista, em uma cidade italiana igualmente opulenta. O quarto fora decorado em um estilo italiano adorável, e uma festa de raios de sol bailava sobre a mobília elegante e as paredes decoradas com afrescos.

A preternatural saltou da cama, para então se dar conta de que tinham lhe tirado a roupa e colocado uma camisola tão cheia de fru-frus, que seu marido teria tido ataques histéricos em circunstâncias diferentes. Ela não se sentia à vontade com a ideia de um estranho vê-la nua, tampouco sob aquela abundância de babados, mas supunha que a camisola ridícula era melhor do que nada. Logo viu que tinham lhe deixado um robe em brocado com debrum de veludo e um par de chinelos felpudos. A pasta e a sombrinha, pelo visto intocados, estavam em um pufe cor-de-rosa, ao lado da cama. Após concluir que qualquer pessoa de sensibilidade refinada teria queimado seu vestido cor de vinho arruinado, e sem encontrar outra roupa mais respeitável no quarto, ela pôs o robe, pegou a sombrinha, abriu a porta e meteu a cabeça com cautela no corredor.

O salão era mais propriamente um vestíbulo amplo, coberto com tapetes grossos e ladeado de efígies religiosas. A humilde cruz parecia ser um tema particularmente popular. Lady Maccon viu uma enorme estátua de ouro de um santo com expressão devota, exibindo flores cor de jade nos cabelos e sandálias de rubi. Começou a se perguntar se estaria dentro de algum tipo de igreja ou museu. *Igrejas têm quartos de hóspedes?* Não fazia a menor ideia. Por não ter alma a ser salva, a preternatural sempre considerara as questões religiosas fora de sua esfera de influência e interesse.

Sem ser solicitado, seu estômago registrou o total vazio que reinava em seu interior, e o bebê-inconveniente se remexeu, solidário. Lady Maccon farejou o ar. Um cheiro delicioso emanava de algum local próximo. Tinha uma visão razoável e audição adequada — embora fosse muita boa em se fazer de surda à voz do marido —, porém seu olfato a diferenciava dos seres humanos. Ela o atribuía ao nariz grande. Em todo caso, esse dom foi-lhe vantajoso naquele dia, pois a levou certeiramente a um corredor lateral, em seguida a uma sala de estar e, então, a um enorme pátio, em que uma multidão de homens se encontrava reunida a longas mesas, para comer. *Imagine só, comer do lado de fora, sem ser em um piquenique.*

A preternatural parou à entrada, insegura. Um pátio cheio de homens, e ela apenas de robe. Com tal perigo ela nunca tivera de lidar antes. Lady Maccon preparou-se para enfrentar aquela situação espantosa. *Tomara que minha mãe nunca saiba disto.*

O grupo ali sentado era estranhamente calado. Gestos eram o principal método de comunicação. Sentado à cabeceira de uma daquelas mesas, um frade de traje lúgubre lia uma Bíblia em latim monótono e ininteligível. Sem exceção, os que faziam a refeição ali eram bem morenos e trajavam roupas respeitáveis, porém não caras, no estilo campestre que os jovens amantes da caça apreciam — calções e coletes de lã e botas. Estavam também armados até os dentes. No café da manhã. Era no mínimo desconcertante.

Lady Maccon pigarreou, nervosa, e entrou no pátio.

Estranhamente, nenhum dos homens pareceu notá-la. Na verdade, nenhum deles sequer registrou sua presença. Houve alguns olhares de soslaio bastante sutis, mas, de modo geral, ela foi solenemente ignorada por todos, e havia pelo menos uns cem. A preternatural hesitou.

— Hã, olá?

Silêncio.

Não restavam dúvidas de que suas experiências prévias a haviam preparado para uma vida de omissão, mas aquilo era ridículo.

— Aqui! — Alguém agitou a mão, chamando-a a uma das mesas. Entre os cavalheiros estavam Madame Lefoux e Floote, que, para profundo alívio de Lady Maccon, também usavam roupões. Ela nunca vira o criado usar nada além do uniforme profissional, e ele aparentava estar, pobre coitado, mais constrangido do que ela pela informalidade do traje. Lady Maccon foi até eles.

A francesa, pelo visto, estava muito à vontade, embora surpreendentemente feminina naquele robe. Era estranho vê-la sem a usual cartola e a roupa masculina. Estava mais delicada e bonita. A preternatural gostou daquele novo aspecto.

Floote parecia retraído e, de vez em quando, lançava um olhar furtivo para os homens calados ao lado deles.

— Vejo que deram sumiço às suas roupas também. — Madame Lefoux falou baixinho, para não interferir na recitação bíblica. Seus olhos verdes brilharam em evidente aprovação à roupa informal da amiga.

— Bom, por acaso reparou na bainha do meu vestido, ricamente ornada em lama, ácido e baba de cachorro? Não posso condená-los. Quer dizer que estes são os famosos templários? Floote, vejo por que não gosta deles. Ladrões de roupas altamente periculosos e mudos. Provedores cruéis de uma boa noite de sono. — Ela falou em inglês, embora não tivesse dúvida de que ao menos alguns dos homens ao redor entendiam sua língua e a falavam também, se é que alguma vez abriam a boca.

A francesa fez menção de abrir espaço para a preternatural, mas Floote disse com firmeza:

— Madame, melhor que se sente ao meu lado.

Foi o que ela tentou fazer, só para descobrir que o total desprezo por sua presença se estendia ao não oferecimento de um lugar no longo banco. Floote resolveu o problema empurrando com força um de seus vizinhos, até o homem abrir espaço.

Lady Maccon se espremeu para entrar ali e, assim que se acomodou, percebeu que o sujeito mais próximo a ela julgou que precisavam dele em outro lugar. De forma sistemática, e sem nenhum movimento óbvio, a área ao seu redor se esvaziou por completo, exceto por Floote e Madame Lefoux. *Estranho.*

Ninguém lhe levou qualquer prato, tampouco um utensílio que lhe permitisse compartilhar a comida passada pelas mesas.

Floote, que já terminara de comer, ofereceu-lhe com timidez seu prato de cerâmica sujo.

— Sinto muito, madame, mas é o melhor que vai conseguir.

Lady Maccon ergueu as sobrancelhas, mas pegou-o. Que coisa esquisita a fazer. Será que todos os italianos eram tão grosseiros assim?

Madame Lefoux ofereceu à preternatural a bandeja de melão fatiado.

— Três noites de bom sono. Você apagou esse tempo todo.

— Hein?!

Floote pegou o melão quando Lady Maccon foi se servir.

— Permita que o faça para a senhora.

— Obrigada, Floote, mas não é necessário.

— Ah, madame, é sim. — Depois disso, ele lhe serviu tudo o que ela queria. Era como se quisesse evitar que ela tocasse quaisquer dos utensílios. Um comportamento peculiar, até mesmo para ele.

A francesa deu prosseguimento à explicação.

— Não me pergunte o que usaram para nos drogar. Suponho que tenha sido algum opiáceo concentrado. Mas todos nós dormimos por três noites seguidas.

— Não é à toa que eu estou tão esfomeada. — Uma situação preocupante. Lady Maccon lançou outro olhar de soslaio para os homens taciturnos e armados ao seu redor. Em seguida, deu de ombros. Comida em primeiro lugar, italianos ameaçadores em segundo. Ela se pôs a comer. O cardápio era simples, contudo delicioso, apesar de não oferecer carne alguma. Além do melão, passaram pedaços de um pão crocante salgado, com farinha na crosta, um queijo amarelo duro, de sabor intenso, maçãs e um jarro com um líquido escuro, de aroma delicioso. Floote serviu um pouco dele em sua xícara.

Lady Maccon tomou um gole experimental e ficou arrasada, com a sensação de ter sido traída. O gosto era péssimo, uma mistura de quinino e folhas de dente-de-leão queimadas.

— Este, suponho, é o abominável café?

A francesa assentiu, servindo uma pequena quantidade para si e acrescentando uma boa quantidade de mel e leite. Para Lady Maccon, nem o mel de uma colmeia inteira conseguiria salvar aquela bebida abominável. Imagine só, preferir *aquilo* a chá!

Um sino soou e, em um movimento farfalhante, a maioria dos cavalheiros se retirou, e um novo grupo entrou. Aqueles homens estavam um pouco menos bem vestidos e se moviam com menos refinamento, embora também tivessem se posto a comer em total silêncio, enquanto a Bíblia era lida em voz alta. Também andavam armados. Lady Maccon percebeu, irritada, que utensílios limpos foram colocados à frente *deles* sem o menor problema. Mas os criados, andando para lá e para cá com bandejas de comida e café, ignoraram a preternatural tão solenemente quanto os homens ao seu redor. Ora bolas, ela estava começando a se sentir bastante invisível. Deu uma cheirada discreta nas axilas. Estaria fedendo?

Só para testar uma teoria, e porque nunca pegava nada sentada — apesar de estar, naquele momento, justamente sentada —, arrastou-se no banco até o vizinho italiano mais próximo, estendendo a mão em sua direção, fingindo tentar pegar o pão. Em um piscar de olhos, o sujeito se levantou do banco e se afastou, sem chegar a fitá-la, mas observando seus movimentos com atenção, pelo canto dos olhos. Então, não apenas a ignoravam como também a evitavam.

— Floote, *o que é que* está acontecendo? Eles acham que eu sou contagiosa? Será que preciso lhes garantir que nasci mesmo com o nariz deste tamanho?

O criado franziu o cenho.

— Templários.

Ele pegou outra bandeja que teria passado direto e lhe ofereceu umas verduras cozidas no vapor.

Madame Lefoux também franziu a testa.

— Eu não imaginei que a reação deles a uma sem alma fosse tão drástica. É bizarro, mas suponho que, considerando suas crenças... — Ela parou de falar, observando Alexia, pensativa.

— O quê? O que foi que eu fiz?

— Algo superofensivo, pelo visto.

Floote grunhiu, de um jeito bastante aflootípico.

— Ela nasceu.

Por enquanto, Lady Maccon resolveu seguir o exemplo dos templários e ignorá-los também, desfrutando de sua refeição. O bebê-inconveniente e ela pareciam ter entrado em um acordo. Agora, a preternatural podia comer de manhã. Em troca, Lady Maccon começou a pensar naquele serzinho, se não com afeição, ao menos com tolerância.

Quando o segundo sino tocou, todos os homens se levantaram e começaram a sair em fila do pátio, indo cuidar de suas vidas sem ao menos pedir licença. Até mesmo o leitor da Bíblia foi embora, deixando os três sozinhos naquele ambiente enorme. Embora ela tivesse conseguido acabar de comer antes que os criados terminassem de arrumar tudo, nenhum deles levou seu prato, àquela altura duplamente sujo. Atônita, ela começou a juntar seus utensílios, pensando em levá-los à cozinha; no entanto, Floote meneou a cabeça.

— Permita-me. — Ele pegou o prato de cerâmica, deu três passos rápidos e arremessou-o sobre o muro do pátio, levando-o a se despedaçar ruidosamente na rua da cidade, do outro lado. Em seguida, fez o mesmo com a xícara dela.

A preternatural fitou-o, boquiaberta. Será que enlouquecera? Por que destruir louça de barro perfeitamente boa?

— Floote, *o que* está fazendo? Os utensílios fizeram algo ofensivo?

Ele suspirou.

— A senhora é um anátema para os templários, madame.

Madame Lefoux anuiu, em sinal de compreensão.

— Tal como os intocáveis na Índia?

— Exatamente, madame. Tudo o que entra em contato com a boca de um preternatural deve ser destruído ou purificado ritualmente.

— Ah, por favor. Então, por que me trazer até aqui? — Lady Maccon franziu o cenho. — E um deles deve ter me carregado pelo desfiladeiro alpino e me colocado na cama.

— Um manipulador profissional — explicou Floote de forma resumida, como se a explicação bastasse.

A francesa o fitou longamente.

— E por quanto tempo Alessandro Tarabotti *trabalhou* para os templários?

— O suficiente.

A preternatural lhe lançou um olhar severo.

— E por quanto tempo você trabalhou para eles?

O criado se mostrou totalmente inescrutável ante a pergunta. Lady Maccon já conhecia sua atitude; ele agia daquela forma quando estava prestes a se fechar em copas e atingir o auge da reticência. Ela se recordou vagamente, durante seu cativeiro infernal no Clube Hypocras, de um cientista comentando algo a respeito de os templários usarem preternaturais como agentes. Será que seu pai teria se rebaixado àquele ponto? Trabalhar para pessoas que não o consideravam humano? *Não. Ou será que sim?*

Em todo caso, Lady Maccon não teve oportunidade de tentar quebrar a carapaça rígida e rabugenta de Floote, pois alguém entrou no pátio, avançando em passos determinados na sua direção. Um templário, sendo que aquele se mostrava perfeitamente capaz de olhar diretamente para a preternatural.

O sujeito usava um traje prático, de classe média, que se transformara em um despautério por se encontrar sob um avental branco e sem manga com uma cruz vermelha bordada na frente. O ridículo indumento era um tanto mitigado pela presença sinistra de uma espada de proporções consideráveis. Quando ele se aproximou, Lady Maccon e Madame Lefoux se levantaram. Os babados da camisola da preternatural prenderam na madeira tosca de um jeito irritante. Ela os puxou com força e fechou mais o robe.

Observando sua roupa e, em seguida, o homem que se aproximava, Lady Maccon deu um largo sorriso. *Estamos todos vestidos para dormir.*

Aquele templário usava também um chapéu tão feio, que poderia competir com um dos investimentos favoritos de Ivy. Era branco e pontudo, com outra cruz decorando a parte frontal e brocado de ouro na borda.

Floote ficou de pé ao lado da preternatural. Então, inclinou-se e sussurrou ao seu ouvido:

— O que quer que faça, madame, não revele a existência do bebê. — Em seguida, retomou a pose clássica, rígida e empertigada de um mordomo.

O sujeito sorriu e fez uma leve reverência ao chegar perto deles. Aquilo não podia ser um sorriso, podia? Tinha dentes brancos, retíssimos, e em grande quantidade.

— Bem-vinda à Itália, filha da estirpe dos Tarabotti.

— Está falando *comigo*? — perguntou ela, tolamente.

— Sou o preceptor do templo aqui em Florença. A senhora é considerada um pequeno risco à *minha* alma eterna. Claro que terei de enfrentar cinco dias de purificação e confessionário depois de entrar em contato com a senhora, mas, até lá, sim, posso lhe dirigir a palavra.

O inglês dele parecia bom demais.

— O senhor não é italiano, é?

— Sou templário.

Sem ter ideia do que fazer a seguir, Lady Maccon resolveu recorrer à educação e à etiqueta apropriadas. Tentando esconder os chinelos felpudos sob os babados da bainha da camisola, fez uma mesura.

— Como vai? Gostaria de lhe apresentar meus amigos, Madame Lefoux e o sr. Floote.

O preceptor fez nova reverência.

— Madame Lefoux, tenho familiaridade com seu trabalho, claro. Achei muito intrigante a sua tese recente sobre os ajustes aerodinâmicos necessários para compensar as correntes etéreas.

A francesa não se mostrou nem lisonjeada nem inclinada a jogar conversa fora.

— O senhor é um homem de Deus ou da ciência?

— Às vezes, sou ambos. E, sr. Floote, como vai? Creio já ter ouvido falar no senhor também. Está em nossos registros, não é mesmo? Manteve uma forte conexão com a estirpe dos Tarabotti. Uma demonstração de lealdade intrigante, em geral não muito inspirada pelos preternaturais.

Ele não disse nada.

— Podem vir comigo, por gentileza?

Lady Maccon olhou para os companheiros. Madame Lefoux deu de ombros e Floote só pareceu um pouco mais rígido que de costume, embora pestanejasse com apreensão.

A preternatural concluiu que nada restava a fazer senão cooperar.

— Com prazer — respondeu.

O preceptor os conduziu pelo templo, sempre conversando com Lady Maccon em um tom de voz suave e melífluo.

— E que tal lhe parece a Itália, Minha Sem Alma?

Ela não gostou do fato de ele usar o possessivo, mas tentou responder à pergunta. O que era difícil, pois não vira muito do país. Não obstante, pelo que vislumbrara da janela do quarto naquela manhã, conseguiu formular uma opinião.

— É bem laranja, não é?

O preceptor deu uma risadinha.

— Tinha me esquecido de como os sem alma são ultraprosaicos. Aqui estamos nós, em Florença, a cidade mais romântica da face da Terra, a rainha do mundo artístico, e ela a acha *laranja*.

— Bom, e é mesmo. — Lady Maccon lhe lançou um olhar inquisitivo. Por que ela deveria ser a única na defensiva? — Li em algum lugar que os templários têm um ritual de iniciação que envolve um gato morto e um pato de borracha. É verdade?

— Não falamos dos segredos da irmandade com os que não pertencem a ela. Certamente não com uma sem alma.

— Sem dúvida, *gostariam* de manter isso em segredo.

Ele se mostrou consternado, porém não caiu na armadilha. Pelo visto, não podia. Não tinha como contestar o que ela dizia sem discutir os segredos que esperava esconder. A preternatural desfrutou de sua pequena vitória.

O restante do templo, pelo que viram, era tão ricamente mobiliado e decorado com temas religiosos quanto as demais áreas observadas por

Lady Maccon. Havia certo ascetismo no projeto e uma total ausência de objetos pessoais, que dava ao lugar uma inconfundível aura de monastério, apesar do luxo. O sentimento de devoção era ressaltado pela quietude.

— Aonde foram todos os outros cavalheiros? — quis saber Lady Maccon, surpresa por não ter se encontrado com um dos inúmeros que vira no pátio de refeições.

— Os irmãos estão treinando, claro.

— Oh? — Ela não sabia a que seu anfitrião se referia, embora ele achasse que ela deveria saber. — Hum, treinando o que, exatamente?

— As artes de combate.

— Ah. — A preternatural tentou uma nova tática depois disso e fez perguntas relacionadas aos artefatos expostos, na tentativa de fazê-lo revelar mais a respeito de seus planos.

O preceptor deu explicações sobre alguns, com a mesma frieza que lhe era peculiar.

— Resgatada de um tesouro no ultramar — disse, referindo-se a um fragmento de pedra desinteressante, exposto gloriosamente no alto de uma coluna de mármore. — A carta escrita pelo preceptor Terric de Jerusalém a Henrique II — explicou, sobre um rolo de papiro amarelado pelo tempo.

Madame Lefoux prestou atenção com o interesse de uma intelectual. Lady Maccon ficou intrigada com a história, mas, acima de tudo, perplexa; como considerava relíquias religiosas muito sem graça, não chegava a entender seu significado. O preceptor não revelou quaisquer segredos, apesar de seu interrogatório. Floote caminhava estoicamente atrás do trio, desprezando os artefatos descritos e se concentrando no templário que os liderava.

Por fim, concluíram a visita em uma gigantesca biblioteca, que devia ser a área de lazer. O templário não aparentava ser do tipo que teria uma sala de jogos. Não que a preternatural se importasse; sempre preferira bibliotecas.

O preceptor tocou uma sineta de mão, como as que ela vira em vacas e, em momentos, surgiu um criado de libré. Lady Maccon estreitou os olhos e tamborilou os dedos. Após uma rápida conversa em italiano, na qual o preceptor falou a maior parte do tempo, o criado foi embora.

— Você entendeu? — sussurrou a preternatural à francesa.

A amiga balançou a cabeça.

— Eu não falo italiano. E você?

— Pelo visto, não bem o bastante.

— Sério? Italiano *e* francês?

— E um pouquinho de espanhol e latim. — Lady Maccon deu um largo sorriso. Orgulhava-se de seus feitos acadêmicos. — Tivemos uma ótima governanta por um tempo. Infelizmente, mamãe descobriu que ela estava enchendo a minha cabeça de informações úteis e a dispensou, trocando-a por um professor de dança.

O criado voltou com uma bandeja coberta por um pano branco de linho. O preceptor levantou-o com um floreio, revelando não chá, mas um dispositivo mecânico.

Madame Lefoux ficou intrigada no mesmo instante. Pelo visto, preferia tais itens a chá. Gosto não se discutia.

O preceptor permitiu que a inventora examinasse longamente a engenhoca.

A preternatural achou que parecia... desconcertante.

— Algum tipo de transdutor análogo? Lembra um pouco um galvanômetro, não é mesmo? Seria uma espécie de magnetômetro?

O templário meneou a cabeça, o semblante rígido. Lady Maccon se deu conta do que a vinha incomodando tanto naquele homem — seus olhos eram vazios e inexpressivos.

— É evidente que é uma especialista em sua área, Madame Lefoux, mas não. Não se trata de um magnetômetro. Não viu um desses antes. Nem mesmo nos relatórios da famosa Real Sociedade. Embora talvez conheça seu inventor, um alemão, o sr. Lange-Wilsdorf?

— Verdade? — Lady Maccon se reanimou ao ouvir *aquele* sobrenome.

Tanto Floote quanto a francesa lhe lançaram um olhar desaprovador.

No mesmo instante a preternatural tratou de disfarçar seu interesse.

— Devo ter lido alguns trabalhos dele.

O preceptor dirigiu-lhe os olhos frios e sem vida por alguns instantes, mas pareceu aceitar o comentário.

— Claro que sim. Ele é especialista na sua área, ou seja — o sujeito mostrou os dentes perfeitos, sem chegar a sorrir —, na *senhora*, por assim dizer. Um cérebro notável, o sr. Lange-Wilsdorf. Infelizmente, descobrimos que sua fé — ele fez uma pausa significativa — não era consistente. Ainda assim, criou este incrível instrumento para nós.

— E foi projetado para detectar o quê? — Madame Lefoux continuava intrigada com a própria incapacidade de entender o aparelho.

O templário respondeu entrando em ação. Girou a manivela de forma enérgica e a máquina começou a funcionar com um leve zunido. Um pequeno bastão fora conectado a ela por uma longa corda. Havia um tampão de borracha na base do bastão, que se encaixava em uma jarra de vidro, na qual ficava a outra ponta dele. O preceptor tirou a jarra, expondo o bastão ao ar. No mesmo instante, o pequeno dispositivo começou a emitir um tique-taque metálico.

Madame Lefoux cruzou os braços, com ar cético.

— É um detector de oxigênio.

O templário negou.

— Um detector de metano?

Ele balançou a cabeça de novo.

— Não pode ser éter. Pode?

— Não pode?

A francesa ficou impressionada.

— Uma invenção milagrosa, de fato. Reverbera nas partículas alfa ou beta? — Madame Lefoux era adepta da mais recente teoria alemã, que dividia a baixa atmosfera em diversos gases respiráveis e a alta atmosfera e suas correntes de deslocamento em oxigênio e dois tipos de partículas etéreas.

— Infelizmente, não é tão exato assim. Ou, melhor dizendo, não sabemos.

— Seja como for, qualquer mecanismo para medir o éter deve ser merecidamente considerado um grande avanço científico. — Ela se inclinou de novo sobre o dispositivo, maravilhada.

— Ah, não é tão importante assim. — O preceptor conteve o entusiasmo da francesa. — Trata-se de um aparelho construído mais para registrar a *ausência* de partículas etéreas do que para medir sua presença e quantidade.

Madame Lefoux se mostrou desapontada.

O templário prosseguiu:

— O sr. Lange-Wilsdorf chamou-o de contador de absorção de éter. Posso demonstrar esse uso?

— Por favor!

Sem mais preâmbulos, ele colocou o bastão na boca, fechando os lábios em torno do tampão de borracha. Nenhuma mudança ocorreu. O aparelho continuou a emitir o mesmo tique-taque metálico.

— Ainda está registrando.

O preceptor tirou o bastão.

— Exatamente! — Ele limpou cuidadosamente o objeto com um pedaço de pano embebido em uma espécie de álcool amarelo. — É, então, Minha Sem Alma, poderia fazer o mesmo agora?

Com as sobrancelhas erguidas de interesse, ela pegou o bastão e o fez, colocando-o entre os lábios. Ele tinha o sabor agradável de algum licor de limão adocicado. Fosse lá o que o preceptor usara para limpá-lo era muito gostoso. Distraída pelo sabor, somente após alguns momentos a preternatural se deu conta de que o tique-taque metálico cessara.

— Valha-me Deus! — exclamou Madame Lefoux, talvez não tão atenta quanto deveria, pois usara uma expressão de cunho religioso na residência dos guerreiros mais devotos de Jesus.

— Merf! — fez Lady Maccon, impressionada.

— Portanto, o dispositivo não pode estar registrando éter, que está ao redor e dentro de tudo, talvez em menor quantidade na terra que na camada atmosférica do éter, mas está aqui. Para conseguir fazê-lo ficar mudo desse jeito, Alexia teria de estar morta.

— Merf — concordou a preternatural.

Como Lady Maccon sentia necessidade de falar, tirou o bastão da boca. O aparelho voltou a tiquetaquear.

— Está querendo dizer que a alma é composta de éter? É quase um sacrilégio. — Ela limpou a ponta do objeto com um pouco mais de álcool amarelo, tal como o preceptor fizera, e o passou para a francesa.

Madame Lefoux girou o bastão, examinando-o com interesse antes de colocá-lo na boca. Ele continuou a zunir.

— Merfô — foi sua opinião considerada.

Os olhos vazios e inexpressivos do preceptor não saíram de Lady Maccon.

— Não exatamente. Estou na verdade dizendo que a ausência de alma é caracterizada por uma absorção maior de partículas etéricas ambientes na pele, da mesma forma que um vácuo suga ar para compensar sua falta. O sr. Lange-Wilsdorf postula há anos que as habilidades preternaturais resultam de uma falta de éter produzido internamente e que, para compensar isso, o corpo deles tenta absorver mais éter ambiente externo. Ele inventou o dispositivo para testar essa teoria.

Floote se mexeu de leve, na costumeira posição perto da porta e, em seguida, ficou imóvel.

— Quando está na minha boca, ela não detecta nada, porque eu não tenho nada a ser detectado? Porque estou absorvendo tudo pela pele, em vez disso?

— Exato.

Madame Lefoux perguntou animadamente:

— Esse aparelho poderia detectar o excesso de alma?

— Infelizmente, não. Somente a ausência de alma. E, como a maioria dos preternaturais está registrada nos governos locais ou, ao menos, é conhecida, tal instrumento é praticamente inútil, exceto para confirmar identidades. Como acabei de fazer com a senhora, Minha Sem Alma. Devo dizer que sua presença me intriga um pouco. — Ele pegou o bastão da francesa, limpou-o outra vez e desligou o dispositivo, que deixou escapar um chiado e, em seguida, o tique-taque metálico cessou.

Lady Maccon ficou olhando fixamente para o invento enquanto o preceptor metia o bastão na jarrinha de vidro e, depois, cobria o aparelho com o pano de linho branco. Parecia-lhe estranho encontrar um dispositivo que existia apenas com um objetivo — dizer ao mundo que ela era diferente.

— Como os senhores chamam esse aparelhinho? — perguntou a preternatural, curiosa, pois ele explicara que "contador de absorção de éter" fora o nome dado pelo sr. Lange-Wilsdorf.

O templário não titubeou.

— Detector de demônios, claro.

Lady Maccon ficou espantada.

— É isso que eu sou? — Ela se virou para olhar acusadoramente para Madame Lefoux. — Você me diria se eu desenvolvesse um rabo vermelho bifurcado, não diria?

A francesa torceu os lábios, de um jeito provocante.

— Quer que eu dê uma olhada debaixo das suas saias?

A preternatural recuou depressa.

— Pensando bem, acho que eu mesma notaria se surgisse esse tipo de protuberância.

Floote franziu um dos cantos do nariz em uma expressão de desdém incrivelmente sutil.

— É um demônio para eles, madame.

— Ora, cavalheiros — Madame Lefoux se inclinou para trás, cruzou os braços e mostrou as covinhas para todos —, sejam justos. A última notícia que tive foi de que a Igreja se referia aos preternaturais como filhos do diabo.

Lady Maccon se mostrou confusa.

— Mas os senhores me ofereceram uma cama... esta camisola chamativa... e um robe. Não é a forma de se tratar uma filha do diabo.

— Sim, mas entende agora por que nenhum dos irmãos falou com você? — Era evidente que Madame Lefoux estava achando divertido aquele trecho da conversa.

— E entende a natureza de nossa dificuldade com sua presença entre nós? — Pelo visto, o preceptor considerava o fato óbvio.

Floote interveio, o tom de voz mal-humorado.

— Os senhores já descobriram um bom uso para os preternaturais no passado.

— Outrora — disse o templário a ele —, nós raramente lidávamos com *fêmeas*, e mantínhamos os demônios controlados e isolados do restante da Ordem.

Floote agiu como se o templário tivesse revelado inadvertidamente um dado fundamental.

— No passado, senhor? Já desistiram de seu programa reprodutivo?

O sujeito observou com ar pensativo o ex-criado pessoal de Alessandro Tarabotti e mordeu o lábio, como se quisesse retirar o que dissera.

— O senhor já está fora da Itália há muito tempo. Creio que o sr. Francis Galton, da Inglaterra, tem certo interesse em dar continuidade à nossa pesquisa inicial. "Eugenia" é como a está chamando. Ao que tudo indica, precisa de um método para medir a alma primeiro.

Madame Lefoux respirou fundo.

— Galton é um purista? Achei que fosse um progressista.

O templário piscou com desdém.

— Talvez seja melhor pararmos por aqui. Gostariam de conhecer a cidade? Florença é linda mesmo nesta época do ano, embora um tanto — olhou para Lady Maccon — laranja. Que tal fazer uma caminhada ao longo do Arno? Ou preferem tirar uma soneca? Planejei para amanhã um pequeno passeio para diverti-los. Acho que vão gostar.

Pelo visto, a audiência com o preceptor terminara.

Lady Maccon e Madame Lefoux entenderam a indireta.

O templário fitou Floote.

— Suponho que saberão voltar aos seus aposentos? Creio que compreendem que eu não tenho como pedir que um criado ou irmão consagrado os acompanhe.

— Ah, compreendo perfeitamente, senhor. — Floote liderou o caminho para fora dali num estado que se poderia considerar, em se tratando dele, como sendo de fúria.

Os três iniciaram a longa caminhada rumo aos quartos. O templo florentino era, sem dúvida, vasto. Alexia teria se perdido completamente, porém Floote parecia saber aonde ir.

— Bom, ele foi bastante loquaz.

O criado olhou de soslaio para Lady Maccon.

— Até demais, madame.

Ele caminhava de forma rígida, bem, mais rígida que o normal, o que significava que se aborrecera com algo.

— E o que *isso* significa? — Madame Lefoux, que se distraíra com a grosseira estátua de um porco em ônix, apressou-se a alcançá-los.

— Que o templário não pretende nos deixar ir embora, madame.

— Mas ele acabou de sugerir que fôssemos explorar Florença sozinhos! — Lady Maccon estava ficando cada vez mais confusa com a natureza paradoxal daqueles cavaleiros templários e com a opinião de Floote sobre eles. — Crê que nos seguiriam?

— Sem sombra de dúvida, madame.

— Mas por que haveriam de querer algo comigo? Se me veem como uma espécie de demônio sugador de almas e aniquilador espiritual?

— Os templários associam a guerra à fé. Consideram que, embora a senhora não possa ser salva, é útil para eles. É uma arma, madame.

Estava ficando claro que Floote tivera muito mais contato com eles do que a preternatural imaginara. Ela lera diversos diários do pai, mas era evidente que ele não escrevera *tudo*.

— Se corro perigo aqui, por que concordou com a viagem?

Floote pareceu um tanto desapontado com ela.

— Afora não ter opção? A senhora insistiu em vir para a Itália. Há diversos tipos de perigos, madame. No fim das contas, os bons guerreiros cuidam muito bem de suas armas. E os templários são bons guerreiros.

Lady Maccon anuiu.

— Ah, entendo. Para continuar viva, preciso garantir que continuem a me ver como uma arma? Estou começando a me perguntar se vale a pena enfrentar tudo isso para provar ao meu marido teimoso que ele é um idiota.

Eles chegaram aos aposentos e pararam no corredor antes de se separarem.

— Não quero parecer insensível, mas não gosto nem um pouco daquele tal preceptor — declarou a preternatural, veementemente.

— Além do óbvio, por quê? — quis saber a francesa.

— Os olhos dele são peculiares. Não há nada ali dentro, são como uma bomba de creme sem o recheio. Essa falta de recheio não é normal.

— Um motivo tão bom quanto qualquer outro para não gostar de alguém — observou Madame Lefoux. — Tem certeza de que não quer que eu dê uma olhada para ver se surgiu um rabo?

Lady Maccon confirmou:

— Tenho. — Às vezes considerava os flertes da francesa perturbadores.

— Desmancha-prazeres — provocou-a a inventora, antes de entrar no quarto. Quando a preternatural já ia ingressar no seu, ouviu um grito de raiva da amiga. — Que ultraje!

A preternatural e o criado se entreolharam, alarmados.

Uma invectiva em francês se fez ouvir pela porta ainda entreaberta.

Lady Maccon bateu com suavidade.

— Você está bem, Genevieve?

— Não, não estou! Imbecis! Veja só o que me deram para vestir!

A preternatural meteu a cabeça no quarto e viu a amiga com uma expressão de profundo pavor no rosto, segurando um vestido de guingão cor-de-rosa tão cheio de babados, que punha no chinelo a camisola de Lady Maccon.

— É um insulto!

Lady Maccon concluiu que o melhor naquele momento era se retirar.

— Por favor, me avise — disse, com um largo sorriso, parada na entrada — se precisar de ajuda com, hum, sei lá, as anquinhas?

Madame Lefoux lhe lançou um olhar ferino e a preternatural se dirigiu ao próprio quarto, vitoriosa, para então encontrar sobre a cama um vestido de babados igualmente ultrajantes. *Francamente*, pensou com um suspiro, ao colocá-lo, *será que é isto que estão usando na Itália, hoje em dia?*

O vestido era laranja.

O professor Lyall vinha buscando informações havia três noites e dois dias, sem quase dormir. Mas só conseguira uma pista sobre o paradeiro do item roubado de Lorde Akeldama com um agente fantasma de boa reputação, que recebera a missão de ficar de olho vivo no potentado — se é que se podia falar em "olho vivo" ao se referir a um fantasma.

O Beta mandara Lorde Maccon investigar mais a pista, planejando tudo de forma que o Alfa pensasse que fora sua própria ideia, claro.

O professor Lyall esfregou os olhos e os ergueu da escrivaninha. Não lograria manter o conde na Inglaterra por muito tempo. Conseguira providenciar uma série de manobras e distrações investigativas, mas o Alfa era o Alfa, e estava inquieto por saber que Alexia se encontrava em outro país, desapontada com ele.

Manter o conde ativo significava que o professor Lyall teria de lidar com o trabalho no escritório. O Beta averiguava todos os dias, após o pôr do sol, se chegara alguma transmissão etereográfica de Lady Maccon, e passava o restante do tempo lendo os arquivos mais antigos do DAS. Fora bem complicado conseguir que fossem retirados das enormes pilhas, sendo necessária a assinatura de seis formulários em três cópias, uma caixa de doces sírios para subornar o atendente e uma ordem direta de Lorde Maccon. Os registros remontavam ao período em que a Rainha Elizabeth fundara o DAS, e, embora ele os viesse examinando noite adentro, encontrara pouquíssimas referências a preternaturais, e menos ainda a mulheres dessa condição e nada sobre sua prole.

Ele suspirou e ergueu os olhos, descansando-os. O dia já despontava e, se Lorde Maccon não chegara àquela altura, voltaria nu.

A porta do escritório se abriu com um rangido, como se ativada por aquele pensamento, porém o sujeito que chegou não foi o conde. Ele era quase tão grande quanto o Alfa de Woolsey e entrou com o mesmo ar de autoconfiança, mas vestido e claramente disfarçado. Entretanto, quando o professor Lyall farejou, não teve dúvidas a respeito de sua identidade — os lobisomens tinham excelente olfato.

— Bom dia, Lorde Carnificina. Como vai?

O Conde da Alta Carnificina — comandante em chefe da Real Guarda Lupina, também conhecida como Rosnadores de Sua Majestade; marechal de campo bissexto e titular de um posto no Conselho Paralelo da Rainha Vitória — empurrou o capuz para trás e fuzilou com os olhos o professor Lyall.

— Não tão alto, Betazinho. Não precisa divulgar minha presença aqui.

— Ah, não se trata de uma visita oficial? Veio desafiar o conde para ficar com Woolsey? Lorde Maccon não está. — O primeiro-ministro regional era um dos poucos lobisomens na Inglaterra que podiam levar o Alfa a lutar com garras e pelos e já o fizera, por causa de um jogo de bridge.

— E por que eu haveria de querer fazer isso?

O Beta deu de ombros com elegância.

— O problema com os integrantes de alcateias é que supõem que nós, lobos solitários, sempre queremos o que têm.

— Diga isso aos desafiadores.

— Bom, a última coisa de que preciso é a responsabilidade adicional de uma alcateia. — O primeiro-ministro regional ajeitou o capuz no pescoço até se sentir satisfeito.

Era um sujeito que recebera a maldição mais velho, o que resultara em um rosto com papada e rugas ao redor do nariz e da boca, além de bolsas sob os olhos. Os cabelos escuros não tinham escasseado, porém se mostravam um tanto grisalhos nas têmporas; sobrancelhas grossas delineavam os olhos fundos. Devia ter sido bem-apessoado o bastante para partir alguns corações quando jovem, porém o Beta sempre achara a boca do sujeito cheia demais e o bigode e as costeletas extremamente peludos, além do aceitável.

— A que, então, devo a honra de sua visita tão cedo?

— Tenho algo para você, Betazinho. É um assunto delicado, e nem preciso dizer que meu envolvimento deve ser mantido em segredo.

— Nem precisa? — Mas ele anuiu.

O lobisomem tirou um rolo de metal do sobretudo. O professor Lyall o reconheceu na mesma hora — uma chapa de transmissor etereográfico. Pegou na escrivaninha um aparelhinho com manivela e usou-o para desenrolar cuidadosamente o metal. Deu para notar que uma mensagem já fora gravada e transmitida. A mensagem era curta e direta, cada letra impressa com capricho em seu quadrículo, e estava assinada, o que fora um tanto indiscreto.

— Uma sentença de morte emitida pelos vampiros, ordenando uma mordida fatal no pescoço de Lady Maccon. Bizarro, considerando que ela não pode ser mordida, mas suponho que o que vale é a intenção.

— Creio que se trate apenas de uma forma de expressão.

— Como queira. Uma sentença de morte é uma sentença de morte. Esta foi assinada por ninguém menos do que o *potentado*. — O professor Lyall deixou escapar um suspiro profundo, colocou o metal em cima da escrivaninha e apertou o alto do nariz.

— Compreende agora a natureza de minha dificuldade? — O primeiro-ministro regional pareceu igualmente resignado.

— Ele agiu com o respaldo da Rainha Vitória?

— Oh, não, não. Acontece que usou o etereógrafo da Coroa para enviar a ordem a Paris.

— Mas quanto desleixo da parte dele. E o senhor o pegou com a mão na massa?

— Digamos que tenho um amigo que trabalha na equipe do transmissor. Ele trocou as chapas para que nosso mensageiro destruísse a errada.

— Por que chamar a atenção do DAS para esse fato?

O primeiro-ministro regional pareceu um pouco ofendido com a pergunta.

— Eu não a estou trazendo ao DAS, mas à Alcateia de Woolsey. Lady Maccon, apesar dos boatos, continua casada com um lobisomem. E eu continuo sendo o primeiro-ministro regional. Não se pode permitir que os vampiros simplesmente matem de forma indiscriminada um dos nossos. Em hipótese alguma. Ora, é quase tão ruim quanto caçar zeladores ilegalmente. Não se pode permitir, caso contrário todos os padrões de decoro sobrenatural se perderão.

— E não se pode divulgar que a informação veio do senhor, milorde?

— Bom, eu ainda tenho que trabalhar com o sujeito.

— Ah, sim, claro. — O professor Lyall ficou meio surpreso; era raro o primeiro-ministro regional se envolver nos negócios da alcateia. Ele e Lorde Maccon nutriam certa antipatia um pelo outro desde o fatídico jogo de bridge. O conde, inclusive, parara de jogar cartas, por causa disso.

Para variar chegando na hora errada, Lorde Maccon voltou das investigações externas naquele exato momento. Entrou de forma decidida, trajando apenas o sobretudo, que tirou com um grande floreio e pendurou descuidadamente perto de um cabide, com a clara intenção de se dirigir a passos largos ao pequeno vestiário para se vestir.

Então parou, nu, farejando.

— Ah, olá, Peludo. O que está fazendo fora de sua penitenciária no Buckingham?

— Oh, por favor! — exclamou o professor Lyall, frustrado. — Cale-se, milorde.

— Lorde Maccon, indecente como sempre — comentou com aspereza o primeiro-ministro regional, ignorando o apelido que o conde usara.

Agora totalmente decidido a continuar nu, o Alfa contornou a escrivaninha do Beta, para ver o que ele lia, pois era evidente que tinha alguma relação com a presença inesperada do segundo lobisomem mais poderoso de toda a Grã-Bretanha.

O primeiro-ministro regional, demonstrando considerável autocontrole, continuou a ignorar o conde e retomou a conversa com o professor Lyall, como se o outro não os houvesse interrompido.

— Tenho a impressão também de que o cavalheiro em questão deve ter convencido a Colmeia de Westminster a seguir seu modo de pensar, ou não teria enviado a sentença.

O professor Lyall franziu o cenho.

— Ah, sim, considerando...

— Uma sentença de morte oficial! Para a minha *esposa*!

Seria de pensar, depois de vinte e tantos anos, que o professor Lyall estaria acostumado com os berros do Alfa, mas ainda se sobressaltava quando eram dados com tamanho vigor, tão perto do seu ouvido.

— Aquele monte de carne podre, covarde e hematófago! Vou arrastar a carcaça miserável dele na lua cheia, vão ver só!

O primeiro-ministro regional e o professor Lyall deram continuidade à conversa, como se Lorde Maccon não estivesse fervilhando perto deles como um mingau esquecido.

— É mesmo? Pela lógica, os preternaturais estão dentro da jurisdição do DAS.

O primeiro-ministro regional inclinou a cabeça de um lado a outro, concordando parcialmente.

— Sim, mas os vampiros parecem pensar que têm o direito de fazer justiça com as próprias presas. Evidentemente, para o potentado, o que aquela mulher está carregando na barriga *não é* preternatural e, portanto, já está fora dos limites da jurisdição do DAS.

— *Aquela mulher* é a minha esposa! E eles estão tentando matá-la! — Uma súbita e profunda suspeita, bem como um sentimento de traição, levaram o Alfa a acusar o Beta. — Randolph Lyall, sabia disso e não me contou? — Era óbvio que não queria uma resposta. — Já basta; vou embora.

— Sim, mas não importa. — O professor Lyall tentou, sem sucesso, acalmar Lorde Maccon. — O problema é o seguinte: o que eles acham que ela *está carregando* na barriga?

O primeiro-ministro regional deu de ombros e voltou a colocar o capuz, preparando-se para sair.

— Eu prefiro supor que esse seja um problema seu. Já me arrisquei o bastante para lhe revelar isso.

O Beta se levantou e se estendeu sobre a escrivaninha para cumprimentar o outro lobisomem.

— Muito obrigado por ter nos dado essa informação.

— Só não meta o meu nome nisso. É um assunto interno entre a Alcateia de Woolsey e os vampiros. Lavo meus pelos, ficando fora dessa confusão. Eu avisei que não se casasse com aquela mulher, Conall. Disse que o resultado não podia ser bom. Imagine, contrair matrimônio com uma sem alma. — Ele torceu o nariz. — Vocês, jovens, tão impetuosos.

Lorde Maccon começou a protestar, mas o professor Lyall apertou a mão do primeiro-ministro regional com veemência, do jeito que os irmãos da alcateia, não os desafiadores, faziam.

— Entendido, e muito obrigado de novo.

Com um último olhar levemente ofendido ao Alfa, que balbuciava enfurecido, enrubescido e despido, o primeiro-ministro regional saiu do escritório.

O professor Lyall, recorrendo aos longos anos de experiência, sentenciou:

— Temos que encontrar Lorde Akeldama.

Lorde Maccon se acalmou um pouco com a mudança repentina de assunto.

— Por que aquele vampiro nunca está por perto quando se precisa dele, mas sempre dá as caras quando não é necessário?

— É uma forma de arte.

Lorde Maccon soltou um suspiro.

— Bom, não posso ajudá-lo a encontrar o vampiro, Randolph, mas sei onde o potentado guardou o objeto.

O professor Lyall se entusiasmou.

— Nosso fantasma ouviu alguma coisa importante?

— Melhor ainda, ele *viu* algo. Um mapa. Pensei que poderíamos roubar o objeto, para recuperá-lo, antes de eu ir buscar minha esposa.

— E ainda não me contou para onde mandou Channing.

— Talvez eu estivesse bêbado demais para lembrar.

— Talvez, mas não creio.

Lorde Maccon escolheu aquele momento para ir se vestir, deixando o campo, mas não a informação, livre para o professor Lyall.

— Então, e esse roubo? — O Beta sabia quando era hora de desistir e seguir adiante.

— Vai ser divertido — observou o Alfa, do pequeno vestiário.

Quando ressurgiu, o professor Lyall se perguntou, não pela primeira vez, se os trajes dos cavalheiros não eram tão complexos por influência dos vampiros, como uma forma de espicaçar os lobisomens, que, por sua própria natureza, estavam sempre em uma pressa desesperadora para se vestir. Ele mesmo dominara a arte, porém Lorde Maccon jamais o faria. Levantou-se para contornar a escrivaninha e ajudar o Alfa a reabotoar o colete troncho.

— Disse que essa operação de reaquisição será divertida, milorde?

— Ainda mais se gostar de nadar.

Capítulo 11

Como Alexia descobre o pesto e um jarro misterioso

— Não seria melhor irmos até a estação de dirigíveis daqui? Monsieur Trouvé não ficou de mandar nossa bagagem para lá? — Lady Maccon fitou, com desgosto, o vestido laranja com babados que usava. — Gostaria muito de desfrutar do conforto de meu guarda-roupa.

— Concordo plenamente. — A sensação de mal-estar de Madame Lefoux era igualmente evidente, pois não estava nem um pouco à vontade na versão rosa do mesmo modelo cheio de babados. — E também gostaria de comprar algumas provisões. — A inventora lançou um olhar significativo para a sombrinha de Lady Maccon. — Sabe, só para reabastecer as áreas de emissão.

— Claro.

Embora não houvesse ninguém por perto no corredor do templo, o uso de eufemismos por parte de Madame Lefoux dava a entender que receava ser ouvida.

As duas caminharam até a entrada frontal do templo e saíram andando pelas ruas calçadas com pedra de Florença.

Apesar dos matizes alaranjados, que combinavam perfeitamente com o vestido de Lady Maccon, aquela metrópole era muito bonita. Tinha um charme delicado, que a preternatural considerou ser o equivalente visual da degustação de um bolinho quente, recheado de geleia de laranja e nata.

Mas a atmosfera sedutora e a exuberância do lugar não provinham de suas cores, e sim do agradável lado cítrico que lhe era intrínseco. O que levou Lady Maccon a se perguntar se as cidades podiam ter alma. Sentiu que, naquelas circunstâncias, era provável que Florença a tivesse de sobra. Havia até pedacinhos de casca amarga espalhados por todos os lados: a densa fumaça de tabaco que emanava dos bares e a quantidade excessiva de desafortunados mendigando nas escadarias das igrejas.

Não havia cabriolés, nem qualquer outro tipo de transporte público. Com efeito, a cidade parecia oferecer apenas um meio de locomoção: a caminhada. Lady Maccon tinha o hábito de andar. Embora seu corpo ainda estivesse um tanto dolorido por causa da aventura no alto da montanha, poderia se exercitar sem o menor problema. Afinal de contas, dormira por três dias. Floote conduziu o grupo com galhardia. Tinha uma familiaridade suspeita com a cidade e, sem titubear, passou por um largo chamado Piazza Santa Maria Novella, que soou para Lady Maccon como um conjunto de nomes de críticos literários santificados, pela Via dei Fossi, que lembrava algo relacionado a uma fascinante descoberta geológica e, finalmente, por uma ponte que levava à Piazza Pitti, que sugeria o nome de algum tipo de massa. Foi uma longa caminhada, e Lady Maccon ficou feliz por contar com a sombrinha, já que, pelo visto, a Itália não se dera conta de que era novembro, e os raios de sol os banhavam com ininterrupta disposição.

Como era de esperar, os italianos do outro lado do muro do templo eram simpáticos e animados. Vários deles acenaram para Lady Maccon e seus amigos. O que a deixou um tanto desconcertada, pois, no fim das contas, não tinha sido apresentada a nenhuma daquelas pessoas nem desejava sê-lo; não obstante, elas lhe *acenavam* quando passava. Algo deveras constrangedor. Também ficou claro que a hábil governanta de Lady Maccon fora negligente quanto à língua italiana, uma vez que não lhe ensinara que boa parte da comunicação se fazia por meio de gestos. Embora com frequência os florentinos expressassem as emoções um pouco alto demais para a refinada preternatural, era adorável observar e escutar suas conversas.

Apesar de distrações como homens sem camisa chutando bolas de borracha às margens do Arno e o idioma dançante, Lady Maccon notou que havia algo estranho.

— Estamos sendo seguidos, não estamos?

Madame Lefoux assentiu.

Lady Maccon parou no meio da ponte e olhou casualmente para trás, usando a sombrinha para disfarçar o movimento.

— Francamente, se eles queriam se esconder, não deviam estar usando aquelas ridículas camisolas brancas. Imagine só, sair em público daquele jeito.

Floote a corrigiu:

— Túnicas Sagradas da Fé e da Piedade, madame.

— Camisolas — insistiu Lady Maccon, categórica.

Eles continuaram a caminhar.

— Eu contei seis. Concordam comigo? — Lady Maccon falou baixo, mesmo sabendo que os perseguidores estavam a uma distância considerável e não podiam escutá-la.

Madame Lefoux fez beicinho.

— Creio que sim.

— Nada a se fazer, suponho.

— Não, nada.

O gramado para aterrissagem do dirigível em Florença fazia parte dos Jardins de Boboli, um extenso e viçoso parque escalonado que se situava, em toda a sua glória, nos fundos do castelo mais imponente que Lady Maccon já vira. Na verdade, o Palácio Pitti mais lembrava uma prisão de proporções surpreendentes. Eles passaram pela lateral da imensa construção até chegar ao portão dos jardins, onde foram vistoriados por um guarda uniformizado. Era um local encantador, com rica vegetação. O gramado para aterrissagem ficava logo atrás do palácio, no mesmo nível. Na parte central havia um obelisco egípcio, que funcionava como ponto de atracação, apesar de não haver um dirigível ali no momento. O depósito de bagagens e a sala de espera ficavam em uma área construída como um antigo gazebo romano. O guarda responsável levou-os com o maior prazer até a área de armazenamento de bagagens, onde Lady Maccon encontrou seus baús de viagem, o modesto conjunto de malas de alcatifa de Madame Lefoux e a mala surrada de Floote, cortesia de Monsieur Trouvé.

Enquanto os três juntavam seus pertences, Lady Maccon julgou ter visto Madame Lefoux pegar furtivamente um pequeno objeto que estava sobre a chapeleira, mas não conseguiu identificá-lo. Estava prestes a perguntar, quando um funcionário da estação se aproximou e pediu que Lady Maccon assinasse o recibo das bagagens.

Quando ela terminou, ele deu uma olhada e fez uma expressão de surpresa ao ler o nome de Alexia.

— La Diva Tarabotti?

— Sim.

— Ah. Io tenho una — ele gesticulou, pelo visto sem conseguir se lembrar bem das palavras corretas — cosa per la senhora.

E, então, saiu apressado, voltando instantes depois e entregando a Lady Maccon algo que deixou todo o grupo pasmo.

Era uma carta endereçada a La Diva Alexia Tarabotti, redigida em caligrafia arredondada porém irregular. E o remetente não fora Monsieur Trouvé, como qualquer pessoa de bom-senso teria deduzido. Oh, não, a missiva tinha sido enviada pela sra. Tunstell.

Lady Maccon virou o papel grosso dobrado, tomada de surpresa por um instante.

— Bom, isso não demonstra que Ivy sempre encontra as pessoas, não importa onde estejam?

— Espero que não, madame — comentou Floote, com veemência, antes de sair apressado para conseguir algum transporte.

O funcionário, prestativo, entregou um abridor de cartas a Lady Maccon, que rompeu o lacre.

"Minha caríssima, e mais querida das Alexias", foi o início bombástico da mensagem, que prosseguia sem sinais de moderação. "Bom, as coisas andam transcorrendo, aqui em Londres, desde que você partiu. Transcorrendo mesmo, vou lhe contar!" Para variar, estavam presentes o abuso de sinais de pontuação e a miopia semântica que eram típicos de Ivy. "Tunstell, meu amado fabuloso, conseguiu o papel principal na temporada de inverno da produção operática *HMS Pennyfarthing*, em Forthwimsey-Near-Ham! Pode imaginar?" Lady Maccon tentou desesperadamente não fazê-lo. "Para falar com rodeios, graças à minha capacidade concêntrica" — a preternatural imaginou Ivy rodopiando feito um pião —, "estou me saindo muito bem nos negócios, bem demais, para desespero de mamãe. Diga à Madame Lefoux que a chapelaria dela está indo extremamente bem e que até fiz umas melhoriazinhas." Lady Maccon passou a informação à francesa, que ficou lívida.

— Faz menos de uma semana. Quanto estrago ela pode ter causado em tão pouco tempo? — Madame Lefoux parecia tentar se convencer de que não muito.

Lady Maccon continuou a ler. "Eu tenho até vergonha de admitir assim, em letras impressas, mas precipitei inadvertidamente uma nova moda em protetores de ouvido para viagens de dirigíveis. Tive a ideia de colar mechas de cabelos postiços parisienses na parte externa das orelheiras, para que a Jovem Dama Viajante não apenas ficasse aquecida, mas desse a impressão de ter feito um penteado rebuscado. Essas cabelheiras, como as batizei, ainda oferecem o benefício adicional de enfrentar o descabelamento das brisas do éter, protegendo as melenas naturais. Bom, não me importo de lhe contar, Alexia, que elas estão vendendo aos montículos! E acabaram de ser eleitas, esta manhã, os acessórios de viagem essenciais de última moda, por nada mais nada menos que três dos principais periódicos de moda! Enviei um recorte em anexo para você ver." Lady Maccon leu aquele trecho da carta em voz alta para informar Madame Lefoux e depois entregou a ela o recorte do periódico.

"Passando para notícias escandalosas, o elegante capitão Featherstonehaugh anunciou o noivado com a srta. Wibbley, que *acabou* de terminar a escola de etiqueta para moças da sociedade! O que gerou boatos desagradáveis de que a sua irmã mais nova foi trocada por uma colegial sapeca, uma típica persona au gratin, se é que me entende! Acho que você nem vai se surpreender com isso, mas Londres está em polvorosa por causa das bodas iminentes! Espero que esteja tudo bem com você. Sua mais querida amiga de sempre, Ivy."

Lady Maccon dobrou a carta, sorrindo. Era bom relembrar as trivialidades da vida cotidiana, em que não havia templários espreitando pelas ruas de Florença, nem zangões em perseguições armadas, e nada era mais

preocupante do que a srta. Wibbley e seu comportamento de "persona au gratin".

— Bom, que conclusão você tira disso?

Madame Lefoux olhou para Lady Maccon com um ar particularmente divertido. — Imagine só, acabou de terminar a escola de etiqueta.

— Eu sei. É revoltante. As moças que acabam de concluir essa escola são como suflê: estufadas, sem muito conteúdo e com tendência a desabar à menor provocação.

Madame Lefoux deu uma risada.

— E orelheiras com cabelos postiços. Como é que vocês dizem mesmo? Era só o que faltava!

Floote retornou com um pônei e uma carroça para acomodar as bagagens.

Lady Maccon sorriu, mas foi obrigada a admitir que ficara um pouco decepcionada. Percebeu que Ivy não mencionara Lorde Maccon nem a Alcateia de Woolsey. Ou ela fora circunspecta — o que era tão provável quanto Floote começar a dançar de súbito uma giga escocesa —, ou os lobisomens de Londres estavam evitando se expor em público.

— É bem provável que se torne a proprietária exclusiva de uma loja altamente lucrativa de cabelheiras.

Madame Lefoux virou o recorte do periódico e, então, ficou imóvel, com semblante tenso.

— O que foi? Não está se sentindo bem, Genevieve?

Sem dizer nada, a inventora devolveu o recorte para Lady Maccon.

O artigo estava cortado na metade, mas dizia o suficiente.

"… surpreendeu a todos nós com um pedido de desculpas à esposa, publicado no *Morning Post*. Alegou que não apenas os boatos e acusações eram falsos, como também haviam surgido por sua culpa e que o filho não só era dele, como podia ser considerado um verdadeiro milagre da ciência moderna. Há muita especulação sobre o que teria levado o conde a publicar tal retratação. Não se tem notícia do paradeiro de Lady Maccon desde…"

Os joelhos de Lady Maccon, que até aquele momento a tinham apoiado bem, fraquejaram, e ela caiu sentada no piso de pedra do depósito da alfândega.

— Oh. — Foi só o que lhe ocorreu dizer, seguido de: — Maldição.

E então, para surpresa de todos, inclusive dela mesma, começou a chorar. E não da forma elegante e contida das verdadeiras damas, mas soluçando constrangedoramente alto, feito uma garotinha.

Madame Lefoux e Floote fitaram-na em silêncio, pasmos.

Lady Maccon apenas continuou a chorar. Por mais que tentasse, não conseguia parar.

Por fim, Madame Lefoux se ajoelhou para envolver a amiga em seus braços ossudos, mas afetuosos.

— Alexia, minha querida, o que houve? Não é uma boa notícia?

— I-i-i-idiota — balbuciou ela.

A francesa ficou sem saber o que fazer.

Lady Maccon compadeceu-se dela e, esforçando-se para se controlar, explicou:

— Eu estava tão bem, furiosa com ele.

— Quer dizer então que está chorando porque não pode mais sentir raiva dele?

— Não. Estou! — resmungou a preternatural.

Floote lhe deu um lenço enorme.

— Ela está aliviada, madame — explicou à francesa.

— Ah. — Madame Lefoux passou com delicadeza o tecido quadrado de algodão no rosto úmido da amiga.

Lady Maccon percebeu que seu comportamento estava chamando a atenção e tentou se levantar. Inúmeros pensamentos lhe ocorreram, e seus olhos começaram a lacrimejar. Ela respirou fundo, ainda abalada, e assoou o nariz ruidosamente no lenço de Floote.

Madame Lefoux deu uns tapinhas nas costas de Lady Maccon, ainda com expressão preocupada, mas Floote já mudara o foco de sua atenção.

A preternatural acompanhou o olhar dele. Quatro jovens robustos atravessavam o jardim com determinação, na direção deles.

— Com certeza esses aí *não* são templários — avisou Madame Lefoux, convicta.

— Não vejo nenhuma camisola — concordou Lady Maccon, dando uma fungada.

— Zangões?

— Zangões. — A preternatural enfiou o lenço em uma das mangas do vestido e se levantou, cambaleante.

Daquela vez os zangões pareciam decididos a não cometer erros: cada um empunhava uma faca de aspecto assustador e se aproximava sem titubear.

Lady Maccon ouviu um grito distante e teve a impressão de ter visto, em meio ao gramado, vultos de templários correndo na direção deles. Não havia como chegarem a tempo.

Lady Maccon ergueu a sombrinha com uma das mãos e, com a outra, o abridor de cartas. Madame Lefoux tentou pegar os alfinetes do plastrom. Ao se dar conta de que não usava um, praguejou e tateou ao redor em busca do objeto pesado mais próximo; então, viu sua chapeleira secreta, a mais pesada, que continha suas ferramentas, na pilha de malas na carroça atrás deles. Floote se posicionou para a luta, relaxando pernas e braços, de um jeito que a preternatural já vira antes, em uma batalha para defender o posicionamento de tendas entre dois lobisomens, na frente de sua casa. O que dera em Floote, para agir como um lobisomem?

Os zangões atacaram. Lady Maccon ergueu a sombrinha para dar um golpe certeiro, mas o para-sol foi contido por uma faca. Olhando de relance, ela viu Madame Lefoux levantar a chapeleira e arrebentar a armação de madeira na lateral do crânio de um dos zangões. Floote cerrou o punho e, com a rapidez de um boxeador — não que a preternatural entendesse de pugilismo, sendo uma dama educada —, esquivou-se de uma lâmina cortante e atingiu a barriga do oponente com dois golpes rápidos.

Ao redor do grupo, os passageiros à espera do dirigível ficaram chocados, mas nada fizeram para ajudar. Como os italianos tinham fama de ser um povo dado a emoções fortes, talvez tivessem pensado que se tratava de algum tipo multifacetado de rusga amorosa. Ou talvez que a briga fosse por causa de um jogo de bola. Lady Maccon se lembrou vagamente de ter ouvido uma matrona se queixando de que os italianos defendiam ferrenhamente suas bolas.

Um reforço seria ótimo, já que Lady Maccon nunca aprendera a lutar formalmente e Madame Lefoux, soubesse fazê-lo ou não, tinha os movimentos limitados pelo vestido cheio de babados. Em um piscar de olhos, os zangões desarmaram Lady Maccon, e a sombrinha saiu rolando pelo piso de pedra do gazebo. Eles empurraram a inventora, que se estatelou no chão. A preternatural teve a impressão de ouvir o baque da cabeça da amiga na lateral da carroça, antes de ela cair. Ao que tudo indicava, ela não ia se mover dali tão cedo. Floote continuou a lutar, mas já não era tão jovem como antigamente, sendo, para completar, muito mais velho que seu oponente.

Dois dos zangões imobilizaram Lady Maccon, segurando-a entre si, enquanto um terceiro, que constatara que Madame Lefoux não era mais uma ameaça, exibiu a faca com a clara intenção de cortar sua garganta. Daquela vez, não se deteriam. Queriam eliminar a preternatural ali mesmo, em plena luz do dia, na frente de várias testemunhas.

Ela se debateu nos braços dos dois captores, dando chutes e se contorcendo o máximo possível, evitando que eles a imobilizassem para ser esfaqueada. Ao perceber o perigo iminente que a preternatural corria, Floote lutou com mais afinco, mas a morte parecia inevitável.

Então, algo muito estranho ocorreu.

Um cavalheiro mascarado alto, encapuzado como uma paródia de um peregrino religioso, entrou em cena, parecendo estar do lado *deles*.

O herói inesperado era um homenzarrão — não tão grande quanto Conall, notou Lady Maccon, mas poucos eram —, sem dúvida muito forte. Empunhava uma espada longa, do exército britânico, e era dono de um poderoso golpe de esquerda, que Lady Maccon deduziu também ser obra do exército britânico. Sem sombra de dúvida, o mascarado usava a espada e o punho ampla e entusiasticamente.

Ao ver os captores distraídos, a preternatural deu uma joelhada nas partes íntimas de um deles, ao mesmo tempo em que girava com força, tentando se soltar do outro. O sujeito atingido na virilha esbofeteou seu rosto com as costas da mão, e ela sentiu uma explosão de dor antes de reconhecer o gosto de sangue na boca.

O mascarado reagiu de imediato ao ver a cena, golpeando com a espada e acertando a parte posterior do joelho do agressor. O zangão se contorceu.

Os zangões se reagruparam, um deles ainda segurando Lady Maccon, enquanto outros dois adotavam uma posição defensiva, para enfrentar a

nova ameaça. A preternatural notou que, naquele momento, teria mais chances de escapar e fez o que qualquer dama de classe faria: fingiu desmaiar, desabando como um peso morto em cima do captor. O zangão mudou de posição para segurá-la apenas com uma das mãos, sem dúvida para pegar a faca e cortar-lhe a garganta com a outra. Aproveitando a oportunidade, Lady Maccon apoiou os dois pés no chão e jogou o corpo para trás com toda a força, desabando junto com seu captor. Então, os dois rolaram ferozmente no piso de pedra. Naquele momento, ela se sentiu grata pelo marido ter o hábito de se embolar com ela nos lençóis, deixando-a preparada para lutar com um homem duas vezes maior do que aquele zangão.

Em seguida, como os antigos cavaleiros do passado, os templários atacaram os agressores. *Camisolas brancas ao resgate*, pensou a preternatural, satisfeita. Os zangões foram mais uma vez forçados a fugir das forças papais. Lady Maccon teve que admitir que os trajes dos templários pareciam bem menos ridículos quando empunhavam espadas resplandecentes.

Ela se levantou com dificuldade, ainda a tempo de ver seu defensor mascarado empunhar a espada ensanguentada e sair em disparada pelo gramado, na direção oposta dos zangões. Com o capote negro drapejando, o homem saltou sobre uma série de topiarias representando cervos e sumiu de vista no jardim. Evidentemente era do tipo misterioso ou, então, não gostava dos templários, ou ambos.

Lady Maccon dirigiu a atenção para Floote, que não tinha um só fio de cabelo fora do lugar. Ele, por sua vez, quis se certificar de que a preternatural e o bebê-inconveniente continuavam ilesos, depois daquela terrível provação. Lady Maccon fez uma rápida autoavaliação e descobriu que ambos estavam com fome, o que informou de imediato a Floote. Em seguida, ela se inclinou para examinar Madame Lefoux. A parte posterior da cabeça da inventora estava ensanguentada, mas ela já abrira os olhos.

— O que aconteceu?

— Nós fomos salvos por um cavalheiro mascarado.

— Pode me contar outra. — Às vezes Madame Lefoux fazia uns comentários surpreendentemente britânicos.

Lady Maccon ajudou-a a se sentar.

— Estou falando sério. Fomos mesmo. — Enquanto explicava o ocorrido, ela ajudou a inventora a subir na carroça, e ambas ficaram observando a movimentação dos templários, que tratavam de limpar a cena. Foi quase como ver o DAS entrando em ação para reorganizar tudo, depois de uma das confusões de Lady Maccon, porém com mais rapidez e menos burocracia. E, claro, Conall não circulava por ali, gesticulando com as manzorras e resmungando com ela, exasperado.

Lady Maccon se pegou sorrindo, feito uma boba. *Conall tinha pedido desculpas!*

Os passageiros do dirigível, que estavam visivelmente incomodados com a presença dos templários, mostraram-se dispostos a fazer o que quisessem, contanto que os homens de branco sumissem de vista logo.

Floote desapareceu misteriosamente, mas voltou em seguida, trazendo um sanduíche para a preternatural, consistindo em algo que se assemelhava a presunto dentro de algo que se assemelhava a um pão, e se revelou delicioso. Lady Maccon não fazia ideia de onde ele arranjara aquele lanche, mas não descartou a possibilidade de que o tivesse preparado durante a luta. Depois de realizar o esperado milagre do dia, o mordomo voltou à postura habitual e observou, ressabiado, o trabalho dos templários.

— A comunidade local tem pavor deles, não tem? — perguntou a preternatural em voz baixa, apesar de ter quase certeza de que ninguém os observava. — Devem ter muito prestígio para fazer tudo transcorrer tão harmoniosamente. Ninguém chamou a polícia, embora nossa pequena batalha tenha ocorrido em um lugar público e na frente de testemunhas.

— Um país sob o poder de Deus, madame.

— Isso acontece. — Lady Maccon torceu o nariz e olhou ao redor em busca de um pedaço de pano para colocar na nuca de Madame Lefoux. Como não encontrou nada apropriado, encolheu os ombros e arrancou um dos babados do vestido laranja. A inventora aceitou-o de bom grado.

— Todo cuidado é pouco com ferimentos na cabeça. Tem certeza de que está se sentindo bem? — perguntou Lady Maccon, observando a amiga, preocupada.

— Está tudo bem, posso garantir. Com exceção, é claro, do meu orgulho. Na verdade, eu tropecei. Ele não me subjugou. Francamente, não sei como vocês, damas, conseguem correr por aí com saias longas todos os dias, o tempo todo.

— Em geral não há muito corre-corre. É por isso que você se veste como homem, então, por pura praticidade?

Apesar de não estar com o bigode postiço naquele momento, Madame Lefoux deu a impressão de que queria torcê-lo, em pensamento.

— Até certo ponto.

— Você gosta de chocar as pessoas, admita.

A francesa a encarou com um olhar maroto.

— Como se você não gostasse.

— Touché. Apesar de fazermos isso de um jeito diferente.

Após terminarem de organizar tudo, os templários desapareceram com altivez em meio às folhagens dos Jardins de Boboli. Embora tivessem agido com violência para defender Lady Maccon, não se dirigiram a ela, tampouco olharam em sua direção. A preternatural ficou desapontada ao notar que, assim que os templários saíram de cena, a população local, inclusive o amável funcionário da estação, passou a encará-la com desconfiança e desdém.

— Persona non grata de novo — constatou Lady Maccon, com um suspiro. — Um belo país, como você diz, Floote, mas o povo... O povo... — Ela subiu na carroça.

— É verdade, madame. — Com isso, Floote tomou o assento do cocheiro e, segurando as rédeas com firmeza, conduziu o pônei e as bagagens pelos Jardins de Boboli, enveredando pelas ruas da cidade. Ele seguiu com cuidado pelo caminho irregular, preocupado com a cabeça de Madame Lefoux.

Durante o percurso, o mordomo parou em um pequeno restaurante e, apesar da presença ainda mais contundente do abominável café e do excessivo tabaco, os italianos voltaram a subir no conceito de Lady Maccon, uma vez que ela desfrutou da melhor refeição de toda a sua vida.

— Esta tortinha rechonchuda com molho verde — comentou a preternatural — deve ser a comida dos deuses. Declaro, a quem interessar possa, que pouco me importa o que os templários fizerem: eu adoro este país.

Madame Lefoux sorriu.

— Mudou de opinião tão rápido assim?

— Já provou este molho verde? Como é que o chamam mesmo? Peste ou algo assim? Um prodígio da culinária.

— Pesto, madame.

— Isso mesmo, Floote! Magnífico. Carregado no alho. — Para ilustrar seu ponto de vista, ela comeu outro bocado antes de continuar. — Parece que colocam alho em tudo aqui. Incrível.

Floote meneou discretamente a cabeça.

— Permita-me discordar, madame. Na verdade, é questão de bom-senso. Os vampiros são alérgicos a alho.

— Não é de admirar que seja tão raro no nosso país.

— Provoca terríveis crises de espirros. Muito parecidas com as que a srta. Evylin costumava ter perto de felinos.

— E quanto aos lobisomens?

— O manjericão, madame.

— Sério? Que intrigante. Também provoca espirros?

— Creio que provoca coceira na parte interna da boca e do nariz — explicou Floote.

— Então, esse pesto, que eu tanto aprecio, não passa de uma infame arma antissobrenatural italiana? — Lady Maccon fixou os olhos escuros, de modo acusador, em Madame Lefoux. — Ainda assim, não há pesto nos armamentos da minha sombrinha. Acho que precisamos corrigir isso imediatamente.

A inventora não chegou a explicar que a amiga não podia perambular por aí com uma sombrinha cheirando a alho e manjericão. Não precisou fazê-lo, já que Lady Maccon desviara a atenção para uma espécie de laranja — cuja cor, naturalmente, era laranja — que chegara à mesa, envolta em uma fina fatia de carne de porco, muito semelhante a toucinho defumado. Ela ficou encantada.

— Devo supor que é outra arma?

— Não, a menos que se torne, de súbito, inimiga dos judeus, madame.

Foi muito propício eles terem se alimentado, pois não havia comida quando retornaram. Após uma longa parada no alquimista, que na

Itália também fornecia produtos farmacêuticos e equipamentos de pesca, para comprar os itens aos quais a francesa se referira como "algumas provisões", o grupo voltou ao templo. Só para descobrir que, apesar de ainda ser cedo — não eram nem seis horas —, os templários já haviam se recolhido, para participar de uma prolongada oração silenciosa.

Enquanto Madame Lefoux se concentrava em reabastecer a sombrinha e Floote se dedicava a misteriosas tarefas de mordomo, Lady Maccon foi até a biblioteca. Como ninguém a interrompeu, ela começou a ler vários livros e registros com interesse. Levara o recorte de periódico de Ivy e resolveu reler o artigo várias vezes. *Uma confissão de culpa por escrito, dá para acreditar?*, ruminou ela. *Está vendo só, bebê-inconveniente, a situação não é tão grave assim.*

Lady Maccon não encontrou a informação que mais lhe interessava: qualquer texto relacionado ao programa de reprodução de preternaturais ou ao uso de agentes sem alma por parte dos templários. Não obstante, encontrou textos cativantes o bastante para se manter entretida noite adentro. Era mais tarde do que pensava quando finalmente olhou ao redor e constatou que reinava um silêncio absoluto no templo, mas não como se poderia esperar em um local onde todos rezam e andam em passos suaves. Não, era o silêncio característico de cérebros adormecidos, algo que somente fantasmas presenciavam com certa tranquilidade.

Lady Maccon foi pé ante pé até seus aposentos, mas, então, sentindo uma presença que não soube definir muito bem, mudou de direção e seguiu por uma pequena galeria. Não havia qualquer decoração ali: nem cruzes, nem imagens religiosas, e dava acesso a uma escadinha estreita, que ela teria julgado reservada à criadagem, não fosse pelo fato de ser arqueada, cheia de mofo e com uma aparência antiquíssima.

Decidiu explorar o lugar.

Aquela decisão provavelmente não fora uma das mais inteligentes de sua vida. Mas quantas oportunidades ela teria de investigar uma galeria antiga em um templo sagrado da Itália?

Os degraus descendentes eram íngremes e escorregadios, tal como ficam os fundos das cavernas, independentemente das condições climáticas. Lady Maccon se apoiou com uma das mãos na parede úmida, tentando não pensar na última vez em que fora lavada. A escada parecia não ter mais fim, e ela foi descendo até ir parar em outra galeria sem qualquer decoração, que por sua vez levava a uma saleta que não podia ser menos inspiradora.

A preternatural constatou que se tratava de uma saleta, porque, de modo peculiar, tinha uma porta de vidro. Ela foi até lá e deu uma espiada.

Deparou com um pequeno cômodo, com paredes e pisos de calcário encardido, sem pintura nem qualquer ornamentação. A única peça de mobília era um pequeno pedestal no meio do ambiente, em cima do qual havia um jarro.

A porta estava trancada e, por mais versátil que Lady Maccon fosse, ainda não aprendera a abrir fechaduras, algo que adicionou mentalmente à sua lista de habilidades essenciais, junto com o combate corpo a corpo e fazer molho pesto. Se não houvesse qualquer mudança no seu ritmo de vida — que, após vinte e seis anos de obscuridade, só lhe trouxera pessoas querendo assassiná-la —, talvez fosse mesmo preciso adquirir um conjunto de habilidades menos prazerosas. Embora, supôs, o preparo de pesto devesse ser considerado prazeroso.

Ela espreitou pela porta, que tinha painéis de vidro, empenados e curvados, com junção de chumbo. Como o ambiente do outro lado ficava distorcido, a preternatural se viu obrigada a se contorcer, na tentativa de enxergar melhor. Não conseguia identificar o que havia dentro do jarro, mas, por fim, encontrou o ângulo correto e ficou de súbito nauseada.

O jarro continha a mão decepada de um ser humano. Ela estava imersa em um líquido, provavelmente formol.

Lady Maccon ouviu uma tossida atrás dela, discreta o bastante para não assustá-la.

Ainda assim, ela deu um salto que quase fez com que saísse do vestido laranja de babados. Ao se recompor, ela se virou.

— Floote!

— Boa noite, madame.

— Dê só uma olhada nisso, Floote. Eles guardam a mão de alguém dentro de um jarro, no meio de uma saleta vazia. Os italianos não são esquisitos?

— São, madame. — O mordomo não se aproximou, limitando-se a concordar com a cabeça, como se todas as residências na Itália tivessem algo parecido. Lady Maccon imaginou que isso fosse bastante possível. Pavoroso, mas possível.

— Mas não acha que está na hora de ir dormir? Não ia ser nada bom se alguém nos encontrasse no Santuário Secreto.

— Ah, então é aqui que estamos?

Floote anuiu e estendeu o braço gentilmente para que a preternatural o acompanhasse de volta à escada diminuta.

Lady Maccon seguiu o conselho dele, pois não havia mais nada de interessante para ver, além daquela insólita mão decepada.

— Isso é comum, aqui na Itália, manter um jarro cheio até a boca com a mão de alguém dentro?

— Para os templários.

— Ah, e por quê?

— É uma relíquia, madame. Caso o templo sofra uma grave ameaça sobrenatural, o preceptor vai quebrar o jarro e usar a relíquia para defender a irmandade.

Lady Maccon começou a entender. Ouvira falar de relíquias sagradas relacionadas a cultos católicos.

— É parte do corpo de algum santo?

— Eles têm isso também, mas, neste caso, trata-se de uma relíquia *pagã*, de uma arma. De parte do corpo de um preternatural.

Lady Maccon fechou a boca bruscamente, antes de fazer qualquer outra pergunta. Ficara surpresa por não ter sentido repulsa por aquela mão, como acontecera com a múmia. Então se lembrou do detector de demônios. Ela e a mão decepada não tinham compartilhado o mesmo ar. Deduziu, então, que aquilo justificava a necessidade de quebrar o jarro em caso de emergência.

Os dois percorreram o restante do caminho até os aposentos em silêncio, enquanto a preternatural ponderava sobre as implicações daquela mão, ficando mais e mais apreensiva.

Floote fez um comentário, antes de a preternatural se recolher.

— O pai da senhora foi totalmente cremado. Eu mesmo me certifiquei disso.

Lady Maccon engoliu em seco e disse, com veemência:

— Muito obrigada, Floote.

Ele inclinou a cabeça uma vez, mantendo o semblante impassível, como sempre.

Capítulo 12

O grande ovo à escocesa sob o Tâmisa

Para grande desgosto de Lorde Maccon, a operação de reaquisição, como o professor Lyall a chamara, estava demorando bem mais do que o esperado. Impaciente para partir em busca da esposa errante, o Alfa estava, na verdade, andando de um lado para outro na sala de visitas do Palácio de Buckingham, aguardando uma audiência com a Rainha Vitória.

Ainda não tinha entendido muito bem como Lyall conseguira mantê-lo em Londres durante todos aqueles dias. Os Betas eram, na verdade, criaturas misteriosas, com poderes estranhos. Poderes que, no fim das contas, resumiam-se a nada mais do que uma bateria constante de comportamento civilizado e um excesso de boas maneiras. E eram eficazes, malditos fossem!

O professor Lyall estava sentado em um sofá desconfortável, de pernas cruzadas com elegância, observando o Alfa andar de um lado para outro.

— Ainda não entendi por que tivemos que vir aqui.

O Beta ajeitou os óculos. Aproximava-se a tarde de seu terceiro dia sem dormir, e ele começava a sentir os efeitos da exposição prolongada à luz do dia. Estava abatido e cansado, e o que mais queria no mundo era voltar para sua pequena cama no Castelo de Woolsey e passar o resto da tarde dormindo. Em vez disso, estava preso ali, obrigado a lidar com um Alfa cada vez mais irritado.

— Eu já disse uma vez e vou repetir, vai precisar da autorização de notívago para isso, milorde.

— Sim, mas você não podia ter vindo aqui e conseguido isso para mim?

— Não, não podia, como o senhor sabe muito bem. É complicado demais. Pare de reclamar.

Lorde Maccon parou pelo simples fato de que, como sempre, o professor Lyall tinha razão. A situação *tinha* se complicado bastante. Assim que descobriram a localização do objeto roubado, enviaram um rato de rio para avaliar o lugar. O pobre rapaz voltara ensopado e totalmente em pânico, o que era de esperar, como se revelou depois. A rápida operação de roubo e recuperação transformara-se em algo bem mais problemático.

O Beta era um lobisomem que gostava de encarar o lado prático de qualquer situação.

— Ao menos agora sabemos por que Lorde Akeldama ficou tão atordoado, reuniu todos os zangões e fugiu.

— Não sabia que os errantes podiam enxamear, mas suponho que tenham o mesmo instinto de proteção das colmeias.

— E Lorde Akeldama é um vampiro bastante velho, com um número expressivo de zangões. Tende a ser superprotetor quando um deles é roubado.

— Eu não acredito que estou preso aqui, metido em baboseiras vampirescas. Devia estar atrás da minha esposa, não de um dos zangões de Lorde Akeldama.

— O potentado queria deixar Lorde Akeldama em pânico por uma razão, que era a sua esposa. Então, no fundo, esse problema é seu, e tem de lidar com ele antes de partir.

— Vampiros.

— Exato, milorde, exato. — A aparente calma do professor Lyall mascarava sua verdadeira preocupação. Estivera com Biffy apenas algumas vezes, mas gostava do rapaz. Todos sabiam que aquele jovem belo, calmo e habilidoso era o favorito de Lorde Akeldama. Amava o mestre extravagante e era genuinamente correspondido por ele. Fora o cúmulo do mau gosto o potentado tê-lo raptado. A lei não escrita mais importante do mundo sobrenatural era que não se podia simplesmente roubar um humano de outrem. Os lobisomens não sequestravam zeladores uns dos outros, pois eram vitais para a segurança da população como um todo. E vampiros não raptavam os zangões uns dos outros, porque, francamente, não se deve meter o bedelho na fonte de alimentação de ninguém. Que ideia! E, no entanto, lá estavam eles, com o depoimento da testemunha ocular em mãos, afirmando que fora exatamente aquilo que o potentado fizera com Lorde Akeldama. Pobre Biffy.

— Sua Majestade o receberá agora, Lorde Maccon.

O conde empertigou a coluna.

— Certo.

O professor Lyall inspecionou a aparência do Alfa.

— Agora, *seja educado*.

Lorde Maccon lançou-lhe um olhar severo.

— Já me encontrei com a rainha antes, se é que não sabia.

— Oh, *eu sabia*. É por isso mesmo que estou avisando.

Lorde Maccon ignorou o Beta e acompanhou o lacaio até a ilustre presença da Rainha Vitória.

Por fim, a Rainha Vitória autorizou Lorde Maccon a dar continuidade à tentativa de resgatar Biffy. Recusou-se a acreditar que o potentado estivesse envolvido, mas, se um zangão tinha de fato sido raptado, considerou correto que o conde, como dirigente dos escritórios do DAS em Londres e notívago-chefe, retificasse a situação. Era totalmente injustificável, argumentou ela, valendo-se do conhecimento que tinha da lealdade e confiabilidade dos vampiros, mesmo entre errantes, que um vampiro raptasse o zangão de outro.

— Mas e se considerarmos, Vossa Majestade, a possibilidade de ter sido uma ocorrência acidental? Lorde Akeldama pode ter enxameado em consequência disso.

— Ora, então deve seguir adiante, Lorde Maccon, seguir adiante.

— Sempre me esqueço de como ela é baixinha — comentou o conde com o professor Lyall, enquanto se preparavam para "seguir adiante" horas depois, naquela mesma noite. Para Lorde Maccon, a tácita autorização da rainha soou como um sinal verde para usar seu revólver Tue Tue, da

Galand, e, naquele momento, ele estava justamente concentrado em limpá-lo e carregá-lo. Era uma arma pequena, pesada e sem graça, de coronha quadrada, com projéteis de madeira de lei revestidos de prata — modelo dos notívagos, projetado para matar mortais, vampiros e lobisomens. Lorde Maccon desenhara um estojo impermeável de couro para o revólver, que ele podia levar pendurado no pescoço e usar quer na forma humana, quer na de lobo. Como tinham pressa, a forma de lobo parecia ser a mais apropriada para atravessar Londres.

Eles ficaram sabendo que Biffy fora aprisionado dentro de uma geringonça bastante grotesca. Lorde Maccon ainda estava aborrecido com o fato de a instalação daquele aparelho ter passado despercebida pelo DAS. De acordo com o fiel rato de rua, era uma esfera de vidro e bronze do tamanho de um homem, com um grande tubo instalado na parte de cima. O tubo tinha a finalidade de conduzir ar fresco, já que a esfera fora submersa no meio do Tâmisa, logo abaixo da ponte ferroviária de Charing Cross, perto do Palácio de Buckingham. Como era de esperar, não submergira apenas na água, mas também na camada espessa de lodo e lixo do fundo do rio.

Quando chegaram ao local, Lorde Maccon saltou agilmente do recém-inaugurado Aterro de Vitória nas imundas águas do rio. O professor Lyall se mostrou mais melindroso e hesitante. Nada que o Tâmisa jogasse nele poderia prejudicá-lo permanentemente, mas nem por isso ele deixava de ter calafrios ante a perspectiva de sentir o terrível odor que resultaria: o de cachorro molhado misturado com o das águas do rio londrino.

A cabeça malhada de Lorde Maccon logo reapareceu, com o pelo liso jogado para trás como o de uma foca, e ele latiu de forma imperiosa para o Beta. O outro travou o queixo e, cheio de nojo, pulou dentro da água, com as quatro patas retesadas. Em seguida, parecendo dois vira-latas em busca de um graveto, eles foram até debaixo da ponte.

Como sabiam o que procuravam, logo avistaram o tubo de ar fixado em um dos píeres. Despontava bem acima da marca da maré. Ao que tudo indicava, também podia ser usado como passagem para sacos de água e comida. Pelo visto, o potentado não tivera realmente intenção de matar o pobre Biffy. Não obstante, o projeto fora muito infeliz. Se alguma

embarcação se desgovernasse e atingisse o tubo ou algum bicho subisse ali por curiosidade e o obstruísse, o zangão morreria sufocado.

Lorde Maccon mergulhou para examinar a geringonça. Era difícil fazê-lo na forma de lobo. Além do mais, não se enxergava bem na escuridão do rio. Não obstante, ele contava com a força sobrenatural e a visão noturna de lobo. Emergiu parecendo muito satisfeito consigo mesmo, com a língua de fora.

O professor Lyall sentiu um calafrio só de pensar em sua língua tendo qualquer contato com o Tâmisa.

Lorde Maccon, sendo quem era e ótimo no que fazia, passou da forma de lobo, nadando no estilo cachorrinho, à de homem, boiando com o corpo na vertical, ali mesmo no Tâmisa. E o fez impecavelmente, sem nem mergulhar a cabeça. O Beta suspeitou que ele treinasse tais manobras dentro da banheira.

— É muito interessante essa geringonça que colocaram lá, parece uma espécie de ovo à escocesa mecânico. Biffy ainda está vivo, mas não faço a menor ideia de como tirá-lo dali, a não ser arrombando o troço e o resgatando debaixo d'água. Acha que um ser humano sobreviveria a essa experiência? Parece não haver forma de prender uma manivela ou roldana na esfera, nem de passar uma rede por baixo, mesmo que tivéssemos acesso a essas coisas.

O Beta decidiu sacrificar o olfato e mudou de forma. Não era tão bom quanto Lorde Maccon e acabou por submergir lentamente, debatendo-se, cuspindo e resmungando, sob o olhar divertido do Alfa.

— Nós poderíamos invadir a câmara de invenções de Madame Lefoux, mas não temos tempo para tanto. Somos lobisomens, milorde. Entrar à força é a nossa especialidade. Se conseguirmos abri-la rapidamente, poderemos resgatá-lo quase ileso.

— É bom mesmo, porque se ele sair ferido a minha esposa vai passar o resto da vida enchendo meus ouvidos. Isso, se resolver falar comigo de novo. Ela adora Biffy.

— Eu lembro. Ele ajudou no casamento.

— Foi mesmo? Bom, quem diria? Então, quando contar até três? Um, dois, três.

Os dois homens inalaram profundamente e mergulharam para arrombar a esfera.

Ela fora construída em duas metades, unidas por longas barras de metal aparafusadas. Era uma estrutura similar a uma gaiola quadriculada coberta por painéis de vidro, pequenos demais para permitir a fuga de um homem. Os dois se empenharam em tirar os parafusos, com a máxima urgência. Logo, a pressão do ar da parte interna fez com que a parte de cima da esfera começasse a se separar da de baixo. O ar começou a escapar e a água a inundar o espaço vazio.

O professor Lyall entreviu a expressão de pânico no semblante de Biffy, os olhos azuis arregalados e a barba crescida após semanas de cativeiro. O zangão não podia fazer nada para se libertar. Então se debateu em meio a enxurrada, tentando se aproximar do tubo de ar e manter a cabeça à tona o máximo possível.

Depois de soltarem dois parafusos, os lobisomens entraram pela fenda que tinham aberto e começaram a empurrar com o peso do corpo, extenuando os músculos para desmontar a esfera por completo. O metal entortou, o vidro se quebrou e a água inundou o compartimento.

Apesar da situação caótica, o Beta ouviu uma série de ruídos estranhos e viu de relance que o conde se afastara da esfera e estava se debatendo violentamente. Entretanto, continuou a se concentrar em Biffy. Tomando impulso com as pernas na borda da esfera, ele mergulhou na direção do zangão, agarrou-o pela cintura e, com um esforço extremo, nadou até a superfície.

Emergiu, ofegante, com Biffy agarrado a ele. O jovem estava estranhamente inerte, e o professor Lyall não pensava em nada, exceto em levá-lo à margem do rio o mais rápido possível. Usando o que lhe restara da força de lobisomem para ganhar a velocidade necessária, foi nadando com esforço pelas águas, chegando à margem do Tâmisa, do lado de Westminster, em tempo recorde e arrastando o zangão até a base de uma imunda escada de pedra.

O Beta não era médico, mas sabia que seria preciso tirar a água dos pulmões de Biffy para que ele respirasse de novo. Então, levantou-se e fez o mesmo com o jovem. Como o zangão era bem mais alto, ele teve de equilibrá-lo na ponta do degrau. Em seguida, o Beta começou a sacudir violentamente o zangão desacordado.

Enquanto o chacoalhava, observou o que acontecia na parte central do rio. A lua, que estivera cheia poucos dias antes, subira o bastante para que seus olhos de lobisomem enxergassem tudo com clareza. As águas do rio estavam agitadas conforme o Alfa lutava com três agressores. Havia muita espuma, gritaria e rosnados. Lorde Maccon assumira a Forma de Anúbis, com a cabeça de lobo e o corpo de ser humano. O que permitia que ele se mantivesse à tona e, ao mesmo tempo, atacasse com a conhecida selvageria dos lobisomens. Parecia estar dando certo. Os oponentes eram humanos, mas, apesar de o estarem atacando com facas de prata, tinham dificuldade de golpear e nadar como Lorde Maccon.

O professor Lyall voltou a se concentrar na tarefa. Como as sacudidas não estavam resolvendo, ele posicionou o jovem com cuidado em um degrau mais alto e se inclinou sobre ele.

Estava confuso. Os lobisomens respiravam, mas não tão profunda e frequentemente quanto os mortais. Não sabia nem se a ideia que acabara de ter daria certo. Então, corando violentamente — afinal, ele e Biffy só haviam se encontrado algumas vezes e não tinham a menor intimidade —, abaixou-se mais e encobriu a boca do jovem com a sua. Soprando com toda força, tentou insuflar ar nos pulmões do zangão. Nada aconteceu. Ele tentou mais uma vez. E outra.

Um grito profundo fez com que o Beta erguesse os olhos, sem parar de tentar reavivar Biffy. O vulto de um homem, um cavalheiro de cartola e fraque, corria ao longo da ponte ferroviária, rápido demais para um ser humano. A figura parou e, com um movimento de rapidez e leveza sobrenaturais, sacou uma arma e disparou na direção do amontoado caótico de combatentes.

O instinto de proteção do professor Lyall se aguçou. Ele não tinha dúvidas de que o vampiro, que era o que o recém-chegado devia ser, estava atirando com balas de prata no *seu* Alfa. Em desespero, soprou com mais força ainda, esperando, contra todas as probabilidades, que Biffy revivesse para poder socorrer Lorde Maccon.

Atrás dele, o conde tomou uma atitude inesperadamente sensata. Deixou a luta de lado, mergulhou sob a superfície do Tâmisa e começou a nadar em direção à escadaria e ao Beta. Só ergueu o focinho em busca de ar uma vez.

Infelizmente, com o alvo principal submerso, o vampiro recorreu à segunda melhor opção e atirou na direção do professor Lyall e do jovem aos seus cuidados, acuados no aterro e sem qualquer proteção. A bala passou raspando pela cabeça do Beta, atingindo o muro e espalhando lascas de pedra ao redor. O professor Lyall protegeu o corpo do zangão com o seu, formando um escudo.

Então, Biffy começou a tossir e a cuspir, vomitando a água do Tâmisa, de modo pouco elegante na opinião do professor Lyall, mas bastante eficaz. O zangão abriu os olhos e fixou a vista no simpático rosto do lobisomem.

— Eu o conheço? — indagou o jovem, entre uma tossida e outra.

Lorde Maccon chegou à escadaria naquele momento e se arrastou para fora da água, ainda na forma de Anúbis. Em seguida, levou a mão ao pescoço, soltou o fecho do estojo de couro fixado ali e pegou a arma. O estojo cumprira seu propósito, já que o Tue Tue continuava seco. Mirou na silhueta do vampiro contra a lua e atirou.

Mas errou o alvo.

— Sou o professor Lyall. Já nos conhecemos antes. Lembra-se do eterógrafo e do chá? Como vai?

— Onde está...? — Mas Biffy não conseguiu terminar a pergunta, pois o tiro de represália do vampiro passou entre Lorde Maccon e o Beta, atingindo o zangão no estômago. Biffy interrompeu a fala com um grito, à medida que o corpo, extenuado por semanas de confinamento, se convulsionava e se contorcia.

Lorde Maccon não errou o segundo tiro. Teve muita sorte, já que, daquela distância, até mesmo seu confiável Tue Tue podia falhar. Ainda assim, o projétil atingira o alvo.

O vampiro tombou da ponte com um grito e caiu ruidosamente no Tâmisa. De imediato, seus agentes — ou seriam seus zangões? — pararam de boiar e, recuperados da altercação com o conde, nadaram na direção do mestre. A julgar pelos gritos de desespero, não gostaram do que descobriram.

Lorde Maccon continuou a se concentrar nos acontecimentos do rio, enquanto o professor Lyall voltava suas atenções para Biffy. O sangue que escorria do ferimento do jovem cheirava divinamente, claro, mas o professor não era um filhote inexperiente para se distrair com o simples cheiro de carne fresca. O zangão estava morrendo. Nenhum médico na Grã-Bretanha poderia remendar entranhas tão danificadas. Havia apenas uma solução, que, no fim das contas, não deixaria ninguém satisfeito.

Respirando fundo, o Beta começou a remexer na ferida à procura da bala, sem se preocupar com os sentimentos de Biffy. Felizmente, o jovem desmaiou, por causa da dor.

Lorde Maccon se ajoelhou no degrau abaixo deles.

Soltou um estranho ganido, já que não podia falar com a cabeça de lobo.

— Estou tentando tirar a bala — explicou o professor Lyall.

Outro ganido.

— É *de prata*. Tem de ser extraída.

O conde começou a sacudir violentamente a cabeça de pelos castanho-escuros rajados e revoltos e recuou um pouco.

— Ele está morrendo, milorde. O senhor não tem escolha. Já está na Forma de Anúbis. Precisa pelo menos tentar.

Lorde Maccon continuou a sacudir a cabeça de lobo. O professor conseguiu extrair a bala fatídica, soltando uma exclamação de dor quando a prata nociva lhe queimou as pontas dos dedos.

— Não acha que Lorde Akeldama ia preferi-lo vivo ou, pelo menos, parcialmente vivo a morto? Sei que não há precedentes. Tampouco se ouviu falar de um lobisomem que se apossasse de um zangão, mas o que mais podemos fazer? Ao menos deve tentar.

O Alfa inclinou a cabeça para o lado, com as orelhas caídas. O professor Lyall adivinhou o que ele pensava. Se aquilo não desse certo, Biffy seria encontrado morto depois do ataque cruel de um lobisomem. Como poderiam explicar tal acontecimento para alguém?

— O senhor transformou uma fêmea recentemente. Pode fazer isso, milorde.

Com uma leve encolhida de ombros, que deixava tão claro como se houvesse falado que, se aquela transformação não desse certo, ele nunca se perdoaria, o conde se inclinou até o pescoço do rapaz e o mordeu.

Em geral, a metamorfose era um ataque feroz à carne, que tanto perpetrava uma maldição quanto convertia o ser humano em imortal, mas Biffy estava tão depauperado e perdera tanto sangue, que Lorde Maccon optou por proceder devagar. Podia fazê-lo. Apesar da herança escocesa e do temperamento colérico, Conall Maccon tinha mais autocontrole do que qualquer outro Alfa que o professor Lyall conhecera. O Beta só podia imaginar a doçura do sangue de Biffy. Em resposta àquele pensamento, Lorde Maccon parou de morder para se inclinar e lamber o ferimento de bala. Em seguida voltou a abocanhar o pescoço do rapaz. A maioria dos cientistas acreditava que a metamorfose ocorria quando o lobisomem introduzia a saliva, portadora da maldição, no corpo do requerente, ao mesmo tempo que a maior quantidade possível de sangue era extraída. Isso romperia os elos mortais e acorrentaria a alma remanescente. Supondo-se, evidentemente, que houvesse um excesso de alma presente.

O tempo se arrastava. Mas Biffy continuava respirando, o que levou Lorde Maccon a dar prosseguimento ao processo repetitivo: morder, lamber, morder, lamber. Nem mesmo a chegada dos oponentes encharcados lhe tirou a concentração.

O professor Lyall se posicionou para defendê-los, e, se necessário, estava pronto para se transformar, com a lua já no alto e o cheiro de sangue humano lhe proporcionando uma força extra. No entanto, os três jovens que saíram da água não pareciam interessados em continuar a briga. Pararam no primeiro degrau da escadaria e levantaram as mãos desarmadas, diante da postura ameaçadora do professor Lyall. O desespero marcava seus semblantes: um chorava abertamente, o outro soluçava baixinho, enquanto acariciava o cadáver que carregava. O terceiro, um rapaz com expressão séria, que colocara uma das mãos meio devorada junto ao peito, falou.

— Nós não temos mais motivos para continuar a lutar com o senhor, lobisomem. Nosso mestre morreu.

Então são zangões e não mercenários.

O professor Lyall farejou o ar na tentativa de detectar o odor de vampiros, em meio ao cheiro de sangue humano e de águas pútridas. Foi tomado de horror e recuou, trôpego, indo parar na parede de contenção

do aterro. Estava bem ali, o leve cheiro de sangue velho em decomposição característico dos vampiros, junto com um toque quase alcoólico que, tal qual a diferença sutil entre vinhos finos, indicava a linhagem. E o professor Lyall farejou uma casta antiga, com uma nota amadeirada, sem qualquer conexão com as colmeias modernas. Era um odor praticamente extinto, exalado apenas por esse sujeito. O Beta teria descoberto a identidade daquele vampiro só pelo cheiro, mesmo que não tivesse a familiaridade que tinha com ele — o potentado. Ou, como tinha morrido e não fazia mais parte do Conselho Paralelo, o professor julgou apropriado que ele fosse lembrado por seu antigo nome, Sir Francis Walsingham.

— A Rainha Vitória — disse para o Alfa — *não vai* ficar nada satisfeita com isso. Por que diabos ele não mandou alguém fazer o trabalho sujo?

Lorde Maccon não desgrudou os olhos de sua penitência autoinfligida: morder, lamber, morder, lamber.

Os três zangões ergueram o mestre e subiram vagarosamente a escada, desviando-se do conde e do corpo inerte de Biffy. Apesar da tristeza, estremeceram ante a visão de um Anúbis se alimentando. Quando passaram, o professor Lyall notou que a bala de Lorde Maccon atingira Sir Francis Walsingham diretamente no coração — sem dúvida, um tiro fatídico.

Um vampiro morrera. Não havia muitos deles no mundo para justificar uma transgressão daquelas, nem mesmo partindo do notívago-chefe do DAS. O potentado era um errante, sem conexões significativas com as colmeias mais importantes, o que dava algum alívio ao professor Lyall. Não obstante, a comunidade, como um todo, exigiria um ressarcimento de sangue; a maior dificuldade era o relacionamento do potentado com o Palácio de Buckingham. Mesmo que por meio de suas ações o potentado tivesse deixado claro que era um traidor da própria espécie, ao raptar o zangão de outrem, sua ausência deixaria um vazio que a Rainha Vitória teria dificuldade de preencher. Ele atuara como conselheiro no Palácio desde a coroação da Rainha Elizabeth. Fora seu conhecimento de estratégia romana e administração de suprimentos que alavancara a expansão do Império Britânico. A morte de alguém tão importante, que entrara em pânico porque interpretara erroneamente a questão de Lady Maccon — uma sem alma que engravidara de um lobisomem —, era uma perda para todo cidadão britânico. Até mesmo os lobisomens chorariam a morte dele, à sua maneira.

O professor Lyall, que era muito educado e não gostava de imprecações, observou os zangões carregarem o corpo sem vida do potentado até uma carruagem e fez um comentário lacônico.

— Mas que maldita confusão.

Então, ele se levantou e ficou esperando, cauteloso e alerta, por cinco longas horas, enquanto Lorde Maccon teimava em manter a Forma de Anúbis e em tentar salvar o zangão moribundo.

A insistência do conde foi recompensada pouco antes do amanhecer, momentos antes de todo o seu esforço ser anulado com o nascer do sol, quando Biffy abriu os olhos, amarelos como ranúnculos. O rapaz urrou de dor, confuso e amedrontado, conforme mudava de forma. Depois ficou ali, trêmulo, porém inteiro. Tornara-se um lobo cor de chocolate, com pelagem acaju na barriga.

Lorde Maccon se transmutou da Forma de Anúbis e deu um largo sorriso para o Beta.

— Mais um para os uivadores cantarem.

— Qual é o seu problema, milorde? Só consegue fazer a metamorfose nos casos mais complicados? — A contragosto, o professor Lyall ficara impressionado.

— Isso mesmo, mas agora ele vai ficar ao seu encargo. — Lorde Maccon se levantou e espreguiçou, levando a coluna a estalar ao se realinhar. Os olhos castanho-amarelados pareceram surpresos ao fitar o céu, que clareava depressa.

— É melhor nos recolhermos.

O professor Lyall assentiu e se curvou para pegar o lobisomem recém-criado. Biffy se debateu debilmente antes de se acomodar nos braços fortes do assistente do Alfa. A metamorfose deixava até os mais fortes depauperados.

O Beta subiu a escada em silêncio, chegando à parte de cima do aterro com a mente acelerada. Teriam que se abrigar ali por perto. A exposição direta aos raios de sol seria muito prejudicial para um filhote novo, e o

pobre Biffy já passara por poucas e boas naquela noite. Mas, quando o professor Lyall resolveu aonde ir e se dirigiu ao norte, rumo à estação de Charing Cross, percebeu que o Alfa não o seguia.

— Mas aonde está indo, milorde? — gritou, ao perceber que Lorde Maccon retrocedia depressa.

O conde gritou por sobre o ombro, sem perder o passo.

— Tenho que pegar um barco para ir atrás da minha esposa. Pode seguir adiante.

O professor Lyall teria esfregado o rosto, se não estivesse com as mãos ocupadas.

— Ah, sim, isso mesmo, pode partir à vontade que eu fico aqui, com um zangão transformado em lobisomem e um potentado morto. Na certa outros Alfas já me deixaram em situações mais caóticas, só não me recordo delas agora.

— Tenho certeza de que vai se sair muito bem.

— Maravilha, milorde. Muito obrigado pela confiança.

— Até logo. — E, então, Lorde Maccon agitou os dedos no ar, do modo mais ultrajante, e desapareceu na lateral de um prédio. Provavelmente se dirigia a uma área mais movimentada de Londres, onde seria mais fácil chamar um coche de aluguel, que partisse a toda a velocidade com destino a Dover.

O professor Lyall achou melhor não lembrar a ele que estava completamente nu.

Capítulo 13

Piquenique com templários

Lady Maccon aproveitou uma oportunidade antes do café da manhã para levar Floote a um canto afastado.

— Precisamos enviar uma mensagem para a rainha, falando sobre a relíquia. Ou ao menos para o DAS. Não consigo acreditar que você sabia da existência daquele troço e não contou nada para ninguém. Seja como for, nunca conta nada para ninguém, não é, Floote? Nem mesmo para mim. Bom, agora já sei, e o governo britânico também deve ficar a par. Imagine só, usar partes do corpo de um preternatural como arma. Pense no que poderiam fazer se soubessem mumificar.

— Não é mais muhjah, madame. A segurança sobrenatural do império não é mais problema seu.

Ela encolheu os ombros.

— O que é que eu posso dizer? Não consigo evitar, acabo me metendo.

— Sim, madame. E bastante.

— Bom, minha mãe sempre dizia que a pessoa deve fazer bastante o que faz melhor. Claro que, na época, ela se referia a fazer compras, mas sempre me pareceu que essa era a frase mais sensata que ela disse na vida.

— Madame?

— Conseguimos manter a questão da múmia em segredo, até mesmo de Madame Lefoux. Na verdade, não podemos permitir que ninguém saiba que as múmias podem ser usadas como armas. Haveria uma terrível disputa pelo Egito. Se os templários estão usando partes do corpo de preternaturais mortos e, ainda por cima, conseguirem desvendar o processo de mumificação, vou estar em apuros. Agora, só a decomposição natural e a necessidade de conservar tecidos em formol limitam o uso de preternaturais como armas. — Lady Maccon franziu o nariz. — Isso é uma questão de segurança sobrenatural. Deve-se evitar a qualquer custo que a Itália e outros países conservadores façam escavações no Egito. Não podemos permitir que descubram a verdade por trás da Peste Antidivindade.

— Compreendo seu raciocínio.

— Você tem que inventar um mal-estar repentino, que o impeça de ir ao piquenique programado pelo preceptor. Vá até o transmissor etereográfico ao entardecer e envie uma mensagem para o professor Lyall. Ele saberá o que fazer com a informação. — Lady Maccon remexeu nos pregueados da sombrinha, até encontrar o bolso secreto, do qual retirou a válvula cristalina, que entregou a Floote.

— Mas, madame, imagine o perigo que correrá, viajando pela Itália sem a minha companhia.

— Ah, bobagem. Madame Lefoux recarregou totalmente a minha sombrinha com os armamentos necessários. O preceptor e um grupo de templários vão me acompanhar, e certamente me defenderão, apesar de nem poderem olhar para mim. Até comprei isto aqui. — Lady Maccon mostrou o dente de alho pendurado em um fio comprido no pescoço. — Vou ficar bem.

Floote não pareceu se convencer.

— Se isso o tranquiliza, pode me dar uma de suas armas e algumas das balas de reserva que comprou ontem.

Ele não ficou nem um pouco aliviado.

— Não sabe atirar, madame.

— Será que é tão difícil assim?

Floote já deveria saber, depois de um quarto de século na companhia de Lady Maccon, que não tinha a menor chance de vencer uma discussão com ela, ainda mais sendo um cavalheiro de poucas palavras e quase nenhuma inclinação para usá-las. Com um breve suspiro de desaprovação, ele aceitou o encargo de enviar a transmissão e deixou o recinto, sem entregar uma das armas a Lady Maccon.

O professor Lyall passara a última hora antes do crepúsculo lidando com as consequências da repentina transformação de Biffy em lobisomem e do potentado em defunto. Saiu à procura da primeira casa segura, onde ninguém imaginaria encontrá-lo com sua nova incumbência. E, como a estação de Charing Cross ficava bem ao sul do Soho, ele se dirigiu para o norte, rumo ao apartamento dos Tunstell, em toda a glória de seus tons pastel.

Embora visitar alguém à meia-noite fosse considerado perfeitamente aceitável pelos membros do círculo sobrenatural e representantes mais jovens e arrojados dos mortais — como motoristas de faetontes e similares —, chegar à sua casa ao amanhecer não era. Na verdade, o nascer do sol podia até ser considerado o pior horário, o mais inoportuno para se fazer uma visita, exceto, talvez, pelos grupos de pescadores corajosos das águas estagnadas de Portsmouth.

Em todo caso, o professor Lyall concluiu que não tinha escolha. Acabou tendo que bater à porta por uns cinco minutos, até que uma criada fatigada a abrisse, com cautela.

— Pois não?

Por trás da servente, o professor Lyall viu alguém meter a cabeça pela porta, no fim do corredor. Era a sra. Tunstell, com uma touca de dormir chocante, que mais parecia um cogumelo coberto de rendas.

— Que foi que aconteceu? A casa pegou fogo? Alguém morreu?

O professor Lyall, ainda carregando Biffy na forma de lobo, forçou a passagem pela criada estupefata e entrou na casa.

— Digamos que sim, sra. Tunstell.

— Minha nossa, professor Lyall! O que traz aí?

A cabeça desapareceu.

— Tunny! Tunny! Acorde. O professor Lyall está aqui com um cachorro morto. Levante agora mesmo. Tunny! — Em seguida, a sra Tunstell percorreu o corredor, alvoroçada, envolta em um contundente robe de cetim rosa-choque. — Oh, pobre bichinho, traga-o até aqui.

— Por favor, perdoe a minha audácia, sra. Tunstell, mas a sua casa era a mais próxima. — Ele acomodou Biffy no pequeno divã lilás e foi para trás do móvel fechar as cortinas, no exato momento em que os primeiros raios de sol despontavam no horizonte. O corpo de Biffy, até então inerte, retesou-se e ele começou a tremer e se convulsionar.

Deixando de lado o decoro, o Beta se aproximou de Ivy, segurou-a com firmeza pela cintura e conduziu-a apressado até a porta.

— É melhor não presenciar isso, sra. Tunstell. Poderia pedir a seu marido que venha até aqui, quando acordar?

Ela abriu e fechou a boca algumas vezes, lembrando um poodle afrontado e, então, deu a volta e tratou de fazer o que ele pedira. Ali estava uma mulher, pensou o professor Lyall, que se tornara eficiente a muito custo, em virtude da longa exposição a Alexia Tarabotti.

— Tunny! — bradou ela, voltando às pressas pelo corredor e, em seguida, de forma mais enfática: — Ormond Tunstell, acorde imediatamente!

O Beta fechou a porta e voltou a se ocupar de sua incumbência. Tentou achar um dos impecáveis lenços no colete, mas então se deu conta de que trajava apenas um sobretudo, recuperado na margem do rio, tendo saído para se transformar, não para se socializar. Chocado com a própria audácia, pegou uma das almofadas pastel da sra. Tunstell e meteu uma das pontas na boca do novo lobisomem, oferecendo algo para Biffy morder e abafando seus ganidos. Em seguida, curvou-se e envolveu o corpo trêmulo do lobo, embalando-o suavemente. Por um lado, era por instinto que o Beta protegia o novo membro da alcateia, mas, por outro, por pura comiseração. A primeira vez sempre era a pior, não porque as demais pudessem ser consideradas mais fáceis, mas por se tratar de uma experiência inusitada.

Tunstell entrou na salinha.

— Pelas barbas do profeta, o que está acontecendo, professor?

— Sinto muito, mas não posso explicar tudo agora. Posso fazer isso mais tarde? Estou com um filhote novo nas mãos, e o Alfa não está aqui para cuidar dele. Tem carne crua em casa?

— A minha esposa pediu uns bifes no açougue ainda ontem. — Tunstell se retirou sem precisar ser pressionado.

O Beta sorriu. O ruivo reassumira facilmente o velho papel de zelador, fazendo o que fosse necessário para os lobisomens presentes.

A pelagem cor de chocolate de Biffy começou a retroceder no topo da cabeça, deixando à mostra uma pele que adquirira uma palidez imortal. Os olhos perdiam o matiz amarelo e voltavam ao tom azul. Segurando aquele corpo que se contorcia, o professor Lyall pôde sentir e ouvir os ossos se quebrando e se reestruturando. Foi uma transformação demorada e sofrida. O jovem levaria décadas para chegar a um nível razoável de competência. Rapidez e suavidade eram indicadores de autodomínio e de idade avançada.

O professor Lyall segurou Biffy o tempo todo. Ainda o segurava quando Tunstell voltou com um grande pedaço de carne crua e continuou por perto, obsequioso. E continuava a segurá-lo, também, quando percebeu, por fim, que Biffy estava completamente nu em seus braços, trêmulo e desamparado.

— Quê? Onde? — O jovem dândi empurrou debilmente os braços do Beta. Torcia o nariz, como se fosse espirrar. — O que está acontecendo?

O professor Lyall afrouxou o abraço e se agachou perto do sofá. Tunstell se aproximou, com um cobertor e o semblante preocupado. Antes de cobrir o jovem, o professor notou, satisfeito, que o ferimento da bala tinha cicatrizado por completo. Biffy se tornara mesmo sobrenatural.

— Quem é *o senhor*? — O novo lobisomem fixou a vista embaçada no cabelo ruivo de Tunstell.

— Sou Tunstell. Eu era zelador de Lorde Maccon. Agora sou basicamente um ator.

— Ele é nosso anfitrião e amigo. Estaremos seguros aqui durante o dia. — O professor falou com uma voz baixa e tranquila, prendendo o cobertor embaixo do jovem, que ainda tremia.

— E há algum motivo para precisarmos disso? Quero dizer, segurança.

— Do que se lembra? — O Beta afastou uma das mechas de cabelo castanho para trás da orelha do jovem, de modo paternal. Apesar de toda a transformação, da nudez e da barba, continuava a ser um típico janota. O novo integrante pareceria estranho em meio aos veteranos rudes e másculos da Alcateia de Woolsey.

Biffy se sobressaltou, o medo estampado no rosto.

— Sentença de morte! Descobri que há... Ah, minha nossa, eu deveria ter feito um relatório! Faltei ao encontro marcado com milorde. — Fez menção de se levantar.

O professor Lyall o deteve com gentileza.

Biffy se dirigiu a ele, em tom de desespero.

— Não está entendendo, ele vai enxamear, se eu não voltar. Ele sabia que eu ia atrás do potentado. Como pude ser capturado? Que *idiota* que eu sou. Devia ter usado mais a cabeça. Ora, ele vai... — O rapaz parou de falar. — Quanto tempo passei no rio?

O Beta soltou um suspiro.

— Ele já enxameou.

— Essa não. — Biffy ficou triste. — Todo aquele trabalho, todos aqueles agentes secretos afastados de seus postos. Serão necessários vários anos para reintegrá-los. Ele vai ficar muito decepcionado comigo.

O professor Lyall tentou distraí-lo.

— Então, do que se recorda?

— De ter caído em uma armadilha sob o Tâmisa e pensado que nunca escaparia. — Biffy passou a mão pelo rosto. — E que eu realmente precisava fazer a barba. E também da água entrando e de acordar no escuro, em meio a gritos e tiros. E de ter sentido muita dor.

— Você estava morrendo. — O professor fez uma pausa, procurando as palavras certas. Ali estava ele, com centenas de anos de idade, sem saber como explicar a um jovem que ele fora transformado contra a sua vontade.

— Estava mesmo? Que bom que não aconteceu. O meu mestre não me perdoaria se eu decidisse morrer sem pedir permissão antes. — Biffy fungou, distraído com outros pensamentos. — Estou sentindo um cheiro maravilhoso.

O professor Lyall apontou para o prato de carne crua, que estava bem ao lado.

Biffy inclinou a cabeça para ver e, depois, olhou para o Beta, confuso.

— Mas não está cozida. Por que cheira tão bem?

O professor Lyall pigarreou. Desde que se tornara Beta, nunca tivera uma tarefa daquelas. Aclimatar o recém-transformado era missão do Alfa, bem como dar explicações, apoiar e agir, bem, alfaisticamente com o novo filhote. Mas Lorde Maccon estava a meio caminho de Dover naquele momento, e o professor Lyall ficara ali para lidar com aquela situação caótica sem ele.

— Sabe aquela história de morte que mencionei há pouco? Na realidade, ela ocorreu, de certa forma.

Naquele momento, o professor Lyall teve de presenciar a expressão daqueles lindos olhos azuis passar do aturdimento a uma terrível compreensão. Foi uma das cenas mais tristes que presenciara em toda a sua longa vida.

Sem palavras, o professor Lyall entregou a Biffy o prato com o bife cru.

Sem conseguir se controlar, o jovem dândi atacou a carne, engolindo-a em mordidas elegantes, porém rápidas.

Em respeito à sua dignidade, tanto o professor Lyall quanto Tunstell fingiram não ver que ele chorava o tempo todo. As lágrimas escorriam pelo rosto e se misturavam ao bife enquanto ele mastigava, engolia e mastigava, soluçando.

O piquenique do preceptor, na verdade, acabou se revelando bem mais sofisticado do que Lady Maccon e Madame Lefoux imaginaram. Eles foram para o campo, percorrendo uma distância considerável de Florença a Borgo San Lorenzo, até chegar, por fim, a uma escavação arqueológica. Enquanto o cocheiro tentava estacionar a antiquada carruagem em um pequeno outeiro, o templário anfitrião anunciou, com orgulho, que o piquenique aconteceria em uma tumba etrusca.

O sítio era encantador, sombreado de árvores de várias espécies, originárias do Mediterrâneo, que levavam a frondosidade e o verdor muito a sério. Lady Maccon se levantou, enquanto a carruagem manobrava, para admirar melhor as cercanias.

— Sente-se, Alexia! Vai acabar caindo e vou ter que explicar a Floote que você... — Madame Lefoux parou no meio da frase, antes de mencionar inadvertidamente a inoportuna condição de Lady Maccon na frente do preceptor, mas ficou óbvio que sua maior preocupação era com a segurança do bebê.

Lady Maccon a ignorou.

Estavam rodeados por diferentes tumbas: baixas, circulares e cobertas de capim, de aspecto quase orgânico. Lady Maccon nunca tinha lido a respeito delas nem visto algo parecido. Sem nunca ter visitado nada mais interessante do que um balneário romano, ela estava quase dando pulos de alegria — até onde era possível para uma dama "pular" trajando espartilho, emperiquitada segundo a última moda britânica e limitada por uma sombrinha e uma gravidez. Ela se sentou abruptamente quando a carruagem deu um solavanco.

Por puro princípio, a preternatural se recusava a admitir que seu ânimo se renovara em virtude do pedido de desculpas impresso de Conall; no entanto, o mundo parecia um lugar muito mais fascinante naquele dia do que no anterior.

— Você sabe algo sobre esses etruscos? — perguntou ela, aos sussurros, a Madame Lefoux.

— Apenas que chegaram antes dos romanos.

— Era uma sociedade com elementos sobrenaturais ou exclusivamente mortal? — Lady Maccon fizera a segunda pergunta mais importante.

O preceptor a entreouviu.

— Ah, Minha Sem Alma, quer saber uma das questões mais polêmicas do grande mistério etrusco. Nossos historiadores continuam pesquisando a respeito. Mas acredito que, com suas habilidades peculiares, poderia... — Ele parou de falar propositalmente, como se quisesse deixar algo no ar.

— Bom, meu caro sr. Templário, não vejo qual seria minha serventia. Não sou especialista em antiguidades. Apenas sei identificar, com segurança, minha própria espécie. Eu... — Foi a vez de Lady Maccon se interromper, ao se conscientizar das implicações do que ele dissera. — Acredita que pode ter existido um elo preternatural nessa civilização? Que incrível.

O templário apenas encolheu os ombros.

— Testemunhamos a ascensão e a queda de vários impérios no passado, alguns comandados por vampiros, outros, por lobisomens.

— E outros se basearam na perseguição de ambos. — Lady Maccon se referia à Inquisição católica, um movimento de expurgo do qual, segundo os boatos, os templários teriam participado ativamente.

— Mas, até agora, nunca encontramos indícios de uma civilização que tenha incorporado a sua espécie.

— Por mais difícil que fosse esse tipo de proximidade? — A preternatural ficou intrigada.

— Por que acha que os etruscos seriam uma exceção? — perguntou Madame Lefoux.

A carruagem parou e o preceptor desceu. Não ofereceu a mão a Lady Maccon; esperou que Madame Lefoux saltasse e se encarregasse dessa duvidosa honra. A alguma distância, a cavalaria dos templários apeou e ficou de prontidão, como se aguardasse novas ordens. O preceptor fez um gesto, e os homens se dispersaram casualmente. Aquela disciplina silenciosa era, no mínimo, perturbadora.

Eles não falam muito, nao e?

O preceptor dirigiu o olhar sem emoção a Lady Maccon.

— As senhoras preferem explorar a região ou comer primeiro?

— Explorar a região — retrucou a preternatural prontamente. Estava muito curiosa para ver a parte interna das estranhas tumbas circulares.

O preceptor as conduziu ao interior árido e obscuro de uma tumba já escavada. As paredes subterrâneas eram revestidas de calcário. Os degraus levavam a uma câmara única, não muito maior do que a sala de visitas de Lady Maccon no Castelo de Woolsey. As paredes haviam sido esculpidas para simular a parte interna de uma casa, com nichos, colunas de pedra e até vigas esculpidas na rocha porosa. Era o interior petrificado de uma casa. Ela se recordou das intrincadas esculturas de geleia de mocotó que saboreara em sofisticadas recepções sociais.

Não havia mobília nem qualquer artefato dentro da tumba, exceto um enorme sarcófago na parte central. Em cima dele jaziam duas estátuas de argila, em tamanho natural: a de um homem deitado de lado, apoiado em um dos cotovelos, atrás de uma mulher na mesma postura, cujo ombro era carinhosamente cingido pelo braço do indivíduo.

Era uma escultura adorável e, apesar do que o preceptor dissera, Lady Maccon não sentira aversão nem repulsa, como seria de esperar, ante a presença de um preternatural mumificado. Das duas, uma: ou não havia nenhum ali, ou os restos já tinham se decomposto demais para fazer efeito.

O templário a observava, vigiando suas reações atentamente. Consciente do olhar mortiço dele, a preternatural perambulou pelo lugar, examinando com expressão impassível algumas imagens pintadas nas paredes.

O recinto cheirava a mofo, como livros velhos, mas com uma camada de poeira e pedra fria. No entanto, nada ali provocava reações adversas em Lady Maccon. Na verdade, ela achou a antiga moradia bastante confortável e repousante. Ficou satisfeita com isso. Odiaria ter que refrear o instinto de fugir, caso houvesse ali alguma múmia preternatural.

— Sinto muito lhe dizer isso, sr. Templário, mas não creio que possa ajudá-lo. Nem mesmo vejo motivo para alguém associar essa cultura à minha espécie.

O preceptor pareceu desapontado.

Madame Lefoux, que o observara enquanto ele vigiava a amiga, virou-se bruscamente para examinar o sarcófago.

— O que eles estavam segurando? — quis saber.

Lady Maccon se aproximou para ver a que Madame Lefoux se referia. Tinha ficado fascinada pelos agradáveis olhos amendoados das estátuas, porém, ao examiná-las de perto, descobriu o que chamara a atenção de Madame Lefoux. O homem se encontrava apoiado sobre um dos cotovelos, mas estava com a mão aberta e erguida, como se oferecesse uma cenoura a um cavalo. A outra mão, apoiada na nuca da mulher, tinha o polegar e o indicador curvados, como se segurasse um pequeno objeto. A mulher tinha as duas mãos encurvadas, como alguém que servisse libações ou oferecesse um frasco de vinho.

— Boa pergunta.

As duas senhoras se viraram para fitar o preceptor, inquiridoras.

— A mulher segurava um frasco vazio de cerâmica, cujo conteúdo se evaporou no éter há muito tempo. O homem oferecia um pedaço de carne na palma da mão. Os arqueólogos acharam um osso de animal ali. Na outra mão, ele segurava algo muito estranho.

— O quê?

O templário encolheu os ombros e tateou na gola alta da própria roupa, em busca de algo; por fim, puxou a corrente que lhe rodeava o pescoço. Com cuidado, tirou-a de baixo da camisola, do paletó, do colete e da camisa. Os três se moveram em direção à luz que emanava da entrada. Havia um pequeno talismã de ouro pendurado na corrente. Lady Maccon e Madame Lefoux se inclinaram para observá-lo.

— Um ankh? — Lady Maccon pestanejou, curiosa.

— Do Egito Antigo? — Madame Lefoux arqueou a impecável sobrancelha negra.

— Essas duas culturas eram cronologicamente compatíveis? — Lady Maccon se esforçou para recordar as datas da expansão egípcia.

— É possível que tenham mantido algum tipo de contato, porém, o mais provável é que esse pequeno objeto tenha ido parar em mãos etruscas por meio do comércio com os gregos.

Lady Maccon examinou a pequena peça de ouro de perto; então, apertou os lábios e não disse nada, algo bastante incomum para ela. Achou estranho que uma estátua etrusca oferecesse o símbolo egípcio da vida eterna, mas, fosse como fosse, não estava disposta a compartilhar as várias teorias que tinha sobre o assunto com um templário.

O preceptor guardou o talismã de novo, ao notar que ambas não tinham mais nada a dizer, e as conduziu de volta pela escadaria de calcário, até a colina ensolarada. As outras tumbas eram parecidas com a primeira, só que não tão bem conservadas.

O piquenique transcorreu sob um silêncio desconfortável. Lady Maccon, Madame Lefoux e o preceptor se sentaram em um pedaço de guingão acolchoado, estendido sobre a tumba, enquanto os demais templários desfrutaram da própria refeição, a certa distância. Um dos templários não se alimentou; em vez disso, ficou lendo a Bíblia em um tom de voz lúgubre. Para o preceptor, aquilo parecia ser uma boa desculpa para não puxar conversa com as duas.

Lady Maccon comeu uma maçã, dois pãezinhos crocantes, recheados com uma espécie de molho de tomate, e três ovos cozidos, cobertos com aquele delicioso molho verde de que tanto gostara no dia anterior.

Quando terminaram a refeição e a leitura da Bíblia, o grupo se preparou para partir. Lady Maccon concluiu que o piquenique oferecera uma vantagem adicional. Como não tinha usado utensílios, nada precisaria ser destruído para evitar a contaminação.

— A vida que levamos aqui não é nada má, não acha, Minha Sem Alma? — O preceptor se dirigiu a ela, por fim.

Lady Maccon foi obrigada a concordar com ele.

— A Itália é um país maravilhoso. E não tenho nenhuma crítica a fazer nem à culinária nem ao clima.

— A senhora não é... como posso dizer sem ser indelicado... bem-vinda na Inglaterra?

Lady Maccon fez menção de corrigi-lo e se gabar do pedido de desculpas público de Conall, mas se conteve. Em vez disso, comentou:

— Uma maneira bastante diplomática de encarar a situação, sr. Templário.

O preceptor deu aquele sorriso terrível e inexpressivo que lhe era peculiar.

— Talvez, Minha Sem Alma, possa considerar a possibilidade de ficar aqui conosco, então? Faz muito tempo que nós do templo de Florença não temos uma preternatural residente, muito menos uma fêmea da espécie. Poderíamos lhe proporcionar uma vida confortável enquanto a estudássemos. Teria seus próprios aposentos isolados.

Lady Maccon fechou a cara ao pensar no malfadado encontro que tivera com o dr. Siemons e o Clube Hypocras.

— Já recebi uma proposta dessas antes.

O templário inclinou a cabeça, observando-a.

Como ele parecia estar de novo com vontade de conversar, Lady Maccon resolveu perguntar:

— E aguentariam conviver com uma filha do diabo?

— Já fizemos isso antes. Nós da irmandade somos a melhor arma de Deus contra a ameaça sobrenatural. Fomos criados para fazer o que for necessário, a qualquer custo e independentemente do risco pessoal. A senhora poderia ser muito útil à nossa causa.

— Ora, não imaginava que eu era tão interessante. — Lady Maccon ergueu as sobrancelhas, de modo insinuante.

Madame Lefoux interveio:

— Se é assim, por que não acolhem também os lobisomens e vampiros?

— Porque eles não nascem endiabrados. Nascer com o pecado eterno não é muito diferente de nascer com o pecado original. O sem alma, como nós, sofre na cruz metafórica, só que para ele não existe salvação. Já os vampiros e os lobisomens escolhem seus caminhos voluntariamente. É uma questão de *intenção*. Eles deram as costas à salvação de um jeito muito mais censurável, porque tiveram, outrora, excesso de alma. *Podiam* ter ascendido aos céus, caso tivessem resistido à tentação de Satanás. Em vez disso, venderam boa parte da alma ao diabo e viraram monstros. São uma ofensa a Deus, pois só Ele e Seus anjos têm direito à imortalidade. — O templário falou com calma, sem qualquer emoção, entonação ou dúvida.

Lady Maccon sentiu um calafrio.

— E é por isso que quer ver todos os sobrenaturais mortos?

— Essa é a nossa eterna cruzada.

A preternatural fez alguns cálculos.

— Mais de quatrocentos anos. Um comprometimento louvável dos senhores.

— Um objetivo sancionado por Deus, caçar e matar. — O tom de voz de Madame Lefoux era de censura, o que não era de surpreender, levando-se em conta suas opções de vida: inventora, engenheira e construtora.

O olhar do preceptor passou da francesa a Lady Maccon.

— E qual objetivo a senhora acha que Deus concedeu a ela, cientista Lefoux, uma criatura sem alma cuja única habilidade é neutralizar os sobrenaturais? Não acha que foi colocada nesta terra como ferramenta? Podemos lhe dar uma meta, mesmo que ela não passe de uma fêmea.

— Ei, espere um minuto! — Lady Maccon se lembrou de ter comentado certa vez com Conall, antes de se casarem, que queria fazer algo útil com sua vida. A Rainha Vitória a tornara muhjah, mas, mesmo não tendo mais aquela função, matar vampiros e lobisomens para uma seita de religiosos fanáticos não fora exatamente o que tivera em mente.

— A senhora tem noção de sua raridade, como fêmea da espécie?

— Eu estou começando a achar que sou mais incomum do que imaginava. — De repente, a preternatural olhou ao redor, simulando um mal-estar. — Será que posso ir até um arbusto conveniente, antes de iniciarmos a longa viagem de volta?

O templário pareceu igualmente incomodado.

— Já que insiste.

Lady Maccon deu um puxão na manga de Madame Lefoux e a arrastou para trás da tumba, descendo pelo declive da colina até chegar a um pequeno matagal.

— Com Angelique também foi assim — comentou Madame Lefoux, referindo-se à ex-amante. — Durante a gravidez, ela sempre tinha que... bom... você sabe.

— Não, não, foi apenas uma desculpa. Eu queria falar com você. Notou que aquele ankh pendurado no pescoço dele foi consertado?

A francesa fez que não com a cabeça.

— E acha que é importante?

Lady Maccon nunca revelara nada a Madame Lefoux sobre a múmia, tampouco a respeito do ankh quebrado. Mas a experiência lhe dizia que aquela era a figura hieroglífica de um preternatural.

Então, prosseguiu, depressa:

— Creio que o homem de terracota na tumba era um preternatural, a mulher, uma vampira, e a carne, uma oferenda para os lobisomens.

— Uma convivência harmoniosa? Isso é possível?

— Seria extremamente arrogante nós, britânicos, supormos que a Inglaterra foi a primeira e única sociedade progressista. — A preternatural ficou preocupada. Se os templários tivessem desvendado o significado do ankh, ela corria mais perigo do que imaginava. Eles encontrariam um meio de transformá-la em arma, viva ou morta.

— Espero que Floote tenha conseguido enviar aquela mensagem para o DAS.

— Uma mensagem de amor para o seu lobisomem? — Madame Lefoux pareceu tristonha. Então, olhou para o declive deserto, subitamente nervosa. — Acho melhor voltarmos para a carruagem, minha cara Alexia.

A preternatural, que vinha desfrutando do campo e dos benefícios intelectuais daquele sítio antigo, não se dera conta de como estava tarde.

— Ah, sim, tem razão.

Anoitecera e, infelizmente, o grupo nem chegara à metade do caminho que levava a Florença. Lady Maccon se sentia por demais exposta na carruagem sem capota. Manteve a sombrinha bem perto e começou a se perguntar se toda aquela história de passeio não fora uma tentativa dos templários de usá-la como isca. Afinal de contas, eles se julgavam grandes caçadores de sobrenaturais e podiam muito bem comprometer a segurança dela para atrair os vampiros locais. Ainda mais se os templários fossem prepotentes a ponto de desconsiderar o perigo. A lua despontava no céu, não mais cheia, mas bastante clara. Sob sua luz prateada, Lady Maccon captou um brilho de expectativa no olhar inexpressivo do preceptor. *Seu miserável, tudo isso não passou de um ardil,* estava prestes a dizer, mas já era tarde demais.

O vampiro surgiu do nada e pulou com incrível velocidade da estrada de terra para a carruagem. Só tinha um objetivo e se dirigiu logo a Lady Maccon, à primeira vista a única mulher do grupo. Madame Lefoux deu um grito de advertência, mas Lady Maccon já tinha se jogado na poltrona do outro lado, perto do preceptor. O vampiro foi parar no lugar em que ela estava antes. A preternatural girou o cabo da sombrinha, acionando os dois pinos, um de madeira, o outro de prata.

O preceptor, subitamente brandindo uma longa faca de madeira de aspecto assustador, soltou um grito de prazer e atacou. Madame Lefoux já tinha sacado o fiel alfinete do plastrom e o pusera em ação. Lady Maccon atacou com a sombrinha, mas todos ali eram seres humanos comuns, enfrentando uma força sobrenatural e, mesmo lutando com vários indivíduos no reduzido espaço de uma carruagem sem capota, o vampiro levava a melhor.

O preceptor arremeteu. Exibia um largo sorriso, pela primeira vez, sincero. Um sorriso maníaco, porém sincero.

Lady Maccon empunhou a sombrinha firmemente com as duas mãos e deu um golpe seco, tentando acertar o pino de madeira em alguma parte do corpo do vampiro que sobressaísse em meio à luta corporal por tempo suficiente para cravá-lo. Era o mesmo que tentar atingir cabeças de toupeiras saindo de buracos. Mas, em pouco tempo, ela começou a pegar o jeito.

— Toque nele! — bradou o preceptor para Lady Maccon. — Toque nele para que eu possa matá-lo.

O preceptor era um ótimo guerreiro, decidido a cravar a faca de madeira no coração ou em algum órgão vital da criatura. Mas não era rápido

o bastante, nem mesmo com a ajuda de Madame Lefoux. Ela conseguiu acertar o rosto do vampiro duas vezes com o alfinete do plastrom, mas os cortes começaram a cicatrizar quase em seguida. Como quem golpeia um inseto irritante, o vampiro deu um tapa despreocupado com as costas da mão na inventora, que caiu estatelada no chão da carruagem, de olhos fechados, boca escancarada e bigode totalmente desprendido.

Antes que Lady Maccon pudesse reagir, o vampiro ergueu o templário e o jogou em cima do cocheiro, levando ambos a caírem da carruagem na estrada de terra.

Os cavalos relincharam, assustados, e avançaram num galope desvairado, forçando as rédeas de um jeito apavorante. Lady Maccon tentou se manter de pé na carruagem, que sacolejava terrivelmente. Os quatro cavaleiros templários, que estavam prestes a participar do tumulto, acabaram sendo deixados para trás, em meio a um redemoinho de poeira levantada pelo bater de cascos frenéticos.

O vampiro tornou a avançar para a preternatural. Ela segurou a sombrinha com firmeza e trincou os dentes. Francamente, estava ficando farta daquelas constantes trocas de socos. Alguém poderia até achar que ela era boxeadora do Whites! O vampiro arremeteu contra ela. Lady Maccon desferiu um golpe, mas ele desviou a sombrinha e começou a esganá-la.

Então, ele espirrou.

Ah-ha, pensou Lady Maccon, *o alho!*

Quando ele a tocou, suas presas desapareceram e sua força passou a ser igual à de um simples mortal. Lady Maccon captou a expressão de surpresa nos lindos olhos castanhos do vampiro. Talvez tivesse noção do que ela era, mas evidentemente nunca experimentara o toque preternatural antes. Ainda assim, continuou a estrangulá-la. Podia estar mortal, mas era forte o suficiente para estrangulá-la, por mais que ela chutasse e se debatesse.

Não estou preparada para morrer, pensou Lady Maccon. *Ainda nem dei uma bronca em Conall*. Então, pensou pela primeira vez no bebê como um filho e não uma inconveniência. Não estamos *prontos para morrer*.

Ela se moveu para o alto, tentando afastar o vampiro.

Naquele momento, algo branco o atingiu de través com tanta violência, que a preternatural ouviu o barulho de ossos quebrando — afinal de contas, o vampiro estava temporariamente *mortal* e desprovido de qualquer defesa sobrenatural. Ele urrou, tomado de surpresa e de dor.

O golpe fez com que soltasse o pescoço de Lady Maccon, que recuou, cambaleante e ofegante, os olhos fixos no agressor.

O vulto branco revelou-se como um enorme lobisomem totalmente enfurecido, que atacou o vampiro em um torvelinho de dentes, garras e sangue. As duas criaturas sobrenaturais se engalfinharam, a força do lobisomem enfrentando a velocidade do vampiro, e Lady Maccon se recolheu com sua sombrinha em um canto da carruagem, protegendo com o próprio corpo a figura inerte de Madame Lefoux de garras, dentes e presas.

O lobo levava vantagem, tendo atacado enquanto o vampiro estava vulnerável devido ao contato preternatural. E manteve a dianteira. Em pouco tempo, conseguiu morder o pescoço do vampiro com os poderosos maxilares, fincando os dentes na garganta dele. O vampiro deu um berro gutural, e o odor de sangue pútrido invadiu o ar fresco rural.

Lady Maccon vislumbrou olhos de um tom azul-claro, quando o lobisomem a encarou significativamente por um instante, antes de saltar da carruagem em movimento, levando consigo o vampiro e atingindo o chão com um baque surdo. A barulheira da briga dos dois ecoou por um tempo, mas depois foi abafada pelo estrépito dos cavalos.

A preternatural se deu conta de que devia ter sido o cheiro do lobisomem que inicialmente espantara os cavalos. Naquele momento, cabia-lhe fazer com que as pobres criaturas apavoradas desacelerassem, antes que rompessem as rédeas, fizessem a carruagem capotar ou algo ainda pior.

Ela subiu aos tropeços na boleia e constatou que as rédeas tinham caído e pendiam próximo ao grilhão, perigosamente perto das patas traseiras dos cavalos. Estirou-se com a barriga para baixo, segurando-se com uma das mãos e esticando a outra o máximo que pôde. Não conseguiu. Então, teve uma inspiração e pegou a sombrinha, que ainda trazia os dois pinos à mostra. Lady Maccon usou-os para puxar as rédeas pendentes, agarrando-as em seguida. Triunfante, só então se lembrou de que nunca havia

conduzido uma carruagem. Concluindo que não podia ser tão difícil assim, tentou dar uma puxadinha suave nas rédeas.

Nada mudou. Os cavalos continuaram em disparada frenética.

Então, ela segurou as rédeas com firmeza, inclinou-se para trás e puxou com toda a força. Podia não ser tão forte quanto um coríntio, mas tinha quase o mesmo peso. A pressão repentina fez com que os animais desacelerassem, passando primeiro para meio-galope e depois para trote, arfando, cobertos de suor.

Lady Maccon achou que não havia motivo para parar por completo os cavalos e os direcionou de volta à cidade. Era melhor chegar o mais depressa possível à relativa segurança do templo, pois o restante da colmeia de vampiros ainda podia estar atrás dela.

Dois dos cavaleiros templários, com as camisolas brancas esvoaçando, alcançaram por fim a carruagem. Posicionaram-se ao lado do veículo, um de cada lado e, sem tomar conhecimento de Lady Maccon nem mesmo lhe dirigir a palavra, escoltaram-na.

— Acham que devíamos fazer uma pausa para dar uma olhada em Madame Lefoux? — indagou a preternatural, sem obter resposta. Um dos homens chegou a lhe dirigir o olhar, mas, então, virou-se de lado e deu uma cusparada, como se estivesse com algo de gosto ruim na boca. Apesar da preocupação com o estado da amiga, Lady Maccon concluiu que chegar a um lugar seguro era mais importante naquele momento. Olhou de esguelha outra vez para os dois acompanhantes de semblantes inexpressivos, e nada. Então, deu de ombros e incitou os cavalos a trotarem. A princípio, eram quatro cavaleiros templários. Ela supôs que, no caso dos outros dois, um fora atrás do preceptor caído e o outro, do vampiro e do lobisomem.

Sem nada para ocupar a mente além de suposições, a preternatural se perguntou se aquele lobisomem branco não seria o vulto que vira do ornitóptero, o que atacara os vampiros no telhado da casa de Monsieur Trouvé. Havia algo muito familiar naqueles olhos azul-claros. Com um sobressalto, ela se conscientizou de que o lobisomem, o animal branco e o cavalheiro mascarado na alfândega da estação dos Jardins de Boboli eram uma só pessoa e de que ela o conhecia. Não apenas o conhecia, como também não gostava muito dele: era o arrogante terceiro no comando de seu marido, o Gama da Alcateia de Woolsey, o major Channing Channing, dos Channings de Chesterfield. Concluiu que vivera muito tempo com uma alcateia de lobisomens para poder reconhecer um lobo no meio de uma briga, já que antes fora incapaz de reconhecê-lo como o cavalheiro mascarado.

— Ele devia estar me seguindo e protegendo desde Paris! — comentou ela com os desinteressados templários, sua voz ressoando na calada da noite.

Eles a ignoraram.

— E, evidentemente, ele não pôde nos ajudar naquela noite, no desfiladeiro alpino, porque era *lua cheia*! — Ela ficou imaginando por que o terceiro em comando de seu marido, que nem ela nem Conall apreciavam muito, estava arriscando a vida na Itália, para protegê-la. Nenhum lobisomem com um pouco de miolo na cabeça entraria voluntariamente no baluarte do preconceito antissobrenatural. Mais uma vez, Lady Maccon era obrigada a questionar se o major Channing tinha realmente algo dentro da cachola. Só havia uma explicação plausível: a de que ele a estava protegendo por ordem de Lorde Conall Maccon.

Claro que o marido dela era um canalha insensível que deveria ter ido pessoalmente no seu encalço. E, sem sombra de dúvida, tinha se comportado como um patife ao se meter na vida dela, quando fizera tanta questão de separá-la da dele. Mas a sequência dos eventos demonstrava que ele se preocupara com ela a ponto de ordenar que a protegessem, mesmo antes do pedido de desculpas por escrito.

Conall ainda a amava. *Acho até que, na verdade, nos quer de volta*, comentou ela com o bebê-inconveniente, em um rompante vertiginoso de alegria.

Capítulo 14

No qual o bebê-inconveniente se torna muito mais inconveniente

Biffy acabou dormindo, e o professor Lyall, então, deu-se ao luxo de fazer o mesmo. Estavam seguros sob a guarda atenta de Tunstell, e também da sra. Tunstell, se é que se podia imaginar tal coisa. Os dois lobisomens cochilaram ao longo do dia, até a tardinha. Por fim, Ivy foi dar uma olhada na chapelaria e Tunstell, que precisava ir a uns ensaios, achou que não haveria problema em acordar o professor Lyall.

— Fui até o açougue comprar mais carne — explicou, enquanto o Beta cortava um pedaço de bife cru e o punha na boca.

O professor Lyall mastigou.

— Dá para sentir o gosto fresco. O que estão comentando nas ruas?

— Algo bem simples e direto, e todo mundo está falando nisso. *Todo mundo* mesmo.

— Prossiga.

— O potentado está morto. O senhor e o velho lobo tiveram uma noite cheia ontem, não, professor?

O Beta colocou os talheres na mesa e esfregou os olhos.

— Ah, por Júpiter! Tive de lidar com um verdadeiro caos.

— Uma das características que definem Lorde Maccon, se bem me lembro: desordem.

— Os vampiros estão muito furiosos?

— Ora, professor, está sendo sarcástico? Essa é boa.

— Responda à pergunta, Tunstell.

— Nenhum deles saiu ainda. Nem os zangões. Mas, segundo os boatos, não consideram a situação ideal, senhor. Nem um pouco.

O professor Lyall alongou o pescoço, primeiro de um lado, depois do outro.

— Bom, suponho que já tenha me escondido aqui por tempo suficiente. Está na hora de enfrentar as presas.

Tunstell fez uma pose shakespeariana.

— "Os caninos e as presas da afrontosa Fortuna!" — parodiou.

O professor Lyall lançou-lhe um olhar melancólico.

— Algo assim.

O Beta se levantou e espreguiçou, olhando para Biffy. O descanso lhe fizera bem. Se não aparentava estar mais saudável, com certeza se via menos emaciado. Os cabelos estavam emaranhados, cheios de lama do Tâmisa, o rosto, manchado de sujeira e lágrimas, mas ainda mantinha o ar de dândi aristocrático. O professor Lyall respeitava isso em um homem. Lorde Akeldama fizera um bom trabalho. O que o Beta também respeitava.

Sem mais delongas, pegou Biffy, que estava enrolado em um cobertor, e saiu pelas ruas movimentadas de Londres.

Floote não havia retornado quando Lady Maccon fez os cavalos ofegantes pararem, à entrada do templo. Madame Lefoux foi conduzida de imediato à enfermaria, o que levou a preternatural a percorrer sozinha a construção luxuosa. E, como se tratava dela, resolveu buscar a calma organização da biblioteca. Só mesmo naquele tipo de lugar sentia ser possível se recompor e recuperar de um dia tão cansativo. Era também o único aposento ao qual se lembrava de como chegar.

Em uma tentativa desesperada de lidar com a violência do ataque, com a descoberta da presença do major Channing na Itália e de sua afeição imprevista pelo bebê-inconveniente, ela pegou uma porção do precioso chá que Ivy lhe dera. Então, conseguiu inventar um jeito engenhoso de ferver água na lareira, usando uma caixa de rapé de metal vazia. Teria de se contentar com a falta de leite, mas era um pequeno preço a pagar

naquelas circunstâncias. Lady Maccon não fazia ideia se o preceptor já voltara e nem mesmo se sobrevivera, pois, como sempre, ninguém se comunicara com ela. Sem ter mais nada a fazer naquele momento, a preternatural ficou ali sentada, na biblioteca, sorvendo o chá.

Foi imprudente de sua parte não se dar conta de que aquele silêncio onipresente não era por causa das orações, mas de um desastre iminente. Seu primeiro aviso veio na forma de um espanador, que entrou agitado na biblioteca, rompendo a quietude com latidos tão desvairados, que um cachorrinho menos forte teria adoecido por causa do esforço.

— Poche? O que está fazendo aqui, seu cãozinho danado? — Lady Maccon segurou nervosamente a caixa de rapé com chá.

Ao que tudo indica, o único objetivo de Poche na vida era lançar um ataque cruel à perna da cadeira da preternatural, que ele abocanhara e roía de forma colérica.

Lady Maccon ficou pensando se deveria tentar sacudir a cadeira para tirá-lo, chutá-lo ou simplesmente ignorá-lo por completo.

— Boa noite, Espécime Fêmea.

— Ora, sr. Espécime Alemão, que surpresa inesperada! Pensei que tinha sido excomungado. Deixaram que entrasse de novo na Itália?

O sr. Lange-Wilsdorf entrou na biblioteca, acariciando a barba com um ar de quem acabou de obter uma vantagem e aprecia essa situação.

— Eu percebi que tinha, digamos, poder de negociação, *ya*?

Ele parou perto dela, olhando-a de cima. O que devia ser uma experiência bastante incomum, considerando como era baixinho, pensou a preternatural, maldosa.

— Com informação que dei aos templários, eles vão tentar convencer Sua Santidade Papa Pio IX a anular minha excomunhão e me aceitar de novo em comunidade.

— Vão mesmo? Não imaginava que tivessem tanta influência assim.

— Eles têm muitas coisas, Espécime Fêmea, muitas coisas.

— Bom — ela se sentiu subitamente nervosa —, parabéns pela reintegração.

— Devolveram meu laboratório — revelou ele, orgulhoso.

— Ótimo, talvez possa descobrir como...

O preceptor entrou na biblioteca. Lady Maccon parou de falar e olhou para ele, observando as ataduras nos braços e nas pernas e os arranhões no rosto. Era evidente que estava pior após o encontro com o vampiro e a subsequente queda da carruagem.

— Ah, como está se sentindo, sr. Templário?

Sem se dar ao trabalho de responder, o preceptor entrou, cruzou os braços e também olhou para ela do alto. Por fim, falou como se Lady Maccon fosse uma criança teimosa.

— Eu estou confuso, Minha Sem Alma.

— Está?

— Estou, sim. Por que decidiu não nos informar de sua condição delicada? Teríamos tomado muito mais cuidado com sua pessoa se soubéssemos.

Ah, misericórdia! Lady Maccon se remexeu, desconfiada. Deixou de lado a caixa de rapé e pegou a sombrinha.

— É mesmo? Quer dizer que não teria me usado, por exemplo, como isca na armadilha para os vampiros?

O preceptor ignorou a farpa.

— O sr. Lange-Wilsdorf nos informou que não apenas está grávida, como o pai do bebê é um lobisomem. É...

Lady Maccon ergueu a mão, de um jeito autoritário.

— Nem me venha com esse tipo de perguntas. O meu marido é um lobisomem e, apesar das acusações em contrário, é o pai, sem sombra de dúvida. Não vou discutir nem tolerar quaisquer insinuações contra minha integridade. Posso não ter alma, cavalheiros, mas lhes asseguro que sou fiel. Até mesmo Conall, maldito seja, finalmente admitiu isso.

O templário fechou a boca e anuiu. A preternatural não estava convencida de que ele acreditava nela, mas, sinceramente, nem se importava.

O sr. Lange-Wilsdorf esfregou as mãos.

— Com efeito, considerando a insistência de Espécime Fêmea, criei nova teoria sobre natureza de alma que, acho, não apenas apoia como também *se baseia* em sua declaração de que criança tem pai sobrenatural.

— Está afirmando que só continuo grávida porque estou dizendo a verdade? — Ela sentiu a respiração acelerar de expectativa. *Finalmente, a prova de minha inocência!*

— *Ya*, estou, Espécime Fêmea, exatamente.

— Poderia explicar, por favor?

O alemãozinho pareceu surpreso com sua tranquila aceitação. Não notou como a preternatural remexia disfarçadamente no cabo da sombrinha. Ela também observava o templário com a mesma atenção que ele lhe dedicava.

— Não está brava comigo por ter contado seu segredinho para templários?

Estava, mas fingiu sentir indiferença.

— Bom, foi publicado em todos os jornais de Londres. Acho que eles teriam descoberto, mais cedo ou mais tarde. Não obstante, é um sujeitinho traiçoeiro e repulsivo, não é?

— Talvez. Mas, se minha teoria estiver correta, vou ser traiçoeiro famoso.

O templário começara a ficar fascinado com a caixa de rapé cheia de chá e a examiná-la. Lady Maccon o observou com os olhos semicerrados, desafiando-o a comentar sua solução idiossincrática para o fato de nenhum dos criados do templo atender aos seus pedidos. Ele não disse nada.

— Pois bem, pode me contar essa sua teoria. E se importaria, por gentileza, de tirar o seu cachorro da minha cadeira?

O sr. Lange-Wilsdorf se abaixou e pegou o animalzinho agitado. A criatura relaxou no mesmo instante, entrando em um estado quase comatoso no braço do dono. Mantendo o cãozinho ali como um lacaio faria com um pano de prato, ele usou a criatura como uma ferramenta de ensino para sua explicação.

— Vamos supor que certas partículas em corpo humano se liguem ao éter ambiente. — Seu dedo deu um inútil cutucão no cachorrinho. — Vou chamá-las de "pneuma". — Ergueu o dedo no ar, de forma dramática. — Sobrenaturais quebraram esse elo, perdendo maior parte de seu pneuma. Eles se tornaram imortais ao reconfigurar o que restou dele, formando um elo *flexível* com partículas etéricas ambientes.

— Está querendo dizer que, no fim das contas, a alma não é uma substância mensurável, e sim o tipo e a força desse elo? — Lady Maccon se mostrou intrigada, a contragosto, e passou a dedicar quase toda a atenção ao cientista.

O sr. Lange-Wilsdorf agitou Poche perto da preternatural, de tão entusiasmado que estava.

— *Ya!* É brilhante teoria, não? Explica por que não tivemos sorte ao longo de anos, medindo alma. Não há nada a ser medido; em vez disso, existem apenas tipo e força de elo. — Saiu carregando o cãozinho pelo aposento, como se voasse. — A senhora, Espécime Fêmea, como preternatural, nasce com pneuma, mas sem nenhum éter vinculado, motivo pelo qual está sempre sugando partículas etéricas do ar. O que ocorre quando toca criatura sobrenatural é que rompe elo flexível e suga todo éter dela, transformando-a em mortal. — Fez um gesto com a mão em concha sobre a cabeça de Poche, como se removesse o cérebro do animalzinho.

— Então, quando os vampiros me chamavam de sugadora de almas, não estavam tão longe assim da verdade. Mas como isso explica o bebê? — Lady Maccon tentou fazer com que ele se concentrasse na parte mais importante da explicação.

— Bom, questão com dois preternaturais é que ambos tentam sugar partículas etéricas ao mesmo tempo. Portanto, não podem compartilhar mesmo espaço. Mas — em um crescendo triunfal, o sr. Lange-Wilsdorf ergueu o cãozinho acima da cabeça —, se um dos pais for *sobrenatural*, criança pode herdar elo flexível ou, como talvez possamos considerar, um pouco de alma em excesso restante.

Poche deixou escapar um uivinho engraçado, como se para ressaltar a última declaração do dono. Percebendo que agitava impensadamente o animal de estimação, o cientista colocou-o no chão. Na mesma hora, Poche começou a latir e a saltar, resolvendo, por fim, lançar um ataque total a uma almofadinha dourada, que em breve não mais pertenceria a este mundo.

Lady Maccon odiava reconhecer, mas a teoria do sr. Lange-Wilsdorf fazia sentido. Explicava muitas coisas, sendo uma das mais importantes o motivo pelo qual crianças como o bebê-inconveniente eram tão raras. Em primeiro lugar, elas requeriam a relação entre um sobrenatural e um preternatural, duas espécies que tinham caçado uma à outra ao longo de boa parte da história documentada. Em segundo, requeriam uma preternatural ou uma vampira ou um lobisomem fêmea. Quase nunca se permitia que preternaturais chegassem perto de rainhas de colmeias, e lobisomens fêmeas eram quase tão raras quanto preternaturais do sexo feminino. Simplesmente não houvera muita oportunidade para o cruzamento entre essas espécies.

— Então, a questão é que tipo de filho vou ter, considerando o, hã, *elo flexível* de Conall? — Considerando as preferências carnais do marido, a terminologia lhe pareceu obscena, mencionada junto com o nome dele. Ela pigarreou, constrangida. — Quer dizer, ele será preternatural ou sobrenatural?

— Ah, *ya*, bom, difícil prever. Mas, pensando bem, segundo teoria minha, talvez nenhum dos dois. Talvez bebê seja normal. Talvez tenha menos alma que maioria.

— Mas então não vou perdê-lo, como pensou inicialmente?

— Não, não vai. Se cuidar de próprio bem-estar.

Lady Maccon sorriu. Era verdade que ainda não se sentia totalmente à vontade com a ideia de ser mãe, mas ela e o bebê-inconveniente pareciam estar chegando a uma espécie de acordo.

— Ora, que notícia maravilhosa! Eu vou contar a Genevieve agora mesmo. — Ela se levantou, com a firme intenção de ir correndo à enfermaria, mesmo que isso perturbasse quaisquer templários com os quais deparasse no caminho.

O preceptor se levantou, pois se agachara para tentar, sem sucesso, tirar a almofadinha de Poche, e começou a falar. Lady Maccon quase se esquecera de sua presença.

— Receio que não seja possível, Minha Sem Alma.

— Por que não?

— Trataram das lesões da francesa e a mandaram para os hospitalários florentinos.

— Os ferimentos dela são tão graves assim? — A preternatural sentiu uma repentina pontada de culpa. Viera desfrutando de chá com aroma de caixa de rapé e de boas notícias enquanto a amiga morria?

— Oh, não, bastante superficiais. Mas é que simplesmente nos demos conta de que já não poderíamos lhe oferecer nossa hospitalidade. O sr. Floote tampouco foi convidado a voltar a ficar conosco.

Lady Maccon sentiu o coração se apertar no peito, onde passou a bater de um jeito peculiarmente rápido. A súbita mudança em relação ao que, segundos antes, podia ter sido euforia, levou-a a ficar quase tonta. Ela respirou fundo.

Quase sem pensar, abriu a sombrinha, disposta a usar até ácido sulfúrico, sem dúvida alguma sua arma mais execrável, se necessário. Madame Lefoux conseguira encontrar uns fluidos de reposição. Porém, antes que tivesse a chance de virá-la e colocá-la na posição certa, a porta da biblioteca se abriu.

Como se evocados por algum sinal oculto, uma quantidade enorme de templários entrou retinindo na biblioteca. *Retinindo mesmo*, pois estavam armados como os cavaleiros das cruzadas de séculos atrás — com capacetes, cotas de malhas prateadas e armaduras, sob as obrigatórias camisolas. Todos usavam luvas de couro reforçadas, na certa para poder tocar Lady Maccon sem precisar temer por suas almas celestiais. Poche enlouqueceu de vez, latindo a plenos pulmões e rodopiando pelo ambiente em uma série de saltos desvairados. A preternatural pensou que era a atitude mais perspicaz da criatura, em toda a sua vidinha inútil. Os templários, demonstrando sua alta dignidade, ignoraram-no por completo.

A sombrinha de Lady Maccon era boa, mas não o bastante para ser usada contra tantos ao mesmo tempo. Ela a fechou com um estalo.

— Ora, sr. Templário — disse ao preceptor —, estou honrada. Tudo isso para mim? Quanta consideração. Não precisava.

O preceptor lançou-lhe um olhar severo e penetrante e, em seguida, segurando o braço do sr. Lange-Wilsdorf com firmeza, deixou a biblioteca sem responder ao sarcasmo dela. Poche circundou o ambiente mais duas vezes e, então, disparou em direção a eles como um espanador lançado em alta pressão de uma máquina a vapor. *Meu último defensor partiu*, pensou Lady Maccon, amargamente.

Olhou para os oponentes.

— Muito bem. Podem me levar para o seu calabouço! — Melhor dar uma ordem que tinha boa chance de ser cumprida.

O professor Lyall colocou a carga preciosa no sofá do escritório, na sede do DAS. Ainda inconsciente, Biffy estava tão molengo quanto brócolis cozido demais. No sofá já havia pilhas de papéis, chapas de etereógrafo, montes de livros, diversos jornais e livretos científicos, mas o rapaz não pareceu se importar muito. Enroscou-se de lado como uma criancinha, abraçando com carinho um rolo de metal de aspecto bastante desconfortável.

O Beta pôs-se a trabalhar, preparando declarações para a imprensa, convocando vários espiões e agentes e mandando-os sair em missões em busca de informações, intervenções diplomáticas e operações secretas de aquisição de biscoito. (A cozinha do DAS já estava ficando sem.) Também enviou um mensageiro até os demais integrantes da Alcateia de Woolsey, ordenando que se mantivessem alertas e armados. Quem podia saber como os vampiros iriam querer revidar. Em geral, reagiam com certo refinamento, mas matar um deles não era, em geral, considerado educado, e eles poderiam se comportar mal. No fim das contas, o professor Lyall conseguiu trabalhar de forma produtiva por uma hora, antes de ser interrompido pelo primeiro de uma fila quilométrica de dignitários ofendidos. Não se tratava, entretanto, de um integrante das colmeias reclamando da morte do potentado. Por incrível que parecesse, seu primeiro visitante foi um lobisomem.

— Boa noite, Lorde Carnificina.

O primeiro-ministro regional nem se dera ao trabalho de usar um manto daquela vez. Sem disfarce e sem fazer a menor tentativa de ocultar sua insatisfação, ele devia estar representando oficialmente os interesses da Rainha Vitória, adivinhou o professor Lyall.

— Que trabalho impressionante o seu, hein, Betazinho? No fim das contas, não poderia ter feito pior.

— Como vai, milorde? Sente-se, por favor.

O primeiro-ministro regional olhou com desagrado para Biffy, que dormia.

— Parece que já tem companhia. Ele está o que, bêbado? — Farejou o ar. — Ah, por favor, vocês andaram nadando no Tâmisa?

— Posso lhe assegurar que foi totalmente involuntário.

O lobisomem deu a impressão de que continuaria a falar em tom de censura, mas, então, farejou de novo e parou. Deu a volta, caminhou pesadamente até o sofá e se inclinou sobre o janota em estado letárgico.

— Hum, esse rosto não me é familiar. Sei que grande parte da Alcateia de Woolsey esteve no exterior com o regimento, mas acho que me lembro de todos. Não sou *tão* velho assim.

— Ah, sim. — O professor Lyall se endireitou e pigarreou. — Merecemos ser parabenizados. A Alcateia de Woolsey tem um novo integrante.

O primeiro-ministro regional soltou um grunhido parcialmente satisfeito, mas tentou ocultá-lo com irritação.

— Achei mesmo que ele fedia a Lorde Maccon. Ora, ora, uma metamorfose e um vampiro morto, tudo em uma só noite. A alcateia tem andado ocupada, hein?

O Beta colocou a pena de escrever na mesa e tirou os óculos.

— Os dois estão, na verdade, intimamente relacionados.

— Desde quando matar vampiros nos traz novos lobisomens?

— Desde que vampiros roubaram o zangão de outro vampiro, prenderam-no sob o Tâmisa e, em seguida, atiraram nele.

O primeiro-ministro regional pareceu menos um lobo solitário brusco e mais um político ao ouvir aquela afirmação. Pegou uma cadeira e se sentou do outro lado da escrivaninha do professor Lyall.

— Acho bom que comece a explicar o que aconteceu, Betazinho.

Quando o professor Lyall terminou o relato, o primeiro-ministro regional se mostrou um pouco chocado.

— Claro que essa história vai ter de ser confirmada. Considerando a sentença ilegal do potentado requisitando o assassinato de Lady Maccon, deve imaginar que os motivos para Lorde Maccon matar tal indivíduo são bastante suspeitos. Não obstante, se tudo o que me contou é verdade, ele teve o direito, na condição de notívago-chefe. Esse tipo de tramoia não pode ser permitido. Imagine só, roubar o zangão de outro vampiro! Tão grosseiro.

— Deve entender que tenho de lidar com outras complicações?
— Ele foi atrás daquela mulher perdida dele, não foi?
O professor Lyall franziu os lábios e anuiu.
— Os Alfas são muito difíceis.
— Concordo plenamente.
— Bom, vou deixá-lo trabalhar. — O primeiro-ministro regional se levantou, mas foi dar mais uma olhada em Biffy antes de sair.
— Duas metamorfoses bem-sucedidas em dois meses. Woolsey pode estar passando por transtornos na esfera política, mas precisa ser parabenizada pelo poder da Forma de Anúbis de seu Alfa. Ele é um filhotinho bem jovem, não é mesmo? Será um peso nas suas costas, pois vai lhe causar muitos problemas. Não será muito pior os vampiros acharem que os lobisomens roubaram um zangão?

O professor Lyall soltou um suspiro.
— E justamente o favorito de Lorde Akeldama.
O primeiro-ministro regional meneou a cabeça.
— Escute o que estou lhe dizendo, vai lhe causar muitos problemas. Boa sorte, Betazinho. Vai precisar dela.

Assim que o primeiro-ministro regional se retirou, um dos melhores agentes do DAS chegou.

Ele fez uma reverência na entrada, antes de entrar e parar na frente do professor Lyall, com as mãos entrelaçadas às costas.
— Apresente seu relatório, sr. Haverbink.
— A situação lá fora não está nada boa, senhor. Os Colmilhos estão aprontando a maior confusão com os senhores, os Rabudos. Estão dizendo que Lord M não gostava do potentado. Que acabou com a raça dele não por obrigação, mas por raiva.

Haverbink era um sujeito forte, tanto física quanto mentalmente. Ninguém apostaria nem um tostão que ele teria excesso de alma, mas se tratava de um bom ouvinte, que conseguia se meter nos lugares em que os tipos mais aristocráticos não conseguiam. Parecia um camponês, e as pessoas não davam muito crédito, em termos de massa cinzenta, a homens rústicos como ele. O que era um equívoco.
— Quais foram os tumultos?

— Houve umas brigas em pubs até agora, a maioria somente de zeladores lutando com zangões linguarudos. A situação pode piorar se os conservadores se meterem. Sabe como eles são: "nada disso teria acontecido se não tivéssemos nos integrado. A Inglaterra merece o que está acontecendo por ter atuado de forma tão antinatural. Contra as leis de Deus", blá-blá-blá.

— Alguma novidade a respeito dos próprios vampiros?

— A Rainha de Westminster vem mantendo silêncio mortal (sem duplo sentido), desde que o falecimento do potentado foi divulgado. Pode ter certeza de que, se ela julgasse ter esse direito, estaria se queixando em declarações oficiais à imprensa, como uma galinha botando ovos.

— É verdade, concordo com você. O silêncio dela é bom para nós, lobisomens. E como anda a reputação do DAS?

— Estamos sentindo os efeitos colaterais. Estão comentando por aí que Lord M estava trabalhando, não agindo como um lobisomem e que, portanto, deveria ter se controlado. — Haverbink virou o rosto largo e simpático para seu comandante, inquisitivamente.

O Beta anuiu.

Haverbink prosseguiu:

— Os que gostam do DAS alegam que ele exerceu seu direito de notívago. Como os que não gostam deste departamento não apreciam nem o conde nem os lobisomens, vão reclamar de qualquer forma. Não se pode mudar isso.

O professor Lyall esfregou o pescoço.

— Bom, foi mesmo o que imaginei. Continue a espalhar a verdade, o máximo possível, quando estiver lá fora. Conte para as pessoas que o potentado roubou o zangão de Lorde Akeldama. Não podemos permitir que os vampiros tampouco a Coroa encubram o que houve, e temos de esperar que tanto Biffy quanto Lorde Akeldama corroborem a versão oficial, ou vamos ficar metidos nisso até o pescoço.

Haverbink lançou um olhar cético para o corpo adormecido de Biffy.

— Ele se lembra de alguma coisa?

— Provavelmente, não.

— E Lorde Akeldama será receptivo?

— Provavelmente, não.
— Certo, senhor. Não queria estar nas suas polainas agora.
— Não leve para o lado pessoal, Haverbink.
— Claro que não, senhor.
— Por falar nisso, nenhuma notícia sobre o paradeiro ou o retorno de Lorde Akeldama?
— Nadica de nada, senhor.
— Que coisa! Bom, continue o trabalho, sr. Haverbink.
— Está certo, senhor.

Ele saiu e o agente seguinte, que aguardava impacientemente no corredor, entrou.

— Uma mensagem para o senhor.
— Ah, sr. Phinkerlington.

Phinkerlington, um metalúrgico corpulento que usava óculos, fez uma leve reverência antes de entrar em passos hesitantes no escritório. Tinha os modos de um sacristão, a atitude de uma toupeira constipada e um insignificante parentesco aristocrático, que seu temperamento o levava a encarar como um defeito de personalidade constrangedor.

— Algo finalmente passou por aquele canal italiano que o senhor me fez vigiar no poente, nos últimos dias. — Ele também era muito bom no trabalho, que consistia, sobretudo, em ficar em um posto escutando, para então relatar o que ouvira sem incluir seus pensamentos e comentários.

O professor Lyall se endireitou.

— Demorou bastante para vir me contar.
— Sinto muito. O senhor andou muito ocupado esta noite, não quis incomodar.
— Certo, certo. — O Beta fez um gesto de impaciência com a mão esquerda.

Phinkerlington lhe entregou um pedaço de pergaminho, no qual havia uma mensagem escrita à tinta. Não era, tal como o professor Lyall esperara, de Lady Maccon, mas, por incrível que parecesse, de Floote.

A missiva tampouco vinha ao caso nem ajudava em nada a situação, o que levou o Beta a sentir uma breve, mas profunda irritação com a preternatural. Esse era um sentimento que tinha reservado, até aquele momento, apenas para o Alfa.

"Convença rainha a impedir que italianos escavem Egito. Não podem encontrar múmias preternaturais, resultados serão ruins. Lady Maccon está com templários florentinos. Nada bom. Envie ajuda. Floote."

O Beta, amaldiçoando o Alfa por ter partido tão precipitadamente, amassou o pergaminho e, após breve reflexão sobre a gravidade da informação ali contida, comeu-o.

Dispensou Phinkerlington, levantou-se, foi dar uma olhada em Biffy e constatou que ainda dormia. Ótimo, pensou, *a atitude mais apropriada e sensata para ele neste momento*. Enquanto ajeitava o cobertor em torno do novo lobisomem, prendendo-o com um pouco mais de firmeza, outra pessoa entrou no escritório.

Ele se endireitou e se virou para a porta.

— Sim?

Captou o cheiro do sujeito: um perfume francês bastante caro, com um toque de tônico capilar de Bond Street e, sob isso, a untuosidade do intragável sangue velho.

— Ah. Bem-vindo de volta a Londres, Lorde Akeldama.

Lady Maccon, às vezes cognominada La Diva Tarabotti, já se sentia à vontade com raptos. Ou, melhor dizendo, vinha se acostumando com sua situação complicada. Ela tinha levado, até pouco mais de um ano atrás, uma vida de solteirona exemplar. Seu mundo fora atormentado apenas pela presença de duas irmãs tolas e a mãe, mais néscia ainda. Suas preocupações, era preciso reconhecer, podiam ser consideradas um tanto mundanas, e sua rotina diária tão banal quanto a de qualquer outra jovem de renda suficiente e liberdade insuficiente. Mas a preternatural *conseguira* evitar raptos.

Mas aquele, a bem da verdade, começava a piorar.

A experiência de ser vendida e carregada feito um saco de batatas sobre um ombro protegido por uma armadura pareceu-lhe terrivelmente humilhante. Foi levada ao longo do que julgou ser uma série interminável de escadas e passagens, tão cheias de mofo quanto apenas uma construção

em subsolo profundo poderia ser. Deu alguns chutes e se debateu, somente para que um braço com armadura prendesse suas pernas.

Por fim, chegaram ao seu destino, o qual, como ela pôde constatar assim que lhe tiraram a venda, era uma espécie de catacumba romana. Lady Maccon pestanejou, os olhos se ajustando à obscuridade, e viu que se encontrava em uma ruína subterrânea da Antiguidade, escavada na rocha, iluminada por lampiões e velas. A pequena cela que ocupava naquele momento fora fechada em um dos lados com grades modernas.

— Definitivamente, esta é uma condição de vida bastante inferior — protestou Lady Maccon, para ninguém em especial.

O preceptor apareceu à entrada, inclinou-se na ombreira de metal e fitou-a com os olhos sem vida.

— Concluímos que não poderíamos mais garantir sua segurança nas acomodações anteriores.

— Eu não estava segura em um templo cercado por centenas de cavaleiros templários, os mais poderosos guerreiros sagrados a pisar na face da Terra?

Ele não respondeu.

— Vamos tentar deixá-la confortável aqui.

Lady Maccon olhou ao redor. A cela era um pouquinho menor que o toucador de Conall no Castelo de Woolsey. Havia uma pequena cama no canto, forrada com um edredom desbotado, ao lado de um criado-mudo com um lampião. Também tinham deixado um penico e um lavatório. O lugar parecia descuidado e lúgubre.

— Quem vai? Ninguém o fez até agora.

Sem dar uma palavra, o templário fez um sinal e, do nada, surgiu alguém que ela não chegou a ver, mas que trouxe uma tigela contendo macarrão, bem como uma cenoura esculpida em forma de colher. O preceptor os entregou a Lady Maccon.

A preternatural tentou não se sentir grata pela presença abundante do molho verde.

— O pesto só vai me fazer vê-lo com bons olhos por um tempo, entende?

— Entendo e, depois, o que é que vai fazer, filha do diabo?

— Ah, quer dizer que já não sou mais "Sua Sem Alma"? — Ela apertou os lábios, refletindo. Estava sem a sombrinha, e a maior parte de suas melhores ameaças envolvia o seu uso. — Vou ser *bastante* descortês, isso sim!

Pelo visto, o preceptor não se sentiu nem um pouco ameaçado. Fechou a porta com firmeza ao sair e deixou-a trancada, na escuridão silenciosa.

— Será que eu poderia ao menos receber algum material de leitura? — gritou para ele, mas o templário a ignorou.

Lady Maccon começou a pensar que todas as histórias terríveis que escutara sobre os templários eram verdadeiras, até mesmo a do pato de borracha e do gato morto mencionada certa vez por Lorde Akeldama. Torcia para que Madame Lefoux e Floote estivessem incólumes.

Havia algo assustador naquela separação tão drástica deles.

Cedendo à frustração, foi até as barras e chutou-as.

O que só a levou a sentir uma pontada de dor no pé.

— Diabos — exclamou, em meio ao silêncio sombrio.

O isolamento da preternatural não durou muito, pois certo cientista alemão foi visitá-la.

— Eles me transferiram para cá, sr. Lange-Wilsdorf. — Lady Maccon estava tão aflita com aquela mudança que se sentiu compelida a dizer o óbvio.

— *Ya*, Espécime Fêmea, estou sabendo disso. Muito inconveniente, não? Também tive que mudar laboratório, e Poche não me segue até embaixo. Ele não gosta de arquitetura romana.

— Não? Bom, e quem gosta? Será que o senhor não poderia convencê-los a me levar de volta para o quarto? Se preciso ser encarcerada, prefiro mil vezes um lugar com vista.

O homenzinho balançou a cabeça.

— Não vai mais ser possível. Dê seu braço aqui.

Lady Maccon estreitou os olhos, desconfiada, mas, curiosa, atendeu ao pedido.

Ele envolveu o braço dela com um tubo de tecido emborrachado e, em seguida, pôs-se a bombeá-lo e fazê-lo encher de ar, usando um fole

conectado a uma junta. O tubo se expandiu e ficou bastante apertado. Então, o cientista tirou o fole, fechando os encaixes com dois dedos, e meteu uma bola de vidro com pedacinhos de papel na junta; em seguida, soltou tudo. O ar escapuliu com um sibilo, levando os pedacinhos de papel a esvoaçarem freneticamente dentro da bola.

— O que *está fazendo*?

— Preciso descobrir que tipo de filho terá, *ya*? Há muita especulação.

— Não sei como esses pedacinhos de papel podem revelar algo importante. — Pareciam tão úteis quanto folhas de chá no fundo de uma xícara. O que a levou a ansiar por chá.

— Bom, é melhor senhora rezar para que revelem. Andaram falando de lidar com esse bebê... de jeito diferente.

— Hein?

— *Ya*. E de usar corpo de senhora para fornecer, como se diz?, peças sobressalentes...

Uma golfada de bile, azeda e incômoda, subiu à garganta de Lady Maccon.

— Hein?

— Fique quieta agora, Espécime Fêmea, preciso trabalhar.

O alemão observou de cenho franzido os papeizinhos por fim se acomodarem na base da bola, a qual, pelo que Lady Maccon percebera naquele momento, estava marcada com linhas. Então, ele começou a fazer anotações e diagramas com a localização deles. Ela tentou se tranquilizar, porém começava a sentir raiva e também medo. Já estava farta de ser considerada um espécime.

— Sabia que templários me deram total acesso a documentos de programa de reprodução de preternaturais deles? Eles tentaram por quase um século descobrir como procriar com sucesso sua espécie.

— A dos seres humanos? Bom, não deve ter sido muito difícil. Ainda sou *humana*, lembra-se?

O sr. Lange-Wilsdorf ignorou-a e deu continuidade à sua linha anterior de raciocínio.

— Preternaturais sempre geram filhos com suas próprias características, mas baixa taxa de natalidade e raros espécimes fêmea nunca foram explicados. Programa também foi prejudicado por dificuldade de divisão de espaço. Templários não podiam, por exemplo, manter bebês em mesmo quarto nem em mesma residência que os pais.

— Então, o que aconteceu? — Lady Maccon não conteve a curiosidade.

— Programa foi descontinuado, *ya*. Seu pai foi último, sabia?

As sobrancelhas dela se ergueram inadvertidamente.

— Foi mesmo? — *Escute só isso, bebê-inconveniente, seu avô foi procriado por fanáticos religiosos como uma espécie de experimento biológico. Eis a sua árvore genealógica.*

— Os templários o criaram?

O sr. Lange-Wilsdorf olhou para ela de um jeito peculiar.

— Não sei de detalhes.

Lady Maccon não sabia nada sobre a infância do pai; os diários dele só começaram quando ele estava na universidade na Grã-Bretanha, e ela desconfiava que o objetivo principal deles fora a prática da gramática inglesa.

Ao que tudo indicava, o pequeno cientista resolvera não dizer mais nada. Voltando-se para o fole e o aparato esférico, terminou de anotar suas observações e, em seguida, passou a fazer uma série de cálculos intrincados. Quando terminou, largou a caneta-tinteiro com um gesto dramático.

— Impressionante, *ya*.

— O que foi?

— Só há uma explicação para resultados. Que senhora tem resquícios de éter intrínseco fixados à, como se diz?, zona central, mas eles estão agindo de forma incorreta, como se a um só tempo estivessem e não estivessem ligados, como se estivessem em constante mudança.

— Que bom para mim, então. — Lady Maccon franziu o cenho, lembrando-se da conversa anterior que tiveram. — Mas, de acordo com a sua teoria, eu não deveria ter éter intrínseco algum.

— Exatamente.

— Então a sua teoria está errada.

— Ou reação instável está vindo de embrião — disse o sr. Lange-Wilsdorf em tom de vitória, como se estivesse perto de decifrar tudo.

— Está querendo dizer que entende a natureza de meu filho? — Ela começava a se empolgar tanto quanto ele. *Finalmente!*

— Não, mas posso garantir que estou chegando perto.
— Interessante, mas não acho isso reconfortante.

Lorde Akeldama estava parado na entrada do escritório do professor Lyall, com traje de montaria. Se já era difícil ler seus pensamentos nas melhores circunstâncias, naquelas, então, parecia impossível.

— Como vai esta noite, milorde?
— Oh, meu caro, razoavelmente bem. Obrigado. Razoavelmente bem. E você?

Eles tinham se encontrado, claro, mais de uma vez no passado. O Beta passara séculos mordiscando o grande bolo de várias camadas da alta sociedade, ao passo que o vampiro atuava como a cobertura dele. O professor Lyall tinha ciência de que homens inteligentes ficavam de olho no estado da cobertura, mesmo se na maior parte do tempo estivessem limpando os farelos. Os círculos sobrenaturais eram pequenos o bastante para que se pudesse seguir a pista da maioria dos integrantes, quer se ocultassem nos escritórios do DAS e acampamentos militares, quer nas melhores salas oferecidas pela aristocracia.

— Devo admitir que já tive noites mais agradáveis. Bem-vindo à sede do DAS, Lorde Akeldama. Entre, por favor.

O vampiro fez uma pausa à soleira, ao ver Biffy adormecido. Gesticulou de leve com uma das mãos.

— Posso?

O professor Lyall assentiu. A pergunta fora um insulto velado, lembrando a ambos o que lhe fora tirado injustamente, e o fato de agora ser obrigado a pedir para ver algo que já lhe pertencera. O Beta ignorou a farpa de Lorde Akeldama. Naquele momento o vampiro estava com todas as cartas na mão, porém, o professor Lyall achava que se lhe desse plastrom suficiente, ele daria um laço agradável o bastante para todos os envolvidos. Evidentemente, o janota também poderia dar um nó corredio; tudo dependia do resultado daquela conversa.

O Beta sabia que o olfato dos vampiros era limitado e que não haveria uma forma de detectar de imediato que Biffy se tornara lobisomem. Mas Lorde Akeldama pareceu se dar conta mesmo assim. Não tentou tocar o jovem.

— Quantos pelos no rosto! Não sabia que ele tinha condições para tanto. Mas creio que essa penugem é mais apropriada, dada a atual situação. — O vampiro levou a mão longilínea e branca à base da própria garganta e repuxou a pele com dois dedos. Fechou os olhos por um instante, antes de abri-los e olhar novamente para seu ex-zangão. — Parece tão jovem quando está dormindo. Sempre achei isso. — Lorde Akeldama engoliu em seco. Em seguida, virou-se de frente para o professor Lyall.

— Andou montando, milorde?

O vampiro observou a roupa e fez uma expressão de desagrado.

— A necessidade às vezes exige sacrifícios, jovem Randolph. Posso chamá-lo de Randy? Ou preferiria Dolphy? Dolly, talvez? — O professor Lyall estremeceu visivelmente. — Então, como eu estava dizendo, *Dolly*, eu *abomino* montar, os cavalos não gostam de acomodar vampiros, e nossos cabelos ficam um horror. A única coisa mais vulgar é uma carruagem aberta.

O Beta resolveu partir para uma linha mais direta.

— Onde esteve nessa última semana, milorde?

Lorde Akeldama olhou de novo para o próprio corpo.

— Caçando fantasmas ao mesmo tempo que era seguido por demônios, Dolly, *querido*. Tenho certeza que *você* sabe como é.

O lobisomem resolveu pressioná-lo, só para ver se conseguiria uma reação mais autêntica.

— Como pôde desaparecer desse jeito, justo quando Lady Maccon mais precisava da sua ajuda?

Lorde Akeldama curvou os lábios de leve e, em seguida, deu uma risadinha sem humor.

— Pergunta interessante, vinda do Beta de Lorde Maccon. Vai me perdoar se me julgo no direito de fazer as perguntas, nestas circunstâncias. — Ele meneou a cabeça em direção a Biffy, um pequeno espasmo de desprazer controlado.

O vampiro era um homem que escondia os próprios sentimentos não por meio da ausência de emoção, mas do excesso de emoções falsas. Em todo caso, o professor Lyall teve plena certeza de que ali, espreitando sob

a polidez estudada, havia uma raiva genuína, profundamente arraigada e, sem dúvida alguma, justificada.

Lorde Akeldama se sentou e se recostou, para todos os efeitos tão relaxado e despreocupado quanto um homem em um clube.

— Suponho, então, que Lorde Maccon foi atrás de *minha* querida Alexia?

O lobisomem anuiu.

— Então ele *sabe*?

— Que ela está correndo grave perigo e que o potentado é o responsável por isso? Sabe, sim.

— Ah, então foi obra daquele néscio? Não é à toa que quis que eu enxameasse de Londres. Não, na verdade eu perguntei, Dolly *querido*, se o *estimável* conde tem ciência do tipo de filho que engendrou.

— Não. Mas aceitou que é dele. Creio que sempre soube que Lady Maccon não o trairia. Estava apenas agindo de forma ridícula em relação a isso.

— Em geral, sou a favor do ridículo, mas, sob tais circunstâncias, deve entender, parece-me *lastimável* que ele não tenha percebido mais cedo. Alexia não teria perdido a proteção da alcateia, e nada *disso* teria acontecido.

— Crê que não? Seja como for, os vampiros tentaram matá-la a caminho da Escócia, quando ela ainda estava sob a proteção de Woolsey. É certo que isso foi feito com discrição e, acho agora, com o apoio das colmeias. Mas eles quiseram assassiná-la assim que souberam de seu estado. O interessante é que Vossa Graça, ao que tudo indica, não quer vê-la morta.

— Alexia Maccon é minha amiga.

— Seus amigos são tão escassos assim, milorde, a ponto de levá-lo a contrariar a evidente vontade unânima dos de sua espécie?

— Preste bem atenção, Beta. Como sou errante, posso muito bem tomar minhas próprias decisões, escolher quem amo, quem observo e, o mais importante, o que visto.

— Então, Lorde Akeldama, como será o filho de Lady Maccon?

— Não. Queira me explicar *isso* primeiro. — O vampiro fez um gesto em direção a Biffy. — Fui obrigado a enxamear porque tinham roubado *impiedosamente* meu zangãozinho mais precioso, ao que tudo indica, traído por minha própria gente; porém, quando volto, fico sabendo que ele fora roubado pelos de sua laia. Creio que *até* Lorde Maccon admitiria que mereço uma explicação.

Sob esse aspecto, o professor Lyall concordava plenamente com ele e, portanto, contou-lhe toda a verdade, em detalhes.

— Então, era ou a morte, ou a maldição de lobisomem?

O Beta anuiu.

— Foi impressionante, milorde. Nunca testemunhei uma metamorfose tão demorada, conduzida com tanta delicadeza. Fazer o que Lorde Maccon fez e não atacar brutalmente o rapaz em meio à necessidade de sangue foi extraordinário. Não são muitos os lobisomens que possuem tal autocontrole. Biffy teve muita sorte.

— Sorte? — Lorde Akeldama praticamente cuspiu a palavra, levantando-se de um salto. — Sorte! Ser amaldiçoado pela lua e virar uma besta assassina? Teria sido melhor se tivessem deixado que ele morresse. Pobre criança. — O vampiro não era um sujeito grande, com certeza não pelos padrões lupinos, mas se moveu tão rápido que contornou a escrivaninha e pôs as mãos finas no pescoço do Beta sem que ele pudesse acompanhá-lo com os olhos. Ali estava a raiva esperada pelo professor Lyall e, com ela, um nível de dor e mágoa que ele nunca esperaria em um vampiro. Talvez o lobisomem o houvesse pressionado mais do que devia. Ele ficou imóvel sob o aperto asfixiante. Um vampiro provavelmente tinha condições de arrancar a cabeça de um lobisomem, mas não era do feitio de Lorde Akeldama agir daquela forma, mesmo em meio a um acesso de raiva. Era por demais controlado pela idade e etiqueta para ultrapassar os limites.

— Mestre, pare. Por favor. Não foi culpa deles.

Biffy se ergueu um pouco no sofá, olhando horrorizado para a cena diante de si.

Lorde Akeldama soltou o professor Lyall na mesma hora e foi correndo se ajoelhar ao lado do jovem.

O ex-zangão soltou uma torrente de palavras culpadas.

— Eu não devia ter deixado que me capturassem. Fui descuidado. Não desconfiei que o potentado seria capaz de agir de forma tão drástica.

Não joguei o jogo como me ensinou. Não imaginei que ele me usaria daquele jeito para chegar ao senhor.

— Ah, meu querido botão de cerejeira, todos nós jogamos às cegas. O que aconteceu *não* foi sua culpa.

— Agora me acha amaldiçoado e repugnante? — Biffy perguntou num fio de voz.

Indo além do próprio instinto, o vampiro puxou o lobisomem recém-feito para si — um predador consolando o outro, algo tão fora do comum quanto uma cobra tentando reconfortar um gato doméstico.

Biffy apoiou a cabeça escura no ombro de Lorde Akeldama. O vampiro torceu os lábios, olhou para cima e, em seguida, desviou os olhos. Em meio aos cabelos louros que escorreram adiante, o professor Lyall vislumbrou seu rosto.

Ah, por Júpiter, ele o amava mesmo. O Beta levou dois dedos aos próprios olhos e pressionou-os, como se pudesse conter as lágrimas dos outros. *Maldição.*

O amor, entre todas as excentricidades nos círculos sobrenaturais, era o sentimento mais constrangedor e menos discutido ou esperado. Mas o rosto de Lorde Akeldama, apesar de toda a sua beleza fria, mostrava os efeitos da perda genuína em uma espécie de agonia esculpida em mármore.

O professor Lyall era imortal; sabia como era perder um ser amado. Não podia sair do escritório, não com tantos documentos importantes do DAS espalhados, mas deu as costas e fingiu se ocupar com a organização de pilhas de papéis, na tentativa de oferecer aos dois um mínimo de privacidade.

Ouviu um farfalhar — Lorde Akeldama sentou-se no sofá, ao lado do ex-zangão.

— Meu caro rapaz, é *claro* que não me parece repugnante, embora precisemos ter uma conversa séria sobre essa sua barba. Aquela foi apenas uma forma de expressão, talvez um tanto exagerada. Veja, eu aguardava ansiosamente a possibilidade de tê-lo ao meu lado como um de nós. Integrado ao clube das presas e tragos, e tudo o mais.

Biffy deu uma fungada.

— Na verdade, tudo isso aconteceu por culpa *minha* — prosseguiu Lorde Akeldama. — Devia ter ficado mais atento. Não devia ter me deixado enganar por ele, nem tê-lo mandado para que o confrontasse. Não podia ter permitido que seu desaparecimento me fizesse entrar em pânico e sair precipitadamente. Devia ter reconhecido os sinais de um jogo levado a efeito contra mim e os meus. Mas quem acreditaria que alguém de minha própria espécie, outro vampiro, outro *errante*, roubaria de mim? *De mim!* Meu *doce* botão de cidreira, não me dei conta do que ocorria. Não percebi como ele estava desesperado. Eu me esqueci de que as informações que levo na mente são mais valiosas do que as maravilhas diárias que vocês, meus rapazes *adoráveis*, desvelam para mim.

Àquela altura, quando o professor Lyall supôs que a situação não podia piorar mais, alguém bateu à porta do escritório, que foi aberta sem sua autorização.

— O quê...?

Foi a vez de o professor Lyall revirar os olhos, em um excesso de emoção.

— Sua Majestade Real, a Rainha Vitória, deseja se encontrar com Lorde Maccon.

Ela entrou em passos determinados e se dirigiu ao professor Lyall sem titubear.

— Ele não está aqui, está? Aquele miserável.

— Vossa Majestade! — O professor Lyall saiu depressa de trás da escrivaninha e pôs-se a fazer sua melhor e mais profunda reverência.

A Rainha da Inglaterra, uma personagem enganosamente atarracada e morena, percorreu o escritório com um olhar autoritário, como se Lorde Maccon, embora tão grandalhão, pudesse estar escondido em algum canto ou debaixo do tapete. Seus olhos pousaram na cena de Biffy, com o rosto manchado pelas lágrimas e obviamente nu sob o cobertor, nos braços de um nobre do reino.

— O que é isso? *Sentimentalismo!* Quem é aquele? Lorde Akeldama? Francamente, não é possível. Componha-se agora mesmo.

O vampiro ergueu a cabeça, cuja maçã do rosto pressionava a de Biffy, e semicerrou os olhos ao fitar a rainha. Soltou o zangão com delicadeza, levantou-se e fez uma reverência tão profunda quanto devia, e nem um milímetro a mais.

Biffy, por sua vez, ficou desconcertado. Não podia se levantar sem expor alguma parte do corpo, e tampouco podia fazer a mesura adequada deitado. Lançou um olhar desesperado para a rainha.

O professor Lyall o ajudou.

— Terá de perdoar, hã — ele hesitou, pois não sabia qual era o nome verdadeiro de Biffy —, nosso jovem amigo aqui. Teve uma noite um tanto extenuante.

— Assim nos disseram. Este é, então, o zangão em questão? — A rainha ergueu o monóculo e examinou o rapaz. — O primeiro-ministro regional disse que foi raptado, meu jovem, e por nosso próprio potentado. Uma acusação grave, sem dúvida. É verdade?

Biffy, boquiaberto e estupefato, só conseguiu assentir em silêncio.

A expressão da rainha foi a um só tempo de alívio e decepção.

— Bom, ao menos Lorde Maccon não fez trapalhadas desta vez. — Dirigiu os olhos perspicazes a Lorde Akeldama.

O vampiro, com ar casual e estudado, ajeitou os punhos da camisa para que aparecessem perfeitamente sob o paletó, sem retribuir o olhar.

— Diria, Lorde Akeldama, que a morte é uma punição adequada para o roubo do zangão de outro vampiro? — perguntou, casualmente.

— Eu diria que é um tanto drástico, Vossa Majestade, mas, no calor do momento, creio que acidentes podem acontecer. Não foi proposital.

O professor Lyall não acreditou no que ouviu. Lorde Akeldama estava defendendo Lorde Maccon?

— Pois bem. Não se prestará queixa contra o conde.

O vampiro se sobressaltou.

— Eu não disse... isto é, ele também metamorfoseou Biffy.

— Sim, sim. Ótimo, outro lobisomem é sempre bem-vindo. — A rainha deu um sorriso bondoso para o ainda perplexo Biffy.

— Mas ele é *meu*!

A rainha franziu o cenho ante o tom de voz do vampiro.

— Não vemos necessidade de tamanho alvoroço, Lorde Akeldama. Conta com vários iguais a ele, não é mesmo?

O vampiro ficou estupefato por um momento, tempo o bastante para a rainha dar continuidade à conversa, ignorando a sua expressão desconcertada.

— Devemos supor que Lorde Maccon foi atrás da esposa? — O professor Lyall anuiu. — Ótimo, ótimo. Vamos reempossá-la como muhjah, evidentemente *in absentia*. Atuamos sob o conselho do potentado quando a destituímos do cargo e agora nos damos conta de que ele tinha em mente as próprias intenções veladas. Durante séculos, Walsingham aconselhou a Coroa infalivelmente. O que pode tê-lo levado a chegar a tais extremos?

Fez-se silêncio ao redor dela.

— Essa, cavalheiros, *não* foi uma pergunta retórica.

O professor Lyall pigarreou.

— Creio que teve a ver com a chegada do filho de Lady Maccon.

— Sim?

O Beta se virou e lançou um olhar significativo para Lorde Akeldama. Seguindo seu exemplo, a Rainha da Inglaterra fez o mesmo.

Ninguém poderia acusar o vampiro de ser irrequieto, mas, sob tal escrutínio, ele se mostrou um tanto agitado.

— E, então, Lorde Akeldama? Sabe, não sabe? De outro modo, nada disso teria acontecido.

— Deve entender, Vossa Majestade, que os registros dos vampiros remontam à Antiguidade, e só se faz menção a uma criança desse tipo.

— Prossiga.

— E, claro, nesse caso, ela era filha de uma sugadora de almas e de um vampiro, não de um lobisomem.

O professor Lyall mordeu os lábios. Como era possível que os uivadores não soubessem disso? Eram os guardiões da história, deviam saber de tudo.

— *Continue!*

— O termo mais afável que tínhamos para essa criatura era usurpadora de almas.

Capítulo 15

Joaninhas ao resgate

Lady Maccon se defendeu. Teve de recorrer a muitas negociações para convencer o cientista alemão, mas, no fim, tudo de que precisou foi o raciocínio adequado.

— Estou entediada.
— O que não faz menor diferença para mim, Espécime Fêmea.
— Estamos lidando com a minha ascendência, já se deu conta disso?
— *Ya*, e daí?
— Acho que eu poderia descobrir algo que o senhor e os templários não perceberam.

Silêncio.

— Sei ler em latim.

Ele pressionou a barriga dela.

— Sabe? Ora, ora, é *mesmo* culta.
— Para uma fêmea?
— Para uma preternatural. Segundo registros de templários, filhos de diabo não são eruditos.
— Mas eu sou diferente, entende? Posso encontrar algo.

O alemãozinho tirou um tubo de ouvido da valise e escutou a barriga dela com atenção.

— Eu estou lhe dizendo, sou uma ótima pesquisadora.
— Isso vai manter Espécime Fêmea calada?

Lady Maccon anuiu, empolgada.

— Vou ver que posso fazer, *ya*?

Mais tarde, naquele dia, apareceram dois templários jovens e nervosos, levando pergaminhos de aspecto antigo e um balde com tabletes de chumbo. Deviam ter recebido ordens de garantir a segurança dos itens, pois, em vez de se retirarem, trancaram a porta da cela e, em seguida, sentaram-se — no chão, para espanto dela — de pernas cruzadas, e se puseram a bordar cruzes vermelhas em lenços, enquanto a preternatural lia. Lady Maccon ficou imaginando se se tratava de algum tipo de castigo, ou se os templários bordavam para se divertir. Isso explicaria a grande quantidade de cruzes vermelhas bordadas por todos os lados. Lorde Akeldama, evidentemente, a tinha avisado. Bobagem se dar conta disso àquela altura, quando já era tarde demais.

Lady Maccon resolveu pegar primeiro as peças de chumbo. Supôs tratar-se de tabletes de maldição, com palavras em latim. Estava um pouco enferrujada nesse idioma, e seria bom ter contado com algum tipo de dicionário, mas conseguiu decifrar o primeiro após algum tempo e, depois disso, foi mais fácil entender os demais. A maioria deles se relacionava a fantasmas e havia sido feita quer para amaldiçoar, desejando que a pessoa sofresse no além-mundo, na condição de fantasma, quer para exorcizar um abantesma que já estivesse assombrando uma casa. A preternatural supôs que, fosse qual fosse o caso, eles não adiantariam de nada; porém, sem dúvida alguma havia grande quantidade deles.

Ela ergueu os olhos quando o sr. Lange-Wilsdorf entrou na cela para conduzir uma nova bateria de testes.

— Ah — disse a preternatural —, boa tarde. Muito obrigada por permitir que eu examinasse esta incrível coleção. Não sabia que os tabletes de maldição se concentravam tanto no sobrenatural. Tinha lido que invocavam a ira de deuses e demônios imaginários, mas não o sobrenatural *de verdade*. Muito interessante mesmo.

— Algo útil, Espécime Fêmea?

— Ai! — Ele lhe deu uma picada de injeção no braço. — Até agora, todos têm a ver com assombrações. Os romanos se preocupavam bastante com fantasmas...

— Hum. *Yá*. Tinha lido sobre isso em pesquisas que fiz.

Lady Maccon começou a traduzir o tablete seguinte.

Depois de pegar a amostra de sangue dela, o alemão a deixou de novo aos generosos cuidados dos templários bordadores.

Assim que começou a ler aquele tablete, deu-se conta de que não o mencionaria para o sr. Lange-Wilsdorf. Tratava-se de um pequeno, cujas letras em latim tinham um formato aquadradado, mas eram extremamente diminutas e caprichadas, cobrindo ambos os lados. Embora todos os outros houvessem sido dedicados a demônios ou espíritos do além, aquele era bem diferente.

"Venho invocar-vos senhora, Caçadora de Peles e Usurpadora de Almas, filha de uma Rompedora de Maldições, seja lá quem fordes, e pedir que a partir deste momento, desta hora e desta noite, roubai e enfraquecei o vampiro Primulus de Carisius. Entrego a vós, se tiverdes algum poder, este Sugador de Sangue, pois somente vós podeis usurpar o que ele mais aprecia. Usurpadora de Almas, eu vos consagro a compleição, a força, a capacidade curativa, a velocidade, a respiração, as presas, o controle, o poder e a alma dele. Usurpadora de Almas, se eu vir Primulus de Carisius mortal, dormindo, quando deveria estar acordado, definhando em pele humana, juro que vos oferecerei um sacrifício anual."

Lady Maccon supôs que o termo "Rompedor de Maldições" devesse ter alguma correlação com o apelido dos lobisomens para os preternaturais, "quebradores de maldições", o que significava que o tablete de maldição invocava a ajuda do filho de um preternatural. Tratava-se da primeira menção com a qual ela deparava, por menor que fosse, quer de um sem alma, quer de um filho de um sem alma. Lady Maccon pôs a mão na barriga e observou-a.

— Bom, olá, pequeno Caçador de Peles. — Sentiu uma leve agitação no ventre. — Ah, nós preferimos Usurpador de Almas? — A movimentação cessou. — Entendo, é mais digno, não é mesmo?

Lady Maccon voltou a se concentrar no tablete; releu-o, desejando encontrar mais uma pista sobre o que tal criatura podia fazer e como surgira. Supôs ser possível que aquele ser fosse tão irreal quanto os deuses do reino dos mortos invocados nos demais tabletes. Por outro lado, podia ser tão real quanto os fantasmas e vampiros com os quais tinham sido chamados para lutar. Devia ter sido uma era muito estranha para se viver, tão repleta de superstições e mitos, ser governado pelas colmeias do império de Júlio César, bem como por uma linhagem litigante de vampiros incestuosos.

Ela olhou de soslaio para os dois homens que bordavam e, em um movimento não muito sutil, escondeu o tablete na parte da frente do vestido. Para sua sorte, os templários pareciam achar o bordado totalmente cativante.

Lady Maccon continuou a procurar os dois termos em latim, "Caçador de Peles" e "Usurpador de Almas", mas, pelo visto, não havia mais menções. Avaliou suas opções, perguntando-se se deveria mencionar aquelas palavras ao sr. Lange-Wilsdorf. Como foi o preceptor quem lhe levou a refeição naquela noite, ela aproveitou para ir direto à fonte.

Foi entrando devagar no assunto. Primeiro, perguntou-lhe educadamente como fora o dia e escutou a descrição da rotina — francamente, quem queria se dedicar a preces seis vezes por dia? —, enquanto comia a massa com o obrigatório molho verde-escuro. O preceptor chamara aqueles fios longos e finos de "espapagaiete", ou uma bobagem dessas. Alexia não dava a mínima, desde que houvesse pesto em cima.

Por fim, comentou:

— Achei um detalhe interessante nos seus registros hoje.

— É mesmo? Fiquei sabendo que o sr. Lange-Wilsdorf os trouxe para a senhora. Em qual?

Ela gesticulou com naturalidade.

— Ah, em um dos tabletes. Mencionava algo sobre uma usurpadora de almas.

Aquilo provocou uma reação. O preceptor se levantou tão rápido que derrubou o banquinho em que se sentara.

— *O que foi que disse?*

— Acho que o outro termo usado foi "caçadora de peles". Pelo visto, já ouviu falar nessas criaturas antes. Talvez pudesse me contar onde?

Claramente chocado, o preceptor falou como se a boca se movesse, mas a mente ainda tentasse assimilar a revelação.

— Só conhecemos os usurpadores de almas como sendo criaturas lendárias, mais perigosos do que a senhora, sem alma. São bastante temidos pelos sobrenaturais por sua habilidade de serem ao mesmo tempo mortais e imortais. Já avisaram à irmandade que era preciso tomar cuidado com eles, embora não tenhamos deparado com um ao longo de nossa história documentada. Acredita que seu filho será assim?

— O que faria com essa criatura se a capturasse?

— Dependeria de nossa capacidade de controlá-la. Não podemos permitir que circule livremente, não com todo esse poder.

— Que tipo de poder? — Lady Maccon tentou parecer inocente, enquanto aproximava a mão livre da lateral do banquinho, preparando-se para agarrá-lo por baixo e usá-lo como arma, se necessário.

— Sei apenas o que está escrito em nossas Normas Retificadas.

— É mesmo?

Ele se pôs a citar:

— "Quem se tornar irmão há que, com sua profissão e fé, dispor-se, sobretudo, a morrer em nome da justiça divina contra as criaturas que se opõem a Deus e levam o homem ao castigo infernal: vampiros e lobisomens. Pois que os que não caminham sob o sol e os que rastejam sob a lua venderam as almas para desfrutar de sangue e carne. Ademais, não se deve permitir que os irmãos titubeiem em sua obrigação sagrada de pura vigilância e firme perseverança contra esses desafortunados nascidos em pecado e danação, os filhos do diabo em estado sem alma. Por fim, ordena-se que os irmãos confraternizem apenas com os imaculados e cacem os fracos de espírito entre os que caminham e rastejam, e que montam na alma como os cavaleiros montam nos cavalos."

À medida que falava, o preceptor se afastava de Lady Maccon em direção à porta da cela. Ela ficou totalmente absorta na expressão dele, quase hipnotizada. Como acontecera durante a luta na carruagem, os olhos do templário já não estavam mortos.

Alexia Tarabotti, Lady Maccon, provocara diversas reações nas pessoas ao longo dos anos — na maioria das vezes, reconheceu amargamente, exaspero —, porém nunca antes causara tamanha repulsa. Abaixou os olhos, constrangida. *Acho que não é muito bom, bebê, ser um usurpador de almas. Ah, não importa. Parece que os templários não gostam de ninguém.*

Quando desviou os olhos, eles captaram algo de tom avermelhado percorrendo o corredor rumo à sua cela — bem baixinho, no piso. Ao que, tudo indicava, os jovens templários haviam notado também e observavam fascinados o objeto que se movia em sua direção.

Então, ela ouviu o tique-taque e o som leve de diversas perninhas de metal caminhando sobre pedra.

— O que está acontecendo? — perguntou o preceptor, ficando de costas para Lady Maccon.

A preternatural aproveitou a oportunidade, levantou-se e, em um movimento rápido, pegou o banquinho e bateu com ele na cabeça do templário.

Seguiu-se um ruído desagradável de algo se esmigalhando, e Lady Maccon fez uma careta.

— Lamento muitíssimo — disse por pura formalidade, pulando no corpo caído dele. — Questão de necessidade, e coisa e tal.

Os dois guardas bordadores se levantaram de um salto, mas, antes que conseguissem trancar a cela, um inseto grande e reluzente, de tom vermelho vivo com bolas pretas, correu na direção de ambos.

A preternatural, ainda segurando o banco, avançou para o corredor.

A Rainha Vitória não ficara nem muito impressionada nem tão chocada quanto deveria ao ouvir o termo "usurpador de almas" sendo mencionado pela voz agradável de Lorde Akeldama. "Oh, e isso é tudo?", pareceu ser sua reação. A solução que apresentou ia ao encontro do que faziam todos os monarcas, em todas as partes. Ela tomou uma decisão e, então, fez com que se tornasse o problema de outra pessoa. Naquele caso, porém, o professor Lyall ficou feliz em saber que não teria de lidar com aquele abacaxi.

Não, em vez disso, a rainha fizera um beicinho e entregara um repulsivo pacote verbal nas mãos de alabastro elegantes do vampiro.

— Disse usurpador de almas, Lorde Akeldama? Parece bastante desagradável. Sem falar inconveniente, considerando que Lady Maccon recuperará o cargo de muhjah assim que a trouxerem de volta. Esperamos que Lorde Maccon já esteja bem adiantado nessa missão. Nem é preciso dizer

que a Coroa não tolerará vampiros tentando eliminar sua muhjah, por mais que esteja grávida, e seja lá do quê. Deve dar um basta nisso.

— Eu, Vossa Majestade? — O vampiro ficou totalmente aturdido com a ordem.

— Claro, precisamos de um novo potentado. Cargo que lhe confiro, a partir de agora. Possui as qualificações necessárias, é vampiro e errante.

— Permita-me discordar, Vossa Majestade. Todo candidato ao cargo de potentado deve ser submetido aos votos da colmeia.

— Crê que não aprovarão sua indicação?

— Tenho muitos inimigos, Vossa Majestade, mesmo entre os de minha espécie.

— Então estará em boa companhia, potentado: Lady Maccon também os tem, e Walsingham igualmente os teve. Nós o aguardamos na quinta-feira, para a reunião do Conselho Paralelo.

Então, a Rainha Vitória zarpou dali, singrando pelo mar dos que se julgam cobertos de razão.

Lorde Akeldama endireitou-se após a reverência, com uma expressão estupefata.

— Parabéns, milorde — disse Biffy, tímido, tentando se levantar tremulamente do sofá e se aproximar do ex-mestre.

O professor Lyall foi correndo até ele.

— Ainda não, filhote. Ainda vai demorar um pouco para sentir firmeza nas pernas. — E era verdade, pois, embora fosse evidente que Biffy queria caminhar com as duas pernas, seu cérebro parecia programado para fazê-lo sobre quatro, e o jovem despencou para frente com um gritinho surpreso.

O Beta pegou-o e colocou-o de novo no sofá.

— Sua mente levará algum tempo para se ajustar à metamorfose.

— Ah — exclamou ele, com voz grossa. — Que tolice a minha não ter me dado conta disso.

Lorde Akeldama se aproximou também e observou de olhos semicerrados o professor Lyall ajeitar o cobertor sobre o jovem.

— *Ela* me colocou no cargo mais odioso.

— Agora sabe como me sinto a maior parte do tempo — murmurou o Beta.

— O senhor está mais do que à altura da tarefa, milorde — comentou Biffy, observando o ex-mestre com olhos brilhantes e cheios de confiança.

Que maravilha, pensou o professor Lyall, *um lobisomem recém-transformado apaixonado por um vampiro e mais suscetível ao comando dele que ao da alcateia. Será que Lorde Maccon conseguiria romper tal relação?*

— Acho que a rainha é quem mais lucrará com essa decisão — acrescentou o Beta, insinuando, sem mencionar, o sistema de espionagem elegante, mas eficaz, de Lorde Akeldama.

O pobre vampiro não estava tendo uma noite agradável. Perdera o amante e seu relativo anonimato de uma só vez.

— A patética realidade, meus *queridos*, é que nem estou convencido de que o filho de uma preternatural e um lobisomem *será* um usurpador de almas. E, mesmo que seja, vai ser igual àquela cujo pai era vampiro?

— É por isso que continua a não temer essa criatura?

— Como já disse, Lady Maccon é minha amiga. Os filhos dela não serão nem menos nem mais hostis em relação aos vampiros do que ela é. Embora a forma como estamos agindo agora possa levá-la a se ressentir contra nós. Afora isso, não é do meu feitio recorrer à violência para evitar problemas; prefiro estar a par de todos os fatos primeiro. Vou querer conhecer essa criança depois que ela nascer e, só então, tomar uma decisão. É muito melhor assim.

— E seu outro motivo? — O vampiro continuava a esconder algo; os sentidos do professor Lyall, aguçados pela experiência adquirida no DAS, diziam-lhe isso.

— Precisa pressioná-lo, professor Lyall? — O olhar consternado de Biffy foi do ex-mestre ao novo Beta.

— Acho melhor. Afinal de contas, é do *meu* feitio.

— Touché. — O vampiro voltou a sentar-se ao lado de Biffy no sofá, e pôs a mão inerte na perna do jovem, como se por hábito.

O Beta se levantou e olhou para ambos por sobre os óculos; já lidara com mistérios o bastante por uma noite.

— E então?

— Aquela usurpadora de almas, a respeito da qual nos avisaram os guardiões do estatuto, chamava-se Al-Zabba e era uma espécie de parente.
— Lorde Akeldama inclinou a cabeça de um lado a outro, casualmente.
O professor Lyall se sobressaltou. Entre todas as possibilidades, não esperava por aquela.
— Parente *sua*?
— Talvez a conheça melhor como Zenóbia.
O Beta sabia tanto a respeito do Império Romano quanto qualquer homem culto, mas nunca lera que a Rainha de Palmira tivera mais ou menos que a quantidade necessária de alma. O que levava à outra pergunta.
— Essa condição de usurpador de almas como se manifesta?
— Não sei.
— E isso o inquieta, não é mesmo, Lorde Akeldama?
Biffy tocou a mão do mestre, que repousava sobre sua perna coberta, e apertou-a, para reconfortá-lo.
Sem sombra de dúvida vai ser um problema.
— Naquela época, os mortais, os que a temiam, chamavam-na de ladra de peles.
Aquele termo pareceu familiar ao Beta, ao contrário de usurpadora de almas. Desenterrou algumas lembranças nos recônditos da mente. Lendas sobre a criatura que não apenas podia usurpar os poderes de um lobisomem como também se tornar, no intervalo de uma noite, um lobisomem no seu lugar.
— Está me dizendo que teremos um *esfolador* em nossas mãos?
— Exatamente! *Entende* agora como será difícil evitar que matem Alexia?
— No que diz respeito a esse problema — o professor Lyall abriu um súbito sorriso —, posso ter uma solução. Lady e Lorde Maccon não vão gostar, mas creio que os senhores acharão aceitável.
Lorde Akeldama retribuiu o sorriso, mostrando as presas letais. O Beta as considerou longas o bastante para se mostrarem ameaçadoras, sem serem ostentosas, tal como perfeitos espadins. Eram extremamente sutis, para um vampiro da reputação de Lorde Akeldama.
— Prossiga, Dolly *querido*, estou interessadíssimo.

★ ★ ★

Pelo visto, os templários estavam menos preparados para lutar com joaninhas do que ela estivera pouco tempo antes. Surpreenderam-se tanto com as visitantes inesperadas, que ficaram sem saber se lidavam com elas ou iam atrás de Lady Maccon, que escapara. Foi só quando uma das joaninhas cravou a antena afiada como uma agulha em um dos jovens templários, que despencou, que os irmãos passaram a atacar com violência. Uma vez levados a agir, porém, atuaram com rapidez e competência.

O templário restante desembainhou a espada e matou as nobres e ágeis salvadoras com incrível eficiência. Então, deu a volta para enfrentar a preternatural.

Ela ergueu o banco.

Atrás deles, na cela, o preceptor gemeu.

— O que é que está acontecendo?

Como as joaninhas poderiam ter sido mandadas tanto pelos vampiros para matá-la como por Monsieur Trouvé para ajudá-la, ela não pôde responder prontamente à pergunta.

— Parece que joaninhas estão atacando os senhores, sr. Templário. O que mais posso dizer?

Nesse momento, eles ouviram o uivo. Um uivo com o qual Lady Maccon tinha grande familiaridade — grave, alto e cheio de determinação. O tipo de uivo que dizia com toda clareza: "Vocês são alimento."

— E agora, desconfio, por lobisomens.

E assim foi.

Claro que o coraçãozinho traidor dela esperava uma pelagem castanho-escura com raias pretas e douradas. Esticou o pescoço sobre o banco erguido, para averiguar se a fera uivante e salivante que arremetia no corredor de pedra tinha olhos amarelo-claros e certa jocosidade que o levava a franzi-los um pouco.

Mas a criatura que apareceu era totalmente branca, e seu rosto lupino não demonstrava qualquer sinal de humor. O lobisomem se jogou em cima do jovem templário, sem se preocupar com a espada exposta, que era, Lady Maccon não tinha dúvidas, de prata. Tratava-se de um

belo espécime de *Homo lupis*, ou teria sido belo, se não estivesse tão concentrado em ferir e mutilar. A preternatural sabia que aqueles olhos tinham um tom azul frio sem precisar olhar. Não pôde acompanhar direito, de qualquer forma, quando lobo e homem se engalfinharam no corredor. Com um grito de batalha feroz, o preceptor saiu da cela e pôs-se a atacar também.

Nunca do tipo que se detinha por hesitação, Lady Maccon agarrou o banco com mais firmeza e, quando o jovem templário caiu para trás em sua direção, acertou-o na cabeça dele com toda a força. Puxa, estava ficando mesmo boa em esmigalhar crânios, apesar da idade avançada — tão indigno de sua parte.

O rapaz caiu estatelado no chão.

Naquele momento, lutavam apenas o lobisomem e o preceptor.

Lady Maccon supôs que o major Channing cuidaria de si mesmo e que era melhor tentar escapar enquanto o templário estava ocupado. Assim, largou o banco, ergueu as saias e desabalou pelo que julgou ser o corredor mais promissor. Deparou com Madame Lefoux, Floote e Monsieur Trouvé.

Ah, corredor certo!

— Olá para todos. Como vão?

— Não há tempo para cumprimentos, Alexia querida. Não é bem típico de sua parte já ter fugido antes mesmo que tivéssemos a oportunidade de resgatá-la? — Madame Lefoux mostrou as covinhas.

— Ah, sim. Bom, sou engenhosa.

A francesa lhe jogou algo, que ela pegou com a mão que não segurava as saias.

— Minha sombrinha! Que maravilha!

Floote, notou a preternatural, levava sua pasta em uma das mãos e uma das microarmas na outra.

Monsieur Trouvé ofereceu-lhe o braço.

— Milady?

— Ora, obrigada, monsieur, é muito amável. — Ela conseguiu segurá-lo juntamente com a sombrinha e as saias, sem muita dificuldade. — Por sinal, sou muito grata pelas joaninhas; foi muita gentileza sua enviá-las.

O relojoeiro começou a conduzi-la pelo corredor. Foi só então que Lady Maccon se deu conta de quão grandes eram as catacumbas e de quão longe fora escondida.

— Ah, sim, emprestei a adaptação dos vampiros. Coloquei uma substância entorpecente, em vez de veneno, nas antenas. Uma alternativa eficaz.

— Bastante. Até as espadas serem desembainhadas, claro. Creio que suas três subordinadas foram destruídas.

— Ah. Tadinhas. Não têm lá muita experiência de combate.

Eles subiram por um lance de escada íngreme e, em seguida, correram por um longo corredor, que parecia ir até os fundos, acima do que eles tinham acabado de percorrer.

— Se não achar impertinente de minha parte perguntar — disse Lady Maccon, ofegante —, o que está fazendo aqui, monsieur?

O francês respondeu entre bufadas.

— Ah, vim trazer sua bagagem. Deixei um sinal para que Genevieve soubesse que eu estava aqui. Não queria perder a diversão.

— Minha definição dessa palavra é totalmente diferente da sua.

O relojoeiro a olhou de alto a baixo, os olhos brilhando.

— Ora, vamos, milady, acho que não!

Lady Maccon deu um largo sorriso que, era preciso reconhecer, parecia um tanto mais feroz que amável.

— Cuidado! — gritou Floote. Ele liderava a fuga, seguido de perto por Madame Lefoux, mas parara de repente e, depois de mirar, atirara com uma das miniarmas.

Um grupo de mais ou menos uma dúzia de templários seguia pelo corredor na direção deles, precedido pela forma diminuta de certo cientista alemão trajando tweed. Para aumentar ainda mais à balbúrdia ameaçadora do grupo, Poche liderava o ataque, ganindo e saltando como um dente-de-leão hiperexcitado com um laçarote amarelo.

Floote pegou a segunda arma e atirou de novo, mas não teve tempo de recarregar, pois os templários já haviam se aproximado. Ao que tudo indicava ele não acertara, de qualquer forma, pois o inimigo avançara sem titubear. O único integrante afetado pelo tiro fora o cãozinho, que passara a latir de um jeito melodramático.

— Eu me renderia agora, *ya*, se fosse senhora, Espécime Fêmea.

Lady Maccon lançou um olhar inocente para o sr. Lange-Wilsdorf, detrás do pequeno grupo de protetores; afinal, não fora ideia dela ser resgatada. Também ergueu a sombrinha. Já enfrentara vampiros. Um punhado de mortais altamente treinados seria fácil, em comparação. Ou, pelo menos, era o que esperava.

O alemãozinho olhou de forma enfática para Madame Lefoux e Monsieur Trouvé.

— Estou surpreso com senhores. Integrantes de boa reputação de Ordem de Polvo de Cobre reduzidos a fugir e lutar. E para quê? Proteger uma sem alma? Nem mesmo querem estudá-la a fundo.

— E, evidentemente, é só o que quer fazer?

— Claro.

Madame Lefoux não seria desbancada estrategicamente por um *alemão*.

— Esquece-se, sr. Lange-Wilsdorf, de que já li sua pesquisa. Toda ela, até mesmo as relacionadas às vivissecções. Sempre tendeu a usar métodos questionáveis.

— E a senhora não tem outros motivos, Madame Lefoux? Ouvi dizer que recebeu instruções de alto escalão da Ordem de seguir e aprender máximo possível sobre Lady Maccon e filho dela.

— Eu tenho atração por ela por vários motivos — disse a francesa.

A preternatural sentiu que um protesto simbólico viria a calhar.

— Francamente, estou quase começando a ficar traumatizada. Tem alguém por aqui que não queira me estudar nem me matar?

Floote ergueu a mão, hesitante.

— Ah, sim, obrigada, Floote.

— Há também a sra. Tunstell, madame — acrescentou ele tentando reconfortá-la, como se Ivy fosse algum tipo de prêmio de consolação.

— Percebi que não mencionou meu marido dos bons momentos.

— Desconfio que, no momento, ele deseja matá-la.

A preternatural não conteve o sorriso.

— É verdade.

Os templários tinham ficado ali parados e, como seria de esperar, acompanhando em silêncio a conversa. Inesperadamente, um deles, nos fundos, soltou um grito. O que se seguiu foi um inconfundível barulho de luta. Poche começou a latir desvairadamente, ainda mais alto e de forma mais enérgica do que antes. Parecendo menos ansioso para atacar diante da verdadeira violência, o cachorrinho se acovardou e se escondeu atrás da calça de lã do dono.

A um sinal do templário que aparentava ser o líder — a cruz em sua camisola parecia maior que a dos outros —, a maioria dos irmãos deu a volta, para enfrentar aquela nova ameaça da retaguarda. Com isso, apenas três templários e o cientista alemão continuaram a confrontar Lady Maccon e seu grupinho — as chances haviam melhorado muito.

Floote pôs-se a recarregar as pequenas pistolas.

— Quem...? — A preternatural estava tão intrigada que nem conseguiu se expressar.

— Vampiros — explicou Madame Lefoux. — Sabíamos que viriam. Andaram nos seguindo de perto, nos últimos dias.

— Foi por isso que esperaram até o pôr do sol para vir me salvar?

— Exatamente. — Monsieur Trouvé piscou para ela.

— Não queríamos ser grosseiros a ponto de aparecer inesperadamente para lhe fazer uma visita sem um presentinho. Então, trouxemos vários — acrescentou Madame Lefoux.

— Quanta gentileza.

Lady Maccon esticou o pescoço, para tentar descobrir o que acontecia. As catacumbas eram escuras e sombrias, e ficava difícil ver além dos homens parados à sua frente, mas julgou vislumbrar meia dúzia de vampiros. *Minha nossa, seis equivalem a praticamente uma colmeia local inteira!* Eles deviam mesmo querê-la morta.

Apesar de estarem armados com facas de madeira de aspecto assustador, os templários pareciam estar perdendo terreno. A força e a velocidade sobrenaturais vinham a calhar nos combates de corpo a corpo. Os três templários que tinham continuado de frente para Lady Maccon e seu grupo viraram-se, ansiosos para se unir à luta. Isso ajudou a equilibrá-la um pouco mais, colocando-os em uma proporção de dois contra um. A batalha era travada em silêncio. Os templários não falavam, exceto por

um ocasional grunhido de dor ou grito de surpresa. Os vampiros agiam da mesma forma, silenciosos, rápidos e mortais.

Infelizmente, o turbilhão de presas e punhos bloqueava a única saída de Lady Maccon.

— O que acham? Será que conseguimos passar rastejando?

Madame Lefoux inclinou a cabeça, pensativa.

A preternatural soltou as saias e ergueu a mão livre de um jeito sugestivo.

— Com minhas habilidades específicas, tal tarefa deve ser muito interessante. Monsieur Trouvé, vou lhe mostrar o que esta sombrinha faz. Acho que vou precisar de ambas as mãos livres.

Ela mostrou ao relojoeiro as armas que poderiam ser usadas naquelas circunstâncias.

— Belo trabalho, prima Genevieve. — Monsieur Trouvé se mostrou sinceramente impressionado.

A francesa enrubesceu, mas então se concentrou nos alfinetes do plastrom. Tirou ambos: o de madeira, para vampiros, e o de prata, à falta de algo melhor, para os templários. Floote ergueu a pistola. Lady Maccon tirou as luvas.

Tinham se esquecido por completo do sr. Lange-Wilsdorf — por incrível que parecesse, considerando que o cãozinho mal-educado continuava a ladrar histericamente.

— Mas não pode partir, Espécime Fêmea! Ainda não terminei meus testes. Queria tanto abortar feto para dissecção. Poderia ter determinado sua natureza. Poderia... — Ele parou de falar, interrompido por um forte rosnado.

O major Channing vinha correndo. Estava com a aparência um pouco maltratada. Sua bela pelagem branca mostrava-se rajada de vermelho, várias de suas feridas ainda sangravam, pois demoravam a cicatrizar quando feitas por uma lâmina de prata. Por sorte, nenhuma das lesões parecia fatal. Lady Maccon nem quis imaginar como estaria o preceptor naquele momento. Era quase certo que pelo menos um dos ferimentos dele *fosse* fatal.

O lobisomem pôs a língua para fora e, em seguida, inclinou a cabeça em direção à luta ferrenha que se desenrolava diante do grupo.

— Eu sei — disse Lady Maccon —, você trouxe a cavalaria. Francamente, não precisava.

O lobo latiu para ela, como se dissesse: *Não é o momento para frivolidades.*

— Muito bem, vou segui-lo, então.

O major Channing avançou decidido à turba de vampiros e templários.

O cientista alemão, afastando-se assustado do lobisomem, vociferou para eles de sua posição, achatado contra a parede do corredor.

— Não, Espécime Fêmea, não pode partir! Não vou permitir!

Lady Maccon olhou de relance para ele, para só então se dar conta de que tinha sacado uma arma extraordinária. Parecia uma série de gaitas de fole de couro, com tachas, acopladas a um bacamarte. Estava apontada na direção dela, mas o dedo do sr. Lange-Wilsdorf não se mantinha firme no gatilho. Antes que alguém tivesse oportunidade de reagir contra a arma, Poche, num injustificado acesso de coragem, atacou o major Channing.

Sem se deter, o lobisomem se virou e abaixou a cabeça, abriu os imensos maxilares e engoliu o cachorrinho inteiro.

— Não! — berrou o cientista, mudando o alvo e disparando o bacamarte com gaita de foles no major Channing, em vez de Lady Maccon. A arma, que disparou com um som de estouro gosmento, lançou uma bolota vermelha de matéria orgânica gelatinosa do tamanho de um punho, que atingiu o lobisomem com um *ploft*. Fosse o que fosse, não devia ter sido projetada para fazer mal a lobisomens, pois o major Channing simplesmente se desvencilhou dela, sacudindo-se como um cachorro molhado e, em seguida, olhou enojado para o homenzinho.

Floote atirou no mesmo instante, atingindo o alemão no ombro e, então, guardou a arma, sem munição outra vez. Lady Maccon pensou que teria de lhe dar uma arma melhor e mais moderna, talvez um revólver.

O sr. Lange-Wilsdorf gritou de dor, levou a mão ao ombro e recuou.

Madame Lefoux foi até ele e tirou a arma peculiar de sua mão inerte.

— Quer saber a verdade, senhor? Suas ideias podem fazer sentido, mas seus métodos de pesquisa e seu código de ética são altamente questionáveis. É um *péssimo cientista!* — Dito isso, ela o atingiu na têmpora com o cano do bacamarte. Ele caiu feito uma pedra.

— Francamente, major Channing, precisava comer o cachorrinho do sujeito? — reclamou Lady Maccon. — Estou convencida de que vai ter uma terrível indigestão.

O lobisomem ignorou-os e avançou para o combate ferrenho no corredor, que não dava sinais de ser vencido por nenhum dos lados. Dois a um era uma boa vantagem quando se tratava de dois monges muito bem treinados e um vampiro.

Lady Maccon correu atrás do major Channing para dar um toque adicional.

Conforme o lobisomem abria caminho simplesmente devorando quem estivesse à frente, a preternatural, sem as luvas, tentava tocar todos os que podia. Os vampiros se transformavam com seu toque e os templários recuavam; em todo caso, ela levava vantagem.

Os vampiros largavam os oponentes ao perder de súbito a força sobrenatural, ou se viam apenas mordiscando seus pescoços, tendo perdido as presas. Os templários costumavam aproveitar qualquer vantagem, mas se distraíram com a presença de um inimigo novo e igualmente temido — o lobisomem. Também se alarmaram ao ver sua presa, supostamente uma inglesa enfatuada, de intenções sombrias e pouca inteligência, empregando suas armas e tocando-os. O instinto os dominou, pois eram treinados havia gerações para fugir dos preternaturais como o diabo da cruz, a fim de não pôr em grave risco suas almas sagradas. Então, eles se retraíam e saíam correndo de sua frente.

Logo atrás de Lady Maccon vinha Monsieur Trouvé que, depois de usar algumas das armas da sombrinha, passara a utilizar o pesado acessório de bronze como se fosse um cassetete, atingindo todos os que obstruíam seu caminho. A preternatural compreendeu aquele uso, pois era o seu método favorito. Será que tal técnica, pensou, poderia ser chamada de "agressombrinha"? Depois do relojoeiro vinha Madame Lefoux, segurando o bacamarte com gaita de foles em uma das mãos e, na outra, o alfinete do plastrom, golpeando e atacando com vontade. Depois dela vinha Floote, fechando o grupo com dignidade e elegância, usando a pasta como uma espécie de escudo e espetando os inimigos com o outro alfinete de plastrom que pegara emprestado de Madame Lefoux.

Assim, em meio a um pandemônio, Lady Maccon e sua valente equipe de resgate conseguiram passar pelo grupo que lutava e chegar ao outro lado. Então, nada restou a fazer se não correr, feridos e ensanguentados como estavam. O major Channing conduziu-os primeiro pelas catacumbas romanas e, depois, por um longo túnel moderno que servia de acesso, a julgar pelos trilhos de aço, a algum tipo de vagonete. Por fim, eles subiram por escadas de madeira úmidas, até saírem apressados na margem ampla e tranquila do Arno. Evidentemente, havia um toque de recolher contra sobrenaturais na cidade após o crepúsculo, pois ninguém testemunhou sua fuga ofegante.

O grupo foi até o nível da rua e continuou correndo por uma boa distância, atravessando a cidade. Lady Maccon começou a sentir uma pontada na lateral e a ansiar que, caso o destino permitisse, pudesse passar o resto dos dias relaxando em uma poltrona numa biblioteca qualquer. Participar de aventuras era algo muito superestimado.

Já em uma das pontes sobre o Arno, a preternatural pediu que parassem na metade do caminho. Tratava-se de uma boa posição defensiva, e eles podiam se dar ao luxo de parar e descansar um pouco.

— Eles estão nos seguindo?

O major Channing ergueu o focinho e farejou. Em seguida, meneou a cabeça peluda.

— Não posso acreditar que escapamos tão fácil assim. — Lady Maccon olhou para os companheiros, avaliando seu estado. O lobisomem apresentava apenas algumas feridas adicionais, que cicatrizavam conforme ela observava. Madame Lefoux estava com um corte feio em um dos pulsos, e Floote o enfaixava com um lenço, enquanto Monsieur Trouvé esfregava um galo na testa. A preternatural sentia uma dor horrível no ombro, mas preferia nem olhar. Afora isso, estavam em boa forma e dispostos. Pelo visto, o major Channing chegara à mesma conclusão, pois decidira mudar de forma.

Seu corpo deu início àquela contorção estranha, de aspecto perturbador, e o barulho de carne e ossos se reagrupando ressoou por alguns momentos, após os quais ele se levantou diante do grupo. Lady Maccon deixou escapar um gritinho e deu as costas depressa às partes íntimas dele, que eram grandes e bem-proporcionadas.

Monsieur Trouvé tirou a sobrecasaca. Era larga demais para o lobisomem, mas ele a entregou em nome da decência. O major Channing anuiu com gratidão e vestiu-a. Cobria o necessário, mas estava excessivamente curta, o que, junto com seus cabelos longos e soltos, deixou-o muito parecido com uma estudante francesa grandalhona.

Lady Maccon sabia muitíssimo bem o que devia fazer àquela altura. A polidez requeria um agradecimento, embora preferisse que fosse outro cavalheiro, e não o major Channing Channing, dos Channings de Chesterfield.

— Bom, major Channing, creio que devo agradecer-lhe pela intervenção no momento certo. No entanto, estou confusa. Não devia estar em algum outro lugar matando criaturas?

— Milady, não foi o que eu acabei de fazer?

— Eu quis dizer oficialmente, para a rainha e o país, com o regimento e tudo o mais.

— Não, não, a preparação das tropas foi interrompida, depois que a senhora partiu. Dificuldades técnicas.

— Oh?

— Sim, foi tecnicamente difícil lidar com um Alfa de coração partido. Acabou sendo melhor para a senhora que eu não estivesse no ultramar. Alguém tinha de libertá-la dos templários. — Ele ignorou por completo o restante da sua pequena equipe de resgate.

— Eu teria conseguido perfeitamente sozinha. Mas obrigada, de qualquer forma. Está sempre muito impressionado consigo mesmo, não é?

Ele lhe lançou um olhar malicioso.

— E a senhora, não?

— Então, por que *ficou seguindo* meu rastro esse tempo todo?

— Ah, sabia que era eu?

— Não há muitos lobos brancos ao meu redor para proteger os meus interesses. Achei que era o senhor depois do incidente da carruagem e do vampiro. Então, por que me seguiu?

Uma voz nova, profunda e grossa, se fez ouvir detrás deles.

— Porque eu o enviei.

Floote parou de cuidar da ferida de Madame Lefoux e virou o rosto em direção à nova ameaça, ao mesmo tempo que a francesa tentava pegar outra vez um de seus fiéis alfinetes de plastrom e Monsieur Trouvé erguia o bacamarte com gaita de foles, que vinha examinando com interesse científico. Somente o major Channing continuou impassível.

Lorde Conall Maccon, Conde de Woolsey, saiu das sombras da torre da ponte.

— Você! Está *atrasado* — enfatizou a esposa errante, dando todos os sinais de estar extremamente aborrecida.

Capítulo 16

Em uma ponte sobre o Arno e outros termos românticos equivocados

— Atrasado! Claro que eu estou atrasado. Dá-se conta, esposa, de que venho percorrendo toda a Itália atrás de você? Não foi exatamente fácil de achar.

— Bom, é óbvio que não ia me achar com essa tática. Eu não *andei* por toda a Itália. Fiquei empacada aqui, em Florença, o tempo inteiro. Fui até trancafiada numa cela horrível, numa catacumba romana, por sua culpa.

— Por minha culpa? Como poderia ser minha culpa, mulher? — Lorde Maccon avultou, ambos se esquecendo por completo dos companheiros, que formavam um círculo ao seu redor, fascinados pelo diálogo. Suas vozes podiam ser ouvidas muito além da água e das ruas desertas da cidade — sem sombra de dúvida, divertindo muita gente.

— Você me rejeitou! — No momento em que disse isso, Alexia voltou a experimentar uma sensação de profundo alívio. Embora, daquela vez, não viesse junto com a vontade de chorar. Conall tinha ido atrás dela! Mas claro que ela ainda estava com raiva dele.

Floote interveio corajosamente.

— Por favor, madame, fale baixo. Ainda não estamos fora de perigo.

— Você me rejeitou! — sussurrou ela, com veemência.

— Não rejeitei, não; ao menos, não para valer. Não foi bem a minha intenção. Você devia ter notado que eu não estava sendo sincero. Devia ter se dado conta de que eu precisava de tempo para me recuperar por ter agido feito um idiota.

— Ah, é mesmo? E como é que eu ia adivinhar que a estupidez era apenas uma condição temporária, ainda mais no seu caso? Nunca foi assim antes! Além do mais, os vampiros estavam tentando me matar.

— E eles não tentaram matá-la tanto aqui quanto na Inglaterra? Menos mal que fiquei sóbrio o bastante para mandar Channing segui-la.

— Ah, gostei disso... Espere um pouco, como é que é? Sóbrio? Quer dizer que enquanto eu estava correndo pela Europa grávida, fugindo de joaninhas, andando de ornitóptero, pousando em lama e tomando *café*, você se *embriagou*?

— Eu estava deprimido.

— *Você* estava deprimido? *Você?* — Lady Maccon começara a esbravejar, de tão furiosa que estava. Olhou para o marido, o que sempre era uma experiência estranha, pois, sendo uma mulher alta, estava acostumada a olhar para baixo ao conversar com as pessoas. Lorde Maccon podia avultar o quanto quisesse; no que dizia respeito a ela, não estava nem um pouco impressionada.

Ela o cutucou com dois dedos no peito, para acentuar as palavras.

— Você é um estúpido — cutucada —, *insensível* — cutucada —, *traidor* — cutucada —, *desconfiado* — cutucada — e *grosseiro*! — Cada toque fazia dele um mortal, mas Lorde Maccon não parecia se importar nem um pouco.

Em vez disso, pegou a mão que o tocava e a levou aos lábios.

— É uma ótima descrição, meu amor.

— Ah, não venha me bajular, marido. Eu não estou nem perto de terminar. — Lady Maccon começou a cutucá-lo com a outra mão. Lorde Maccon deu um imenso sorriso, provavelmente, percebeu ela, porque se distraíra e o chamara de "marido". — Você me expulsou sem um julgamento justo. Pare de me beijar. E nem chegou a considerar que o filho podia ser seu. Pare com isso! Oh, não, foi logo tirando a pior conclusão possível. Conhece o meu caráter. Eu jamais o trairia desse jeito. Só porque a história diz que é impossível, não quer dizer que não haja exceções. Sempre há. Veja Lorde Akeldama, que é praticamente uma exceção a tudo.

Ora, só tive que pesquisar um pouco nos registros dos templários para descobrir. Pare de beijar o meu pescoço, Conall, estou falando sério. Os templários deveriam ter desenvolvido mais o lado intelectual em vez de sair por aí lutando a torto e a direito. — Ela tirou do decote o pequeno tablete de maldição romano, agora cheirando a alho, e brandiu-o para o marido. — Olhe só aqui! *A prova*. Mas você, oh, não. Tinha que tomar uma atitude primeiro. E eu tive que ficar indo para lá e para cá sem a alcateia.

Lorde Maccon finalmente conseguiu acrescentar um comentário, mas somente porque ela perdera o fôlego.

— Pelo visto, você conseguiu montar a sua do mesmo modo, minha querida. Um protetorado da sombrinha, por assim dizer.

— Oh, ha-ha-ha, muito engraçado!

Lorde Maccon se inclinou para frente e, antes que ela pudesse concluir a invectiva, beijou-a na boca. Foi um daqueles beijos profundos e possessivos dele. Era o tipo de abraço que fazia com que ela sentisse que, em algum lugar, embora seu toque tivesse neutralizado o lado lobisomem dele, o conde ainda queria devorá-la. A preternatural continuou a cutucá-lo distraidamente, enquanto se curvava no abraço.

Tão rápido quanto tinha começado, Lorde Maccon parou.

— *Eca!*

— *Eca?* Você me beija quando nem acabei de lhe dar uma bronca e ainda diz *eca*? — Lady Maccon se desvencilhou do marido.

Conall a interrompeu com uma pergunta.

— Alexia, querida, você andou comendo *pesto*? — O conde pôs-se a esfregar o nariz como se estivesse coçando. Seus olhos começaram a lacrimejar.

A preternatural riu.

— É verdade, os lobisomens são alérgicos a manjericão. Sentiu a intensidade da minha vingança? — Ela poderia tocá-lo, o que provavelmente interromperia a reação, mas se manteve afastada, vendo-o sofrer. Era curioso que ele tivesse reagido mal, mesmo como mortal, ao cheiro do jantar da esposa. Ela se resignou a levar uma vida sem pesto e, ante esse pensamento, percebeu que perdoaria o marido.

Um dia.

O lobisomem em questão tornou a se aproximar com cautela, como se receasse mover-se rápido demais e fazer com que ela entrasse em pânico e fugisse.

— Fazia muito tempo que eu não sentia esse gosto; nunca o apreciei, nem como ser humano. Mas vou tolerá-lo, se você gostar muito dele.

— Vai tolerar a criança, também?

Ele puxou-a para si outra vez.

— Se você gostar muito dela.

— Não seja petulante. Vai ter que gostar dela também, sabe disso.

Afagando o pescoço da esposa com o nariz, Lorde Maccon deixou escapar um suspiro satisfeito.

— Minha — disse ele, feliz.

— Infelizmente, nós dois somos.

— Tudo bem, então.

— É o que você pensa. — Ela se afastou e lhe deu um soco no braço, só para tornar sua posição bem clara. — Acontece que você também me pertence! E teve a audácia de se comportar como se não pertencesse.

Lorde Maccon assentiu. A esposa tinha razão.

— Vou compensar você. O que é que eu posso fazer? — ele acrescentou, impetuosamente.

Lady Maccon pensou em algo.

— Eu quero o meu próprio transmissor etereográfico. Um dos mais modernos, que não requer válvulas cristalinas.

Ele fez que sim.

— E umas joaninhas de Monsieur Trouvé.

— Hein?

A preternatural o fuzilou com os olhos.

O marido concordou de novo. Submissamente.

— E uma nova arma para Floote. Um bom revólver ou algo do tipo, que dispare mais de um projétil.

— Para Floote? Por quê?

Ela cruzou os braços.

— O que quiser, querida.

Lady Maccon pensou em pedir uma Nordenfelt, mas, como achou que talvez estivesse indo um pouco longe demais, baixou o facho.

— E quero que me ensine a atirar.

— Alexia, acha que isso seria bom para uma mulher no seu estado?

Outra fuzilada.

Lorde Maccon suspirou.

— Está bom. Algo mais?

A preternatural franziu o cenho, pensativa.

— Por enquanto é só isso, mas posso pensar em algo mais depois.

Ele a puxou para si de novo, percorreu com as mãos as costas dela em movimentos circulares, e enterrou o nariz em seus cabelos.

— E, então, o que é que acha, minha querida, vai ser menino ou menina?

— Será um usurpador de almas, ao que tudo indica.

— *Hein?* — O conde se afastou um pouco e observou-a com desconfiança.

O major Channing interrompeu-os.

— Sinto muito, mas precisamos seguir adiante. — Estava com a cabeça inclinada para o lado, como se ainda estivesse na forma de lobisomem, as orelhas atentas a sinais de perseguição.

Lorde Maccon passou de marido indulgente a lobisomem Alfa.

— Vamos nos dividir. Channing, você, Madame Lefoux e Floote agirão como chamariz. Madame, receio que terá de usar um vestido feminino.

— Às vezes é preciso.

Lady Maccon deu um largo sorriso, tanto por causa do desconforto de Madame Lefoux quanto pela ideia de que alguém pudesse confundir as duas.

— Recomendo um enchimento também — sugeriu a preternatural, estufando um pouco o peito —, e um acessório de cabelo com rendinha.

A inventora lhe lançou um olhar severo.

— Eu estou ciente de nossas diferenças físicas, pode ter certeza.

A preternatural ocultou um sorriso e se virou para o marido.

— Vai mandá-los por terra?

Lorde Maccon assentiu. Em seguida, olhou para o relojoeiro.

— Monsieur?

— Trouvé — informou Lady Maccon, amavelmente.

O relojoeiro piscou para ambos.

— Vou para casa, creio. Talvez os outros queiram me acompanhar naquela direção?

O major Channing e Madame Lefoux anuíram. Floote, como sempre, praticamente não esboçou qualquer reação àquela nova situação. Porém Lady Maccon julgou ter detectado um brilho de prazer em seus olhos.

Monsieur Trouvé se virou para a preternatural, pegou sua mão e beijou-a com ar galanteador. Seu bigode lhe fez cócegas.

— Foi um prazer conhecê-la, Lady Maccon. Um imenso prazer, sem sombra de dúvida.

Lorde Maccon fitou-o, chocado.

— Está se referindo a minha esposa, não?

O francês ignorou-o, o que levou a preternatural a achá-lo ainda mais simpático.

— O sentimento é recíproco, Monsieur Trouvé. Precisamos dar continuidade à amizade em breve.

— Concordo plenamente.

Lady Maccon se virou de novo para o marido, que gaguejava baixinho.

— E nós vamos por mar?

Ele fez que sim.

— Ótimo. — Ela deu um largo sorriso. — Vou ter você só para mim. Ainda tenho bons sermões para passar.

— E eu que pensei que íamos ter uma lua de mel.

— Ela tem o mesmo significado para os lobisomens?

— Muito engraçadinha, esposa.

Só muito depois Lorde e Lady Maccon retomaram o assunto de certo bebê-inconveniente. Precisaram se despedir formalmente e sair de Florença primeiro. De manhã estavam escondidos na segurança de um velho celeiro abandonado, daquele tipo enorme, com correntes de ar, momento em que a situação ficara sossegada o bastante para que tivessem uma conversa séria sobre o que acontecera.

Conall, sendo sobrenatural e adaptado ao frio, colocou o sobretudo gentilmente sobre um monte de palha mofada e se deitou, nu, observando com expectativa a esposa.

— Muito romântico, meu querido — foi o comentário desencorajador de Lady Maccon.

Ele fez uma expressão um tanto amuada, mas a preternatural não era imune ao charme do marido a ponto de resistir à tentadora combinação do corpo másculo despido e a expressão tímida.

Ela tirou o vestido e as saias.

Lorde Maccon deixou escapar uma agradável bufada quando Lady Maccon se jogou em cima dele, como um cisne. Bom, talvez mais como um mamífero marinho encalhado do que um cisne, mas o movimento teve o efeito desejado de colar a maior parte de seu corpo no dele. Foram necessários alguns instantes para o conde se recuperar do peso da esposa robusta acomodado sobre o seu, mas só mesmo alguns instantes, pois ele deu início à missão rigorosa de tirar as demais camadas de roupa dela o mais depressa possível. Desamarrou a parte de trás, abriu o corpete e tirou sua veste com a habilidade de uma criada pessoal.

— Vá com calma aí — protestou ela com suavidade, embora estivesse lisonjeada com a pressa do marido.

Como se influenciado por seu comentário, algo de que ela duvidava muito, Lorde Maccon mudou de tática e a puxou para si com força. Enterrou a cabeça na curva de seu pescoço e respirou fundo, estremecendo. O movimento a ergueu para o alto, conforme o peito amplo dele se expandia. Ela quase se sentiu como se estivesse voando.

Então, ele a empurrou um pouco para o lado e, com incrível delicadeza, tirou o calção da esposa e começou a acariciar sua barriga ligeiramente arredondada.

— Então, é um bebê usurpador de almas que vamos ter?

Lady Maccon deu uma risadinha, tentando fazer com que ele retomasse o toque costumeiro, mais vigoroso. Nunca admitiria em voz alta, claro, mas gostava quando ele agia com entusiástica brusquidão.

— Um dos tabletes romanos chamou-o de Caçador de Peles.

O conde fez uma pausa, pensativo, franzindo o cenho.

— Não, nunca ouvi falar. Mas, também, não sou tão velho assim.

— Ele com certeza deixou os vampiros em polvorosa.

— Já seguindo os passos da mãe, o filhotinho. Que encantador! — As manzorras dele começaram a se mover com entusiasmo para cima.

— E agora, o que está aprontando? — perguntou a esposa.

— Tenho que me refamiliarizar com o terreno. Avaliar diferenciais de tamanho.

— Não vejo como possa notar qualquer diferença — observou ela —, considerando a natureza ultra-avantajada deles.

— Ah, eu acho que tenho condições de cumprir essa tarefa.

— Todos nós precisamos ter objetivos na vida — concordou a esposa, a voz ligeiramente trêmula.

— E, para definir os novos parâmetros, preciso usar todas as ferramentas disponíveis no meu repertório. — Ao que tudo indicava, ele pretendia passar a usar a boca, em vez das mãos.

Era preciso reconhecer que os protestos simbólicos de Lady Maccon se esgotavam, bem como sua capacidade de respirar normalmente. E, como a boca do marido estava ocupada — e nem mesmo um lobisomem podia falar de boca cheia —, ela concluiu que aquele fora o final da conversa.

E foi o que aconteceu, ao menos por algum tempo.

Papel: Pólen soft 70g
Tipo: Bembo
www.editoravalentina.com.br